20 世纪中国文学史纲

主　编　周思源
副主编　陈　清　宋尚斋　张延风
编　著　黄　悦　宋长宏

北京语言大学出版社
BEIJING LANGUAGE AND CULTURE UNIVERSITY PRESS

图书在版编目(CIP)数据

20世纪中国文学史纲/黄悦，宋长宏编著
—北京：北京语言大学出版社，2002(2017.8重印)
ISBN 978-7-5619-1134-1

Ⅰ. 2…
Ⅱ. ①黄… ②宋…
Ⅲ. 文学史-中国-20世纪-高等学校-教材
Ⅳ. I209

中国版本图书馆CIP数据核字（2002）第088246号

书　　名：20世纪中国文学史纲
责任印制：姜正周

出版发行：北京语言大学出版社
社　　址：北京市海淀区学院路15号　邮政编码：100083
网　　址：www.blcup.com
电　　话：发行部　82303648/3591/3650
编辑部　82303647
读者服务部　82303653
网上订购电话　82303908
客户服务信箱　service@blcup.com
印　　刷：北京中科印刷有限公司
经　　销：全国新华书店

版　　次：2003年7月第1版　2017年8月第6次印刷
开　　本：850毫米×1168毫米　1/32　印张：14
字　　数：278千字
书　　号：ISBN 978-7-5619-1134-1/I·02126
定　　价：58.00元

目　　录

绪　论 …………………………………………………… 1

第一编　文学改良时期的文学

第一章　诗界革命与文界革命 ………………………… 5
　第一节　诗界革命 …………………………………… 5
　第二节　文界革命 …………………………………… 7
第二章　小说界革命及其影响 ………………………… 9
　第一节　小说界革命 ………………………………… 9
　第二节　《官场现形记》和《二十年目睹之怪现状》 …………………………………… 10
　第三节　《老残游记》 ……………………………… 12
　第四节　《孽海花》 ………………………………… 15
第三章　戏剧改良与文学翻译 ………………………… 17
　第一节　戏剧改良 …………………………………… 17
　第二节　文学翻译 …………………………………… 18

第二编　文学革命时期的文学

第一章　文学革命及其影响 …………………………… 23
　第一节　文学革命的原因 …………………………… 23
　第二节　文学革命的倡导过程 ……………………… 28
　第三节　百家争鸣局面的形成 ……………………… 31

第四节　文学革命的历史意义 …………………… 33
第二章　鲁迅 …………………………………… 35
第一节　鲁迅生平简介 …………………………… 35
第二节　鲁迅的小说 ……………………………… 37
第三节　鲁迅的散文 ……………………………… 58
第三章　文学革命时期的小说创作 …………………… 72
第一节　人生派小说 ……………………………… 73
第二节　艺术派小说 ……………………………… 93
第四章　文学革命时期的新诗创作与郭沫若 ……… 104
第一节　诗的解放与胡适 ……………………… 104
第二节　郭沫若和他的《女神》 ………………… 111
第三节　闻一多、徐志摩等人的新格律诗 ……… 124
第四节　李金发与象征诗派 …………………… 132
第五章　文学革命时期的散文创作 ………………… 136
第一节　概说 …………………………………… 136
第二节　周作人的散文 ………………………… 139
第三节　冰心和朱自清的散文 ………………… 145
第六章　文学革命时期的戏剧文学创作 …………… 152
第一节　概说 …………………………………… 152
第二节　写实剧 ………………………………… 153
第三节　抒情剧 ………………………………… 157

第三编　革命文学时期的文学

第一章　革命文学运动的生长 ………………………… 165
第一节　革命文学的倡导和论争 ……………… 165
第二节　中国左翼作家联盟 …………………… 168
第二章　革命文学时期的文学创作概述 ……………… 171
第一节　这个时期文学创作的总特点 ………… 171

第二节　小说创作 …………………………… 172
第三节　戏剧创作 …………………………… 186
第四节　诗歌创作 …………………………… 193
第五节　散文创作 …………………………… 202
第三章　茅盾和他的《子夜》 ……………………… 208
第一节　生平与创作 ………………………… 208
第二节　《子夜》 ……………………………… 213
第四章　巴金和他的《家》 ………………………… 219
第一节　生平与创作 ………………………… 219
第二节　《家》 ………………………………… 226
第五章　老舍和他的《骆驼祥子》 ………………… 233
第一节　生平与创作 ………………………… 233
第二节　《骆驼祥子》 ……………………… 239
第六章　曹禺和他的剧作 ………………………… 248
第一节　生平与创作 ………………………… 248
第二节　《雷雨》 ……………………………… 255
第七章　沈从文和他的《边城》 …………………… 260
第一节　生平与创作 ………………………… 260
第二节　《边城》 ……………………………… 264

第四编　抗战以后的文学

第一章　抗战以后的文学活动 …………………… 273
第一节　国统区等地的文学活动 ………… 273
第二节　《在延安文艺座谈会上的讲话》
和解放区的文学活动 ……………… 278
第三节　抗战以后的文学特点 ……………… 281
第二章　抗战以后的诗歌创作 …………………… 284
第一节　国统区的诗歌创作与艾青 ………… 284

第二节　解放区的诗歌创作 …………………… 293
第三章　抗战以后的戏剧创作 ………………… 299
第一节　国统区等地的戏剧创作 ……………… 299
第二节　解放区的戏剧创作 …………………… 305
第四章　抗战以后的小说创作 ………………… 309
第一节　国统区等地的小说创作 ……………… 309
第二节　解放区的小说创作 …………………… 318

第五编　新中国成立以来中国文学发展概述

第一章　新中国成立以来中国文学发展的分期及概貌 ……………………………………… 339
第一节　新中国成立以来中国文学的背景及文学发展分期 ………………… 339
第二节　新中国成立以来中国文学的发展概貌 ………………………… 342
第二章　小说创作 ……………………………… 359
第一节　新时期以前的小说创作 ……………… 359
第二节　新时期小说创作及其流派 …………… 372
第三章　诗歌、散文和戏剧创作 ……………… 387
第一节　诗歌创作 ……………………………… 387
第二节　散文创作 ……………………………… 419
第三节　话剧创作 ……………………………… 433

主要参考书目 …………………………………… 439
后记 ……………………………………………… 440

绪　论

从整体上看,20 世纪中国文学史就是中国新文学产生和发展的历史。新文学的发展大致可以分成三个阶段:

从 19 世纪末到 20 世纪初,是新文学的准备阶段,这一阶段的文学在习惯上被看成是近代文学的一部分。在文学改良运动的影响下,人们对文学的认识有了很大的变化,并且试图用这种新认识去指导文学创作,于是中国文学开始出现了新气象。为了更明确地反映文学改良运动对这一阶段文学产生的重要影响,我们把这一阶段称为文学改良时期。虽然文学中的这种新因素还没有从根本上摆脱旧的文学框架的束缚,但是它却与以后的文学有着密切联系,为新文学的形成和发展打下了基础。

新文学在 1917 年的文学革命运动中正式诞生。通常,我们把从 1917 年到 1949 年这段时间称为现代文学阶段。在这一阶段中,文学发展大致可以分成三个时期:1917—1927 年为第一期。这期间,文学革命运动产生了巨大影响,人文主义精神在文学创作中占着主导地位,所以我们在这里把它称为文学革命时期。1928—1937 年为第二期。由于革命文学运动的兴起,揭露社会黑暗和表现人民革命的文学作品在文坛上取得了显著地位,对后来的文学创作有着不可忽视的影响,所以我们把它称为革命文学时期。1937—1949 年为第三期。抗日民族战争(1937—1945)的爆发,使得民族问题成为每一个中国人所密切关注的问题,作为这一战争的继续,人民解放战争(1946—1949)取得了全国性胜利，这种情况影响了整个文坛，使得文学创作的面貌出现了新的变化。为了反映这段历史对于文学的深刻影响，我们把这一时期的文学称为抗战以后的文学。现代文学阶段在20世纪中国文学中有着十分重要的意义，它在对传统的中国文学的批判中诞生，又与传统文学有着内在的、不可分割的联系；它孕育着下一阶段的文学，因而对我们今天的文学有着不可忽视的影响。因此，对这一阶段的文学进行学习和研究，有助于我们了解中国文学由前天、昨天直到今天的发展过程，了解中国人的历史、文化和心理的演变过程，在此，我们将对这一阶段的文学现象作一比较系统的介绍。

1949年中华人民共和国的成立，也使现代文学进入新的历史阶段，通常我们把它称为当代文学阶段，这一阶段中国文学的历史是在曲折的道路上向前发展的，其中有不少成功的经验，也有一些失败的教训。大体上说，从1949年到1966年，文学沿着社会主义的道路艰难地探索和发展着，1966年到1976年，由于文化大革命的历史原因，文学基本上处于停滞和倒退状态，1977年以后，随着改革开放所带来的思想解放，文学出现了迅速发展和繁荣的面貌。要全面公正地评价当代文学的发展情况，还需要一定的时间，在此我们还只能对这一时期的文学现象做出比较概括的描述。

思考题：

20世纪的中国文学大致可以分成几个阶段？每个阶段各有什么特点？

第一编
文学改良时期的文学
（1900—1916）

文学改良运动产生于19世纪末,20世纪初,它与1898年戊(wù)戌(xū)变法密切相关。戊戌变法是一次政治改良运动,康有为、梁启超等人企图依靠光绪皇帝进行国家的政治改革,结果遭到了以慈禧太后为代表的朝廷守旧势力的镇压,“变法”只维持了一百零三天就结束了,然而文学方面的改良却一直继续到1911年的辛亥革命之前。那时的改良者们受到西方启蒙主义思想的影响,想要通过文学作品来向群众进行思想启蒙,因而一方面强调文学的政治作用,在文学作品中宣传当时的新思想、新道德,鼓舞群众的爱国情绪;另一方面,为了能使群众看懂这些作品,他们又主张改良文体,用明白易懂的语言来表现内容。这样就出现了诗界、文界、小说界的“三界革命”和戏剧改良,文学改良运动的影响使得文学创作出现了前所未有的新气象。

第一章　诗界革命与文界革命

第一节　诗界革命

最早开始的文学改良是所谓“诗界革命”。梁启超、夏曾佑、谭嗣(sì)同等人在1895年就开始一起讨论诗歌的革新问题,起初他们喜欢在传统诗体中加入一些“新名词”,这些词语有些属于西方的典故,有些是西语的音译,这在传统诗歌中是从来没有过的。比如谭嗣同《金陵听说法诗》中有“纲伦惨以喀私德,法会盛于巴力门”这样的句子,其中“喀私德"和"巴力门"都是西语的音译①。这在当时显得十分别致，不过由于西方典故不为中国人所熟悉，许多音译词语又是诗人自造的，没有流传开，所以这样的诗就不太好懂。1899 年，梁启超在《夏威夷游记》中正式提出"诗界革命"的口号，认为要想挽救中国诗歌日益衰落的命运，必须使诗歌创造出全新的境界来。但他认为所谓革命，"当革其精神，非革其形式"，这就是说，诗应具备"三长"（三个特长）：

> 第一要新意境，第二要新语句，而又须以古人之风格入之，然后成其为诗。（《夏威夷游记》）

这里所谓"新意境"是指西方的新事物和思想，"新语句"是指表现这些事物、思想的词语，而"以古人之风格入之"则是指要保留传统诗歌的风格，符合传统诗歌的特点。新的意境和语句假如与传统诗歌的特点不相符合，就很难使人理解和接受，这里已经包含着对他们前期诗歌批评的意思。

最能体现这种"以旧风格含新意境"（《饮冰室诗话》）的特点的是黄遵宪，他的诗能较自然地把新事物、新名词融会到传统诗体中去，如《今别离》《以莲菊桃杂供一瓶作歌》等诗中把轮船、火车、电报、照相等新事物和地球运转等新知识写到了诗里去，读起来不但不使人感到生硬难懂，反而生出一些新的意境来。这里只举一首短诗为例：

> 星星世界遍诸天，不计三千与大千。倘亦乘槎中有客，回头望我地球圆。（《海行杂感》）

---

① 梁启超在《饮冰室诗话》注中说："'喀斯德'即 Caste 之译音，盖指印度分人为等级之制也。'巴力门'即 Parliament 之译音，英国议院之名也。"

这是写作者坐船在海上，看到天上的星星时的感受。前两句说天上的星星很多，每一颗星星就是一个世界，那么，世界真不知道有多少，正像佛教中所说的什么三千世界、大千世界似的。作者所以会这样说是因为他学了自然科学，知道地球和天上的星星一样都是宇宙中的星球，假如地球是一个世界，那么其他星球也应该各是一个世界。后面说假如天上的银河中也有人像我这样坐在船上的话，他会看到我所在的大地也是圆圆的一颗星。从前的中国人只以为天是圆的，地是方的，天在上，地在下；只会在星星和人、动物之间发生联想，绝不会想到一颗星就是一个世界，更不会想到星星与大地之间的联系。作者由于有了自然科学知识，他的想像就达到了一个新的境界，不过这首诗却还是保持了传统诗歌的风格。

黄遵宪对诗歌语言形式方面的革新主张比梁启超要大胆得多，他说"我手写我口，古岂能拘牵"(《杂感》)，就是说写诗时要写自己嘴里说的话，而不要写古人的话，被古人限制住，这里已经含有要写白话诗的意思了。黄遵宪的诗中有很多当时已经通行的新词语，也使用了不少当时的民间口语，不过总的看，他的诗中的基本语法和词语还都是古诗式的，并没有真正做到"我手写我口"。

第二节　文界革命

文界革命的口号也是梁启超在《夏威夷游记》中首先提出的。他反对当时那些缺乏新意、缺乏生气的散文，主张要输入"欧西文思"，即学习西方人写文章的思路与风格，使文章既有新鲜的思想，又有明白流畅的语言，成为一种虽是用文言文写成，却比较通俗易懂的"新文体"。当时康有为、谭嗣同、梁启超等人都是这种新文体的代表作者。特别是梁启超的文章，不但条理清楚，时常加入一些口语、俗语和西方语法，而且写得很有感情，在当时影响极大。

与此同时，还出现了大量用白话写的文章，它们大都发表在一些白话报刊上。这些白话文的出现是与当时政治改良的目的直接相关的，因为一般老百姓无法看懂古文，所以要想对他们进行启蒙，就不得不用白话来写文章。黄遵宪在 1887 年就曾说过：

> 欲令天下之农工商贾妇女幼稚皆能通文字之用，其不得不于此求一简易之法哉。（《日本国志·学术志》）

他认为要想使多数人都能看懂文章，就要使语言和文字统一起来。在这本书中，他已经预见到将来有可能走向语言和文字相统一的道路。梁廷袠在 1898 年写的《论白话为维新之本》中，甚至主张“崇白话而废文言”。不过从当时的多数人来看，他们写白话文只是为了向群众宣传变法，他们只是在向群众启蒙的时候偶尔写一下白话文，正式的文章还是要用文言文来写。

第二章　小说界革命及其影响

第一节　小说界革命

在中国传统的文学观念中，小说一向没有受到重视，在很多人眼睛里，它不但不是文学，而且是十分有害的东西。白话小说虽然在宋代就开始出现，在明、清两代取得了巨大成就，但是它在文学上的地位却直到清末的文学改良运动中才被真正确定。梁启超在1902年发表的《论小说与群治之关系》中，正式提出了“小说界革命”的口号，他说：

> 欲新一国之民，不可不先新一国之小说。故欲新道德，必新小说；欲新宗教，必新小说；欲新政治，必新小说；欲新风俗，必新小说；欲新学艺，必新小说；乃至欲新人心、欲新人格，必新小说。何以故？小说有不可思议之力支配人道故。

他看到了小说对于人的重要影响，认为要想使人的道德、宗教、政治、风俗等方面观念更新，必须对小说进行改革，因为小说既通俗易懂，又能对人的思想有潜移默化的影响，他甚至认为小说是文学中“最上乘”的东西。他所说的小说界的革命，就是指要“借小说家言，以发起国民政治思想，激励其爱国精神。一切淫猥鄙野之言，有伤德育者，在所必摈。”（《中国唯一之文学报〈新小说〉》）由于看到了小说对人的影响，所以他把小说作为启发群众政治思想觉悟的工具，因此，他对政治小说特别重视，他自己写的小说《新中国未来记》等，就是这样的作品。

小说界革命的影响，是使当时出现了大量白话小说，据有人统计，这个时期创作和翻译的小说有一千多部，这个数字比从前小说的总和还要多。从形式上看，这个时期的小说基本上还是保持了传统章回小说的结构方式和语言风格，不过有了一些局部的变化，开始出现了第一人称、日记体等叙述方法，一些比较优秀的作品在描写上也比较具体逼真，突破了传统小说中的一些描写程式。从内容上说，这个时期出现了以揭露社会黑暗特别是官场腐败为主要目的的“谴责小说”。这类小说大多受到清前期小说《儒林外史》①的影响，虽然它们的讽刺水平一般还赶不上《儒林外史》，但是，如果我们注意到 1918 年以后出现的现代小说中大部分都是以暴露黑暗作为主要目的这一事实，就不难发现谴责小说与以后的现代小说之间在内容上的某种联系。李伯元的《官场现形记》、吴趼（jiǎn）人的《二十年目睹之怪现状》、刘鹗（è）的《老残游记》、曾朴的《孽（niè）海花》可以算是这方面的代表。

第二节　《官场现形记》和《二十年目睹之怪现状》

李伯元的《官场现形记》写于 1901 至 1905 年，写到六十回，作者就去世了。小说专门揭露官场上的种种丑恶现象，没有固定的主人公和贯穿始终的故事情节，像是有着共

① 《儒林外史》：吴敬梓著，清代著名讽刺小说，其中大量内容是讽刺封建时代各种类型的知识分子的。

同主题的短篇小说汇编。吴趼人的《二十年目睹之怪现状》写于1903至1909年，共一百〇八回。这部小说描写的范围要比《官场现形记》广泛一些，全书以一个自称“九死一生”的人为线索，写他二十年来的亲身经历和见闻，涉及社会的各个角落，但还是以暴露官场的黑暗为主，不同的是，把谴责官僚们道德上的堕落作为小说的一个重要内容。小说采取了第一人称的写法，这不仅在当时显得比较别致，而且有了一个贯穿始终的人物，使得全书的结构也比《官场现形记》显得稍微紧凑一点。

这两部小说的作者都没在科举考试中取得成功，也没做过官，因而他们是站在官场之外去审视官场生活的，这一方面使他们对官场中腐败现象更加痛恨，对这些现象的揭露更为无情；另一方面又使他们对官场生活缺少具体深入的理解和体验，因而在描写上常常显得过于夸张，不合情理，作者本来是要揭露黑暗现实，但由于描写本身缺少现实性，反而减弱了讽刺的力量。不过，这样一种对官场和社会的腐败现象的大规模的揭露、嘲讽，在中国的传统文学中不仅是十分少见的，而且也十分符合人们对政治黑暗普遍存在的不满情绪，所以这两部小说在当时影响很大。这里引录《官场现形记》中的一段，看看这类小说的特点：

> 巡捕见问，立刻趋前一步，说了声“回大帅的话：有客来拜”。话言未了，只见拍的一声响，那巡捕脸上早被大帅打了一个耳刮子。接着听制台骂道：“混帐忘八蛋！我当初怎么吩咐的！凡是我吃着饭，无论什么客来，不准上来回。你没有耳朵，没有听见！”说着，举起腿来又是一脚。那巡捕挨了这顿打骂，索性泼出胆子来，说道：“因为这个客是要紧的，与别的客不同。”制台道：“他要紧，我不要紧！你说他与别的客不同，随你是

谁，总不能盖过我！”巡捕道：“回大帅：来的不是别人，是洋人。”那制台一听“洋人”二字，不知为何，顿时气焰矮了大半截，怔在那里半天；后首想了一想，蓦地起来，拍挞一声响，举起手来又打了巡捕一个耳刮子；接着骂道：“混帐忘八蛋！我当是谁！原来是洋人！洋人来了，为什么不早回，叫他在外头等了这半天？”巡捕道：“原本赶着上来回的，因见大帅吃饭，所以在廊下等了一回。”制台听完，举起腿来又是一脚，说道：“别的客不准回，洋人来，是有外国公事的，怎么好叫他在外头老等？糊涂混帐，还不快请进来！”（五十三回）

第三节 《老残游记》

《老残游记》从1903年开始在杂志上连载，共二十九回。作者刘鹗是个知识丰富、经历复杂的人，做过官，也做过买办，曾经治理黄河有功，又因在主张引进外资开发铁路、矿山等事情上得不到人们的理解，被骂为“汉奸”，后来又因为低价买了太仓①中的大米去救济灾民，被指控为“私售仓粟罪”，流放到新疆，死在那里。

这部小说有一定自传性，写铁英（号老残）在游历中的遭遇、见闻，其结构方式也跟《二十年目睹之怪现状》等书差不多，不过有两点值得注意：一是作者对现实有较多深切而独到的认识和感受，所以虽然也有一些不尽合理的叙述，但由于作者的见识要高出《官场现形记》等书的作者，所以作

① 太仓：旧时京城中国家的粮食仓库。1900年，八国联军侵入北京，太仓被俄军占有，刘鹗曾从俄军手中低价购买大米，卖给北京市民，以救饥荒。

品给人的印象也就比较深刻。比如，向来人们都以为清官比贪官好，作者却以为清官比贪官更可恨：

> 盖赃官自知有病，不敢公然为非；清官则自以为不要钱，何所不可？刚愎自用，小则杀人，大则误国，……（十六回原评）

在小说中，清官刚弼误以为魏氏父女谋害了十三条人命，魏家请人向刚弼行贿，刚弼反倒以此证实魏氏父女有罪：

> 两人跪到堂上，刚弼便从怀里摸出那个一千两银票并那五千五百两凭据，……叫差役送与他父女们看。他父女回说"不懂，这是甚么缘故？"……刚弼哈哈大笑道，"你不知道，等我来告诉你，你就知道了。昨儿有个胡举人来拜我，先送一千两银子，道，你们这案，叫我设法儿开脱；又说，如果开脱，银子再要多些也肯。……我再详细告诉你，倘若人命不是你谋害的，你家为甚么肯拿几千两银子出来打点呢？这是第一据。……倘人不是你害的，我告诉他，'照五百两一条命计算，也应该六千五百两。'你那管事的就应该说，'人命实不是我家害的，如蒙委员代为昭雪，七千八千俱可，六千五百两的数目却不敢答应。'怎么他毫无疑义，就照五百两一条命算帐呢？这是第二据。我劝你们，早迟总得招认，免得饶上许多刑具的苦楚。"那父女两个连连叩头说，"青天大老爷。实在是冤枉。"刚弼把棹子一拍，大怒道，"我这样开导，你们还是不招？再零星我夹拶①起

① 拶：zǎn，中国古代一种酷刑，将几根穿有绳子的小木棍（拶子）夹在犯人的手指上，收紧绳子。

来！”底下差役炸雷似的答应了一声“嗄！”……正要动刑，刚弼又道，“慢着。行刑的差役上来，我对你说。……你们伎俩，我全知道。你们看那案子是不要紧的呢，你们得了钱，用刑就轻，让犯人不甚吃苦。你们看那案情重大，是翻不过来的了，你们得了钱，就猛一紧，把犯人当堂治死，成全他个整尸首，本官又有个严刑毙命的处分。我是全晓得的。今日替我先拶贾魏氏，只不许拶得他发昏，但看神色不好就松刑，等他回过气来再拶。预备十天工夫，无论你甚么好汉，也不怕你不招！”（第十六回）

另一值得注意的地方是《老残游记》在描写方面的技巧很是不错，不但人物写得生动，而且景物的描写也摆脱了传统小说中“桃柳争妍”“桑麻遍野”等写景的固定程式，努力按照实际观察的结果去进行具体描绘，这已经与现代小说的描写方法十分接近。比如第十二回：

抬起头来，看那南面的山，一条雪白，映着月光分外好看。一层一层的山岭，却不大分辨得出，又有几片白云夹在里面，所以看不出是云是山。及至定神看去，方才看出那是云、那是山来。虽然云也是白的，山也是白的，云也有亮光，山也有亮光，只因为月在云上，云在月下，所以云的亮光是从背面透过来的；那山却不然，山上的亮光是由月光照到山上，被那山上的雪反射过来，所以光是两样子的。然只就稍近的地方如此，那山往东去，越望越远，渐渐的天也是白的，山也是白的，云也是白的，就分辨不出甚么来了。

第四节 《孽海花》

《孽海花》的创作经过了漫长的时间，从 1905 至 1907 年发表了二十五回，二十年之后(1927 年)，作者重新续写和修改他的小说，陆续发表到三十五回，但在修改之中，当年激烈的言论已经被删去不少。

作者曾朴在当时是一个思想比较激烈的知识分子，他参加过康有为等人的政治改良运动，也对孙中山等人的革命活动给予同情，因而小说中也表现出了一种革命倾向，这是同类小说中所没有的。在修改前的版本中，有很多反对专制统治的激烈言论，比如，说君主制是“历代专制君主束缚我同胞最毒的手段”，“那些造这制度的君主，原要世世代代只崇奉他一姓，尊敬他一人”，这些言论在当时是十分大胆的。与此相同，小说也对那些反对专制、争取民主的人，无论是改良派还是革命派，无论是中国的兴中会①还是俄国的虚无党②，都给予热情的歌颂。

小说中的人物大都与历史上的某一真实人物相对应，主要事件也有一些真实依据。主人公金沟和傅彩云据说就是写的洪钧和赵彩云(赛金花)，状元金沟路过上海时，纳妓女傅彩云为妾，曾带着她出使英国。金沟死后，傅彩云改名曹梦兰，又回到上海做妓女。小说以这二人的生活为线索，写了戊戌变法前三十年的历史面貌和遗闻轶事。由于金、傅二人的故事本身就是小说中的重要内容，又由于一些其他人物也能贯穿始终，所以小说的结构比起一般的谴责小

---

① 兴中会:孙中山领导的革命组织，后来发展为同盟会。

② 虚无党:指俄国的一些无政府主义组织。

说来要显得相对完整一些。

小说中写的最好的人物是那些达官、名士，作者把他们装腔作势、自作聪明、扭捏造作等特点描绘得比较生动，虽然其中的描写也还是有不少夸大、不自然的地方，但这也许并不是因为作者对这些人物缺少理解，而是受了当时文风的影响。比如关于李纯客的一段描写，这位老名士表面上清高，谁都看不起，其实却非常虚荣。众人为他做寿，他明明“要去得很”，却故意装病不去，要别人再三邀请，作者通过对他的拿捏做作的描写，讽刺了这类名士在文雅的外表掩盖下的庸俗。请看庄小燕去请李纯客时的描写：

> 进门一个影壁，绕影壁而东，朝北三间倒厅，沿倒厅廊下一直进去，一个秋叶式的洞门。洞门里面方方一个小院落，庭前一架紫藤，绿叶森森；满院种着木芙蓉，红艳娇酣，正是开花时候。三间静室垂着湘帘，悄无人声。那当儿，恰好一阵微风，小燕觉得在帘缝里透出一股药烟，清香沁鼻。掀帘进去，却见一个椎结小童，正拿着把破蒲扇，在中堂东壁边煮药哩。见小燕进来，正要立起，只听房里高吟道：“淡墨罗巾灯畔字，小风铃佩梦中人。”小燕一脚跨进去笑道：“梦中人是谁呢？”一面说，一面看。只见纯客穿着件半旧熟罗半截衫，踏着草鞋，本来好好儿一手捋着短须，坐在一张旧竹榻上看书，看见小燕进来，连忙和身倒下，伏在一部破书上发喘，颤声道：“呀，怎么小燕翁来了！老夫病体竟不能起迓，怎好？”小燕道：“纯老清恙①几时起的？怎么兄弟连影儿也不知？”纯客道：“就是诸公定议替老夫做寿那天起的。可见老夫福薄，不克当诸公盛意。云卧园一集，只怕今天去不成了。”（第十九回）

---

① 恙：yàng，病。

第三章 戏剧改良与文学翻译

第一节 戏剧改良

戏剧改良也是从“三界革命”时期开始的，首先是梁启超发表的《新罗马传奇》等描写西方革命历史故事的剧本，这种内容在中国传统戏曲中是从来没有过的，在戏剧形式上也有所改进，算是拉开了戏剧改良的序幕，此后出现了一批反映爱国主义、民主思想和妇女解放等新内容的剧本。到了1904年，陈去病、柳亚子等革命派创《20世纪大舞台》，正式打出了“戏剧革命”的旗号，出现了大批反映重大政治事件的剧本。这些剧作的出现主要是为了适应当时思想改良或政治革命的需要，政治说教的味道较浓，也不适合舞台演出。

与此同时，早期话剧（当时叫新剧或文明戏）活动也开始了，1907年春，由李叔同、曾孝谷等在日本创建的春柳社首次演出了法国作家小仲马①的话剧《茶花女》的第三幕，不久又演出了曾孝谷根据美国作家斯托夫人②的小说《汤姆叔叔的小屋》改编的五幕剧《黑奴吁天录》，此后，新剧的演出活动在国内也迅速开展起来。这种以说为主的新剧与传统戏曲在形式上显然有着极大的不同，不过总的来说当

① 小仲马：Alexandre Dumas fils，1824－1895。

② 斯托夫人：Harriet Beecher stowe，1811－1896。

时的新剧演出还是十分粗糙的，多数演出没有正式的剧本和严格的排练，演员常常只是根据一个简单的剧情提纲（幕表）进行即兴发挥，所以这种新剧对于中国话剧运动来说，还属于萌芽阶段。

第二节　文学翻译

对于外国文学作品的翻译也是值得注意的事情，翻译虽不属于创作，但中国现代文学的发生、发展，明显受到了外国思想和文学的影响。严复（1854—1921）是第一个把西方思想翻译介绍给中国读者的人，他所翻译的英国生物学家赫胥黎的《天演论》①（1898年）等西方学术著作，对当时的青年影响极大，而对文学作品的翻译，影响最大、成绩最突出的是林纾（shū）（1852—1924）翻译的西方小说，他一生用文言文翻译外国文学作品184种，约1200多万字，他翻译的第一部小说是法国小仲马的《巴黎茶花女遗事》（1899年），这部小说在当时广为流传，被称为外国的《红楼梦》。林纾本人并不懂外文，他的翻译是根据别人的讲解转写出来的，所以严格地说，这只是一种改写；他的古文又极好，所以经他翻译出来的外国小说，读起来就跟读中国古典作品差不多，这也是林译小说在当时能产生巨大影响的原因之一。

思考题：

1. 谈谈文学改良运动的主要内容。

---

① 赫胥（xū）黎：Thomas Henry Huxley，1825—1895。《天演论》即《进化论与伦理学》，是一部用进化论的思想解释人类起源问题的著作。

2. 黄遵宪的诗歌有什么特点？试举《海行杂感》为例加以说明。
3. 什么叫“谴责小说”？这类小说有什么特点和不足？
4. 《老残游记》有什么独特的地方？
5. 简谈《孽海花》的特点。
6. 为什么说“新剧对于中国话剧运动来说,还属于萌芽阶段”？
7. 林纾是怎么翻译小说的？

第二编

文学革命时期的文学

(1917—1927 年)

第一章　文学革命及其影响

文学革命是五四时期开展的对中国传统文学的改革运动，这次运动的结果，使中国文学的面貌发生了巨大的变化，中国现代文学就从这里正式开始。

第一节　文学革命的原因

历史上任何一次新的文学运动、文学思潮的产生，差不多都是由于对以前的文学有所不满，文学革命也是在对中国传统文学的反思、批判的过程中开展的。

中国自1840年鸦片战争以来，外国侵略者的枪炮声不断地惊醒着中国一些先进知识分子的梦，使这些中国人在中国的失败面前自我反省，不断探索使中国富强的道路。发生在清朝末年的洋务运动，提出了“中学为体，西学为用”的口号，企图在保存中国传统的精神文化的基础上，吸收西方的物质文明。这种方式虽然引进了一些外国的先进技术，却没有在根本上改变中国的面貌。另一些人看到了中国封建统治的黑暗，企图说服光绪皇帝进行政治改良，走日本“明治维新”的道路，于是就有了1898年的戊戌变法。但在强大的封建势力面前，改良运动依然没有成功。1911年的辛亥革命，推翻了帝制，建立了中华民国，给人带来了光明的希望，但是这种希望很快就破灭了，人们在共和的旗帜下所看到的依然是黑暗、专制，中国形成了军阀混战的局面，在没有皇帝的社会中，依然存在着大大小小的皇权，中国的封建社会并没有因此而结束。一系列经济改革和政治改革的失败，使一些先进的中国知识分子开始从人的思想上寻找原因。他们认为，精神、思想方面的问题，是中国面貌不能改变的根本问题，他们开始对几千年来影响中国人精神面貌的传统文化产生怀疑，把改革的目标集中在对在中国占统治地位的封建伦理思想的批判上。在他们看来，中国的革命，应首先是人的精神的革命。正如陈独秀在《吾人之最后觉悟》（1916 年《新青年》一卷六号）中所说：

> 自西洋文明输入吾国，最初促吾人之觉悟者为学术，相形见绌，举国所知矣；其次为政治，年来政象所证明，已有不克守缺抱残之势。继今以往，国人所怀疑莫决者，当为伦理问题。而此不能觉悟，则前之所谓觉悟者，非彻底之觉悟，盖犹在惝恍①迷离之境。吾敢断言曰，伦理的觉悟，为吾人最后觉悟之最后觉悟。

他认为，西方文化对中国的影响，使中国人开始在学术和政治方面觉悟，发现自己在这两方面的问题，今后却应该在伦理道德方面有所觉悟，发现自己伦理思想方面的问题，否则就还不算是中国人的彻底觉悟、最后觉悟。五四新文化运动就是这一“最后觉悟”的表现，这是一场进行精神革命的思想解放运动。不过这一运动的形成，却还在 1919 年的五四政治运动之前。1915 年《新青年》杂志的诞生，意味着这场运动的开始。陈独秀是这个杂志的主编，在他的倡导下，以《新青年》为中心，出现了一系列提倡科学、民主，反对迷信、专制的文章。孔子的儒家学说在此第一次受到了严厉的批判，“打倒孔家店”成为这一运动中最令人震惊，也

---

① 惝恍：tǎnghuǎng，迷糊，不清楚。

最容易遭人误解的一幕。这是一次对流行的传统道德的挑战，它的出现意味着现代中国人要用现代意识对历史上发生的一切精神现象进行重新估价，使人的观念得到更新。陈独秀所谓“最后觉悟”，实际上是中国一批知识分子现代民主意识和个人意识的觉醒。文学革命正是在这个背景上展开的，是醒来的中国人对于自己几千年来的文学之梦的反思。

进行这种反思的文学上的原因，在于传统文学到了20世纪初，已经走上了末路，它就像是一个快要死去的老人，再也不能恢复年轻时代的活力。时代要求文学适应它的发展，出现新的面貌。在当时的文学改革者看来，传统文学所以会走上末路，是因为它自身存在着严重的问题。

从形式上看，他们认为中国传统文学是一种以文言文占统治地位的文学。长期以来，中国人口中说的言语和笔下写的文字处于严重的分离状态，这种言和文的不一致不但使一般群众无法理解文学，而且使作家在用文学表现自己的思想感情的时候受到了极大的限制。人们在创作时必须把自己活的思想感情翻译成已经死去的语言文字，这不但影响了语言表达的精确性，同时也限制了思想的发展。比如，那时文学革命的提倡者胡适就认为“用死了的文言决不能做出有生命有价值的文学来”：

> 一切语言文字的作用在于达意表情，达意达得妙，表情表得好，便是文学。那些用死文言的人，有了意思，却须把这意思翻成几千年前的典故；有了感情，却须把这感情译为几千年前的文言。……请问这样做文章如何能达意表情呢？（《建设的文学革命论》1918 年4 月 15 日《新青年》四卷四号）

从内容上看，他们认为传统文学是一种以“文以载道”思想占主导地位的文学。这种思想主张把文学作为宣传封建统治思想的工具。“文以载道”的口号实际上是对孔子“思无邪”①的思想的进一步发挥。在孔子看来，《诗经》②中的每一首诗都是符合封建道德的。汉代的儒家学者又根据孔子的这一思想对《诗经》做了许多歪曲的解释，使这部诗集成为进行传统道德教育的经典。这种认识和做法对中国传统文学的创作产生了很大的影响，长期以来，“文以载道”成了衡量文学作品价值的最高标准。在这样的要求下，传统文学很难表现文学家自己的思想。正如陈独秀在《文学革命论》中所说的：

> 文学本非为载道而设，而自昌黎③以讫曾国藩所谓载道之文，不过钞袭孔孟以来极肤浅极空泛之门面语而已。余尝谓唐宋八家文之所谓“文以载道”，直与八股家之所谓“代圣贤立言”，同一鼻孔出气。

他认为文学本来不是为了“载道”而建立的，那些所谓“载道文学”只是在抄袭孔孟思想中极浅薄空洞的口号，没有真正的思想感情。

文学革命运动的出现显然受到了西方从文艺复兴以来人文主义精神的影响，这种精神发展到了近代社会，则更重视个人的价值。胡适对易卜生④主义的提倡，周作人关于个人主义的人间本位主义思想的提出，都是这种精神影响的

---

① “思无邪”：见《论语・为政》：“子曰：‘《诗三百》，一言以蔽之曰：思无邪。’”意思是说，如果用一句话来概括《诗经》的话，那就是，它所表现的思想没有一点不道德的地方。

② 《诗经》：上古时期的一部诗集，其中有相当数量的民歌。

③ 昌黎：韩愈，唐代著名文学家。

④ 易卜生：Henrik Ibsen，1828—1906，挪威剧作家。

结果。欧洲从 14 世纪开始的文字改革运动，则从形式方面对中国的文学革命产生了影响。如胡适就曾在他的《建设的文学革命论》中说：

> 意大利是当年罗马帝国的京畿①近地，在拉丁文的故乡；各处的方言又和拉丁文最近。在意大利提倡用白话代拉丁文，真正和在中国提倡用白话代汉文，有同样的艰难。

同时，中国文学中新因素的发展，也给文学革命提供了可能性的条件。在正统的“载道”的文言文学之外，非正统的白话文学也一直在暗中发展，它为现代新文学提供了一个可供参考的白话模式。

> 试问我们今日居然能拿起笔来做几篇白话文章，居然能写得出好几百个白话的字，可是从什么白话教科书上学来的吗？可不是从《水浒传》《西游记》《红楼梦》《儒林外史》等书学来的吗？这些白话文学的势力，比什么字典教科书都还大几百倍。（胡适《建设的文学革命论》）

19 世纪末出现的文学改良运动，使文学中的这一新因素得到了进一步发展。梁启超等人提倡的“三界革命”等，都对后来的文学革命有着重要的影响。那时的文学改良还没想到使白话文学取代文言文学的正统地位，内容上也缺乏彻底的反封建精神，因而这场文学改良运动没有获得成功，这又从反面告诉后来的改革者，新文学只有在同旧文学的彻底决裂中才有可能诞生。

---

① 京畿(jī)：国都及其周围地带。

由此看来，五四的文学革命，是觉醒了的现代中国人为了挽救中国文化、文学的衰落而进行的文学改革运动，世界文学的影响，中国文学中新因素的发展，都为这个运动的开展提供了可能性的条件。

第二节　文学革命的倡导过程

1917 年 1 月，《新青年》第二卷第五号上发表胡适的《文学改良刍议》，正式提出了文学改革的主张。他认为文学改良，要从八件事情上入手：

一曰，须言之有物。
二曰，不摹仿古人。
三曰，须讲求文法。
四曰，不作无病之呻吟。
五曰，务去烂调套语。
六曰，不用典。
七曰，不讲对仗。
八曰，不避俗字俗语。

这里所谈的“八事”，都是针对传统文学的问题而提出的，其中一、二、四事涉及了文学内容方面的改革，但他更重视的是形式的改革，其中第八条“不避俗字俗语”，是这篇文章的关键所在，这里实际提出了关于白话文学的主张：

然以今世历史进化的眼光观之，则白话文学之为中国文学之正宗，又为将来文学必用之利器，可断言也。

同年2月1日《新青年》第二卷第六号上，发表了陈独秀的《文学革命论》，他说自己“甘冒全国学究之敌，高张‘文学革命军’大旗，以为吾友（胡适）之声援”。他提出了文学革命的“三大主义”：

> 曰，推倒雕琢的阿谀的贵族文学，建设平易的抒情的国民文学；曰，推倒陈腐的铺张的古典文学，建设新鲜的立诚的写实文学；曰，推倒迂晦的艰涩的山林文学，建设明了的通俗的社会文学。

他认为传统文学在内容上是空洞陈腐，脱离现实的，形式上是矫揉造作，晦涩难懂的，因此应把它推翻，建立反映社会人生，能为一般群众所理解、接受的文学。陈独秀的态度显然要比胡适激烈，作为新文化运动的领袖，他似乎也更重视文学内容方面的改革。比如他认为中国传统文学的这些缺点，都“与吾阿谀夸张虚伪迂阔之国民性，互为因果”：

> 今欲革新政治，势不得不革新盘踞于运用此政治者精神界之文学，……

不过这篇文章对传统文学的批判虽可说是十分有力，但对新文学内容方面的建设还显得比较笼统、模糊。后来相继出现的文章，如钱玄同《寄陈独秀》（1917年2月25日《新青年》第三卷第一号），刘半农《我之文学改良观》（1917年5月1日《新青年》第三卷第二号），多数也是从形式上讨论文学革命的问题。正像胡适后来所说的那样：

> 那时我们还没有法子谈到新文学应该有怎样的内容。（《中国新文学大系·建设理论集·导言》）

当时最自觉的文学改革，就是形式上的改革，即以白话文学代替文言文学。胡适将这次改革归结为十个字，“国语的文学，文学的国语”，就是说，先要用国语来写文学，接着再用这文学来发展国语。他认为，“用了死了的文言决不能做出有生命有价值的文学来”，而用白话虽也可能“产出没有价值的文学”，但却有可能产生出有价值的文学。因此，这种形式的改革实在是在为内容的改革提供一种方便好用的工具。

到了1918年末，文学内容上的革命才算真正开始了。在此之前，胡适在《易卜生主义》中已经开始“借易卜生的话来介绍当时我们新青年社的一班人公同信仰的‘健全的个人主义’”（胡适《中国新文学大系·建设理论集·导言》），但明确提出在文学上进行思想革命，却是从周作人《人的文学》（1918年12月15日《新青年》第五卷第六号）、《思想革命》（1919年3月2日《每周评论》第十一期）等文章开始的。周作人认为“文学革命的文字改革是第一步，思想改革是第二步，却比第一步更为重要”：

> 我想文学这事务，本合文字与思想两者而成。表现思想的文字不良，固然足以阻碍文学的发达。若思想本质不良，徒有文字，也有什么用处呢？……从前的荒谬思想，尚是寄寓在晦涩的古文中间，看了中毒的人还是少数，若变成白话，便通行更广，流毒无穷了。（《思想革命》）

他认为这思想上的革命，就是要提倡“人的文学”，反对“非人的文学”。人的文学就是“人道主义文学”，但在他看来，这种人道主义“并非世间所谓‘悲天悯人’或‘博施济众’的慈善主义，乃是一种个人主义的人间本位主义”（《人的文学》，下同）。“要讲人道，爱人类，便须先使自己有人的资格，占得人的位置”，这就是说，先要承认自己是“‘从动物'进化的",有着兽性,需要有物质生活;同时又要认识到自己是"从动物'进化'的",有着神性,需要有精神生活,由此出发,而去尊重别人的物质与精神生活。"兽性与神性,合起来便只是人性",如果把兽性与神性,灵与肉二者分离开来,对立起来,就不合人性。他认为文学"就是用这人道主义为本,对于人生诸问题,加以记录和研究的文字",这也就是一种合乎人性的文学。凡是不合乎人性的文学,就都是非人的文学。这样一种个人主义与人类主义相结合的思想,对文学革命时期的新文学创作有着重要的影响。

第三节　百家争鸣局面的形成

文学革命能不能成功,不但要看理论上提倡的情况怎么样,更要看创作上实践的情况怎么样。最初,这种新文学创作的实验还只是少数几个人在《新青年》上进行,作品中除了鲁迅的《狂人日记》等几篇白话小说外,一般都还比较幼稚。可是到了 20 年代初,大量文学团体和文学刊物就纷纷涌现了。据茅盾的估计,从 1921 年到 1923 年出现文学社团四十余个,出版刊物 52 种,到了 1925 年,所出现的社团和刊物各"不下一百余"(茅盾《中国新文学大系·小说一集·导言》)。随着文学社团的不断涌现,出现了各种文学流派和创作主张,形成了百家争鸣的局面。

当时最有影响的文学社团是文学研究会和创造社。

文学研究会于 1921 年 1 月在北京成立,发起人有周作人、耿济之、郑振铎、王统照、沈雁冰、叶绍钧、郭绍虞、孙伏园、许地山等十二人。随后如冰心、朱自清、庐隐、鲁彦等人也都加入了文学研究会。这是中国现代文学史上成立最早的纯文学社团。这派作家反对将文艺作为消遣品,主张文学应该反映人生，提倡为人生而艺术。所以在他们的创作中常常表现出现实主义倾向。

创造社于 1921 年 7 月在日本东京成立，主要成员有郭沫若、郁达夫、成仿吾、张资平、田汉、郑伯奇等，他们都是当时在日本留学的中国学生。他们对文学的认识与文学研究会不同，“把内心自然的要求”作为“一切文学上创造的原动力”（成仿吾《新文学之使命》），强调创作中的自我表现，带有为艺术而艺术的色彩，在创作中常常表现出浪漫主义倾向。

这两个文学社团代表了当时文学创作的两个基本方向，形成了“为人生”与“为艺术”两个基本流派。这里实际上是对同一个“人的文学”问题的不同方面的强调。人生派更重视用文学反映普遍的社会人生，创造社一类为艺术派更重视用文学表现个人的内心世界。不过普遍的人生是只能通过作家个人去体验的，真正为人生的艺术必须在反映人生的同时把作家具有独特个性的自我表现进去；同样，个人本身也是人类生命的一部分，真正有价值的“内心的要求”同时也正是人类普遍的理想追求。现实主义作品因为有了鲜明的自我才不会导致庸俗的功利主义；浪漫主义的作品因为有了与社会人生共同的思想感情才不会导致单纯的享乐主义。

除了这两个文学社团以外，当时在文坛上较有影响的社团还有：

新月社，成立于 1923 年，以闻一多、徐志摩等人为主要成员。他们可以算是为艺术派的另一种倾向的代表，提倡艺术的“唯美主义”，重视对文艺（诗歌）的形式方面的探索，对新诗的发展有过重要贡献。

语丝社，成立于 1924 年，主要成员有鲁迅、周作人、孙伏园等，其主张与文学研究会相似，出版《语丝》杂志，这个杂志主要刊登议论性的散文小品，形成所谓“语丝体”的风格，对现代散文的发展影响极大。

文学作品的迅速涌现，百家争鸣局面的初步形成，显示了文学革命的实际成果，中国的文学因此而进入了一个新的时代。

第四节　文学革命的历史意义

五四文学革命的历史意义，可以从三个方面来看：

首先，文学革命奠定了中国现代语言的基础。文学革命使现代白话文成为文学语言的正宗，从此，几千年来汉语中文与言相对立的局面被打破，口语和书面语趋向一致，这一变化，对中国语言的发展，有着极大的作用，中国的现代语言的基本面貌由此而形成。文学革命时期所形成的现代白话语言受到三个方面因素的影响。一是口语和古白话语的影响。中国方言杂多，口语本来不统一，不过至少从明朝（十四世纪）以来，已经初步形成了以北方话为基础的大致通用的口语，这里不能忽视已经在中国流行几百年的古白话文学的影响。事实上，起初的新文学作者们在创作时差不多都自觉不自觉地参考、模仿古白话文学中的语言，同时又自觉不自觉地把自己家乡的口语、方言带进作品中去。二是外来语言的影响。口语虽然是一种活的语言，但由于长期以来文、言对立的关系，它发展缓慢，无论在词汇和语法上都还不足以适应表达现代思想的需要，所以，引进外来词汇和语法，来弥补口语的不足，就成了发展现代语言的重要途径，结果造成现代语言中某种程度的“欧化”，主要包括大量外来词汇（音译、意译）的使用和句子中修饰成分的增加，这在当时对于促进现代汉语的精密化是十分必要的。

三是文言成分的影响。这种影响在最初有时是由写惯了文言文的作家在写白话文时不自觉地产生的,有时是他们在找不到新词时对文言词语不得已的沿用。新文学对这三种语言成分自觉不自觉的吸收、融会、加工、提炼,促成了现代语言的形成、发展。

其次,文学革命奠定了中国现代思维方式的基础。现代意识的发展与现代语言的发展是同步的,文学革命使现代语言走向精密、复杂的同时,也在努力改变着现代中国人的思维方式。语言的精密和复杂化为思想的清晰和复杂化提供了条件,而五四对传统文化的反思,对西方文化的介绍,对人的文学的提倡和创作,都为现代思维方式的建立和发展奠定了坚实的基础。

第三,文学革命奠定了中国新文学的基础。文学革命不仅完成了文学语言的革命,而且进行了文学思想的革命,由这革命而产生的一系列文学作品成为中国新文学的奠基之作。一批如鲁迅、郭沫若、郁达夫、周作人等作家的作品,在艺术上取得了很大成绩,对当时和以后的文学创作,有着深刻影响。

思考题:

1. 为什么会发生文学革命?
2. 文学革命的主要内容是什么?
3. 谈谈文学革命的发展过程。
4. 这个时期有哪些重要的文学社团?
5. 文学研究会和创造社的文学主张和创作倾向有什么不同?
6. 文学革命有什么历史意义?

第二章　鲁迅

鲁迅是在中国现代文学史上有着特殊地位和影响的作家，他的作品表现了对中国社会人生的独到而深刻的认识，在艺术上取得了杰出的成就。

第一节　鲁迅生平简介

鲁迅(1881—1936)原名周樟寿，后改名树人，字豫才，生于浙江绍兴一个没落了的封建士大夫家庭。祖父周福清，进士出身，曾经做过京官。父亲周伯宜，秀才，闲居在家。母亲鲁瑞，家在农村。鲁迅在十二岁时，祖父因为贿赂考官被判处“斩监候”，父亲又得了重病，结果家产差不多卖光了。在由小康到贫困的突变之中，鲁迅第一次尝到了人情的冷漠。童年时期的这段生活变化给他印象极深，他在回忆这段往事的时候曾说：

> 我有四年多，曾经常常——几乎是每天，出入于质铺和药店里，年纪可是忘却了(按，应是十三到十七岁)，总之是药店的柜台正和我一样高，质铺的是比我高一倍，我从一倍高的柜台处送上衣服或首饰去，在侮蔑里接了钱，再到一样高的柜台上给我久病的父亲去买药。(《呐喊·自序》)
>
> 有谁从小康人家而坠入困顿的么，我以为在这途

路中，大概可以看见世人的真面目；……（同上）

1898 年，他离家到南京求学，1902 年留学日本。他抱着改变国民精神的志向弃医从文，从 1907 年起，他开始翻译介绍外国文学作品，并探讨中国国民性的改造问题，出版过和他弟弟周作人一起翻译的《域外小说集》，发表过《文化偏至论》《摩罗诗力说》等论文。在这些文章中，他提倡"掊物质而张灵明，任个人而排众数"（《文化偏至论》）的精神，并对那些"立意在反抗，指归在动作"（《摩罗诗力说》）的"摩罗诗人"拜伦①、雪莱②、普希金③、莱蒙托夫④、密茨凯维支⑤、裴多菲⑥等大加赞扬，希望中国能有这样敢于以个人向社会抗争的"精神界之战士"出现。然而这些译著在当时并没有引起多少注意。

这经验使我反省，看见自己了：就是我决不是一个振臂一呼应者云集的英雄。（《呐喊·自序》）

他于是沉默了。

1909 年鲁迅回国后，又经历了对辛亥革命等政治运动的激动和失望，到 1912 年他去教育部任职时，就只是将自己关在北京一所房子里，靠抄写古碑，校对古书等文字工作排遣苦闷。

1918 年，在文学革命的影响下，他正式开始了文学创作。从第一篇白话小说《狂人日记》起，他便"一发而不可

---

① 拜伦：George Gordon Byron，1788—1824，英国诗人。
② 雪莱：Percy Bysshe Shelley，1792—1822，英国诗人。
③ 普希金：Александр Сергеевич Пушкин，1799—1837，俄国诗人。
④ 莱蒙托夫：Михаил Юрьевич Лермонтов，1814—1841，俄国诗人。
⑤ 密茨凯维支：Adam Mickiewicz，1798—1855，波兰诗人。
⑥ 裴多菲：Petöfi Sándor，1823—1849，匈牙利诗人。

收”,走上了文学创作的道路。在写小说的同时,他还写了大量的散文和为数不多的新诗。1926 年,他离开北京到了厦门、广州,1927 年定居上海。从此,他专力从事杂文创作。在思想上,他先是一个进化论的信奉者,1927 年以后,开始接受马克思主义的影响。

第二节　鲁迅的小说

鲁迅的小说,除了早期用文言文写的一篇《怀旧》以外,都收在他的《呐喊》《彷徨》和《故事新编》三部小说集中。《呐喊》收的是 1918—1922 年写的小说,《彷徨》收了 1924—1925 年的小说,《故事新编》则收了从 1922—1935 年所写的神话历史题材的小说。

《呐喊》与《彷徨》是鲁迅小说中最重要的部分。按照鲁迅自己的说法,他写小说最初的动机,一是出于对那些改革者们寂寞的同情,二是想用小说来“改良思想”。

> 或者也还未能忘怀于当日自己的寂寞的悲哀罢,所以有时候仍不免呐喊几声,聊以慰藉那在寂寞里奔驰的猛士,使他们不惮①于前驱。(《呐喊·自序》)

> 想起来,大半倒是为了对于热情者们的同感。这些战士,我想,全在寂寞中,想头是不错的,也来喊几声助助威吧。首先就是为此。自然,在这中间,也不免夹杂些将旧社会的病根暴露出来,催人留心,设法加以疗治的希望。(《自选集·自序》)

---

① 惮:dàn,害怕。

后面那段话说明鲁迅在开始创作的时候，抱着明确的思想革命的目的；前面那段话则反映出他从一开始就对这次革命的前途并不乐观。他是带着失望与希望相交织的矛盾心情进行“呐喊”的，而当文学革命的呼声渐渐停止，原先的改革者们分散开来，各走自己的路的时候，他感到在黑暗的压力面前成了“散兵游勇”，在孤独、寂寞中，他以一种绝望的心情只身向黑暗冲击，这不免使《彷徨》中的作品里染上了深沉的悲哀。

一、《狂人日记》——《呐喊》与《彷徨》的总纲

《呐喊》与《彷徨》的总主题，在于揭露传统的中国社会和礼教对人的精神的残害。这个主题在 1918 年 4 月他所写的第一篇白话小说《狂人日记》中就得到了象征性的表现。

作品借一个迫害狂病人的日记写出了一个令人震惊的发现：几千年来中国封建社会和礼教的本质是“吃人”。

小说借着一个精神病人的日记，逼真地写出了他神经错乱的心态：他误以为周围一切人都想要吃他，以为医生给他诊脉也是要“揣一揣肥瘠”，让他“赶早吃”药也是要赶紧吃他，进而怀疑到他的大哥，以为死去的妹妹就是他吃的，而甚至自己也“未必无意识之中，不吃了我妹子的几片肉”。他还在历史书中找到了吃人的证据，他想劝说那些人改变吃人的想法，当然，他没有成功。他只有把一切希望都寄托在下一代人身上，在日记的最后，他喊道：

> 没有吃过人的孩子或者还有？救救这些孩子！

从写实的角度看，狂人的想法当然是荒唐可笑的，但是假如换一个角度，从狂人眼睛里去看世界，一切就变得非常可怕：人们生活在一个彼此互相残杀的世界里，几千年的中

国社会，不过是在文明和礼教掩盖下的吃人的场所。

> 我翻开历史一查，这历史没有年代，歪歪斜斜的每叶上都写着“仁义道德”几个字。我横竖睡不着，仔细看了半夜，才从字缝里看出字来，满本都写着两个字是“吃人！”

这当然只能从象征的意义上去理解。但是，如果只从封建统治阶级对劳动者的剥削、压迫方面来理解“吃人”，却还远远不够。在狂人眼里，“吃人”意识渗透到了每个人的灵魂中。

> 他们——也有给知县打枷过的，也有给绅士掌过嘴的，也有衙役占了妻子的，也有老子娘被逼死的；……

每一个被吃的人，都同时也在吃别人。作者认为中国的封建等级制造成了一种可悲的现象，任何人都可以在受到上一级迫害的同时，去迫害他的下一级，“自己被人吃，但也可以吃别人。一级一级的制驭着，不能动弹，也不想动弹了。”（《坟·灯下漫笔》）人们能在向自己的下一级发泄的过程中转移了痛苦，因而也就不想改变这个制度。而中国的传统的道德观念——礼教，则用“仁义道德”等观念给这个制度披上了美丽的外衣。

这篇小说的特点在于把写实和象征对立起来，把常人眼睛里的世界和狂人眼睛里的世界对立起来，在常人自以为是文明的世界里，狂人却发现了野蛮。人们习惯于把不正常的东西看为正常的，同时把正常的东西看得不正常，所以一切社会的改革就很难实现。小说的这一结构特点本身就具有深刻的象征意义。

《狂人日记》是《呐喊》与《彷徨》的总纲，它奏响了向“吃人”的封建社会及其礼教宣战的序曲，后面的小说都仿佛是从不同角度、不同侧面用事实去对这一象征性主题进行验证和引申。

二、以农民或其他劳动者为题材的小说

这组小说包括《药》《风波》《故乡》《阿Q正传》（以上收在《呐喊》中）《祝福》《离婚》（以上收在《彷徨》中）等等。作者在这里主要表现了下层劳动者被封建社会和礼教造成的麻木的精神状态，由于这种情况常常发生在辛亥革命前后的社会背景中，也就成为对于这类革命经验教训的总结。

《药》（1919）中所写的是一个真实的“吃人”场面：华老栓为了给儿子治“痨病①”，按照一种迷信的说法，让他吃了蘸有人血的馒头。华老栓是个非常老实的茶馆主人，他怀着极大的希望和恐惧的心情为儿子在杀人的刑场上买来了这种“药”，他不敢像别人一样热心地观看杀人场面，当别人在茶馆中兴奋地议论杀人时，他也只是静静地听，不敢插一句嘴，然而就是这样一个老实人，在给儿子吃人血馒头的时候，除了害怕之外，却没有一点良心的不安。（因为这是一个罪犯的血！）更富于悲剧性的是，那个被吃了血的“罪犯”夏瑜，正是一个为了使像老栓这样的贫苦人摆脱苦难的革命者，他的行为丝毫不能为群众（甚至包括他自己的母亲）所理解。小说的这一结构造成了双重的悲剧性：一方面是这样老实本分的人民居然会愚昧到用革命者的血去做“药”；一方面是这样无私无畏的革命者居然会被老实本分的人民去用他们的血做“药”。在这点上，老实本分的华老

① 痨病：结核病（T. B.）。小栓得的应是肺结核。

栓跟观赏杀人的看客和议论杀人的茶客同样麻木无知，在这样一种普遍的精神麻木的状态下，小说暗示我们，人民无法理解革命，单纯从政治上去发动群众，也难以解决人们的思想问题，需要重新寻找一种治疗人们精神麻木的药。

《祝福》则反映了由封建礼教所造成的人情的冷酷。祥林嫂是个农村妇女，丈夫死后，她的婆婆要把她卖给别人做妻子，她从家里逃了出来，在鲁镇中鲁四老爷家做工。婆家的人又来把她抢走，强迫她嫁人。她自杀未成，为第二个丈夫生了个儿子。不久，丈夫病死，儿子又不幸被狼吃了，她被丈夫家里的人赶了出来，再次回到鲁四老爷家。但这次鲁镇人对她的态度跟从前大不一样，因为她不但没有“从一而终①”，而且根据一种迷信的说法，人们认为和她一起生活的两个男人都死了，也是她的罪过。一起干活的柳妈告诉她，将来死后，地狱里的阎王会把她锯成两半，分给两个死鬼男人。她非常恐惧，听从了柳妈的劝说，为庙里捐了一条门槛（kǎn），企图赎罪，但这并没有改变人们对她的看法。她终于在孤独和恐惧中死去。祥林嫂是个极力要使自己的行为合乎礼教的规定，却又终于被礼教杀害了的女人，她的逃婚、自杀，虽然也是对命运的反抗，但又完全符合礼教对女人“从一而终”的要求，只是因为她没有死成，而死去的又是她的丈夫和儿子，所以她就成了“罪人”。对她来说，失去儿子固然是极大的不幸，但更不幸的是，她得不到人们的同情，她从周围人的冷言冷语中，从鲁四的妻子不准她在年终祭祀时干活的行为中，从柳妈讲的关于自己死后分身的可怕的想像中，感到了自己“罪人”的地位，当这“罪”没有因为捐门槛而得到人们的宽恕时，她的精神被彻底摧毁了。祥林嫂不是死于肉体上的痛苦，而是死于精神上的折

---

① 从一而终：指女人只能嫁给一个男人，丈夫死了不能改嫁。

磨,封建的道德观念给善良的祥林嫂判了罪,又使人们用冷漠的态度去对待一个处在等级社会最底层的“罪人”,正是这样一种环境和气氛导致了她的绝望和死亡。至此,《狂人日记》的象征性主题变成了最惨痛的礼教吃人的现实。

三、以知识分子为题材的小说

这组小说大致可以分成三类,一类包括《孔乙己》《白光》等反映封建时代读书人的不幸命运和变态性格的小说;一类如《肥皂》《高老夫子》等,讽刺了一部分读书人灵魂的虚伪和肮脏;一类包括《在酒楼上》《孤独者》《伤逝》等反映新一代知识分子在现实中的悲剧命运的小说。

《孔乙己》中的主人公孔乙己是个在封建时代深受科举制毒害的读书人,这种制度既给了读书人通过科举考试而升官发财的希望,又使更多的考试失败的人沦落成为丧失生活能力的废物。作为科举考试的失败者,孔乙己已经落到了社会的底层,却仍然不愿意放下读书人的架子;他在下等人中间艰难地生活,但又在想像中把自己摆在上等人的队伍里,这自然是可悲而可笑的。但是他身边的一般下等人对他的嘲笑,主要却不是因为他性格上的这些缺点,而是因为他没有能够爬上上等人的位置,反而落到了底层。他们觉得自己有权这样嘲笑他,仿佛每个嘲笑他的人都在这笑声中提高了自己的身份。孔乙己在寂寞之中只好从小孩子那里寻找安慰。有一次,他向酒店里的小伙计(作品中的“我”)考问“茴香豆”的“茴”字怎么写:

> 我想,讨饭一样的人,也配考我么?便回过脸去,不再理会。

孔乙己却很恳切地要教他。等他发现“我”会写时,就“显出极高兴的样子”说:

“对呀对呀……回字有四样写法,你知道么?”

连在最真诚的谈话中,孔乙己都不由自主地显示出读书人的优越感;连最单纯的孩子,都自然而然地有一种对孔乙己的优越感!等级观念使人们总能感到自己的优越,也因此忘掉了自身的痛苦。孔乙己后来因为偷了丁举人(一个科举考试的成功者!)的东西,被打断了腿,在人们的冷酷的嘲笑声中死去。小说通过孔乙己的不幸命运,深刻反映了等级制造成的普遍的人情冷漠。

《伤逝》所反映的是新一代知识分子的命运。子君和涓生是五四时代追求个性解放的知识分子,他们不顾家庭的反对,走上了婚姻自主的道路。但是他们的行为却得不到社会上多数人的理解,涓生因此而失业了。物质的贫困不仅使他们难以维持生活,而且也影响了两个人的感情。在涓生看来,同居以后子君已经不再是勇敢的新女性,而成了和别人一样的家庭妇女,因而他失去了对她的爱情,终于决定和子君分手了。他本来以为分手以后子君会恢复从前的勇气,再次远走高飞,去寻找自己的理想,想不到子君却回到父母家中,忧郁地死去了,这使涓生感到无比的悔恨和悲哀。在涓生埋怨子君不能理解自己的时候,其实他更不能理解子君。作为一个女子,在当时的社会条件下,只有爱情才能使她有勇气走出家庭,当她失去了涓生以后,不但失去了爱情,也同时失去了经济来源,所以不能不重新回到父母的家里去。子君对爱情比涓生看得重要得多,因为对涓生来说,爱情是已经得到的东西,对子君来说,作为一个女子,爱情却是不可失去的东西。涓生对子君的不满,实际上表现了他在深层意识中对他们这种自由结合的后悔。他认为:

大半年来,只为了爱,——盲目的爱,——而将别的人生的要义全盘疏忽了。第一，便是生活。人必生活着，爱才有所附丽。

这话虽然说的不无道理，但它却隐含着这样的意思：我们当初就不该相爱，因为我们没有共同生活的物质基础。在涓生的后悔中，包含着某种推卸责任的软弱自私。个性解放和自由婚姻的追求本身并不错，作者的意思只是要说，强大的传统习惯势力和道德观念不允许人们有个性的自由，因而个性的解放有待于整个社会意识的改变。

四、中篇小说《阿Q正传》

《阿Q正传》是鲁迅小说中最长的一篇，也是影响最大的一篇，写于1921年12月至1922年2月之间。小说在辛亥革命前后的背景下描写了一个贫苦农民可笑又可悲的一生。

阿Q是个穷得一无所有的人，每天只有住在土谷祠①中，靠为别人做短工维持生活。他在现实生活中受尽了屈辱，但他在精神上却“常处优胜”，因为他有一套自我欺骗、自我麻醉的“精神胜利法”，当他在现实中失败的时候，他就用一种可笑的幻想来维护自尊，与现实对抗：现实既然是贫穷的，他就想像自己过去或者将来很富裕：“我们先前——比你阔得多啦！”“我的儿子会阔得多啦！”当他打不过别人，被人揪住辫子，往墙上碰头后，他就想：“我总算被儿子打了，现在的世界真不象样……”于是心满意足。以后别人知道了他这一招，先逼他承认是“人打畜牲”，他被逼不过，索性承认自己是“虫豸②”。但不久，他依然取得了“精神胜

① 土谷祠：土地庙。
② 虫豸（zhì）：虫子。

利”，因为他觉得自己是“第一个能够自轻自贱的人”，由这自轻自贱的“第一”想到状元也是“第一”，结果自己也就在对天下第一的想像中得到满足。直到有一次赌博，他赢的一堆钱被别人抢走，而无论把别人想成儿子还是把自己当成虫豸，都不能改变这没钱的现实，这时他“才有些感到失败的苦痛”：

> 但他立刻转败为胜了。他擎起右手，用力的在自己脸上连打了两个嘴巴，热剌剌的有些痛，打完之后，便心平气和起来，似乎打人的是自己，被打的是别一个自己，不久也就仿佛是自己打了别个一般，——虽然还有些热剌剌——心满意足的得胜的躺下了。（第二章）

与这种幻想中的自欺欺人相应，他不允许别人说他身上的缺点，也非常容易忘记自己生活中的不幸，而使他在不幸的生活中永远感到满足的另一重要原因，是他会不由自主地把自己的痛苦转移到比他更弱小的人身上。比如，有一天，他先后被他最看不起的两个人——王胡和“假洋鬼子”——痛打之后，一眼看到静修庵①里的小尼姑，立刻把愤怒发泄在她身上：

> “我不知道我今天为什么这样晦气，原来就因为见了你！”他想。他迎上去，大声吐一口唾沫：
>
> “咳，呸！”
>
> 小尼姑全不睬，低了头只是走。阿 Q 走近伊身旁，突然伸出手去摩着伊新剃的头皮，呆笑着，说：
>
> “秃儿！快回去，和尚等着你……”
>
> “你怎么动手动脚……”尼姑满脸通红的说，一面

① 庵：常常指尼姑所住的庙。

赶快走。

酒店里的人大笑了。阿 Q 看见自己的勋业得了赏识，便愈加兴高采烈起来：

“和尚动得，我动不得？”他扭住伊的面颊。

酒店里的人大笑了。阿 Q 更得意，而且为满足那些赏鉴家起见，再用力的一拧，才放手。

他这一战，早忘却了王胡，也忘却了假洋鬼子，似乎对于今天的一切“晦气”都报了仇；而且奇怪，又仿佛全身比拍拍的响了之后更其轻松，飘飘然的似乎要飞去了。

……

“哈哈哈！”阿 Q 十分得意的笑。

“哈哈哈！”酒店里的人也九分得意的笑。（第三章）

如果说前面那种用幻想抵抗现实式的精神胜利法还使人感到阿 Q 的可笑可怜，那么这种靠欺负弱小来转移痛苦、发泄愤怒的精神胜利法就使人感到他的可鄙[①]可恨了。阿 Q 通过对小尼姑的胜利来掩盖自己对王胡和“假洋鬼子”的失败，这样一种精神胜利已经从单纯的幻想变成了某种现实的行动，不过这种行动所针对的不是欺辱他的强者（王胡、假洋鬼子），而是只能被他欺辱的弱者（小尼姑），小尼姑在阿 Q 的幻想中做了王胡、假洋鬼子等的替身。有了这种幻想和由幻想产生的行动，就使阿 Q 可以在不必改变现状的前提下获得精神上的满足。

阿 Q 式的精神胜利法很容易使人联想到自从 1840 年以来中国封建政府在内政外交政策的连连失败面前所表现

① 可鄙：让人看不起。

出的种种自欺欺人的态度，但是作者把精神胜利法写在了阿Q这样一个连自己的姓名都不大清楚的贫苦农民身上，显然不是只想把阿Q作为一个政治讽刺的符号，而是试图通过阿Q的形象，“画出这样沉默的国民的魂灵来”（鲁迅《俄文译本〈阿Q正传〉序及著者自叙传略》），这就是说，他想通过这个人物表现出当时一般中国人精神上所普遍存在的弱点。在作者看来，在中国人身上普遍存在着一个问题，就是不愿或不敢正视现实中的缺点和自己身上的不足，只想通过幻想来满足自己的自尊心，正是人们身上普遍存在的这种反现实主义的生活态度，使得人们安于现状，不求进取，严重影响了中国的进步和发展；阿Q主义决不仅仅存在于阿Q个人身上，也不仅仅存在于封建统治阶级或少数落后群众身上，作为一种文化现象，它存在于一个整体中。正像小说中所描写的，当阿Q被枪毙的时候，他的周围到处都是围观的群众，他们瞪着狼一样的眼睛，“发出豺狼的嗥叫一般的声音”。这些眼睛不但“穿透了他的皮肉”，还要“咀嚼他皮肉以外的东西”：

> 这些眼睛们似乎连成一气，已经在那里咬他的灵魂。（第九章）

在这里，我们又一次看到了《狂人日记》中的吃人场面：阿Q的灵魂是被一个群体所“咀嚼”的，这就是说，他的思想是在一个群体的共同作用中形成的，在这群体中的每一个人，也都是一个阿Q，他们在这个群体中被吃，同时也吃人，由此构成了一个可怕的社会；要改变这样的社会，就要设法改变每一个构成这社会的人：

> 我的方法是在使读者摸不着在写自己以外的谁，一下子推诿掉，变成旁观者，而疑心到象是写自己，又

象是写一切人，由此开出反省的道路。（鲁迅《答“戏”周刊编者信》）

作者不想让读者成为一个阿Q精神的旁观者，而是想使人们（也许也包括作者自己）对照阿Q进行自我反省，从而达到“改良思想”的目的。最早认识到这点的是沈雁冰（茅盾），他在1923年写的《读〈呐喊〉》那篇文章中说：

> 我们不断的在社会的各方面遇见‘阿Q相’的人物，我们有时自己反省，常常疑惑自己身中也免不了带着一些‘阿Q相’的分子。……我又觉得‘阿Q相’未必全然是中国民族所特具。似乎这也是人类的普通弱点的一种。

阿Q和他的精神胜利法似乎的确有一种“超时空”性，每当我们在现实面前无可奈何，只好用幻想来安慰自己的时候，我们眼前就会出现阿Q那张心满意足的面孔。

但是在小说中，精神胜利法似乎并不能永远使阿Q感到满足，否则我们就无法理解为什么当1911年的辛亥革命到来的时候，阿Q要参加革命党：

> “革命也好罢，”阿Q想，“革这伙妈妈的命，太可恶！太可恨！……便是我，也要投降革命党了。”（第七章）

精神胜利法不过是弱者在无力改变现实环境时采用的一种自我欺骗的方法，幻想的胜利只能掩盖却无法真正抵消现实的失败所造成的痛苦。在阿Q感到满足和得意的时候，他其实只是把痛苦掩藏到内心深处，这种无法消除的痛苦经过长期的压抑和积累，一旦现实条件发生了变化，它就会爆发出来。所以，当有人提出阿Q想做革命党，这跟他一向的性格不一致时，鲁迅说：

> 据我的意思，中国倘不革命，阿 Q 便不做（革命党），既然革命，就会做的。（《〈阿 Q 正传〉的成因》）

但是，认为阿 Q 会做革命党并不意味着鲁迅赞成阿 Q 式的革命，他接下来说：

> 但此后倘再有改革，我相信还会有阿 Q 似的革命党出现。我也很愿意如人们所说，我只写出了现在以前的或一时期，但我还恐怕我所看见的并非现代的前身，而是其后，或者竟是二三十年之后。

鲁迅这样说，是针对当时有人认为阿 Q 的时代已经过去了，人民已经有了真正的革命觉悟。鲁迅不同意这种看法，他担心将来"还会有阿 Q 似的革命党出现"。显然，这说明他并不赞成"阿 Q 似的革命党"。在小说中，作者生动地描写了阿 Q 对于革命的幻想：

> "造反？有趣，……来了一阵白盔白甲的革命党，……叫道，'阿 Q！同去同去！'于是一同去。……
>
> 这时未庄的一伙鸟男女才好笑哩，跪下叫道，'阿 Q，饶命！'谁听他！第一个该死的是小 D 和赵太爷，还有秀才，还有假洋鬼子，……留几条么？王胡本来还可留，——但也不要了。
>
> 东西，……直走进去打开箱子来：元宝，洋钱，洋纱衫……秀才娘子的一张宁式床先搬到土谷祠，此外便摆了钱家的桌椅，——或者也就用赵家的罢。自己是不动手的了，叫小 D 来搬，要搬得快，搬得不快打嘴巴。……
>
> 赵司晨的妹子真丑。邹七嫂的女儿过几年再说。

假洋鬼子的老婆会和没有辫子的男人睡觉，吓，不是好东西，秀才的老婆是眼胞上有疤的。……吴妈长久不见了，不知道在那里，可惜脚太大。”（第七章）

在阿Q的想像中，革命就是把自己所恨的人（无论是作为统治者的赵太爷还是作为劳动者的小D）都杀掉，把自己所没有的好东西和女人都抢到手。有趣的是，在阿Q的想像中，他自己经过革命变成了赵太爷式的主子，理所当然地要去欺压奴仆——打小D的嘴巴了。所以作为长期精神压抑之后的总发泄，阿Q式的革命，不过是要从奴隶变为主子，然后把以前的主子和别的奴隶一起踩在了脚下，中国的社会面貌并不能因为这样的革命而有所改变。作者在此深刻写出了中国历史上以改朝换代为最后结果的历次革命的心理根源。问题的复杂性在于，就连这样的革命党，阿Q也没能做成，一些本来应该成为革命对象的人反而混入了革命阵营，阿Q本人不但依然是奴隶，而且以抢劫犯为罪名被判处死刑，作者笔下的辛亥革命因此也就成为新主子联合一部分旧主子去杀人的改朝换代式的革命，一种不允许阿Q参加的阿Q式的革命。这样看来，阿Q没做成革命党，固然是革命的悲剧，但即使做成了革命党，这革命未必不是悲剧性的。在作者看来，假如不设法改变人的思想，悲剧的结局似乎就是不可避免的。

五、鲁迅小说的艺术成就

鲁迅小说的艺术成就，首先表现在他善于用短篇小说的形式探索人的精神面貌。

从20世纪初期的谴责小说以来，中国小说常常把揭露社会黑暗，反映民间疾苦作为基本创作主题，而所谓反映民间疾苦，一般只限于反映劳动者物质生活方面的不幸与痛苦（生活如何贫困，地位如何低下，命运如何悲惨等等），却忽略了对人的精神方面的表现。与此不同的是，鲁迅的小说虽然也写劳动者物质生活的不幸，但他更注意探索人的精神面貌，表现人的灵魂怎样在一种社会环境和文化氛围中苦苦挣扎，怎样在其中扭曲变形。在这方面，他的小说与西方一些现代作品有相似的地方，但西方现代作品中所表现的常常是人在现代资本主义社会中的异化，鲁迅小说所表现的，却是人在传统的中国社会中的扭曲。这样，在一些西方作家和学者出于对现代物质主义的反感，把西方中世纪或东方作为人性的理想乐园的时候，鲁迅却用他的小说告诉人们，中国传统的所谓精神文明其实在以另一种方式对人性进行摧残。

正因为他对人的这种精神特征有着深刻的认识和体验，所以他笔下的人物性格常常能写得深入而复杂，在这些人物身上，我们常常很难简单地用“好”“坏”“善”“恶”这样的字去评价他们。谁能简单地断定阿Q是“好人”还是“坏人”呢？当他在精神胜利中沾沾自喜时，我们觉得他可笑可怜，而当他向小尼姑发泄愤怒的时候，我们又觉得他可气可恨。他所做的一切，实在很难有哪一件称得上“好”或“善”，但是看过全书之后，又使人觉得“在未庄里阿Q还是唯一可爱的人物，比别人还要正直些”（周作人《阿Q正传》）。《祝福》中的祥林嫂究竟是一个“反抗”的典型还是一个“忍从①”的典型？学术界曾经对此进行过争论。祥林嫂的确用逃婚、抗婚、捐门槛等方式表现了她对命运的反抗，但是由于这种“反抗”的目的只是要挣扎着做一个符合封建道德规范的人，所以它本身也正是一种忍从。祥林嫂的一生也的确表现出了中国妇女伟大的善，但是当这善伟

① 忍从：忍受、服从。

大到要强迫自己去服从一种摧残人性的礼教的迫害的时候，善良本身又成为一种精神上的麻木。祥林嫂所表现出的正是一种反抗同时是忍从，善良同时是麻木，坚强同时是软弱的复杂性格。同样，华老栓老实中的愚昧，孔乙己真诚时的优越感，涓生诚实背后的自私，都使对立的两极在具体人物身上得到某种消解，人物的性格和精神面貌于是变得复杂。

鲁迅还常常深入到人的深层意识之中，从人的表层意识和深层意识之间的矛盾中，探索人的精神世界的奥秘。阿Q靠精神胜利而获得的得意和满足隐藏着深层意识中的失意和不满，终于引发了要做革命党的冲动；涓生对爱的感慨的深层意识里隐含着推卸责任的自私。如果说这些还是作者在无意识中表现出来的，那么另外一些作品中，作者却显然在有意利用弗洛伊德①的精神分析学原理揭露人深层意识中的问题。比如在《肥皂》中，一向道貌岸然的四铭有一天看到一个为了祖母讨饭的"孝女"被两个流氓调笑，其中一个说："阿发，你不要看这货色脏。你只要去买两块肥皂来，咯支咯支遍身洗一洗，好得很哩！"四铭对两个流氓的调笑非常气愤，对那女子的孝行大加赞扬，但在回家的路上，他却为自己的妻子买了块肥皂。这个行为中所隐含的无意识内容被他妻子以女性所特有的敏感揭破了："你是特诚买给孝女的，你咯支咯支的去洗去。我不配，我不要，我也不沾孝女的光。"在此，作者利用人的表层意识和深层意识之间的矛盾，暴露了那些旧道德的维护者灵魂的虚伪。

鲁迅小说的艺术成就，还表现在他为自己的小说创造

---

① 弗洛伊德：Sigmund Freud，1856—1939，奥地利著名心理学家，精神分析学派创始人。他认为人的行为并不总是受理性的意识支配，而更多的是受到了被压抑了的本能（特别是性本能）的指使，这本能以潜意识（unconsciousness）的方式在暗中活动着，经常使人做出一些意想不到的事来。

了独特的表现形式。鲁迅的小说受到了外国文学，特别是欧洲 19 世纪以来现实主义小说的直接影响，无论是在人物、情节还是结构、语言方面，他似乎都想努力摆脱中国传统小说的模式，但是他对中国传统文学的深厚修养又在暗中深深地影响着他的小说创作；现实主义是鲁迅小说创作的基本原则和方法，但是他所理解的现实主义又是一种兼收并蓄的现实主义，凡是他认为有助于深刻地反映现实，表现人生的创作方法，包括现代主义的方法，都可以被他接受；鲁迅的接受又不是一种盲目的接受，作为一个有思想有个性的作家，一切别人的东西，都要经过他自己的消化，才能变成自己的东西。这些复杂的因素构成了鲁迅小说独特的表现形式，这里举些例子略加说明。

一、写实与象征的结合。

作为一个现实主义作家，鲁迅善于用严格的写实方法塑造人物，编织情节，但他的小说也经常吸收象征主义的表现方法，他不是让象征脱离对现实事物的真实描写而独立存在，相反，他使真实的描写本身具有象征意义。《狂人日记》就是象征与写实高度结合的作品，此外，在《药》《孔乙己》《故乡》《风波》《阿 Q 正传》《伤逝》《在酒楼上》等作品中，都常常可以在写实的基调中发现象征的旋律。比如《孔乙己》的开头介绍鲁镇酒店的格局，将顾客自然而然地分成两部分：一部分是靠柜台外站着喝酒的“短衣帮”，一部分是“踱进隔壁房子里”坐着喝酒的“穿长衫的”。从写实角度看，这既是当地民俗的真实写照，又描绘出孔乙己的生活环境；从象征角度看，这里暗示给我们一种等级制的分明的界线，上等人与下等人自然而然地以服装为标志，被墙壁隔开，这墙壁是无处不在的，而孔乙己作为“站着喝酒而穿长衫的唯一的人”，则始终不能“踱进”上流社会，又永远无法融入短衣帮。同样味道的象征在《药》里也出现过：

> 西关外靠着城根的地面，本是一块官地；中间歪歪斜斜一条细路，是贪走便道的人用鞋底造成的，但却成了自然的界限。路的左边，都埋着死刑和瘐毙的人，右边是穷人的丛冢。两面都已埋到层层叠叠，宛然阔人家里祝寿时候的馒头。

这里，对于坟地的逼真描写不但为两位出场人物——华大妈和夏四奶奶——提供了一个凄凉的背景，而且通过"用鞋底造成"的"自然的界限"，使我们感受到了一种隔阂：那些死于屠杀的人（包括夏瑜那样的革命者）和死于贫困的人（包括华家那样的老实人）之间无法沟通，而他们又共同做了"阔人家"——上流社会——的牺牲品。《风波》中的象征，是通过人物语言表现出来的，九斤老太从头到尾差不多只会说一句话："一代不如一代！"这里真实地表现出一个老年人的怀旧心理，当他们发现眼前的时代已经不属于自己的时候，他们就用想像中美好的过去——那个曾经属于他的最辉煌的时代——来与现实对抗。这种怀旧心理在当时日益衰落的现实社会中，又成为一种普遍的民族情绪的代表。然而，由于这句话的反复出现，它又在小说中构成一种象征性的基调，为小说所描写的辛亥革命后的现实环境增添了一种阴郁气氛。

二、主观与客观的结合。

现实主义小说一般要求真实客观地反映现实生活，即使写到人的主观感觉活动，也总是带着某种理性的明晰性。鲁迅的小说当然也不乏客观描写，但他却并不因此而把人的主观活动隐藏起来，在很多情况下，他正是通过一种主观与客观的结合来表现人的精神面貌。比如，他的一些小说中带有明显的主观印象色彩，《示众》中写围观杀人的场面，从头到尾都只给人一种朦朦胧胧的印象。《药》的描写也有很多印象主义成分，小说并没有正面交代华老栓上哪儿去，去干什么，也没交代他买的是什么“药”，儿子是什么病，甚至连儿子的死都没做正面交代，作者只是通过由一些场面和对话组成的感觉印象把故事情节暗示给我们，由我们自己将这些印象综合起来进行解释。这些感觉印象似乎处在理性反思之前，一种客观与主观还没分开的状态。华老栓去买“药”，看到丁字街，吃了一惊，忙“蹩进檐下”：

> “哼，老头子。”
> “倒高兴……。”
> 老栓又吃一惊，睁眼看时，几个人从他面前过去了。一个还回头看他，样子不甚分明，但很像久饿的人见了食物一般，眼里闪出一种攫(jué)取的光。……仰起头两面一望，只见许多古怪的人，三三两两，鬼似的在那里徘徊；定睛再看，却也看不出什么别的奇怪。

在此，我们不能直接知道老栓的感觉是否真实，因为作者没有把这种感觉的正确与否明确告诉我们。经过理性反思，我们才能大致推断，老栓在这里的很多感觉是纯主观的，因为从前后文来看，他是个非常老实、胆小的人，如今为了儿子的病来到杀人的刑场买“药”，身上带的钱又来之不易，而这是救儿子命的惟一希望，这一系列原因使他见到生人时非常紧张，生怕那救命的钱会被人抢去，所以感觉别人眼里有一种“攫取的光”。尽管如此，有些细节的客观性问题还是值得怀疑的。比如，前面两句话：“哼，老头子。”“倒高兴……”，到底是真的有人这么说，还是仅仅是老栓自己的错觉呢？不过这是无关紧要的，作者只是想用华老栓的主观感觉来表现他紧张的心情，而通过这一表现，他的性格和心理也就得到了客观的反映。

在一些心理活动的描写中，鲁迅也没有完全严格地按照传统现实主义所惯用的方法，有时候他用一种有点像后来的意识流小说①那样的语言来模仿人物的内心独白。整个《狂人日记》都在对精神病人混乱、跳跃、流动的意识进行模仿，此外，阿Q对于革命的那段幻想，《风波》中七斤最后的内心独白等，也都是混乱、跳跃的，举后者为例：

> 他心里但觉得事情似乎十分危急，也想想些方法，想些计画，但总是非常模糊，贯穿不得："辫子呢辫子？丈八蛇矛。一代不如一代！皇帝坐龙庭。破的碗须得上城去钉好。谁能抵挡他？书上一条一条写着。入娘的！……"

在辛亥革命中，七斤被人剪去了辫子，当他听说皇帝又要重新回来了，没有辫子的要杀头，心里非常不安，这段跳跃式的内心独白，非常真实而生动地反映了他在当时那种混乱、焦虑、不知怎么办好的心情。

三、新颖的构思。

鲁迅小说的构思新颖多样，有些小说，如《风波》《肥皂》《离婚》等，截取某一个或几个生活场景，进行横断面的描写；有些小说，如《在酒楼上》《孤独者》《伤逝》等，把一个较长的时间段落中的生活琐事、通过内心感受连缀起来；有些小说是印象式的布局（如《药》），有些小说是散文式的结构（如《社戏》）；有些小说，比如《示众》，没有一个人名，没

---

① 意识流小说：西方现代主义小说的一个流派，主要兴起于20世纪20年代的英、法、美等国。这派小说试图表现人物意识流动的全过程，特别是那些混乱的、非理性的无意识活动。其代表作品有，弗吉尼亚·伍尔夫（英）的《墙上的斑点》、詹姆斯·乔伊斯（爱尔兰）的《尤利西斯》、马塞尔·普鲁斯特（法）的《追忆似水年华》、威廉·福克纳（美）的《喧哗与骚动》等。60年代以后，意识流小说的一些创作方法已经为越来越多的作家所吸收。

有一个主人公，只用朦朦胧胧的人影构成一个行动的整体——麻木无知的群众；又有些第一人称的小说，比如《孔乙己》《祝福》《伤逝》等，叙述人本身就是作品中的一个人物，他对故事内容的认识并不能完全代表作者自己，但也不是完全不能代表作者自己，总之，在这类小说中，叙述人与作者的认识之间有一个不大不小的距离。这种情况值得研究。我们先来看《孔乙己》，作者从“我”——酒店小伙计——的眼中观察酒店中发生的一切，起初，我们不能不假定他的观察是正确的，而且作者也总是通过“我”来发表他对人物的认识，比如，“孔乙己是站着喝酒而穿长衫的唯一的人”。但是，随着情节的发展，特别是当“我”本人也加入到与孔乙己的交谈中，“我”的思想（“讨饭一样的人，也配来问我？”）和行为（“不再理会”）与读者对孔乙己的同情发生冲突的时候，我们就对“我”是否能代表作者本人产生了怀疑。《伤逝》的情况要复杂一些，由于它是以忏悔者回忆的方式结构的小说，作为一个叙述人的涓生跟作为一个当事人的涓生的认识并不一致，所以从一开始，我们就不得不对涓生当时的一些想法表示怀疑，同时假定他后来的想法与作者一致。但到小说的结尾，我们又不得不对他后来的想法表示怀疑，特别是当他在悔恨之中把他们这场婚姻悲剧的原因差不多全算到自己个人身上的时候。不过无论是作为叙述人还是当事人，涓生的不少感慨本身也差不多就是作者的感慨，比如，“人必生活着，爱才有所附丽。”这句话虽然成了涓生推卸责任的借口，但它本身却是无可非议的，作者也正是借着这句话来暗示这场爱情悲剧的原因。叙述人与作者之间距离的拉开，可以使读者改变那种对叙述人绝对信任的方式，重新探讨作者的创作意图，这个探索过程，实际上也就是读者的再创作过程。

第三节　鲁迅的散文

小说创作只是鲁迅全部作品中的一小部分，他的作品中数量最多的是散文，确切地说，是散文中的杂文。

一、杂文

杂文这个词虽然不是鲁迅独创的，但却因为鲁迅的关系而受到人们的重视，似乎成为一种专门的文体。其实按鲁迅的说法，广义的杂文不过是把文章不分种类，只按写作时间编排，这样就显得“杂”了起来，他认为这样编排的好处是容易看出时代的面貌和作者的思想经历来，便于“知人论世”（《且介亭杂文·序言》）。所以在他的作品中，除了一些单独成书的学术著作（如《中国小说史略》）、小说和两册按类编成的散文集外，其他文章，无论是议论、叙事还是抒情的，都被他称为杂文。不过这些文章中多数是针对社会思想文化问题发议论、抒感慨的，即使是一些回忆性的散文和学术性的论文，也随时夹杂一些这样的议论，所用的方法又经常是讽刺性的，所以后来人们经常把那些专门讽刺社会的议论性散文叫做杂文。这个定义对鲁迅杂文来说似乎过窄了一些。鲁迅既然把自己的差不多什么文章都算成杂文，那也就是说，任何种类的文章他都可以当成杂文来写。鲁迅的杂文不是他散文中的某种特殊类型，而是从一种创作态度中产生的散文风格，他时刻不忘现实人生，写任何文章的时候都从自己对社会人生的认识和感受出发，随时针对现实问题发议论、抒感慨，杂有这种议论和感慨的散文，无论属于哪种类型，都可以称为杂文。当然，鲁迅写得最多的还是那些议论性散文。

鲁迅在杂文中用议论的方式直接表达了他对社会人生的深刻而独到的认识，从议论的范围来说，他的杂文大致包括几个方面：一是对政治、时局方面的评论，包括对政治黑暗的揭露，对政治运动的评说，对政府卖国政策的谴责等等；二是对一般社会现象、文化现象、文艺问题等的议论，可能从某一事件或人物出发，但并不专门针对一人一事；三是专门针对某一事件或人物进行评论，包括他所参加的各种政治、思想、文艺方面的论战。但即使是专论，他也不想仅仅对个别事件进行指责，更不想对个人进行人身攻击；个别事件或人物所以能成为他议论的材料，在他看来，仅仅是因为它代表了一种社会现象，或者用他自己的话来说，一种“类型”①。同样，政治评论虽然在他的杂文中占有一定数量，但是他也不想简单地把杂文变成一种政治斗争的工具，相反，政治现象本身也正是一种社会现象，一种人的现象，所以它依然可以成为我们认识社会、认识人的“类型”。写“类型”，既是鲁迅杂文的创作方法，又是鲁迅杂文的创作目的，而正是这种“类型”的创作，贯穿着鲁迅对传统“国民性②”的批判与改造的基本思想。比如，1925 年，北京女子师范大学有一次规模很大的学生运动，围绕着这次学潮以及同时发生的一些政治性事件，鲁迅与一位反对学生运动的学者陈西滢之间有一场长时间的笔战。在他的《华盖集》《华盖集续编》等杂文集中，相当数量的文章，像《并非闲话》《忽然想到》《不是信》《我还是不能带住》《论“费厄泼赖”应该缓行》等，都是这次论争的产物。也许在论战中鲁

---

① 在《伪自由书·前记》中，他说自己的杂文是“论时事不留面子，砭锢弊常取类型”。

② 国民性：指国人中普遍存在的精神特性，特别是精神上的弱点（“劣根性”）。鲁迅一向强调对于国民精神弱点的批判和改造，并把这作为他从事文学创作的主要目的。

迅的一些措词过于激烈了一点，也许他对陈西滢的批评的具体细节里有一些不完全合乎实际的地方，但是从整体上看，鲁迅对陈西滢等人的批评是有道理的，问题还不在于陈西滢的认识是否正确，而在于他表达自己意见时那种故意显得公正、客观的态度，鲁迅认为正是这种态度表现了中国人深层意识中的一些问题。在鲁迅看来，这种表面的公正是一种十足的虚伪，不过是想掩盖自己内心深处的偏袒和自私，在群众中获得一种真理和正义的美名，从而打败对手。他说：

> 我自己也知道，在中国，我的笔要算较为尖刻的，说话有时也不留情面。但我又知道人们怎样地用了公理正义的美名，正人君子的徽号，温良敦厚的假脸，流言公论的武器，吞吐曲折的文字，行私和利己，使无刀无笔的弱者不得喘息。倘使我没有这笔，也就是被欺侮到赴诉无门的一个；我觉悟了，所以要常用，尤其是用于使麒麟①皮下露出马脚。(《华盖集续编·我还是不能带住》)

当陈西滢的“麒麟皮”被揭穿以后，他就在鲁迅笔下成为一种“类型”，从这类型中，鲁迅让我们看到儒家中庸思想在实行过程中会使人变得怎样的虚伪。他用“叭儿狗”来比喻这样一种中庸类型：

> 狗和猫不是仇敌么？它却虽然是狗，又很像猫，折中，公允，调和，平正之状可掬，悠悠然摆出别个无不偏激，惟独自己得了“中庸之道”似的脸来。因此也就为阔人，太监，太太，小姐们所钟爱，种子绵绵不绝。(《坟

---

① 麒麟：中国传说中的一种动物，形状像鹿，独角，全身生鳞甲，尾像牛。

·论费厄泼赖应该缓行》)

在他看来,叭儿狗所以比别的狗更可恨,就是因为它用又像狗又像猫的"中庸"的面孔来掩盖自己作为狗的本性,它具有欺骗性。

这种写类型的方法与小说中写人的方法很不相同,小说所进行的是在具体环境中的形象描写,这里却是在对现象的直观中进行理性的描述、说明。不过和一般论文不同的地方在于,这种描述、说明既不是从一个公理出发进行演绎,也不是从尽可能多的现象中去进行归纳,而是采取类似现象学的方法,对几个甚至一个现象进行"本质直观",换句话说,某一现象所以能变成鲁迅杂文中的类型,正是因为在对这个现象的直观中凝聚着他对生活的全部体验。陈西滢现象不过把鲁迅一向对中庸思想的体验激活而已。我们再来看写在1925年的《灯下漫笔》(《坟》),文章第一节的开始写了自己的一段亲身经历:1916年,银行一度停止将钞票①兑换成银元,商人们因此不肯收钞票。鲁迅由于手中钞票不能用,"很有些恐慌",后来总算暗中用六七折的价钱换成了银元,折价兑换虽然吃亏,但是比起根本兑换不成的情况来说,却要好多了,所以他感到"非常高兴":

> 但我当一包现银塞在怀中,沉垫垫地觉得安心,喜欢的时候,却突然起了另一思想,就是:我们极容易变成奴隶,而且变了之后,还万分喜欢。

他从换钱这件事上发现了自己身上的某种奴隶心态:虽然受到了不公正的待遇,却还感到"万分喜欢"。由此发

① 钞票:纸币。

生联想,他描述了中国的老百姓在动乱之中生命安全没有保障,因而情愿在和平环境中做奴隶的心态,从而把中国的历史概括为两个时代的循环:

> 一,想做奴隶而不得的时代;
> 二,暂时做稳了奴隶的时代。

这个结论显然不是从一个公认的前提推出的,也没有用足够的材料去做归纳的依据,只是从自己的"奴隶心态"出发去分析一般人可能有的奴隶心态,然而我们却感到其中有着一种内在的说服力,对中国的历史和现实的感受越深,就越会感到这种说服力的强。原因就在于鲁迅在对兑换银元这一事件的直观中蕴含着他对整个中国历史和现实的体验。有时候,鲁迅甚至干脆不举任何具体例子,直接对本质直观的结果进行描述。在 1918 年 11 月写的《随感录三十八》(《热风》)中,鲁迅这样写道:

> 中国人向来有点自大。——只可惜没有"个人的自大",都是"合群的爱国的自大"。这便是文化竞争失败之后,不能再见振拔改进的原因。

这当然是一种理性的论说,但是整篇文章都没有告诉我们这种没有"个人的自大",只有"合群的爱国的自大"的说法有什么根据,甚至也没有告诉我们那种"合群的爱国的自大"具体表现在哪些问题上,只是分析了这种自大的心理原因:

> "合群的自大","爱国的自大",是党同伐异,是对少数的天才宣战;……他们毫无特别才能,可以夸示于人,所以把这国拿来做个影子;他们把国里的习惯制度抬得很高,赞美的了不得;他们的国粹,既然这样的荣

光，他们自然也有荣光了！倘若遇见攻击，他们也不必自去应战，因为这种蹲在影子里张目摇舌的人，数目极多，……胜了，我是一群中的人，自然也胜了；若败了时，一群中有许多人，未必是我受亏：大凡聚众滋事时，多具这种心理，也就是他们的心理。他们举动，看似猛烈，其实却很卑怯。

他认为这些人所以要表现得爱国，不过是想成为多数人中的一个，去仗势欺人，表面上看起来很勇敢，其实却正是一种自卑心理的表现。这并不是对某一个人的自大心理进行的具体描绘，而是抓住了他所直观到的这类人物的共同心理进行描述。作者不想在这种直观认识之外，为它的真实性找根据，而是要通过对直观认识的描述本身引起读者的共鸣。任何一个对生活有着类似体验的人，都会从自己的生活经验中找到证明。这里，类型是在对“合群的爱国的自大”这一词语的解释中形成的。

显然，在鲁迅的这些理性描述中，蕴含着浓厚的感情色彩。这并不仅仅意味着鲁迅杂文中经常穿插着不少抒情段落，对人生的体验本身正是一种情感活动，只有当作者企图对自己的体验进行解释和描述的时候，理性才开始工作。在杂文创作的过程中，理性从情感中生出，又通过自身把情感表现出来。正像鲁迅自己所说的，文人因为是文人，“他的是非就愈分明，爱憎也愈热烈”：

他得像热烈地主张着所是①一样，热烈地攻击着所非，像热烈地拥抱着所爱一样，更热烈地拥抱着所憎

① 所是：“是”，对，正确，意思与“非”相反。“所”在这里可以看成一个特殊的代词。“所是”等于说正确的事物。下面的“所非”，也等于说不正确的东西。

——恰如赫尔库来斯(Hercules)的紧抱了巨人安太乌斯(Antaeus)一样，因为要折断他的肋骨。①（《且介亭杂文二集·再论“文人相轻”》）

正像这段议论本身一样，他的杂文到处表现着那种爱其所是而憎其所非的强烈感情。在《这个与那个》(《华盖集》)中，他写到运动会长跑时，跑在最后的人很少能坚持跑完的，然后感叹说：

中国一向就少有失败的英雄，少有韧性的反抗，少有敢单身鏖战②的武人，少有敢抚哭叛徒的吊客；见胜兆则纷纷聚集，见败兆则纷纷逃亡。

后面又说：

我每看运动会时，常常这样想：优胜者固然可敬，但那虽然落后而仍非跑至终点不止的竞技者，和见了这样竞技者而肃然不笑的看客，乃正是中国将来的脊梁。

在《论睁了眼看》(《坟》)中，他举出一些文学作品和历史事实，说明人们不敢正视人生，只是用“瞒和骗”的方法逃避现实的生活态度，然后说：

中国人向来因为不敢正视人生，只好瞒和骗，由此也生出瞒和骗的文艺来，由这文艺，更令中国人更深地陷入瞒和骗的大泽中，甚而至于已经自己不觉得。世

---

① 根据希腊神话，安太乌斯只要靠着地面就力大无穷，所以后来赫尔库来斯把他举到空中，终于扼死了他。

② 鏖(áo)战：进行紧张艰苦的战斗。

界日日改变，我们的作家取下假面，真诚地，深入地，大胆地看取人生并且写出他的血和肉来的时候早到了；早就应该有一片崭新的文场，早就应该有几个凶猛的闯将！

这样充满激情的议论可以代表鲁迅杂文的一个重要特点。不过人的感情是多种多样的，在鲁迅看来，喜、笑、怒、骂都可以成为文章，他经常用讽刺的形式造成一种特别的趣味，比如在《一点比喻》（《华盖集续编》）中，他先引用Schopenhauer（叔本华①）的比喻，叔本华把绅士之间的礼让比喻成一群豪猪，因为天气寒冷而相互靠近，又因为彼此刺痛而互相分开，终于找到一个不远不近的距离。然后鲁迅把这个比喻加以引申，他说这样一种绅士的礼貌只能在豪猪和豪猪（也就是绅士与绅士）之间才能保持，因为使它们保持距离的原因在于它们身上都有刺：

假使豪猪们中夹着一个别的，并没有刺，则无论怎么叫，它们总还是挤过来。

这样通过对一个比喻的进一步分析、引申，鲁迅把对豪猪行为的想像创造成一个有趣的“类型”，从而讽刺了所谓绅士风度的虚伪。这种讽刺性的动物类型在鲁迅杂文中有很多，狗、猫、苍蝇、蚊子等等一经描述，都成了某种人格的代表。讽刺在鲁迅杂文中占有相当重要的地位，它使文章生动活泼，也可以使文章变得深奥难懂，特别是在一些论战式的文章中，当作者频繁引用对方的话，并加以归谬②的时

---

① 叔本华：Arthur Schopenhauer，1788—1860，德国哲学家。

② 归谬：一种反驳方法，把对方的观点加以引申，使人看到它矛盾、荒谬的地方。

候。不过鲁迅杂文的趣味常常也就在这里：一旦我们弄懂了它们，就会产生一种非常深的印象。

二、散文诗

散文诗可以看成是在散文和诗之间的东西，形式像散文，却有着抒情诗一样的感情。鲁迅写的散文诗大部分都收在《野草》里，写于1924到1926年之间。《野草》差不多是鲁迅最难懂的一部作品集，原因在于他在这一段时间里心情十分苦闷，他需要用文学的方式来宣泄痛苦，但又不愿意把自己对生活的全部看法告诉读者，所以就用了一种象征的方式来曲折地表达。这样的结果就使《野草》成为一部表现鲁迅的人生哲学的象征主义作品集，不但在形式上显得别具一格，而且可以从中看到他的思想中一些在别的地方不容易发现的成分。

《野草》中所表现出的鲁迅思想尽管复杂，但是却共同表现着一种人生态度，这种态度用一句话来概括就是：在绝望中抗争。这里，"抗争"一词是具有双重性的，一方面，他要反抗那令人绝望的现实，另一方面，这种对现实的反抗，同时也是对绝望自身的反抗。作为一个彻底的现实主义者，他不想用任何幻想欺骗自己，尽管他说青年应该"有不平而不悲观"，但是他自己对现实，至少在当时来说，却是非常悲观的，而对现实的绝望也就是对将来的绝望，这种情绪普遍流露在《野草》中。在《秋夜》里，他写到那"极细小的粉红花"在寒冷的秋夜做着春天的梦，然而枣树却是清醒的：

> 他知道小粉红花的梦，秋后要有春；他也知道落叶的梦，春后还是秋。

将来似乎只是过去和现在的循环，把希望寄托在将来跟把它寄托在过去一样都是不可靠的。在《影的告别》里，影子甚至不愿意到人们所理想的将来去：

> 有我所不乐意的在天堂里，我不愿去；有我所不乐意的在地狱里，我不愿去；有我所不乐意的在你们将来的黄金世界里，我不愿去。

因为他已经在人们的理想中预先感到了不理想，他“梦见”，人率领鬼魂战胜了魔鬼，统治了地狱，而鬼魂们却“得到永劫的罚，迁入剑树林的中央”（《失掉的好地狱》）。他引用匈牙利诗人裴多菲的诗来描述希望：

> 希望是甚么？是娼妓：
> 她对谁都蛊惑①，将一切都献给；
> 待你牺牲了极多的宝贝——
> 你的青春——她就弃掉你。（《希望》）

但是他又不愿意在绝望中倒下，他要做一个战士，向那绝望的现实社会宣战，使反抗本身成为一种人生价值：枣树虽然“落尽叶子，单剩干子”，却“默默地铁似的直刺着奇怪而高的天空，一意要制他的死命”（《秋夜》）；影子不愿意“彷徨于明暗之间”，宁可被黑暗沉没，或者被白天消失（《影的告别》）；“这样的战士”虽然陷入“无物之阵”，被“无物之物”战胜，成了“罪人”，但是他依然“举起了投枪”（《这样的战士》）。这种对令人绝望的现实的抗争又进一步发展成为对绝望本身的抗争：绝望和希望都是指向将来的，而将来的结果对于现在来说还是个未知数。他进一步引用裴多菲的诗说：

---

① 蛊（gǔ）惑：引诱，迷惑。

绝望之为虚妄①，正与希望相同！（《希望》）

既然绝望与希望同样是无法证实的“虚妄”，那么，又怎么能说一定没有希望呢？于是这种在绝望中的反抗同时又成了对绝望的反抗。但是在作者看来，这种希望可能并不在希望中，而在绝望中：当人不抱着任何幻想去向现实抗争的时候，他也许才有可能“于无所希望中得救”（《墓碣文》）。在《过客》中，过客不愿意听从老翁的劝告，停下来，只是固执地向前走，因为他听到前面有个声音在叫他，这个声音就是希望。正像裴多菲的诗中所说的，这希望之声是一种“蛊惑”，因为前面明明是坟（试比较：“待你牺牲了极多的宝贝——/你的青春——她就弃掉你。”），死，作为生命的结束，把人带到了绝望的极点，但是正是在这绝望之中，过客听到了希望的声音。这声音当然还是“虚妄”的，但它是对现实中一切“出路”都绝望后的最后的“蛊惑”——死路的蛊惑，既然这条通向坟地的路是人们不想走因而也没走过的，那么这终极的绝望在被人们证实之前也还是一种“虚妄”：

客——……老丈，走完了那坟地之后呢？

翁——走完之后？那我可不知道。我没有走过。

客——不知道？！

孩——我也不知道。

翁——我单知道南边；北边；东边，你的来路。那是我最熟悉的地方，也许倒是于你们最好的地方。你莫怪我多嘴，据我看来，你已经这么劳顿了，还不如回转去，因为你前去也料不定可能走完。

① 虚妄：虚假，不真实。

客——料不定可能走完？……（沉思，忽然惊起，）那不行！我只得走。

他当然无法料定能不能从死路中冲出来，但是有一点他却是可以料定的，就是假如不走，“回转去”，就永远出不来。这里，在绝望中的反抗（明知是死路却偏要走）本身也就同时成了反抗绝望。

三、回忆性散文

《朝花夕拾》中所收集的文章，都是鲁迅关于自己过去生活的回忆性散文，它们写在1926年2月到11月之间。文章回忆了作者青少年时代从故乡到日本的种种生活经历、思想变化，同时也写到了与作者有关的各种人物和事件，是了解鲁迅的生活和思想的一部重要资料。不过，正像书的《小引》中所说的，这些文章既然都是“从记忆中抄出来的”，与实际情况就可能“有些不同”。周作人晚年曾经指出《朝花夕拾》中有些地方与实际的情况不符，“故意把‘真实’改写成诗”（《知堂回想录》）。只是周作人的“回想”也是从记忆中抄出来的，那么到底谁的记忆更“真实”也还难以确定。只有作者的记忆本身是真实的，它作为一种体验活在作者的心中，成为他整个生命的一部分。

《朝花夕拾》中的散文虽然多数是叙述性的，但中间也常常夹杂着议论，有些文章，比如《狗·猫·鼠》《二十四孝图》《无常》等，议论跟叙述所占的篇幅差不多相同。这些议论常常是对现实社会的讽刺和攻击，使这些散文带有某种杂文成分。另一些更有名的散文是纯叙述性的，如《阿长与〈山海经〉》《从百草园到三味书屋》《藤野先生》《范爱农》等，人物、事件写得十分生动。《藤野先生》叙述了作者在日本学医时的一段经历，着重写了他与藤野先生之间那段令人难忘的关系，也写到了自己弃医从文的原因。作者将藤野先生生活上的随便和教学上的认真对照起来写，给人的印象很深：

> 这藤野先生，据说是穿衣服太模胡①了，有时竟会忘记带领结；冬天是一件旧外套，寒颤颤的，有一回上火车去，致使管车的疑心他是扒手，叫车里的客人大家小心些。

但他却非常仔细地修改作者听课时抄写的"讲义"，"不但增加了许多脱漏的地方，连文法的错误，也都一一订正"。《阿长与〈山海经〉》回忆了自己小时候的保姆长妈妈，对长妈妈性格的描写是在"我"对她由"不大佩服"到产生"新的敬意"的转变中完成的：

> 我实在不大佩服她。最讨厌的是常喜欢切切察察，向人们低声絮说些什么事。还竖起第二个手指，在空中上下摇动，或者点着对手或自己的鼻尖。……一到夏天，睡觉时她又伸开两脚两手，在床中间摆成一个"大"字，挤得我没有余地翻身，久睡在一角的席子上，又已经烤得那么热。推她呢，不动；叫她呢，也不闻。

直到最后作者"念念不忘"一本绘图《山海经》，又没机会买到的时候：

> 过了十多天，或者一个月罢，我还很记得，是她告假回家以后的四五天，她穿着新的蓝布衫回来了，一见面，就将一包书递给我，高兴地说道：
>
> "哥儿，有画儿的'三哼经'，我给你买来了！"

---

① 模胡：模糊。马虎，不仔细。

我似乎遇着了一个霹雳，全体都震悚起来；赶紧去接过来，打开纸包，是四本小小的书，略略一翻，人面的兽，九头的蛇，……果然都在内。

这又使我发生新的敬意了，别人不肯做，或不能做的事，她却能够做成功。她确有伟大的神力。

于是一切都翻了过来，长妈妈那滑稽可笑的外表中露出了一颗善良的灵魂。

思考题：

1. 什么是《呐喊》与《彷徨》的总主题？
2. 应该怎样理解《狂人日记》中"吃人"一词的含义？
3. 在《阿Q正传》中，阿Q的"精神胜利法"有哪些表现？鲁迅为什么要创造阿Q这样一个形象？
4. 应该怎样理解阿Q的"革命性"问题？
5. 结合具体作品，谈谈鲁迅小说的艺术成就。
6. 什么是杂文？鲁迅杂文有哪些特点？
7. 《野草》中表现了鲁迅什么样的人生态度？
8. 《朝花夕拾》是一部什么样的散文集？

第三章　文学革命时期的小说创作

20 世纪初期以来的中国小说虽然在文坛上占据了重要地位，在读者心中发生了巨大影响，但是从总体上看，它还没能真正脱离旧小说的格局，只能算是新旧小说之间的一种过渡。到了 1911 年辛亥革命以后，在一种普遍的失望情绪的影响下，小说界基本上被所谓“鸳鸯蝴蝶派”所把持，这派小说以写男女之情为主要内容，说是写情，其实作者往往缺少真情实感，只是为了商业上的要求在那里无病呻吟，是一种单纯消遣性的作品，不但情节上互相抄袭，思想上也夹杂着很多陈旧的道德观念，所以这派小说从总体上看是从文学改良时期的启蒙小说向着旧小说的倒退。直到 1918 年鲁迅的《狂人日记》的发表，真正意义上的现代小说才出现了。

按照这个时期的基本文学主张，小说创作可以分成两派，一派是以文学研究会为中心的人生派，一派是以创造社为中心的艺术派。人生派中又可以分成问题小说、写实小说、乡土小说等几个支派。不过这只是按照各自的文学主张所进行的一种十分粗略的分法，事实上，在具体的创作过程中，人生派与艺术派之间不一定有那么严格的界限，人生派小说中也有不少富于主观抒情性的作品，倾向于艺术派的小说家中也有人重视客观描写。

第一节　人生派小说

一、从问题小说到写实小说

问题小说　最早出现在五四文坛上的一批现代小说。作者常常用它们来发表自己对社会人生问题的看法，被后人称为问题小说。当时写问题小说的人有冰心、叶绍钧、王统照、汪敬熙、罗家伦、杨振声、俞平伯等。这类小说以“问题”的方式使文学与严肃的社会人生相接触，于是文学不再成为一种单纯的消遣品，这就跟当时流行的“鸳鸯蝴蝶派”小说有了鲜明的区别，又由于作者所提出的问题是人们普遍关心的，所以当时关心社会问题的读者读起来会觉得非常亲切、新鲜。不过时过境迁，当那些问题已经不成问题或者不再引起人们的兴趣的时候，这类小说也就不大有人再喜欢看了。这倒不是说不能在小说中提出问题，而是说小说家对于人生的发问应该是在他对人生的深刻体验中形成的，又是用艺术的方式加以表现，如果只把对社会问题的一时一事的看法用形象的方式表达出来，这就等于作家在创作之前先有一个概念，然后再用一些虚构的形象对这一概念进行解释，这样作品就成了观念的图解，缺少长久的生命力。尽管如此，问题小说本身却是长期存在的，每到一个时代的转折点，问题小说就会伴随着许多新的社会人生问题应运而生，这只要看一看 1977 年以后的一段时间里文学创作的情况，就可以大致清楚。在当时的人们看来，大约问题小说的主要问题在于作家缺少对生活的深入观察和描写，这样问题小说就渐渐被写实小说所取代。

写实小说 写实小说是指当时按照现实主义方法进行创作的小说。这类小说当然也可以提出社会问题，不过作家更重视的是对人生的如实描写，使人看了以后觉得真实可信。写实小说当然也可以抒发作者的个人感情，不过作家更重视的是在小说的描写中采取一种客观的态度，作者常常躲到幕后，让小说中的人物、事件自己来说话。鲁迅之外，叶绍钧最早成为创作这类小说的突出代表，此外，王统照、许地山等也都比较自觉地走上了写实的道路。不过所谓客观的真实如果有，也是要通过主观去理解的，作家对真实的理解不同，读者对真实的看法不同，什么样的作品更真实可信，有时就很难说清楚。写实小说在中国现代文学中影响最久，到了30年代，连原先艺术派的很多作家也都以各种方式向写实靠拢，写他们理解中的现实主义小说了。

冰心（1900—1999），女，原名谢婉莹，福建省福州市人，是中国现代文学史上最早开始文学创作的一位女性作家，也是问题小说的代表作家之一。在1919年开始小说创作的时候，她还是个大学生。她的小说能及时反映现实中人们所关心的问题，特别是当时的青年学生所关心的问题，加上她所使用的清晰流畅、富有女性特点的语言，使小说有很强的抒情性，所以在当时很有影响。但是，由于她的问题不是从对现实人生的深刻体验中发现的，所以小说中也有很明显的概念化倾向，她的小说好像是一个人对着没有生命的概念在抒情，尽管这种抒情语言可能有某种感染力，但是由于概念本身是没有生命力的，所以这种抒情性从整体上看就显得空洞无力了。这个时期冰心出版的小说集有《去国》《超人》等。

从《斯人独憔悴》（1919年10月）中可以看出她早期小说的特点。小说以五四运动为背景，写兄弟两个人，由于参加了爱国的学生运动，被父亲关在家中，不准再去上学。想像着别的同学都在热烈地参加爱国运动，自己却“连求学的希望都绝了”，不禁发出了“斯人独憔悴”①的感慨。小说反映了父与子之间的隔阂②，站在学生一边，要求学生的爱国行为得到家庭与社会的理解，这种想法本身是很真诚的，但是由于作者对两代人的问题缺少更深刻的感受，只是在用形象去图解这一问题，却不能使形象本身产生一种感人的力量，所以尽管作者在努力抒情，却还是难以获得使人难忘的艺术效果。

《超人》（1921 年）所反映的问题由政治转到人生哲学方面来。何彬是一个毫无感情的“冷心肠的青年”，然而他却被一个受伤的小孩子凄惨的呻吟声搞得睡不着觉，终于拿出钱来给那孩子治伤。在他要搬家的前一天晚上，他梦见一个白衣女人和满天星星一起飘进他的房间，站在他面前，他忽然觉得这就是他的母亲：

> 十几年来隐藏起来的爱的神情，又呈露在何彬的脸上；十几年来不见点滴的泪儿，也珍珠般散落了下来。

当他醒来的时候，却发现那个小孩子送来的花和一封信：

> 我有一个母亲，她因为爱我的缘故，也很感激先生。先生有母亲么？她也一定是爱先生的。这样，我的母亲和先生的母亲是好朋友了。所以先生必要收母亲的朋友的儿子的东西。

---

① “斯人独憔悴”：杜甫《梦李白》诗：“冠盖满京华，斯人独憔悴。”大意说，别人生活得都很不错，只有李白一个人最不幸。

② 隔阂：彼此不能理解。

何彬深深为这孩子的纯洁的感情所感动，从“超人”的高台上走下来，恢复了爱心。作者认为母爱和童心具有拯救人类的力量，使人回到彼此的真诚相爱之中，因此虚构了何彬这个形象，使他的心在孩子的呻吟中由冷变热。何彬转变的根本原因在于他的爱心并没有真正消失，只是藏在自己的无意识的深处，所以才能被孩子的呻吟声所激活。这虽然是可能的，但是由于这一转变过于容易了，使人无法不对童心和母爱所具有的神力怀疑，因而她的爱的哲学也无法通过这种图解而获得说服力。

王统照（1897—1957），字剑三，山东省诸城县人。他也是从 1919 年在北京读书时开始小说创作的，他的小说经历了从问题小说到写实小说的转变。他的问题小说虽然也有一些概念化的问题，但是由于他受到爱尔兰诗人叶芝（W. B. Yeats）等的影响，有意运用一些象征的手法，使他的小说比起一般问题小说来，显得要复杂一些，能给人一些概念之外的想像。在这些小说中，他常常以爱与美为主题，为黑暗的人生寻找一丝永恒的光明。其短篇小说集有《春雨之夜》《霜痕》《号声》等。

《沉思》（1921 年）写女优[1]琼逸为了一幅“极有艺术价值而可表现人生真美的绘画”，去给画家韩叔云做裸体模特，这在那时当然是一种十分大胆的行为，也因此得不到人们的理解。她的男朋友以及平日纠缠她的官吏，都闯到画室来，最使她无法理解的是，连那画家本人也“把持不定”，疯了似的跟那官吏扭打起来，她因此而失去了她的爱人，失去了名誉，也失去了她所要献身的艺术，她在失望和痛苦中对着湖水沉思。琼逸是作者理想中爱与美的化身，她的献身艺术的高尚行为却使她在现实中受到了不公正的待遇，

---

① 优：过去对戏曲演员等的称呼。

爱和美的理想在丑恶的现实中受到了玷污，因而使得这篇小说具有某种感伤的味道。耐人寻味的是画家韩叔云，他本来想通过这次绘画“实现出一个最高尚最合于理想的真美的人来”，然而在绘画的过程中，思想却“总是不能安静着”，等到琼逸的男朋友及纠缠她的官吏先后到来的时候，他“心里的艺术性，已经消失无余了，从心灵中冒出情热的火焰来”，直到最后大打出手，成了“兽性的狂人”。当美以现实中人的面貌现身的时候，就连这位美的创造者本人也在“兽性”的“情热”中不由自主地成为美的玷污者，现实世界中又哪里能有美的安身之地呢？有一种传统的习惯势力在无情地摧残着美，而这习惯的影响渗透在每个现实中人的心里。

在《微笑》(1922 年)中，作者终于为爱与美找到了一个安身之地，这就是监狱。小偷阿根在监禁期间，被一个美丽的女犯人的微笑所感动。他听说这个女人曾被卖给一个五十多岁的老头做二房①，她因不愿忍受这种命运，就把正房和老头一一毒死，被判处终身监禁，在病中她受到一个女医生的感化，改恶从善②，从此“对所有的人，与一切的云霞，树木，花草，以及枝头的小鸟，都向他们常常地微笑”。阿根受到了这微笑的感化，出狱以后“居然成了个有些知识的工人”，然而那微笑却被“终身监禁”在牢房中。在这里，爱仿佛有一种神秘的力量，通过美的微笑使那些不幸者的有罪的灵魂得到拯救，从纯粹现实主义的角度来看，这自然是不真实的，但是小说把微笑的美“终身监禁”起来，却有某种象征的含义，这不仅意味着爱与美在现实的地狱中正和不幸

---

① 二房：从前一夫多妻社会中的第二个妻子，下文的“正房”是指第一个妻子。

② 改恶从善：改正错误，变成好人。

的人们一起饱受摧残，而且意味着正是这受摧残的爱与美还在用自己的微笑来拯救着不幸的人们，使人在黑暗的深渊中获得某种灵魂的超越。

但是，当爱与美自身还被“终身监禁”着，没被拯救的时候，它又怎么能救人呢？作者在对爱与美的感伤之中，已经包含着对这理想的失望了，这就使他最终走上了写实的道路。写于1922年8月的《湖畔儿语》可以看出王统照在写实小说方面的探索。小说以第一人称的写法，通过“我”在湖边与一个孩子小顺的谈话，反映了小顺一家人生活的不幸。小顺的母亲死了，他的父亲本来是一个“安分的铁匠”，现在却没有活干，整天在烟馆①里抽大烟，后母为了生活只得做了暗娼，因此小顺每天从下午到晚上都一个人在湖边度过。而且不仅小顺的后母是这样，“在马头巷那几条街道上，每家人家，每天晚上都有人去的”。在小说的结尾，小顺的父亲在烟馆里被警察抓走了。

> 你们试想一个忍着饥苦的小孩子，在黄昏以后，独自跑到苇塘边来，消磨一个半夜。又试想到他的母亲，在家中因为支持全家的生活，而受的最大且长久的侮辱，是个非人的生活！现代社会组织下的贫民的无可如何的死路到底是这样呵！

至此，爱与美的微笑被“堕落呀！社会的生计的压迫呀！”的哀叹所代替，从真实性的角度来看，这种对“非人的生活”的如实描写比起《沉思》等的“从空想中设境或安排人物”（王统照《王统照短篇小说选集·序言》）来，的确是一个进步，不过当爱与美的象征取消以后，作品也同时取消

① 烟馆：过去专门抽鸦片烟（大烟）的地方。

了对人的精神方面的探索，而仅仅从表面的生活现象来揭露社会黑暗，这样，小顺一家的不幸也就仅仅成为对社会的“堕落”和“生计的压迫”的一种概念的图解。这其实还是一种“问题小说”，只是把原来“从空想中”获得的图形换成了比较真实一些的图形而已。真正的写实小说不应只是用真实的描写去说明“问题”，而应使人从真实的描写中去发现“问题”。

王统照的写实小说在进步，1933 年出版的长篇小说《山雨》，使他的写实小说发展到高潮，而从 30 年代中期起，他已不满于“纯客观的写实主义”（王统照《春花·自序》），重新将象征的手法适当地运用在他的小说创作中。

许地山（1893—1941），名赞堃（kūn），台湾省台南市人。在人生派的作家中，许地山的小说是比较特殊的，不仅具有浪漫的传奇色彩，情节比较奇特、曲折，而且由于他对宗教有很深的兴趣和研究，所以小说中又有很浓的宗教气息，这使他小说中的人物在宗教精神的鼓舞下，对人生的不幸和苦难采取了平静的态度。作者企图借助宗教的力量来解决人生的问题。这个时期的小说集有《缀网劳蛛》。

短篇小说《缀网劳蛛》（1922 年）可以看成这类小说的代表作，主人公尚洁就是用平静的心情、善良的态度来忍受痛苦的。她虽然不爱她的丈夫，却忠实地尽着一个妻子的责任。一次，她正出于同情给一个来偷东西却摔伤了腿的窃贼包扎伤口，丈夫突然闯进屋里，误会了她的行为，用刀刺伤了她，并表示不愿意再见她的面，她毫无怨言地离开了丈夫和孩子，整整三年，她独自忍受着丈夫的误解和舆论的指责。终于，她丈夫在一位牧师的帮助下悔悟了，把她请回家中，自己为赎罪而出走，她依然以平静的态度来对待生活中的一切。尚洁用宽容和忍耐默默创造着自己的生活，承受着命运的打击，像蜘蛛那样不断修补着破碎的命运之网。

在作者看来，人生的善与美就是从这不断破碎又不断修补中展现出来的，这的确具有一种宗教精神。但是作者却过于偏爱了他的主人公，使尚洁的忍耐终于有了收获，当忍耐在现世中获得回报的时候，命运的网也就变得完整而用不着继续修补了。然而问题却还没有解决：假如一切忍耐都无法得到回报，是否还应该继续忍耐下去呢？

许地山的小说也在逐渐向写实方面靠近，不过大约要从1928年才开始，小说集有《危巢坠简》。

短篇小说《春桃》（1934年）是写得比较出色的一篇。四年前，刘春桃在结婚办喜事的当天，为了躲避战乱，跟丈夫李茂跑散了。以后她到了北京，与刘向高同居，以捡烂纸为生。不幸李茂忽然出现在她面前，而且失去了双腿，春桃既不愿意与向高分离，又不忍心抛弃李茂，终于毅然跟二人一同维持生活：

> “我们今天说好了，你归刘大哥。那是我立给他底契。”声从屋里底炕上发出来。
>
> “哦，你们商量着怎么处置我来！可是我不能由你们派。”她把红帖子拿进屋里，问李茂，“这是你底主意，还是他底？”
>
> “是我们俩底主意。要不然，我难过，他也难过。”
>
> “说来说去，还是那话。你们都别想着咱们是丈夫和媳妇，成不成？”她把红帖子撕得粉碎，气有点粗。
>
> “你把我卖多少钱？”
>
> “写几十块钱做个彩头。白送媳妇给人，没出息。”
>
> “卖媳妇，就有出息？”她出来对向高说，“你现在有钱，可以买媳妇了。若是给你阔一点……”
>
> “别这样说，别这样说，”向高拦住她底话。“春桃，你不明白。这两天，同行底人们直笑话我。……”

“笑你什么？”

“笑我……”向高又说不出来。……

“噢，你到底是念过两天书，怕人骂，怕人笑话。”

……

“若是人笑话你，你不会揍他？你露什么怯？咱们底事，谁也管不了。”

向高没话。

“以后不要再提这事罢。咱们三人就这样活下去，不好吗？”

作品反映了春桃身上特有的善良与坚强，把一种奇特的“三角关系”摆在她面前，使人物在一种两难境地中进行着勇敢的选择，以一种反传统道德的形式展现出她心中的善与美。这虽然还具有某种传奇性，然而描写却是充实有力的，比起《缀网劳蛛》中的神圣的尚洁来，春桃的性情中更多着点野性，因而也更像一个人。

庐隐（1898—1934），女，原名黄英，福建省福州市人，有小说集《海滨故人》《曼丽》等。她也是从问题小说开始创作的，不过其中较多感伤的色彩，随着感伤和悲观色彩的增加，她的小说也越来越多地表现个人的主观情绪，这在文学研究会的作家中，应该算是比较特殊的一例，不过一般地说，她的主观情绪还是围绕着对人生意义的追求而发出的，所以还是问题小说在向个人心理方面的深入。因而她的小说尽管人物形象不够鲜明，题材范围比较单纯，结构比较松散，却是非常个性化的，使人看到一个女性痛苦而真诚地思索和探求自己人生道路的过程。

《海滨故人》（1923 年）是一篇带有自传味道的小说，写了露沙等几个女大学生的人生道路上的幻灭。在上学期间，露沙和她的朋友们曾经相聚海滨，尽情地“对着白浪低吟，对着激潮高歌，对着朝霞微笑”，“对着海月垂泪”，学生生活是美好而令人难忘的，然而等待着她们的却是离散，而离散意味着各自回到自己孤独寂寞的人生道路上：

> 回想临别的那天晚上，我们所说的理想生活——海边修一座精致的房子，我和宗莹开了对海的窗户，写伟大的作品；你（云青）和玲玉到临海的村里，教那天真的孩子念书，晚上回来，便在海边的草地上吃饭，谈故事，多少快乐——但是我恐怕这话，永久是理想的呵！

“理想生活”只能在理想里，而现实中，露沙的朋友们有的结婚生子，有的失意痛苦，露沙自己爱着已婚的梓青，这本是一种精神的爱恋，但各种的谣言却像刀一般刺伤着她的心。作为新女性，她们有追求精神生活的要求，然而社会却没有给个人的精神生活留下存在的空间，使她们不得不重复历代女人所走过的老路，在这“情与智”的“战争”（《彷徨》语）中，她们只有发出“究竟是知识误我？我误知识？”的哀叹。然而露沙的感情却始终不愿被理智战胜，她终于下决心和梓青一起去为争取婚姻幸福而奋斗。他们在当年的海滨故地建起了一座房子，上写“海滨故人”四个字，如果奋斗成功，他们将在此定居；如果失败，他们愿一同葬身大海。小说表现了作者在理想与现实，感情与理智之间的痛苦选择，当理智的现实无法容纳感情的理想，而理想的感情又不愿因此而向现实的理智屈服时，就产生了庐隐式的感伤，因而这感伤的情绪就在哀婉之中表现着某种不屈的精神。

二、乡土小说

乡土小说一般可以看成是写实小说的一部分，不过在当时有一批作家，主要是一些来自农村的青年，专门把自己的家乡作为描写对象，这就形成了一个很有影响的群体。这部分作家，如鲁彦（yàn）、彭家煌、台静农、许钦文、许杰、蹇（jiǎn）先艾等，差不多都受了鲁迅小说的影响，在描写中不但有很多写实的成分，而且表现了很多乡间的风俗，不过他们对这些道德、风俗常常采取一种批评的态度，在一种沉重的气氛中表现他们对家乡的特殊的怀恋之情。这里只有废名（冯文炳）的小说算是个例外，他在周作人的影响下，把家乡作为一种理想的寄托，用抒情的方式表现出来。

鲁彦（1901—1944），原名王衡，浙江省镇海县人，1922年开始小说创作，写有《柚子》《黄金》《屋顶下》等九部短篇小说集，还有《野火》（又名《愤怒的乡村》）等长篇小说，这跟其他乡土小说作家比起来，数量算是相当多的。他写的乡土小说比较自然，人物心理和语言都显得比较接近于真实，然而他在这个时期的小说中还难免一些概念化的痕迹。在《黄金》（1927 年）中，如史伯伯一家由于儿子迟迟不给家里寄钱，别人就看不起他们，处处跟他们为难，他只有在梦中幻想着儿子升官发财后，村里人都来向他贺喜、请罪了。小说表现了“陈四桥人的性格”：

> 你有钱了，他们都来了，对神似的恭敬你；你穷了，他们转过背去，冷笑你，诽谤你，尽力欺侮你，没有一点人心。

这种对人与人之间的金钱关系的揭露当然还只是一种概念化的描述。不过沿着写实的道路走下去，鲁彦的小说到了下一时期就逐渐显示出它的复杂性来。《在屋顶下》（1933 年）写了婆媳之间一场无法解除的误会。这一误会在本德婆婆和阿芝婶之间是因为彼此互相体贴而造成的。阿芝婶为婆婆的身体着想，每天尽量做些好菜，本德婆婆却从一家人的生活考虑，觉得儿媳过于浪费，终于忍不住骂了起来。以后，误会虽然解除，但婆媳之间却留下了永远无法消除的隔阂。阿芝婶从此凡事都去请示婆婆，反更使婆婆不满，终于在中秋节那天，阿芝婶失手打碎了一个勺子，二人因此大吵起来，婆媳之间再也无法彼此谅解。最后，阿芝婶决心离开婆婆，外出去做工。小说从婆媳间微妙的关系中表现了人与人之间的隔阂之深，即使在互相体贴的行为中也无法彼此理解。

彭家煌(1893—1933)，湖南省湘阴县人，文学研究会会员，1924 年在上海开始从事文学创作，有短篇小说集《怂恿》《茶杯里的风波》，中篇小说《皮克的情书》等。他的小说具有浓厚的乡土气息，人物与乡间风俗都写得十分生动逼真，语言也具有地方色彩，又善于用喜剧的形式表现悲剧的内容，在乡土小说中，他的作品，至少有一部分，可以说是比较成熟的。《怂恿》写了乡村中两大势力之间的一场争斗，裕丰肉店的店倌低价从政屏家里买去两只猪，政屏的族人牛七因为跟开裕丰肉店的冯家有仇，就让政屏去闹事，政屏不敢得罪牛七，只好按照牛七的计划，让老婆二娘子到冯家去上吊自杀，但冯家把二娘子救下来后，反以“通气”为名对她加以戏弄；二娘子娘家的人去裕丰门前打闹，却被冯家人几句话说得不战而退。一场闹剧平息了，牛、冯二家都毫无损失，只有政屏一家被夹在当中有苦难言：

> 二娘子呢？可怜，她自从死过这一次，没得谁见过她一次，真个，她是被活埋了。

除了乡土小说之外，彭家煌也写了不少都市生活的小说，《Dismeryer 先生》是比较出色的一篇。Dismeryer 先生是一个失业的德国人，住在 P 先生的楼下，生活难以维持。P 先生原想帮他找个教英文的工作，但发现他英语程度太低，无法胜任，不过当时没好意思告诉他。后来 Dismeryer 去 P

先生家探问消息，P 先生和他妻子感到有点抱歉，就留他吃了一顿饭。从此，Dismeryer 先生就常来吃饭，又帮他们做些家务，有时还买上一碟小菜作为感谢。不过时间一长，妻子就对他不满了。一天，他们故意提前吃了饭，把房门锁起来不让他进去。一会儿，Dismeryer 先生来了，P 先生终于不好意思，去开了门，他妻子在慌乱之中，竟把灯碰灭了：

> 室内便黑暗了，沉寂了，窗外的月儿给浓云遮翳，仅仅街柱的电灯从簾的微隙中透入一线的光射在瘦削灰白的 Dismeryer 的脸上，一个僵尸的脸上。P 夫妇很惊恐，很害羞，颈梗上似已被挂了一条冰冷而粗重的铁链，话都说不出来。

Dismeryer 先生把一碟菜放在桌上走了出去。第二天，他离开了这个地方，再也没有回来，而 P 夫妇的心中却无法得到安宁。小说将 P 夫妇自私而又自愧的微妙心理写的十分传神。

与彭家煌同为上海的文学研究会会员的乡土小说作家，还有许杰。

许杰（1901—1993），字士仁，1923 年开始从事小说创作，有小说集《惨雾》《飘浮》等。他的乡土小说常表现出浙江山民粗鲁、强悍的民风，不过对于这种野蛮的行为，作者所抱的却是一种批评的态度。小说《惨雾》写了两个村子的村民之间一场惊心动魄的械斗，写出了这种野蛮、残忍的风俗所造成的悲剧后果。《赌徒吉顺》则将当地赌博和典妻①的习俗连结起来。泥水匠吉顺在赌场上欠了一身债，只好忍痛把妻子典给别人。小说表现了吉顺欲罢不能的赌徒心

---

① 典妻：把妻子抵押给别人。

理，也暴露了这种野蛮的习俗给人带来的不幸。不过作者对吉顺的心理描写过于诗意化，与泥水匠出身的赌徒身份不一致，仿佛吉顺在赌徒的外表中藏着一颗知识分子的心，这样，乡土小说的乡土性也就不纯粹了：

> "'典子'，是多么难堪的惨剧，竟从我的手里编演出来；'典子'，是何等讨厌的名词，竟从我的堕落，而加到我纯洁的孩子们的母亲的头上，——虽然她的丈夫是卑污的。"
>
> "有了钱就是幸福，有了钱就是名誉；物质的存在，是真实的存在，精神不过是变化无常，骗人愚人的幻影罢了！"

这种不谐调在许杰的小说中是经常可以见到的。

台静农（1903—1990），安徽省霍丘县人，未名社成员，有小说集《地之子》《建塔者》等。他用一种凄凉阴冷的色调描绘出"人间的酸辛和凄楚"（台静农《地之子·后记》），在同类小说中，他的小说在对乡村风俗的描写方面是比较真实而深刻的。在《天二哥》里，作者表现了人们无聊而不幸的生活。天二哥是个带点豪气的人物，他能喝酒，能打架，然而后来却在一次酒醉之后，被一个二十岁的少年打倒了：

> 他自家很失望，以为生平没有这样地丢人过，在大众面前。旁人说他喝醉了，于是提醒了他解酒的老法子——这也是他爹的爹传下来的。他摸了一个卖粥的大白碗，左歪右斜跄踉地跑到栅门口的尿池前，连连舀喝了两大碗清尿，顺便倚着墙坐在尿池的旁边。

他终于站了起来，把那少年打得"哭着求饶"，然而他也就在胜利中突然摔倒，死去了。死就这样突然闯入人们无聊的酗酒和打斗的世界中，带走了总是胜利的天二哥，也把恐惧带给了每个活着的人，使他们不断地看到天二哥的鬼影在他们附近移动，于是这恐惧又变成了人们谈话的材料，维持着生活的无聊。无聊的生与突然的死，这便是人们生活中所能得到的一切。小说只是剪取了乡村生活的一个平凡的场景加以描写，给人的印象却是十分深刻的。

废名(1901—1967)，原名冯文炳，湖北省黄梅县人，语丝社成员，1922 年开始发表作品，有小说集《柳林的故事》《桃园》，长篇小说《桥》《莫须有先生传》等。与其他乡土小说不同，他的小说多是描写田园生活的宁静、平和，村民性情的淳朴、自然，虽然其中也有着一层淡淡的忧愁，但决没有其他作家笔下所描绘的乡村生活那么粗野、肮脏、可怕。他能把普通人的平凡生活加以诗意化的描写，从而在这平凡之中看出某种人性的理想来，因而废名小说中所表现的人性并不是现实生活中所具有的、被生活扭曲了的人性，而是一种在现实生活中所应具有的健全的人性。与这种平凡的理想相适应的，是他在小说形式上的片段的散文式的描写和诗意的追求。废名小说并不追求完整的情节，即使是长篇小说也很像是片段的散文的延续，正像生活本身一样。不过这种生活一经诗化，就显得意味深长，给人以无穷的回味和联想。与这一致的是语言的古朴淡雅，看似稚拙、随便，却在某种陌生化的句法中蕴含着优美的诗意。小说《柳林的故事》写了单纯可爱的三姑娘平静而自然的生活，从她小时候看爸爸钓鱼时那天真活泼的表情，到爸爸死后，她独自守在妈妈身边时那种温柔懂事的样子，都给人难忘的印象。一天，三姑娘卖菜时，“我们”凑了上来：

其中有一位是最会说笑的，向着三姑娘道：

"三姑娘，你多称一两，回头我们的饭熟了，你也来吃，好不好呢？"三姑娘笑了：

"吃先生们的一餐饭使不得？难道就要我出东西？"

我们大家也都笑了；不提防三姑娘果然从篮子里抓起一把掷在原来称就了的堆里。

作品从"我们"的眼光中去看三姑娘的"淑静"的魅力，使这一形象成为一种理想美的化身，而当这理想从"我们"身边消失的时候，也就使人在对那美的怀恋之中产生某种淡淡的忧愁。

三、叶绍钧的小说

鲁迅之外，最能代表人生派小说的现实主义特点的是叶绍钧（jūn）的小说。

叶绍钧（1894—1988），字圣陶，江苏省吴县人，文学研究会会员。他早在 1914 年就开始发表用文言文写的小说，1919 年，他开始发表白话小说。他的小说集有《隔膜》《火灾》《线下》《未厌集》等，另有长篇小说《倪（ní）焕之》。叶绍钧的小说也经过从问题小说到写实小说的过渡，不过在问题小说中，他已接触到了下层人的不幸生活，而且带着某种写实的味道。然而描写比较简单，认识也不够深入。在他的第一篇白话小说《这也是一个人？》中，他写了一个女子，儿子死了以后，在丈夫家挨打受气，终于逃了出来，给人家做女佣人，刚刚感到有些满足，丈夫又死了，她被婆家人追了回去，把她卖给了别人，用卖得的钱作为丈夫的丧葬费。小说通过叙述这个女子的不幸生活，反映了妇女做奴隶的地位，然而缺少具体深入的描写，只是对中国妇女的不幸命运做了概念化的描述。

到1921年以后，叶绍钧的小说开始摆脱问题小说的影响，用自己所熟悉的生活为材料，进行文学创作，形成了自己独特的风格。他所善于表现的是小人物的灰色生活，由于他长期从事教育工作，所以尤其对教育工作者（小学教师、校长等）的生活及其微妙的内心世界有着比较深入的认识和感受，所用的方法则通常是讽刺的：

> 不幸得很，用了我的尺度，去看小学教育界，满意的事情实在太少了。又没有什么力量把那些不满意的事情改过来，……于是自然而然走到用文字来讽它一下的路上去。（《未厌居习作·随便谈谈我的写小说》）

这种讽刺深受俄国作家果戈理、契诃夫的小说以及中国清代小说《儒林外史》的影响，不过表现上更显得细微一些。作者几乎从不参与到作品中去发议论，也不站在一边，故意用些讽刺的语调来讥笑或中伤他的人物，甚至也很少用过分夸张的形式使人物的动作、语言发生变形，他的讽刺是不动声色的，他小心地老老实实地把人物的动作、语言和心理活动逼真地描绘出来，有时虽然会使性急的读者感到有些沉闷，然而耐心的读者却能从它们之间的不谐调中感受到讽刺的意趣，从而在作者板着的面孔中发现一丝不易觉察的苦笑。这的确是苦笑，因为作者在不易觉察的讽刺中，也含着不易觉察的同情。正是这同情使得作家笔下被讽刺的人物变得复杂起来，也使我们对他们的态度变得复杂起来。叶绍钧小说中的语言干净、简练，被认为是典范的现代白话文。

《饭》（1921年）是这类讽刺小说中的第一篇。小说中的吴先生得到一个乡村小学教员的职位，本来按规定每月可以拿到十块钱，但学务委员却以吴先生没上过师范学校为理由，只答应给他六块，到发工资的时候，又只给了他一半，另外三块钱欠着，却让他填写了一张十块钱的收据，他虽然有点怀疑，但“自馁①和满足心使他不敢开口便问”。等到学务委员来他的学校检查，正赶上吴先生因为买菜上课迟到了一会儿，学务委员就借机又扣掉他两块钱，只补发给他一块钱。这样吴先生一个月只拿到四块钱，另外六块被学务委员敲诈去了：

> 吴先生那里料得到有这么一回事！欲待申辩，不但话语说不出，连思路也没有。桌子上雪白光亮的究竟是一块大洋呢。他不期然而然地取在手里，手心起冷和硬的感觉。

吴先生的性格当然是软弱的，他的处境也是十分可怜的，小说表现了小人物为了维持自己那点可怜的生活而委曲求全②、忍气吞声的生活态度，在对其软弱性情的讽刺中也含着对其处境的理解和同情。

在《潘先生在难中》里，小人物的这种生活态度被放到了一个动荡、混乱的环境中来表现。在战乱中，乡村小学校长潘先生带着他的全家逃难到上海，刚刚安顿下来，忽然从报上看到学校照常开学的消息，为了保住饭碗，他不得不丢下全家，自己一个人跑了回去。他虽然对教育局长照常开学的主张非常不满，却又忠实地执行教育局长的指示，在开学通知书里，给家长讲了很多自己也不相信的大道理，心里想的却是如何受到教育局长的称赞。为了避难，他煞费苦心地想办法：到红十字分会办事处去交纳会费，做了会员，弄到几枚徽章，又声称学校可以为红十字会做妇女收容所，

---

① 自馁（něi）：自己觉得理亏，缺乏自信。

② 委曲求全：指为了保全自身而克制、忍让。

弄到两面会旗。但他只把一面旗子挂在学校，另一面旗子挂到了自己家门口。徽章呢？一枚佩在自己身上，其余的几枚，“重重包裹着”，藏在“贴身小衫的一个口袋里”：

> 他想：“一个是她的，一个是阿大的，一个是阿二的。”虽然他们远处在那渺茫难接的上海，但是仿佛给他们加保了一重险，他们也就齐齐增加一种新的勇气。

听到战事紧急的消息，他惊慌失措，连夜跑到教堂里去躲避，却不巧跟教育局长躲到了一间屋子里。他们居然在这避难所里高谈教育和学生，却忘了他们在行动上的只顾自己，不顾学生。从自己出发，潘先生自然希望自己这方的军阀“杜统帅”能取得胜利，所以当“杜统帅”凯旋而归的时候，他在大家的“一致推举”下，为欢迎“杜统帅”写下了“功高岳牧”，“威镇东南”，“德隆恩溥”等几个大字：

> 他写到“溥”字，仿佛看见许多影片，拉夫，开炮，烧房屋，奸妇人，菜色的男女，腐烂的死尸，在眼前一闪。

就在潘先生从自己的安全出发，为自己一方的军阀歌功颂德的时候，他忽然想到了受到战争迫害的另一方的人们的不幸，他有点羞愧了。这是良心的“一闪”，然而仅仅是“一”闪。潘先生是一个可笑、可鄙，又有些可怜的小人物，他自私、怯懦，为了生活而煞费苦心地钻营。在他身上，一切教育者的责任、义务，都变成虚伪的空谈，成为保住个人那点可怜的位置的手段；良心虽然有时还在心里“闪”一“闪”，却永远不会表现在行动中。同《饭》中的吴先生相比，小说通过战争这一非常的环境，进一步反映了这类只为自己的生存而奔忙的小人物在行动中所表现出的委琐。作品所着重表现的，不是这类行动所带来的恶果，而是这类行动所隐含的那种自私怯懦心理，以及人物对这种心理的不自觉的掩饰。请看潘先生和教育局长等人在“红房子”（教堂）中的对话：

> “但是，这方面的杜统帅不是庸碌无能的人，他是著名善于用兵的，大约见得到这一层，总有方法抵挡得住。也许就此反守为攻，势如破竹，直捣那方面的巢穴呢。”
>
> “若能这样，战事便收场了，那就好了！——我们办学的就可以开起学来，照常进行。”
>
> 局长一听到办学，立刻感到自己的尊严，捻着浓须叹道：“别的不要讲，这一场战争，大大小小的学生吃亏不小呢！”他把坐在这间小厢房里的局促不舒的感觉遗忘了，仿佛堂皇地坐在教育局的办公室。

在此，双方都是从自己的利益出发，来希望“杜统帅”取胜的，却又都不由自主地摆出从“办学”出发，为“学生”着想的样子，来掩饰自己的怯懦自私，这样一种虚伪，反映出无意识在以遮羞的方式来逃避良心的自我谴责。作者的讽刺，也正是通过对人的这种微妙心理的不动声色的描写而表现了出来。

到了20年代末，叶绍钧的风格有了明显的变化。在长篇小说《倪焕之》（1928年）中，对小人物灰色生活的讽刺已经变为对知识分子人生道路的认真探索。小说写了知识青年倪焕之的奋斗和幻灭的过程。倪焕之怀着教育救国的理想来到了一个江南小镇，做了小学教员，然而他们改革教育的计划却在传统势力的严重阻挠下失败了，与此同时，与他志同道合的新女性金佩璋在跟他结婚以后也仿佛变了一个人，满足于个人的小家庭之中，使他感到“有了一个妻子，但失去了一个恋人、一个同志”。他从教育和婚姻生活的幻灭中挣扎出来，投身到政治运动中，到工人区中去演讲，和工人群众一起示威游行。然而随着 1927 年大革命①的失败，他的政治改革的理想再次幻灭了，他在找不到出路的痛苦中抑郁身亡。倪焕之的幻灭感反映了 1927 年以后的一段时间里，中国知识分子的一种较为普遍的情绪，他们所追求的理想在严峻的现实面前一次次被碰得粉碎，但是他们又不愿意放弃对于光明和理想的追求，于是痛苦也就始终与他们相伴。倪焕之的死正是由于他对于生看得太认真，他不愿意像吴先生（《饭》）和潘先生（《潘先生在难中》）那样在灰色生活中苟活，因而怀着一颗“真心求真理的心”离开了人间。

第二节　艺术派小说

一、概述

以创造社为中心的艺术派的作家，在小说创作中，常常不以对社会问题的揭露或对社会生活的反映为目的，也不注意对客观事物做逼真的描写，而是着重表现个人内心的感觉，把主观感情的抒发作为创作的主要目的，因而他们的小说一般都具有很浓的抒情性。这部分作家包括郁达夫、郭沫若、张资平、冯沅君、陶晶孙、周全平、倪贻（yí）德、叶灵

① 大革命：1924—1927 年，是中国现代史上的第一次国内革命战争时期，又称大革命时期。1924 年，孙中山在共产党的影响下改组国民党，实现了第一次国共合作。在国共合作的基础上组建的中国革命军于 1926 年 7 月举行北伐战争，目的是要消灭中国的封建军阀势力。正当革命势力不断增长的时候，1927 年 4 月 12 日和 7 月 15 日，蒋介石、汪精卫先后在上海、武汉发动反革命政变，屠杀共产党人和革命群众，由此导致大革命的失败。

凤等，以郁达夫为其中最优秀的代表。他们中的很多人受到十九世纪末的所谓新浪漫主义①的影响，这种新浪漫主义式的小说不是靠情节的曲折、人物的奇特（这些是旧浪漫主义的特点）来吸引读者，相反，在他们的许多作品中，不但情节已经淡到差不多没有了，而且人物一般来说也没有特别鲜明的外部特征，甚至小说的结构也不很讲究，剩下的就是主人公一段情绪情感的流露，一切都围绕着情绪情感的起伏而设定。这种情感常常表现出对生活的苦闷和感伤，反映了个人在社会重压下的痛苦和无奈。这里的情感表现是非常真诚的，它不但诉说着内心的痛苦，而且把因为这痛苦而弄得变异了的心理，包括性心理，也一同表现出来，使我们看到了人的内心中所深藏着的一切。另一些作家，比如凌叔华，虽然与创造社无关，主观抒情的特点也不十分明显，然而却受着唯美主义的影响，带有某种艺术至上的倾向的，在此，也把他们列入艺术派的作家群中。

张资平（1893—1959），广东省梅县人。他是这一代小说家中最多产的一个，一生写过《冲积期化石》（1922 年）、《飞絮》（1926 年）、《苔莉》（1927 年）等二十四部中长篇小说和《爱之焦点》《雪山除夕》《植树节》等五个短篇小说集，他的长篇小说《冲积期化石》是中国现代文学史中最早出版的一部长篇。与创造社的其他作家不同，张资平早年虽然也推崇过浪漫主义，也写过一些抒情小说，但是大多数作品却是采取了客观描写的态度，他的小说以写男女之情，特别是以写男女之间的多角关系著称。起初，他的小说还借两性关系描写表现个性解放的时代要求，从《飞絮》《苔莉》等

---

① 新浪漫主义：这是当时对十九世纪末以后世界上出现的反现实主义、自然主义的各种文学流派和思潮的总称，包括象征主义、唯美主义、表现主义等等早期现代主义流派。

长篇小说问世之后，他的注意力越来越多地集中在两性生活的生理方面，津津乐道于多角关系中的性游戏。

《她怅望着祖国的天野》(1921 年)是张资平早期短篇小说中较好的一篇，作品写了一个旅日华侨和日本女人所生的混血女子的悲惨遭遇。秋儿四岁死了父亲，母亲被秋儿的同父异母哥哥寿山骗去了财产。秋儿长大后到一家工厂做女工，被工厂理事筱桥五郎强奸，后又被他抛弃。她回到家乡，在一个旅馆做女招待，为了生活而被迫卖身。在这期间，她认识了中国留学生 H，抛弃了从前由寿山引起的“仇视中国人主义”，热烈地爱上了他，但 H 却在她失身以后又一次抛弃了她，到东京去了。于是，秋儿独自怅望着祖国的天野，“绝望了”：

> 她底异母哥哥不爱她！她思慕的中国人也不爱她！……她只好重新恢复她从前所怀的恨恶中国人的心！

在蹂躏、玩弄和遗弃秋儿的人中，不仅有日本人，也有中国人，后者正是她所深爱着的本国同胞，这样，作品在对秋儿不幸遭遇的描写中，就渗透了一种对于祖国的复杂感情：作为被祖国遗弃了的中国人，他们以对中国人的“恨”的方式表现了他们深藏着的对祖国的爱。这不但很可以表现出创造社中这些日本留学生的复杂情绪，也同时反映了五四时代的知识分子的一种特殊的爱国主义感情。

冯沅君(1900—1974)，女，笔名淦(gàn)女士、沅君等，河南省河县人。1923 年开始在创造社主办的《创造季刊》《创造周报》上发表短篇小说，有《卷葹(shī)》(1926 年)、《春痕》(1926 年)、《劫灰》(1928 年)等三个短篇小说集。她的小说数量虽不多，但能以抒情的笔调，真实而大胆地描写纯真少女的爱情心理，语言流畅，感情真挚，没有一点矫揉造作，这在同期的女性作家的小说中，是比较难得的。

小说集《卷葹》中收了《隔绝》《旅行》《慈母》《隔绝之后》等四篇内容上具有某种相关性的小说。其中《隔绝》（1924 年）以书信体的方式写一个女青年对恋爱自由的追求。她被母亲关在家中，强迫她嫁给一个财主的儿子，在她给情人写的信中，她回忆了二人相爱的甜蜜往事，控诉了家庭社会对个人幸福的迫害，表示了“不得自由我宁死”的决心。由于社会中道德观念的颠倒——纯真自然的爱情被人们看成“直同姘识一样”，而违背人性的包办婚姻却被认为是正当的，这就使追求爱情的青年不能不从一开始就把自己放到了家庭和社会的对立面。小说中所表现的那种舍生忘死的爱情追求，奏响了向黑暗抗争的浪漫主义旋律。

《旅行》则以第一人称的手法，写了一对青年男女一段浪漫而美好的爱情生活。他们悄悄离开空气沉闷的学校，外出旅行，度过了令人难忘的一个星期。在旅途中，为了避免旁人的猜疑，他们虽同居一室，却分租两房。然而即使在同室之中，他们的爱情也仍只保持在精神方面。作品用这种对于男女之情的浪漫而纯真的想像，表现了五四一代青年对爱情的理想，在他们的眼睛里，爱情不但是一种大胆的反社会反传统的追求，而且应更多地是一种精神追求，后者使他们企图划清自由恋爱与淫乱之间的界限。旅行结束后，一切又都回到“照旧”的“生活状态”中，两个情人只有在电话中发一声“往事不堪回首”的感叹。小说在心理描写方面细致入微，逼真地表现了当时追求爱情自由的青年那种既勇敢又胆怯的心情：

在我们俩座位中间，放的是件行李，它可以说是我们的“界碑”，也可以说是我们彼此注视的目光所必经过的桥梁。……

我很想拉他的手，但是我不敢，我只敢在间或车上的电灯被震动而失去它的光的时候，因为我害怕那些搭客们的注意。可是我们又自己觉得骄傲的，我们不客气的以全车中最尊贵的人自命。

小说想要表现这样一个主题："在新旧交替的时期，与其作已经宣告破产的礼法的降服者，不如作个方生的主义真理的牺牲者。"而旅行中的主人公们正是怀着一颗胆怯的心，在进行着这样大胆而美好的尝试。

凌叔华（1904—1990），女，原籍广东省番禺县，生于北京。1924年开始在《现代评论》上发表短篇小说，有《花之寺》（1928年）、《女人》（1930年）、《小哥儿俩》（1935年）等小说集。从风格上看，凌叔华的小说似乎与写实小说比较接近，不过所写的内容却跟当时的一般写实小说很不相同，它不是注重于对社会黑暗的揭露，而是用一种优雅清淡的笔致去描写上流社会中一些人物——特别是女性人物——的微妙复杂的心理，写他（她）们在那优裕的生活环境中产生的一种淡淡的愁绪。有人称她的小说为"心理写实派"（杨义《中国现代小说史》），不过她表现的人物的真实心理，却是为了创造美。凌叔华是较少概念化描写的小说家。

《中秋晚》写敬仁夫妇之间微妙的感情破裂。在一个中秋之夜，夫妻二人正准备吃团圆饭，敬仁忽然接到他干姐姐病危的电话，本想立刻去医院，妻子却极力劝他吃过团圆饭再去，结果耽误了时间，没能见干姐姐的最后一面。夫妻二人从此在感情上产生了裂痕。敬仁在外面闲逛，嫖娼，把家产都卖光了；敬仁太太长期心情不好，后来又染上性病，使两个孩子早产而死，她认为自己是"命中注定受罪"：

我出嫁后的头一个八月节晚上就同他闹气，他吃了一口团鸭，还吐了出来，我便十分不高兴，后来他又一脚碰碎了一个供过神的花瓶，我更知道不好了。

但作品并不是要写命运的不公平，而是微妙地表现了一场没有爱情的婚姻悲剧，不过双方并没有明确地知道造成这场悲剧的原因。二人感情破裂的真正原因在于“干姐姐”的死。敬仁夫人在敬仁对他干姐姐的态度中无意识地感到自己与敬仁之间有一种潜在的感情危机，然而在意识上她却把它解释成命运的安排。的确，敬仁所真正爱的是曾在病中对他精心照料的“干姐姐”，正是在那时，他第一次产生了爱的冲动。当他自以为这一切都过去了的时候，“干姐姐”的死却在无意识中唤醒了他的爱，也因此中断了他与妻子的感情：

> 从太太换手巾擦泪时，他望见她红肿的鼻子显得非常硕大，那两片觉得可爱的嘴唇，已经褪尽胭红的颜色，只见一个酱紫的扁着想哭的嘴。她的眼睛平常本来就不美俏，因为相爱，所以觉不出毛病来，此时他看出她的眼角是吊起的。……这是结婚以后第一次他觉得他的女人难看。

当“他觉得他的女人难看”的时候，也就是他不爱她的时候。作品透过这一层微妙的感情迷雾，暗示了没有爱情的婚姻所给人带来的不幸。

二、郁达夫的小说

郁达夫是艺术派浪漫主义抒情小说中最优秀的作家，也是当时最有影响的作家之一。

郁达夫(1896—1945)，名文，字达夫，浙江省富阳县人。1913 年去日本留学，1921 年毕业于东京帝国大学，在这一年里，他与郭沫若、成仿吾等人成立了创造社，开始从事小说创作。1922 年回国后,曾先后在安徽、北京、武昌、广州等地的大学教书,并从事文学活动。

郁达夫的创作态度,受到法朗士(法 Anatole France)的影响,以为“文学作品,都是作家的自叙传”(《过去集·创作生活的回顾》),在他一生所写的五十多篇中、短篇小说中,有四十来篇都可以看成是这种“自叙传”小说,这当然不是说小说中的一切都是作者的亲身经历,而是说作者的思想感情与他所写的小说中的主人公是深深相通的,他从自己的心理挖下去,将自己内心的隐秘通过主人公表现出来。因此,他的小说决不在通常所谓情节结构上下工夫,而是把重点放到对人的内心世界的痛苦和不幸的描写中,社会环境则作为背景被淡化了。所以有时候我们只看到他的主人公在痛苦悲哀,却很难明确地说出造成他痛苦和悲哀的具体原因。不过被淡化了的环境背景尽管不够清晰,却并没有真正消失,它像密布的阴云笼罩在头上,虽然看不清,摸不着,却使人分明感受到了它的重压,因而凡是对这重压有着相似的体验的人,都会对主人公所流露出的深深的感伤和厌世情绪产生共鸣。与这种内心痛苦相关的,就有主人公在性生活上面的发泄,由于这种发泄是环境压抑的结果,因而它常常采取了变态的方式。对这种性心理的描写是郁达夫小说中最具特色的一部分,也是最复杂最易受到指责的一部分。这种大胆的自我暴露,不是在自我欣赏,也不全是在自我谴责,它表现出了作者在面对自我时所采取的真诚的态度,他容不得半点虚伪,情愿将内心深处的一切都毫无保留地袒露出来,使我们看到在一个强大而冷酷的现实社会面前,人的灵魂和肉体如何在痛苦和绝望中挣扎。

《沉沦》(1921 年)是郁达夫早期小说中具有代表性的作品,小说描写了一个留学日本的青年的变态心理。他身处异国他乡,在孤独寂寞中得了忧郁症,觉得周围的一切人都对他怀着恶意，于是时而愤怒，时而感伤。孤独和忧郁又使他对异性的思念特别强烈，而当他无法享受爱情的温暖时，就怀着使他事前激动而又事后悔恨的心情，渐渐做出一些荒唐的举动，从偷看女子洗澡、情人做爱，直到去酒店嫖娼，后者终于使他在痛苦和悔恨中投海自杀。主人公的变态心理是与他作为弱国子民的特定身份有着密切关系的，未必周围的人都对他怀着恶意，但在当时，作为一个被人看不起的中国人，他的敏感多疑又是有理由的。作品始终把作为中国人的自卑心理和他性方面的荒唐行为连在一起，使他的心理创伤中蕴含着祖国的不幸，主人公在临终前所喊道：

> "祖国呀祖国！我的死是你害我的！
> "你快富强起来！强起来罢！
> "你还有许多儿女在那里受苦呢！"

作者对于祖国富强的强烈愿望，通过一个受伤的灵魂表现了出来。这种爱国主义不是表现在对祖国贫弱的掩盖，而恰恰表现在对它的正视上，这又是五四精神的一例。

到了1923年的《茑萝行》里，主人公的变态心理已经有了直接的社会原因。这是一篇以主人公忏悔的方式结构的小说：由于包办婚姻，"我"的妻子成了自己"不能爱而又不得不爱的女人"，于是当"我"在社会上受到"虐待"而又无法反抗的时候，她也就成为"我"发泄苦闷的工具。"我"的心理过程就是从泄忿到忏悔的不断循环的过程，直到妻子投河自杀后被人救起，带着孩子回家乡，"我"的忏悔也就达到了高潮。但这高潮的出现却是在于二人的分居，假如继续在一起生活，循环也就还要继续下去：

> 唉唉，这悲剧的出生，不知究竟是结婚的罪恶呢？

还是社会的罪恶？

其实“结婚”的不幸本来也是社会的原因造成的，正是这双重不幸，使主人公的病态心理成为病态社会的一种表现。

《春风沉醉的晚上》（1923 年）和《薄奠》（1924 年）是两篇广为流传的作品，这两篇作品都写到了劳动者，这在郁达夫的小说中是很少见的。前者写“我”和烟厂女工陈二妹之间的友谊，后者写“我”与一个洋车夫的交往。在这两篇作品中，作者不再仅仅对着作为自己替身的主人公长吁短叹，而将同情扩展到善良可爱的劳动者身上，由此产生的是一种“同是天涯沦落人”①式的感伤。

然而更能代表郁达夫小说风格而且艺术表现又比较成功的是《过去》（1927 年），小说写了一段无法挽回的爱情。在上海一家报馆做编辑的李白时，经常出入于有四姐妹的一家人中，爱上了活泼漂亮的老二，心甘情愿地受着老二的嘲弄甚至打骂，却对美丽阴郁的老三无动于衷，而老三“对我与老二中间的事情，有时却很出力的在为我们拉拢”：

> 有时见了老二那一种打得我太狠，或者嘲弄得我太难堪的动作，也着实为我打过几次抱不平，极婉曲周到地说出话来非难过老二。而我这不识好丑的笨伯，当这些时候心里头非但不感谢老三，还要以为她是多事，出来干涉人家的自由行动。

---

① “同是天涯沦落人”：唐代诗人白居易《琵琶行》中的诗句，全句为：“同是天涯沦落人，相逢何必曾相识！”白居易在听了一个弹琵琶的女人谈了自己的不幸身世后，想到了自己的不幸。在他看来，两个不幸的人在一起，尽管不认识，也能在感情上彼此理解，互相同情。

直到老二忽然与一个北京来的大学生订了婚，才使他感到“悲痛得非常”。在这痛苦之中，老三却常常来邀请他，两个人还一同去苏州旅行，然而李白时却始终忘不了老二，终于悄悄离开了上海。三年后，当他再次遇到老三的时候，她已经被她大姐和姐夫“当了一个礼物”，送给了一个商人，而且她的丈夫不久前死去了。至此，李白时情欲的烈火终于燃烧起来，然而他却在老三痛苦的哭声中忽然发现，“我们的时期”“已经过去了”：

> “李先生！我们的……我们的事情，早已……早已结束了。那一年，要是那一年……你能……你能够象现在一样的爱我，那我……我也……不会……不会吃这一种苦的。我……我……你晓得……我……我……这两三年来……”

过去是一种无法重复的存在，它所留下的伤痕，并不能因为人们日后的悔恨而得到医治，一当错过了机会，李白时就无法再得到老三，因为现在的老三已经无法回到过去。人似乎总是无法知道自己需要什么，一旦他知道了，事情已经成为不可挽回的过去，于是人只好面对过去那一去不复返的光阴，发出悔恨的哀叹。作品的感伤主义把人带到一种对于人生哲学的思考。

同样的哀叹，到了中篇小说《迷羊》（1927 年）中，就变成一种宗教式的忏悔。然而在这里，主人公王介成却并没有错过机会，他与京剧演员谢月英狂热地相爱着，终于不顾一切地走到了一起。然而他没想到过于热烈的疯狂是难以长久的，谢月英终于悄悄地离开了他，就像那时为了爱情，她悄悄地离开了京剧舞台一样。爱情似乎是这样一个奇怪的东西，当得不到的时候，使人遗憾终生，然而一旦得到了，又并不能让人终生满足；现实似乎是这样一个可怕的东西，它让一切美妙的理想一旦实现,就不再那么美妙。“我们都是迷了路的羊”,因而只有在对牧人——上帝——的“祈祷和忏悔”中才能“安身立命”。

从《沉沦》到《迷羊》,郁达夫在真诚而痛苦地面对自己沉沦着的生命,又热切地渴望着自己能从迷途中返回。

在《迟桂花》(1932 年)中,我们终于看到了作者一种新的生活态度。“我”接受了老友翁则生的邀请,来到翁家山参加则生的婚礼。幽美的山间景色,迷人的迟桂花的香气,使他感到无比兴奋。则生的妹妹莲有着非常不幸的婚姻,丈夫死后,她不堪忍受婆家的虐待,回到了母亲身边。在她陪“我”到五云山游玩的一路上,“我”深深地被她的纯真和健美所打动,终于“心地开朗”,“欲情”也得到“净化”,与莲结为兄妹,于是,“我”、莲、则生都在生命的中年获得了幸福和安宁,他们希望自己的幸福像晚开的桂花一样,“因为开得迟,所以经得日子久”。“迟”意味着成熟,成熟的人懂得珍惜现实中的美,因而只是带着平静的心情去观赏它,爱护它,而不是不顾一切地去摘取它,占有它,于是那被现实弄得伤痕累累的美也就在这珍惜中得以长存。因此,平静不是平淡,它是人在追求理想的过程中,饱尝了人生的苦痛之后所表现出的一种生活态度,它使爱变得深沉。

思考题:

1. 谈谈人生派作家的小说创作情况。
2. 谈谈艺术派作家的小说创作情况。
3. 叶绍钧小说有什么特点?
4. 《潘先生在难中》里的主人公潘先生是怎样一个人?
5. 郁达夫小说有什么特点?
6. 在《沉沦》中,作者是怎样通过主人公的变态心理来表现爱国情绪的?
7. 《过去》这篇小说可以使人对人生问题产生怎样的哲学思考?

第四章 文学革命时期的新诗创作与郭沫若

文学革命时期的新诗创作大体上可以分成三派：一、自由诗派，二、新格律诗派，三、象征诗派。事实上，这三派也是按照时间顺序依次出现的。

第一节 诗的解放与胡适

与小说不同，中国差不多没有什么白话诗的传统，即使有些诗歌中偶尔有些白话成分，也没产生什么影响。二十世纪初的诗界革命，只是在旧诗的格式中插入一些新名词，并没有对诗歌的传统形式进行真正的改良，因而白话诗也就没有出现。所以文学革命时期的白话新诗创作，几乎是从零开始的，这显然增加了新诗创作的难度。但假如新诗创作不能成功，文学革命也就还是一句空话。

最早尝试新诗创作的人是胡适。

胡适（1891—1962），字适之，安徽省绩溪县人。他的《尝试集》是中国现代文学史上的第一部新诗集，其中收录了他从 1916 年以来所试写的新诗，那年，他还在美国哥伦比亚大学哲学系学习。最初他写的白话诗还没有从旧诗的传统格式中完全脱离出来，请看他自己比较满意的一首（1916 年）：

蝴　蝶

两个黄蝴蝶，双双飞上天。
不知为什么，一个忽飞还。
剩下那一个，孤单怪可怜。
也无心上天，天上太孤单。

从语言上看，这首诗基本上用的是白话，但从格式上看，这首诗又与传统的五言诗没有什么本质区别。这样一种现代语言与传统格式的简单结合，读起来却使人感到有某种不谐调，原因在于传统诗歌的格式不符合现代汉语的特点，比如，传统的五、七言体诗，要求每句五或七个字，这对以单音节词为主的古汉语来说是合适的，但是对以双音节词为主的现代汉语来说，每句就显得过短了一些，结果只好把一句话分成两句来说（“两个黄蝴蝶，双双飞上天。”）。另外，现代汉语中的一些轻声字，也会破坏传统格式中的节奏。这里可以看出，白话诗要想成功，先要从传统的诗歌格式中解放出来，这结果，就是自由诗的出现。所谓自由诗，实际上就是在基本不改变现代汉语句法的前提下写成的诗。胡适在 1918 年以后完全摆脱了旧诗的影响，他所写的自由诗，语言明白自然，意思也比较新鲜，有些诗读起来也很耐人寻味。比如下面这首诗：

应　该

他①也许爱我，——也许还爱我，——
但他总劝我莫再爱他。

---

① 他：应指女性的“她”。当时“他”“她”“它”还没有严格的分工。

他常常怪我；
这一天，他眼泪汪汪的望着我，
说道：“你如何还想着我？
想着我，你又如何能对他？
你要是当真爱我，
你应该把爱我的心爱他，
你应该把待我的情待他。”

他的话句句真不错：——
上帝帮我！
我“应该”这样做！

诗中描绘了一种“狠（很）为难的爱情境地”：两个彼此相爱的人无法结合，女方劝对方忘掉自己，“把爱我的心爱他”——男方的妻子，男方则明知“应该”，却无法真正做到。这种欲忘不能的感情表现得真挚、哀婉，形式也是纯粹自由诗的形式。

早期写自由诗的还有沈尹默、刘半农、俞平伯、康白情、鲁迅、周作人等。一般地说，这时的新诗比较具有理性色彩，出现了一些反映民间疾苦、揭露社会不幸的诗。同时，这个时期大家还只是在努力探索写自由诗的方法，带有某种试验和游戏性质，而没有能使诗真正成为表现感情的需要。刘半农（1891—1934）的《相隔一层纸》可以看出这类反映人间不幸的诗的一般面貌：

屋子里拢着炉火，
老爷吩咐开窗买水果，
说“天气不冷火太热，
别任它烤坏了我。”
屋子外躺着一个叫化子，

咬紧了牙齿对着北风喊“要死”！
可怜屋外与屋里，
相隔只有一层薄纸！

从俞平伯（1900—1990）的《凄然》中，还可以看出这时的新诗与旧体诗词之间在形式与内容方面的某种联系，其第一段云：

那里有寒山！
那里有拾得①！
那里去追寻诗人们的魂魄！
只凭着七七八八，廓廓落落，
将倒未倒的破屋，
粘住失意的游踪，
三两番的低回踯躅。

这里，不仅诗的意象很像旧体诗，而且形式上，读起来也有一种词的味道。显然，诗人好像有意用新诗来和旧诗进行一次竞争，而表现的方式还是旧诗式的。康白情的抒情诗能够较好地摆脱旧诗的格调，而更能体现这个时期新诗的特点的是鲁迅和周作人的诗，他们从语言到意象都企图完全摆脱旧诗的影响，后者甚至连韵也不押，完全将散文式的语言运用到新诗中来，写出了真正的自由诗。周作人的《小河》（1919 年）是其中较有名的一首，在诗中，一个农民在一条小河中间筑起了一道堰②，河水无法流过，只有在堰前乱转，那些在堰外的水稻、桑树等由于得不到水，便只有在那里摇头、叹息，但它们的叹息不仅因为自己眼前的干

① 寒山、拾得，是唐代两位有名的诗僧。
② 堰：水坝。

涸，也不仅因为它们同情小河的不幸，而且因为它们预见到了自己将来的危机，水稻说：

我只怕他这回出来的时候，
不认识从前的朋友了，
便在我身上大踏步过去。

桑树说：

如今只怕我的好朋友，
将我带倒在沙滩上，
拌着他卷来的水草。
我可怜我的好朋友，
但实在也为我自己着急。

诗人通过水稻和桑树的话，表现出自己对于未来的某种忧患意识，小河一旦冲破了石堰的拦阻，它就不会再像以前那样“稳稳的”“流动”了，而会产生一种巨大的具有破坏性的力量，冲击一切，湮没一切，不管是敌是友。这种意识反映了当时的一些知识分子对于祖国的前途及其自身命运的某种忧虑：长期的封建专制的高压统治一旦被冲破，可能会造成某种可怕的后果。

随着1919年的五四运动的开展，自由新诗的创作也进入了高潮，早期自由诗中的那种理性色彩渐渐被情绪情感所取代，诗人所要表现的不是某种明确的认识或理想，而是某种感情。郭沫若的诗歌无疑是其中最杰出的代表，文学研究会的作家中，朱自清的二百多行的长诗《毁灭》，冰心的小诗集《繁星》《春水》，也都很有特色，后者受到印度诗人泰戈尔①的影响，将一些零碎的印象和感受随手写下，有时只有几句，却有着新鲜的情趣和哲理，表现了自己对于生活的态度。比如，《春水·一〇五》：

造物者——
　　倘若在永久的生命中
　　只容有一次极乐的应许。
我要至诚地求着：
　　"我在母亲的怀里，
　　母亲在小舟里，
　　小舟在月明的大海里。"

在此，诗人将对母爱和自然美的回归作为一种人生理想的极致，来与严酷可怕的现实相对抗，表现了冰心的理想的人生观。

在这些自由抒情诗中，爱情诗占着很重要的位置，这自然与五四时代的思想感情的解放有关。湖畔诗社的四位青年——汪静之、应修人、潘漠华、冯雪峰——差不多是专写爱情诗的，他们曾出版了他们四人的诗的合集《湖畔》（1924 年）。他们大胆直率地写爱写情，在他们看来，爱与情是人生中最自然、正当的事，因而写起来也就显得格外理直气壮，也格外严肃认真，这在汪静之（1902—1996）的诗中表现得最为突出。在《过伊家门外》（1922 年）里，他写道：

我冒犯了人们的指摘，
一步一回头地瞟我意中人；
我怎样欣慰而胆寒呵。

---

① 泰戈尔：Rabindranath Tagore，1861—1941，印度诗人。

此诗发表后，真的受到某些人的“指摘”，又可见当时能够这样直白地言情写爱，也不是很容易的事。汪静之个人的诗集有《蕙的风》。冯雪峰的诗里，则常常充满着情趣。在《老三底病》里，诗人写老三病了，他的爸爸妈妈到处给他找医生，却都治不了他的病，因为真正的医生，正“戴着野花”，“在塘边浣衣服”“在山上摘茶叶”：

鸟儿叫着，
太阳溜到了西山，
老三底可怜的爸妈，
打锣打鼓地忙着寻医生；
老三底病却更坏了。
老实说，
医生是坐轿抬出村去的新嫁娘呀。

原来老三得的是“相思病”，但作者并没有把这一场无法实现的爱情写得很悲惨，而是用了一种轻松的笔调，使老三的不幸也显得有趣起来，老三的痴情于是变得可爱。

与此相反，沉钟社的冯至（1905—1993）的诗，却更多着感伤的味道。在那时写自由抒情诗的人中，冯至是比较有成就的一个，他的诗，有些写得很长，有一定的故事情节，在对故事的叙述中表现着感伤的情绪。《蚕马》是根据干宝《搜神记》里的一段传说改写的：一个没有母亲的姑娘，父亲离她远行，只有一匹白马陪着她。她悲伤地怀念着父亲，也幻想着有一个青年，为她寻找父亲。白马明白了她的意思，一声长鸣跑了出去。不久，父亲骑着马回来了，父女俩幸福地相见，白马却跪在她的身旁，“汗泪淋淋”“涕泗涟涟”。不久，父亲把白马杀了，再次远行，女儿只有独自跟马皮相伴。夜里，在狂风大雨中，她感到又凄凉又恐惧，忽然

马皮里发出沉重的语音，
她的心儿怦怦，发儿悚悚；
电光射透了她的全身，
皮又随着雷声闪动。
依着风声哀诉！
伴着雨滴悲啼！
“我生生世世保护您，
只要您好好地睡去！”

刹那间是个青年的幻影，
刹那间是那骏马的狂奔；
在那大地将要崩颓的一瞬，
马皮紧紧地裹住了她的全身！

于是风停雨住，皓月当空，裹着马皮的女儿变成了雪白的蚕茧。诗歌在叙事中抒情，将马的始终不渝的爱情写得十分感人，感伤之中又含着悲壮。

第二节　郭沫若和他的《女神》

郭沫若是对中国新诗的发展有着杰出贡献的诗人，他的诗集《女神》中的诗篇以狂风暴雨般的激情，纯然自由的形式，为中国诗歌的历史增添了新的一页。

一、生平与创作简介

郭沫若(1892—1978)原名开贞，别号鼎堂，生于四川省乐山县一个商人家庭，他从小受到中国传统文学的熏陶，喜欢富有浪漫主义激情的作品，《庄子》和屈原、李白的诗都对他有深刻的影响，戊戌变法的时代使他接触到新学，也激发了他的爱国主义情绪。1913 年他去日本学习医学，然而他所感兴趣的还是文学，他喜欢泰戈尔、歌德①、惠特曼②等人的诗歌，同时思想上又在荷兰哲学家斯宾诺沙（Benedictus Spinoza）的影响下，有些泛神论（pantheism）倾向。按照这种理论，世上的一切都是神的显现，因而“我”与“物”之间并没有本质区别，它们都属于神，都具有神性。所以郭沫若说：“泛神便是无神。”（《少年维特之烦恼》中译本《序引》）“我即是神，一切自然都是我的表现。”显然，郭沫若是从自由平等、发扬个性等意义上来理解泛神论的，同时，这种理论也支持他在诗歌创作中进行大胆的艺术想像，将天地万物都看成有生命的对象，所以他赞同“诗人底宇宙观以泛神论为最适宜”这种说法。（《三叶集》）

郭沫若的新诗创作大约开始于 1916 年，按照他自己的说法，从 1919 年下半年到 1920 年上半年，是他诗歌创作的“爆发期”，“我在那时差不多是狂了”（《我的作诗经过》），1921 年出版的《女神》中收集的作品主要是那段时间写的。《女神》之后，他又出版了《星空》（1923 年）、《瓶》（1926 年）、《前茅》（1928 年）、《恢复》（1928 年）等诗集。除此之外，他还写了一些小说和剧本。

郭沫若的思想从 1923 年开始发生变化，到 1925 年，基本上摆脱了个性主义和泛神论，开始信奉马克思主义。1926 年，他投身到政治斗争中，参加了北伐战争，后来又因为受到国民党的通缉，1928 年去日本度过了十年的流亡生活，在这期间，他运用马克思主义的历史唯物主义的观点和方法研究中国古文字和古代史，写了自传《我的童年》《反

① 歌德：Johann Wolfgang von Goethe，1749—1832，德国诗人。

② 惠特曼：Walt Whitman，1819—1892，美国诗人，有《草叶集》（Leaves of Grass）。

正前后》《创造十年》《北伐途次》等。抗战开始后，他回国参加抗日救亡运动，是全国文艺界抗敌协会的主要领导人之一，并在抗日统一战线中担任军事委员会政治部第三厅厅长，负责文化宣传工作。在这期间，他写了《屈原》《虎符》等多部较有成就的历史剧。新中国成立后，他一直担任科学、文化、教育等方面的领导工作，同时创作了历史剧《蔡文姬》等。

二、《女神》

《女神》除序诗外，共收诗 56 首，其中最早的诗写于 1916 年，一小部分写于 1921 年，绝大部分诗是 1919 到 1920 年写的。

从内容上看，《女神》突出体现了五四的时代精神，这首先表现为一种彻底的批判和创造精神。在《女神之再生》里，作者在女娲补天和共工怒触不周山的传说①的基础上进行创作，面对共工和颛顼之间进行的一场毁灭性的争战，女神们决心不再补天，而去创造新的太阳：

> 那样五色的东西此后莫中用了！
> 我们尽他破坏不用再补他了！
> 待我们新造的太阳出来，
> 要照彻天内的世界，天外的世界！

在诗人看来，仅仅进行局部的修补是没有用的，创造是一种建立在否定基础上的变革，新世界的诞生意味着旧世界的灭亡。

---

① 女娲是传说中的女神，她曾用五色的石头把天补好，后来共工氏和颛顼(Zhuānxū)打了起来，共工氏失败后，一头撞在不周山上，又使得天塌地陷。见《列子·汤问篇》。

在《凤凰涅槃(pán)》中，这种认识得到了进一步深入。诗人借凤凰满五百岁后自焚，然后复活的传说，写了一对凤凰集香木自焚又从火中更生的场面：

除夕将近的空中，
飞来飞去的一对凤凰，
唱着哀哀的歌声飞去，
衔着枝枝的香木飞来，
飞来在丹穴山上。

它们在世界上看不到任何光明、希望，所看到的只是屠场、囚牢、坟墓、地狱，所获得的只是悲哀、烦恼、寂寥、衰败，因而它们不愿在这样的世界上苟活，宁可和这个世界一同灭亡。在此，该“诅咒”的不光是“宇宙”，而且也应该包括自我，因为“生在这样个阴秽的世界当中，/便是把金刚石的宝刀也会生锈”，自我是世界的产物，而世界也正是由一个个自我组成的，因此，如果不在与旧社会的斗争的同时，彻底改变自我中的旧意识，就不能最终改变这个社会；如果在建设新世界的过程中，不同时建设自我的新思想，也就不能最终创新这个世界——五四的批判和创造精神同时是一种崇高而痛苦的牺牲精神。凤凰正是在这样痛苦而悲壮的牺牲中更生的：

我们更生了！
我们更生了！
一切的一，更生了！
一的一切，更生了！
我们便是“他”，他们便是我！
我中也有你，你中也有我！
我便是你！

你便是我！
火便是凰！
凤便是火！
翱翔！翱翔！
欢唱！欢唱！

值得注意的是，在这里，更生意味着一种融合，新世界与新我的诞生，不再是一种分裂的形式，凤凰是从火中更生的，所以无论“我”“你”“他”，也都是“火”。“火”意味着“光明”“新鲜”“华美”“芬芳”“和谐”“欢乐”“热诚”“雄浑”“生动”“自由”，等等，我们分享着火所象征的这美好的一切，而我们正是这世界的不可分割的组成部分。这样，凤凰通过自焚而更生的就不仅仅是它们自己，而且是它们所生活的世界，而这世界已经属于它们，是它们自己的一部分。于是宇宙中的万事万物形成了一个和谐有机的整体，这正是作者在泛神论影响下的理想的大同世界。

这当然不是说在这理想的世界中，没有了个人的位置，事实上，作为五四精神的另一表现，《女神》中充满了强烈的个性解放要求。凤凰正是在对自我的毁灭和更生（解放）中创造新世界的。在《天狗》（1920 年）里，这种个性解放的要求达到了高潮。中国民间，把日食、月食现象解释为天狗吞日或天狗吞月，这样一种神奇的想像给了诗人以灵感，然而在诗中，天狗所吞的还不仅是日月星辰，而且是整个宇宙：

我是一条天狗呀！
我把月来吞了，
我把日来吞了，
我把一切的星球来吞了，
我把全宇宙来吞了。
我便是我了！

当“我”吞了整个宇宙,就是说使整个世界都成为“我”的一部分的时候,“我便是我了”。同时,这样一个新我的诞生,还要包括对于旧我的吞食:

我剥我的皮,
我食我的血,
我啮我的心肝,
……

这同样是一种凤凰自焚式的新生,不过有着更鲜明、更强烈的自我要求。凤凰自焚式的自我牺牲决不意味着将个性毁灭,而是意味着要使个性复活。在中国的传统意识中,向来也讲物我的统一,但那强调的只是将我统一到物上去,以自我牺牲为代价,获得整体的平衡,在此,天狗却是要把宇宙(物)统一到我这儿来,当“我”把“全宇宙来吞了”之后,“全宇宙”也就都是“我”了,于是

我是月的光,
我是日的光,
我是一切星球的光,
我是X线的光,
我是全宇宙的Energy的总量!

理想的大同世界决不是扼杀个性的世界,恰恰相反,它只能是充分个性化的世界,它要求每一个体都能在整体中获得充分的自由,而整体则不但能容受这种自由,而且能因此而得到发展。

《女神》中还有一些表现热爱祖国、赞美自然的情绪的诗,也都和五四的时代精神有着相通之处。《炉中煤》是直

接表现“眷恋祖国情绪”的诗，它将诗人对祖国的热爱与五四时代祖国的新面貌联系在一起，把这新生的祖国比喻成“年青的女郎”，而用在炉子里燃烧着的煤来比喻热爱祖国的自己：

啊，我年青的女郎！
我不辜负你的殷勤，
你也不要辜负了我的思量。
我为我心爱的人儿，
燃烧到了这般模样！

但煤的前身是树木，它们本来应该成为“有用的栋梁”，却被长期埋在地下，只有当祖国“年青”起来，它们才能“重见天光”。在此，个人的命运与祖国的命运是息息相关的，正是祖国的新生，使个人获得了解放。五四时代是一个使人充满希望的时代，而正是在这希望之中，新生的祖国显得更加可爱、美好。《立在地球边上放号》，则从眼前壮丽的自然景象中表现出“不断的”、“毁坏”和“创造”的力量：

无数的白云正在空中怒涌，
啊啊！好幅壮丽的北冰洋的晴景哟！
无限的太平洋提起他全身的力量来要把地球推倒。
啊啊！我眼前来了的滚滚的洪涛哟！
啊啊！不断的毁坏，不断的创造，不断的努力哟！
啊啊！力哟！力哟！
力的绘画，力的舞蹈，力的音乐，力的诗歌，力的 Rhythm 哟！

显然，这种对自然力的赞美同时也正是对五四时代精神的赞颂。

从风格上看,《女神》充满了浪漫主义激情。中国传统诗歌中虽然一向也有豪迈奔放的,但就多数情况来说,还是更趋向于婉转含蓄。《女神》中的诗却不但写得豪迈奔放,而且有时简直像狂风暴雨一般猛烈。习惯于在诗中寻找温柔含蓄的人恐怕是要失望的,甚至习惯于寻找屈原、李白那样的传统式豪放的人也会失望,因为他的诗连传统豪放派所惯用的方式也打破了,虽然我们能从他的诗中感到屈原、李白等人深刻的影响,但如果从表达感情的方式上看,他的诗更接近于美国诗人惠特曼的《草叶集》,这的确是一种"力的诗歌",它虽然也有形象,有时甚至是很优美的形象,但是我们好像总能从那形象之外听到一种声音,一种来自内心深处的粗犷的呼喊。正是这呼喊造成了压倒一切的气势。这表现在他的《天狗》中、表现在他的《立在地球边上放号》中,表现在《凤凰涅槃》"凤凰更生歌"的不断反复中,表现在《晨安》中(在那里,诗人一连用了二十七句"晨安……"),也表现在《地球,我的母亲!》中。应该说这是一首很优美的抒情诗,共二十一节,每节四行,而每节的第一行都是"地球,我的母亲!"这样,在优美的形象之外,我们却可以听到由这每节第一行的重复而构成的一种发自内心的呼喊:

> 地球,我的母亲!
> 天已黎明了,
> 你把你怀中的儿来摇醒,
> 我现在正在你背上匍行①。
>
> ……

---

① 匍(pú)行:爬行。

地球，我的母亲！
从今后我不愿常在家中居住，
我要常在这开旷的空气里面，
对于你，表示我的孝心。

……

地球，我的母亲！
我羡慕那一切动物，尤其是蚯蚓——
我只不羡慕那空中的飞鸟；
他们离了你要在空中飞行。

地球，我的母亲！
我不愿在空中飞行，
我也不愿坐车，乘马，着袜，穿鞋，
我只愿赤裸着我的双脚，永远和你相亲。

……

地球，我的母亲！
从今后我要报答你的深恩，
我知道你爱我还要劳我，
我要学着你劳动永久不停。

诗人回忆自己当时写这首诗时，真的赤裸着双脚跑到外面，扑到泥土中去“匍行”。可见他写这诗的时候是怎样的冲动了。

与这狂风暴雨式的激情相伴随的，是诗中那宏大奇特的想像。一般地说，创造大的形象要比创造小的形象更能使人感到振奋,创造起来,也更难些。所以中国古代诗歌中的几句宏大的场景描写,比如李白的“黄河之水天上来,奔流到海不复回”,苏轼的“大江东去,浪淘尽、千古风流人物”等,总是让人赞叹不已。《女神》在想像上也是很有气魄,也很新奇的,在《立在地球边上放号》中,“无限的太平洋提起他全身的力量来要把地球推倒”一句,太平洋本来是地球的一部分,但是在诗人的想像中,部分却是可以大于整体的,当人面对无边的大海,奔腾咆哮的海浪的确能给人一种摧毁一切、创造一切的力量。同样的情况也在《天狗》中出现,本属于宇宙中一生物的狗,却要把整个宇宙吞掉。在《地球,我的母亲!》中,无限大的天体,则成了地球母亲梳妆用的镜子。此外,《女神之再生》中关于女神们不去补天,而去造日的想像,《凤凰涅槃》中关于火便是一切的想像,都显得新奇而壮大。

从诗体上看,《女神》是真正的自由诗,它打破了中国自古以来对诗的格式的一切限制,而这诗体的解放是由于诗的观念的解放。在郭沫若看来,诗之所以是诗,并不是因为它有外在的节奏、韵律等要求,而是因为它表达感情的特殊性:“诗之精神在其内在的韵律……内在的韵律便是‘情绪的自然消涨’。”(《读诗三札》)因此,郭沫若的诗是完全根据感情的需要来结构的,大致感情比较舒缓、缠绵时也讲究些外在的韵律(比如《炉中煤》),感情激动起来,就不再受外在韵律的限制了(比如《天狗》《立在地球边上放号》)。还有一些诗,如《女神之再生》《湘累》等,是用戏剧体写成的,在戏剧的外形中包含了诗的情感,这就完全摆脱了传统的诗歌概念,给人一种全新的感受。

三、其他诗集

继《女神》之后，在 1923 年郭沫若又出版了诗文集《星空》，收集了 1921—1923 年在日本和上海写的诗歌、散文。当时，五四运动所带来的兴奋已经过去，诗人的感情经历了幻灭的痛苦，往日的那种狂风暴雨式的激情不见了，换来的是几分悲哀，几分宁静。《天上的街市》是其中很有名的一首：

远远的街灯明了，
好象闪着无数的明星。
天上的明星现了，
好象点着无数的街灯。

星与灯的相像，使诗人联想到“那缥缈的空中”一定有“美丽的街市”，而传说中的牛郎织女想来此刻也相聚在一起，“在天街闲游”：

不信，请看那朵流星，
那怕是他们提着灯笼在走。

《前茅》中收集的主要是 1923 年写的诗歌，当时，诗人开始受到马克思主义的影响，想要摆脱个人的苦闷，用粗犷的声音来歌颂革命，然而艺术上却还不怎么成功。比较好些的是《恢复》，这里的二十四首诗写于 1928 年 1 月 5 日到 15 日，当时，由于蒋介石对共产党人和进步人士的屠杀，中国处于白色恐怖①之中，郭沫若在一场重病之后身体和思想

---

① 白色恐怖：指反动政权所进行的暴力统治，如大规模地屠杀、逮捕等。从 1927 年 4 月 12 日起，蒋介石命令国民党向共产党人和革命的工农群众开枪，在中国实行法西斯统治，见后。

都处于“恢复”时期，他感到自己又产生了像写作《女神》《瓶》时那样的诗兴。其中的作品多是歌颂革命、抗议屠杀的。在《如火如荼的恐怖》中，他写道：

要杀你们就尽管杀吧！
你们杀了一个要增加百个：
我们的身上都有孙悟空的毫毛，
一吹便变成无数的新我。

他断言革命者是杀不完的，应该感到“恐怖”的倒是你们那些杀人者。在《战取》中，他预言新的革命风暴快要来临，一个新的世界将要在革命中诞生：

我已准备下一杯鲜红的寿酒，
朋友，这是我的热血充满心头。
酿出一片的腥风血雨在这夜间，
战取那新的太阳和新的宇宙。

这些诗虽然感觉比《前茅》里的深切些，但《女神》时代的那种无拘无束、狂风暴雨式的充满个性的情绪却是很难再见到了，这不能说与诗人对于文学的认识的转变无关。

真能在《女神》之后产生新的艺术魅力的是写于1925年春的《瓶》，除《献诗》之外，它包括四十二首优美缠绵、彼此有一定联系的情诗，诗中表现了抒情主人公对一个少女的如醉如痴的爱情，主要描述了他在等信、收信、读信时的矛盾复杂的心理。由于这组诗产生于诗人的一段令人难忘的亲身感受，因而感情就显得十分真挚自然。现举两首如下：

第三十一首

我已成疯狂的海洋，
她却是冷静的月光！
她明明是在我的心中，
却高高挂在天上。
我不息地伸手抓拿，
却只是生出些悲哀的空响。

第三十五首

得陇而望蜀，
我的灵魂哟，你是太不知足！
她已经叫你哥哥，
你还要教她怎么？
啊，你怎么这般隐痛哟，
我的心窝！

“哥哥哟，我写信时，
便这样叫你，
以后见你面时，
也要这样叫你，
你说好不好呢？”
啊，好却又有甚么不好，
只是在这个称谓之中，
总象是有些缺少。

第三节　闻一多、徐志摩等人的新格律诗

一、新格律诗的探索

自由诗的出现跟人们对诗的认识的改变有关，但也跟汉语自身的发展有关。前面说过，胡适在开始写白话诗时，曾经利用过旧体诗的形式，把白话塞到传统的五、七言体诗中，结果基本上是失败了，原因在于旧体诗的格式要求不适合于现代汉语的语言特点。因此，创作白话诗的第一步，就是要让诗歌从传统的格式中解放出来，让诗人能用现代汉语自由地表达他们的感情和思想。自由诗的兴起，可以说是适应了这样一种要求。但是，语言毕竟是有声的符号系统，感情和思想是要借助于声音来表达的，当人在读诗的时候，他不但希望看到好的意思，同时也希望听到美的声音。尽管我们可以像郭沫若那样，认为诗的本质在于内在的韵律，但是谁又能说外在的韵律就必须放弃呢？至少韵律的和谐可以使一首诗显得更加完美。这样，在自由诗开展了一段时间以后，就开始有人试着创作新的格律诗。大约最早进行这种试验的是陆志韦，他的《渡河》发表于 1923 年 7 月，在这部诗集里，他已开始有意识地创造新诗的格律，然而在当时没有引起足够的重视。直到 1926 年 4 月，新月社的诸诗人，闻一多、徐志摩、朱湘、饶孟侃、方令孺、卞之琳、陈梦家等，才开始“把创格的新诗当一件认真事情做”（徐志摩《诗镌弁言》）。在理论上贡献最多的是闻一多，在《诗的格律》等文章里，他认为作诗要有格律，就像游戏要有规则一样，都是不能放弃的，因此，他主张戴上脚镣跳舞，在一

种美的格式的限制中作诗，使诗具有“音乐的美（音节）”“绘画的美（词藻）”“建筑的美（节的匀称和句的均齐）”。同传统格律比较起来看，闻一多等人所探索的新诗格律有这样两个特点：

一、新诗格律对诗歌只有一些相对固定的要求，没有一成不变的格式。每一首诗都可以根据内容的需要来创造不同的格式。这样诗的格式与诗的内容之间的联系要比旧格律诗密切得多。

二、传统格律重视汉语声调的配合，新诗格律则放弃了对语言的声调的规定，而只重视诗的节奏和押韵。如果说传统诗歌听起来像一首有节奏、有曲调的歌，那么新格律诗听起来就只有节奏，没有曲调。由于放弃了对诗的声调要求，新格律诗创作起来就要比旧格律诗自由得多了，它只能算是一种半格律诗。

总之，闻一多等人创造的新诗格律比旧诗格律更灵活、更简单、也更适合于现代汉语的特点。这种对新诗的格律方面的探索对以后的新诗发展有着重要的影响，尽管后来的新诗从表面上可以与闻一多时代的诗很不一样，但弃声调而重节奏，却差不多成了新诗在形式方面的一致追求。

二、闻一多的诗

闻一多（1899—1946），原名闻家骅，湖北省浠水县人。他从小喜欢古典诗词和美术，1922 年去美国学习绘画、戏剧、文学等。他深受唯美主义的影响，要做“艺术底忠臣”，但他也并没有因此而忘记苦难深重的祖国，在他的追求艺术美的诗歌中时刻流露出爱国主义激情。他的主要诗作收集在《红烛》（1923 年）、《死水》（1928 年）两部诗集中。这也同时是他所写的两首诗的名字，这两首诗可以分别代表这两部诗集的不同特点：前者是用自由体写的，后者则是典型的格律新诗，但两部诗集中所表现的对美的追求，对祖国和人民的热爱却是一致的。在《红烛》里，诗人决心要向红色的蜡烛那样，为了创造光明而烧毁自己：

红烛啊！
你流一滴泪，灰一分心。
灰心流泪你的果，
创造光明你的因。

红烛啊！
“莫问收获，但问耕耘。”

然而到了《死水》一诗中，这光明的美却因为无处“耕耘”而只好“让给丑恶来开垦”了：

这是一沟绝望的死水，
清风吹不起半点漪沦①。
不如多扔些破铜烂铁，
爽性泼你的剩菜残羹。

也许铜的要绿成翡翠，
铁罐上锈出几瓣桃花；
再让油腻织一层罗绮②，
霉菌给他蒸出些云霞。

……

---

① 漪沦：yīlún，水波纹。
② 罗绮（qǐ）：有花纹或图案的丝织品。

这是一沟绝望的死水，
这里断不是美的所在，
不如让给丑恶来开垦，
看他造出个什么世界。

这当然是一种愤激之词①，反映了诗人对人间社会的某种绝望心情：世界上既然没有美存在的地方，那么只好以丑为美，把“废铜烂铁”“剩菜残羹”当作“翡翠”“桃花”“罗绮”和“云霞”来描绘了。这里显然受到19世纪法国诗人波德莱尔（Charles Baudelaire，1821—1867）《恶之花》的影响，但假如我们把它和另外一首《发现》对照起来看，就可以发现闻一多的这种对世界的绝望与对祖国的失望是一致的：

我来了，我喊一声，迸着血泪，
“这不是我的中华，不对，不对！”
我来了，因为我听见你叫我，
鞭着时间的罡风，擎一把火。
我来了，不知道是一场空喜。
我会见的是噩梦，那里是你？
那是恐怖，是噩梦挂着悬崖，
那不是你，那不是我的心爱！
我追问青天，逼迫八面的风，
我问，拳头擂着大地的赤胸，
总问不出消息，我哭着叫你，
呕出一颗心来，你在我心里！

现实中的祖国与梦想中的是那么不一样，以致诗人反

① 愤激之词：因一时愤怒而说的话。

而要把这现实当成一场可怕的“噩梦”了。他在梦想中明明听到了祖国对他的呼唤，然而当他带着一颗火热的心，急急忙忙赶回祖国的时候，却忽然发现，“那不是我的心爱!”在这无法忍受的失望中，他上问青天，下擂大地，然而青天多风，大地无语；他哭，他叫，他的心在流着血，然而没有回音，一切都死一般的静。尽管如此，他却依然无法丢开它，忘记它——“你在我心里”，无论你是不是“我的心爱”，我都无法不爱你。显然，和前面那首以丑为美，正话反说的诗比较起来，这首诗的感情色彩更强烈，也更富有个性，假如说郭沫若的诗歌中所表现的是一种才子式的疯狂，那么闻一多的这首诗则表现出一种硬汉式的悲愤，尽管他也在拼尽全力地挥拳呼喊，但这喊声却似乎更痛苦，更深沉。这也跟诗的形式有关，每行的字数和押韵方面的限制，使他不能像郭沫若的《女神》那样可以毫无顾忌地说话，他只能在脚镣所允许的范围内跳舞，每当他的感情要冲破一切的时候，形式又把他拉了回来，这样的结果不是造成感情的爆炸，而是在形式的规范中形成一种感情的内在紧张。

在这两首诗中，已经可以清楚地看出闻一多所追求的新诗的形式方面的特点。这里只举《死水》为例简单说一说。从节奏上看，《死水》中每行都是九个音节，而每二或三个音节组成一个音尺，这样每行的音尺都是四个，比如：

这是|一沟|绝望的|死水，
清风|吹不起|半点|漪沦。
不如|多扔些|破铜|烂铁，
爽性|泼你的|剩菜|残羹。

由于每个音尺的时间长度在理论上应该相等，由三个音节组成的音尺跟由两个音节组成的音尺比较起来，每个音节所占的时间长度就要短些，这就使诗的节奏在整齐之中有着某种变化。从押韵方式上看,《死水》的韵都是押在偶数句的最后一个字上,每一段换一个韵,如第一段“沦”“羹”相押,第二段换成“花”“霞”相押,第三段又换成“沫”“破”相押。这也造成了一种整齐和谐而又有变化的效果。

三、徐志摩的诗

徐志摩(1896—1931),浙江省海宁县人,曾经留学英美。1922年回国,历任北京大学、清华大学教授。有诗集《志摩的诗》(1925年)、《翡冷翠的一夜》(1927年)、《猛虎集》(1932年)等。他的诗不像闻一多那样慷慨激昂,而是走了清新飘逸、婉转悠扬的路子。中国自古以来的诗歌,大体上可以分成两种,一种偏硬,一种偏软,就是所谓豪放与婉约两派。徐志摩的诗是比较地偏于婉约的,但不像旧词人那样哀怨缠绵,而是显得温柔真挚,所写的又常是纯个人的情绪,所以很容易使一般青年学生喜欢。他的情诗带有某种虚构性,所写的不一定是自己亲身经历的,诗中的不少意中人只是想像的产物。他写诗虽然也很注意格律,但是似乎不像闻一多那样有时严格到了死板的程度,只是做到形式上大体一致、整齐罢了,写作的方法却是多种多样,想像又十分新奇。试看他《雪花的快乐》一首:

假如我是一朵雪花,
翩翩的在半空里潇洒,
我一定认清我的方向——
飞扬,飞扬,飞扬,——
这地面上有我的方向。

不去那冷寞的幽谷,
不去那凄清的山麓,

也不上荒街去惆怅——
飞扬，飞扬，飞扬，——
你看，我有我的方向。

在半空里娟娟的飞舞，
认明了那清幽的住处，
等着她来花园里探望——
飞扬，飞扬，飞扬，——
啊，她身上有硃砂梅的清香！

那时我凭藉我的身轻，
盈盈的，沾住了她的衣襟，
贴近她柔波似的心胸——
消溶，消溶，消溶——
溶入了她柔波似的心胸！

这首诗的形式虽然整齐，但还是比较灵活的，不像《死水》那样每一行的字数都完全相等。其中每节中的第四行都是把一个双音词重复三次，是节与节之间结构上的最有共同性的地方，但前三节都是用的“飞扬”，第四节则用“消溶”，算是一种变化。从押韵上看，前三节的后三行都押同一韵，到第四节也有了变化。诗人把自己想像成为一朵雪花，不仅新颖，也很恰当，雪花洁白、优美，而且能“飞扬”，能“消溶”，用来比喻纯洁美好的爱情“溶入”姑娘心中，是很合适的，而这位意中人其实正是美的化身，诗人以情诗的方式表现出一种对于美的理想的寻求和向往。另一首《沙扬娜拉》中的女子，大约却是实有其人，因为副标题是“赠日本女郎”，这是一组短诗中的最后一首：

最是那一低头的温柔，

像一朵水莲花不胜凉风的娇羞，
道一声珍重，道一声珍重，
那一声珍重里有蜜甜的忧愁——
沙扬娜拉！

在此，诗人把分别时的苦与甜相交织的心情温柔地表现了出来。“那一声珍重里有蜜甜的忧愁”一句，同时写出两个人的感情，从声音的发出者——日本女郎那面看，固然是难舍难分，但在声音的接受者——诗人自己这方面呢，正是这“蜜甜的忧愁”之声，使分离更显得难分难舍。美在分别时消失，而消失了的美在想像中才是更具有魅力的。

《再别康桥》可能是徐志摩最有名的一首诗了，康桥就是诗人曾在那里读了两年书的英国剑桥大学，诗表现了诗人重访剑桥，再次分离时的情绪。全诗笼罩在一种沉静的气氛中：

轻轻的我走了，
正如我轻轻的来；
我轻轻的招手，
作别西天的云彩。
……
但我不能放歌，
悄悄是别离的笙箫；
夏虫也为我沉默，
沉默是今晚的康桥！

离别时的感伤使剑桥的沉静这一特点显得更加突出，诗人似乎不愿意让自己感伤的情绪来破坏剑桥沉静的美，因而时时把那情绪隐藏在剑桥夜色的沉静之中。那是一种无声无息而又令人不忍离去的美，它就静静地留在剑桥，使人带不走，也不想带走，于是剑桥的沉静就成为与人世的喧哗形成鲜明对比的理想的象征：

那榆荫下的一潭，
　不是清泉，是天上虹
揉碎在浮藻间，
　沉淀着彩虹似的梦。

旧日的美好的学生生活也正像“彩虹似的梦”一样，在时光的流水中漂游、破碎，作为永远无法追回、带走的理想，静静地沉淀在人的记忆里。

第四节　李金发与象征诗派

1925 年 11 月，李金发出版了他的诗集《微雨》，第一次把法国象征派诗歌引进中国。由于他表现上的独特性，被当时的人们称为“诗怪”。此外的象征派诗人还有创造社的王独清、穆木天、冯乃超以及戴望舒、姚蓬子等。这样一支突然杀出的异军，不仅对当时的诗坛是个冲击，而且从 20 世纪中国诗歌的发展上看，其作用也不可低估。

李金发（1900—1976），原名李淑良，字遇安，广东省梅县人，曾留学法国学习雕塑，受到法国象征派诗人魏尔仑（Paul Verlaine，1844—1896）等人的影响，开始进行这派诗歌的翻译和创作，1925 年 6 月回国。他的诗集除了《微雨》外，还有《为幸福而歌》（1926 年）、《食客与凶年》（1927 年）等。如果单从形式上看，李金发等人的诗应该属于自由诗，但是写法却和一般自由诗很不一样，他们不像一般自由派诗人那样用诗来表现清晰的意象，抒发明确的情绪，相反他们用种种方法故意把诗的意象弄得模糊、朦胧、神秘，正像朱自清说的：

> 象征派要表现的是些微妙的情境，比喻是他们的生命；但是“远取譬”而不是“近取譬”。所谓远近不指比喻的材料而指比喻的方法；他们能在普通人以为不同的事物中间看出同来。他们发现事物的新关系，并且用最经济的方法将这关系组织成诗；所谓“最经济的”就是将一些联络的字句省掉，让读者运用自己的想像力搭起桥来。（《新诗杂话·新诗的进步》，作家书屋1949年4月版）

这就是说，象征派有意使词句之间的关系变得松散，让读者通过这些松散的词句所提供的暗示去进一步想像。这样的诗歌在读法上就与以前的诗歌有很大的不同，以前读者假定诗人已经把自己的意思都写到诗里去，一切答案都可以在诗里找到，然而现在诗里面却留着大量空白，需要读者自己去填写；以前的诗歌当然可以有不同的理解，然而从基本意象上看，差别并不很大，现在，理解诗的共同性基础变得十分薄弱，连对意象本身的理解都可以有很大的差异。我们来看李金发的一首《弃妇》诗中的几句：

> 靠一根草儿，与上帝之灵往返在空谷里。
> 我的哀戚惟游蜂之脑能深印着；
> 或与山泉长泻在悬崖，
> 然后随红叶而俱去。

这里整体的意思理解起来好像并不难，无非是写一个女人被男人抛弃后十分孤独、悲哀，没有人理睬她，更没有人理解她。但每一诗行具体指的是什么，却是模糊的。第一行是说只有上帝才理解她呢还是说连上帝都不怎么理睬她？从“靠一根草儿”来与上帝相联系这一点来看，似乎上帝与她的这种联系也是十分微弱的。第二行以后说自己的悲哀已经没有人能记得，这是没问题的，但“游蜂之脑”表现出一种什么样的感受呢？大约弃妇独自住在山谷里，身边惟一的动物就只有“游蜂”这类小虫吧，所以游蜂还能知道她的悲哀。但游蜂的“脑”想来是非常小的，即使是“深印”着，又能印下多少呢？第三、四两行主语依然是“哀戚”，“山泉”“悬崖”“红叶”都是山中所能见到的景物，第三行说悲哀像山泉那样多，那样长流不息，“随红叶而俱去”大概是随物俱化的意思，悲哀在山谷中存在，也将在山谷中消失，没有人会知道，也可以想像人在悲哀中衰老。总之这里所用的比喻都不是一般汉语中所惯用的方式，使用比喻的目的也不是让人更容易理解，相反，倒是要把问题复杂化，使人更难理解了，这就是朱自清所说的“远取譬”。这里的好处是扩大了文学的表现方式，同时也能更多地让读者自己去参与诗歌创作。问题恐怕是理解起来太困难，简直像猜谜语一样，而且一旦猜到了，却可能发现里面也没有什么特别新鲜的意思。诗自然可以写得比较深，比较难懂，但是同时这种难懂的东西应该比好懂的东西能给人更深的文学感受，好像一种很复杂的游戏，一旦学会了，就能给人以无穷的乐趣，否则，是不免令人失望的。尽管如此，李金发等人的诗还是给中国新诗坛上带来了一种与传统诗歌很不相同的新面貌，在中国朦胧诗的发展史上，这些人算是迈出了第一步。

思考题：

1. 这个时期的新诗创作可以分成哪些流派？各流派中有哪些重要的诗人和诗作？
2. 谈谈这个时期自由诗的创作情况。

3. 以《凤凰涅槃》《天狗》《炉中煤》《立在地球边上放号》《地球,我的母亲!》等诗为例,具体说明郭沫若《女神》的艺术成就。
4. 闻一多等人为什么要探索新诗格律?他们所探索的新诗格律有什么特点?
5. 以《死水》《发现》等诗为例,说说闻一多诗歌的特点。
6. 徐志摩的诗在风格上与闻一多的诗有什么明显不同?以《雪花的快乐》《沙扬娜拉》《再别康桥》等诗为例,谈谈这个问题。
7. 李金发等人的象征派诗有什么特点?

第五章　文学革命时期的散文创作

第一节　概说

散文这个概念可以有不同的含义，这里所指的是与诗歌、小说、戏剧相并列的一种文学样式，一般地说，凡是无法归入诗歌、小说、戏剧之中，却又有一定文学性的作品，我们就把它算作散文。但是文学与非文学之间有时也很难有严格的界限，不少专题性的论文，也是可以把它当作文学散文来读的。

这样看来，现代白话散文差不多是跟文学革命的倡导同时产生的，因为除了最早几篇倡导文章是用文言文写的以外，其他都是用白话写的，其中不少都可以看成是文学散文。不过真正开始把白话散文作为一种文学样式来提倡，却是从 1921 年 5 月周作人写的《美文》上才开始的。在这里，作者说：

> 外国文学里有一种所谓论文，其中大约可以分作两类。一批评的，是学术性的。二记述的，是艺术性的，又称作美文。这里边又可以分出叙事与抒情，但也很多两者夹杂的。……有许多思想，既不能作为小说，又不适于作诗，便可以用论文式去表他。

总的看，在这个时期的文学创作中，散文的成绩应该说是最大的，这自然跟周作人等的积极提倡不无关系，但是更重要的原因却在以下两方面：

一、中国散文传统的影响。

周作人借着西方人的文学观念来提倡文学散文，自有他的原因，但其实在中国人的传统观念中，散文向来是文学的正宗，而小说、戏剧倒是常被关在文学大门之外的。在传统的中国人眼里，文章中并没有文学与非文学的区别，只有好的文章和不好的文章的区别，而好的文章也就是美文。所以不光是短篇的叙事抒情的文章是文学，就是长篇的历史书也同样是文学，关键在于写得好不好。这样一种观念对于现代文学家的影响可以说是非常大的，凡是作家差不多都写散文，而且差不多都把它当成文学作品来写，有些作家（如周作人自己）干脆就是专职的散文家，这种情况在西方近代作家中恐怕是极少见的，而在中国，却是自古以来司空见惯的事。更有趣的是，文学革命以来，和传统样式相比，小说、诗歌、戏剧这三种样式在形式上都发生了极大的变化，只有散文，变化相对要小得多，为什么呢？就因为散文本来就没有严格的定义，也没有严格的形式规定，虽然古来也有种种文章做法，也有种种文章流派，但始终没有真正统一成现成的固定格式，既然没有固定格式，也就很难说什么才算是变化。当然，现代白话散文并不等于传统文言散文的现代语翻译，但是我们也很难明确指出现代散文在形式上的哪些因素是传统散文所没有的。中国传统散文的发达，使得现代散文一出现，就已站在较高的起点上，成为一种早熟了的文学。

二、社会的解体与思想的解放。

形式上的自由使得散文最容易直接表现作家的感情和思想，但这也同时意味着散文是一种最不容易掩盖自己真实面貌的东西。对于其他三种样式来说，作者还可以借助好听的韵律、动人的故事或紧张的冲突等来遮掩一下自己，散文却全没有这些可以做遮掩，在散文创作中，作家必须自己站到前台来给读者看。这倒不是说散文都是讲真话的，而是说散文如果讲假话比较容易被发现。这就是说，散文是一种更加个性化的样式，因而它的繁荣与思想自由的程度有着密切关系，试想在一个思想不自由的专制社会，作家如何能随便发表自己的意见，表现自己的个性呢？到了五四时代，专制社会开始解体，人的思想开始解放，人们可以在一定地点、一段时间内相对自由地发表自己的意见，表现自己的感情了，这也就造成了这个时期散文的繁荣。

这个时期散文中值得注意的首先是随笔、杂感一类的小品散文，这些文章经常针对一些社会文化问题发表意见，但写起来又不像一般论文那样沉闷，而是显得灵活多样，有的尖锐犀利，有的轻松活泼，议论中兼有抒情。最早写这类散文的有陈独秀、李大钊、鲁迅、周作人、钱玄同、刘半农等，他们的不少文章都发表在《新青年》的《随感录》专栏里。二十年代以后，这类文章得到进一步发展，语丝社成员以鲁迅、周作人、钱玄同、刘半农、林语堂等为骨干，形成了“任意而谈，无所顾忌”①的“语丝文体”。周作人等后来又创造出一种“不专说理叙事而以抒情分子为主”（《〈燕知草〉跋》）的小品文，不过这类抒情小品包括的范围可以说非常大，好像无论是说理还是叙事，只要稍微变换一点方式，就可以成为抒情的了，与后来意义上专门写景抒情的文章并不一样。不过这个时期写景抒情的散文数量也不少，朱自清、俞平伯在一次出游之后还用同一个题目《桨声灯影里的秦淮河》写了游记。写景抒情也是传统散文中常见的方式，现在用白

① 鲁迅《三闲集·我和〈语丝〉的始终》。

话写起来，多少有点跟传统的文言文相较量的意思，因为在当时不少人的心中，白话这样一种俗语，是创作不出优雅的美文来的。这类散文的成功，也就证明美文不必非要用文言来写不可了。

第二节 周作人的散文

周作人（1885—1967），原名周遐寿，字启明，浙江省绍兴县人，鲁迅的弟弟。1906 年去日本留学，与鲁迅一起从事文学活动，1917 年回国，在北京大学等校任教授。他一生从事散文创作，有《自己的园地》（1923 年）、《雨天的书》（1925 年）、《泽泻集》（1927 年）、《谈龙集》（1927 年）、《谈虎集》（1928 年）、《永日集》（1929 年）等散文集二十多种。他起初的散文也偏重于杂感、随笔等，内容涉及对社会文化各方面的评论。他和鲁迅的认识比较接近，文章风格上似乎也有一些相似的地方，所以有时两人的文章混在一起，别人也不易察觉。不过细看起来，两个人的差别还是很大的，总的看，周作人的文章似乎更温和、更多些理性色彩。他总是尽量控制着感情，用一种平静的态度去说话，于是感情就以一种曲折的方式，含蓄地流露出来。在读他散文的时候需要十分小心，因为他常常在不动声色地说反话。他在《碰伤》（1921 年）里，针对政府对教职员学生请愿进行镇压、有些报纸却说学生是自己“碰伤”的发表议论说：

碰伤在中国是常有的事。至于完全责任，当然由被碰的去负担，譬如我穿着有刺钢甲，或是见毒①的蛇，或是剑仙，有人来触，或看，或得罪了我，那时他们负了伤，岂能说是我的不好呢？又譬如火可以照暗，可以煮饮食，但有时如不吹熄，又能烧屋伤人，小孩不知道这些方便，伸手到火边去，烫了一下，这当然是小孩之过了。

这是在讽刺政府不能碰，谁碰谁就会受伤，意思本来算是够清楚的了，但居然还是有人误会了，以为他是在替政府说话，反对教师和学生请愿。②

20 年代以后，随着对文学的社会作用的失望，他的兴趣逐渐转向所谓抒情小品方面，这类小品如果从形式上看，虽然不限于议论，但也绝不是没有议论，不过作者的主要目的似乎更要在议论、说明及叙事之中产生一种“气味”：

气味这个字仿佛有点暧昧而且神秘，其实不然。气味是很实在的东西，譬如一个人身上有羊膻气，大蒜气，或者说是有点油滑气，也都是大家所能辨别出来的。（《〈杂拌儿之二〉序》）

这其实就是指文章中所表现出的个人的情趣，这种情趣不是在议论、说明、叙事等之外表现的，它就在议论、说明或叙事之中。所以严格说来，周作人所提倡的抒情小品也不是一种特殊的散文文体，而是一种写作态度，这种态度要求把任何种类的文章都作为表现个人的情趣的东西。所以在《〈杂拌儿〉跋》中，他认为《杂拌》（俞平伯）集中的那些

---

① 见毒：传说中的一种蛇毒，据说生有见毒的蛇，只要人一见到它就会死。

② 见《谈虎集》中所收的这篇文章的附录。

“有考据性质”的文章也都“与别的抒情小品一样是文学的作品”。从他自己写作情况来看，除了上述那些进行社会文化批评的杂感外，他的小品大体上还可分成两类：一类是文艺随笔，包括书评、书话以及给别人作的序、跋等，比如《读〈童谣大观〉》《〈颜氏家训〉》《〈论语〉小记》《日本的讽刺诗》《〈扬鞭集〉序》《论小诗》；一类是关于各地的风俗人情、自身的经历见闻等的谈论、回忆、考辨等等。如《苦雨》《山中杂信》记眼前感受，《娱园》《怀旧》写过去经历，《故乡的野菜》《乌篷船》写故乡风俗，《喝茶》《谈酒》谈饮食文化。对周作人来说，所谓抒情决不意味着像诗人那样疯狂地呼喊，痛苦地呻吟（他曾反复说自己不是诗人），而是在平和冲淡的谈吐中流露出一种令人回味的东西。在《初恋》中，作者写了自己童年时对三姑娘的一种无意识中的爱恋，那时自己十四岁，三姑娘大约是十三，经常到他家来玩，看他写字：

> 我不曾和她谈过一句话，也不曾仔细的看过她的面貌与姿态。大约我在那时已经很是近视，但是还有一层缘故，虽然非意识的对于她很是感到亲近，一面却似乎为她的光辉所掩，开不起眼来去端详她了。……
>
> 我在那时候当然是“丑小鸭”，自己也是知道的，但是终不以此而减灭我的热情。每逢她抱着猫来看我写字，我便不自觉的振作起来，用了平常所无的努力去映写，感着一种无所希求的迷朦的喜乐。并不问她是否爱我，或者也还不知道自己是爱着她，总之对于她的存在感到亲近喜悦，并且愿为她有所尽力，这是当时实在的心情，也是她所给我的赐物了。在她是怎样自己不能知道，自己的情绪大约只是淡淡的一种恋慕，始终没有想到男女关系的问题。

等到宋姨太太发表对三姑娘家的不满，说三姑娘将来也要去“做婊子”时，“我”虽然不明白这是什么意思，却在心里想：

“她如果真是流落做了，我必定去救她出来。”

平静的叙述中既表现了少年时那种天真无邪的心理，又使人仿佛看到作者那平静的脸中所流露出的一丝淡淡的微笑。这样纯粹的叙事体，在周作人的散文中并不很多，更多的是一种夹叙夹议，仿佛随便聊天似的方式。比如《故乡的野菜》，从妻子买菜回来，说市场中有荠（jì）菜卖，引出对自己家乡的荠菜的谈论：

荠菜是浙东人春天常吃的野菜，乡间不必说，就是城里只要有后园的人家都可以随时采食，妇女小儿各拿一把剪刀一只“苗篮”，蹲在地上搜寻，是一种有趣味的游戏的工作。那时小孩子们唱道，“荠菜马兰头，姊姊嫁在后门头。”后来马兰头有乡人拿来进城售卖了，但荠菜还是一种野菜，须得自家去采。关于荠菜向来颇有风雅的传说，不过这似乎以吴地为主。《西湖游览志》云，“三月三日男女皆戴荠菜花。谚云，三春戴荠花，桃李羞繁华。”顾禄的《清嘉录》上亦说，“荠菜花俗呼野菜花，因谚有三月三蚂蚁上灶山之语，三日人家皆以野菜花置灶陉①上，以厌虫蚁。侵晨村童叫卖不绝。或妇女簪髻上以祈清目，俗号眼亮花。”但浙东却不很理会这些事情，只是挑来做菜或炒年糕罢了。

这样从浙东的风俗说到吴地的传说，其中既有儿歌的

① 陉：xíng，灶边放东西的地方。

抄录，又有古书的征引，后面又说到另外的几种野菜，不但穿插有北京的情况，也谈到了日本的习俗。这就是所谓“考据性质”的东西，但又是生动活泼的，拿它当民俗学资料自然不错，然而文章的情调却是文学式的，那一种对故乡的怀念之情就从对故乡野菜津津有味的谈论中表现了出来。对故乡的怀念，其实正是对自己旧日生活的怀念。怀念是这样一种情绪，它使人面对自己的过去而微笑，又使人对这令人微笑的过去的过去而感伤，所以回忆的甜中总是伴随有苦的，反过来说也一样，不正是由于现实的苦而使人想要在怀念之中找回一点失去的甜吗？对于这一点，作者认识得很清楚，他把自己的住处叫做苦竹斋，把自己的生活叫做“吃苦茶”，甚至连文章的语言他都觉得应该带点涩味和苦味，所以当我们读到他那平和冲淡的小品的时候，也不应完全被这平淡的外表所欺骗，忽略了他在那外表中所藏的苦涩味。在《雨天的书·自序二》中他说：

> 我近来作文极慕平淡自然的境地，但是看古代或外国文学才有此种作品，自己还梦想不到有能做的一天，因为这有气质境地与年龄的关系，不可勉强。象我这样褊急①的脾气的人，生在中国这个时代，实在难望能够从容镇静地做出平和冲淡的文章来。

这绝不是要显得谦虚，只是在表示，他所以做不出平淡的文章，是因为缺少平淡的心情。其实《雨天的书》中所收的文章有不少都被认为是最能代表他平和冲淡风格的名作，如《苦雨》《怀旧》《初恋》《娱园》《故乡的野菜》《北京的茶食》《喝茶》《山中杂信》《济南道中》等，但这些作品在这

---

① 褊(biǎn)急：气量狭小，性情急躁。

个集子中所占的数量还不到四分之一，其他四分之三以上的文章差不多都是有针对性地发表自己对于人生问题的看法，而且就是这不到四分之一的文章中的平和冲淡也是很表面的现象，像《山中杂信》《济南道中》等，随处都夹杂着对人生的感慨，有些虽然常常被人看成是所谓闲适的小品，但是这种“闲适”本身在他看来也正是对当时某种他认为是不正确的生活态度的一种对抗，比如在《喝茶》中，他讲到中国人喝茶的方式，讲到各种的茶食，讲到家乡的茶干，又讲到日本的茶渍，似乎都是些无聊的清谈，然而在作者看来，这种“片刻的优游”正是健全的人生中所“不可少”的。在另外两篇文章中，他说：

> 我并不以为人可以终日睡觉或用茶酒代饭吃，然而我觉得睡觉或饮酒喝茶不是可以轻蔑的事，因为也是生活之一部分。（《上下身》）

> 我们于日用必需的东西以外，必须还有一点无用的游戏与享乐，生活才觉得有意思。我们看夕阳，看秋河，看花，听雨，闻香，喝不求解渴的酒，吃不求饱的点心，都是生活上必要的——虽然是无用的装点，而且是愈精炼愈好。可怜现在的中国生活，却是极端地干燥粗鄙，……（《北京的茶食》）

他想给“无用的游戏与享乐”，换句话说，给艺术，在生活中找到一个适当的位置，使人能在人生的苦闷中得到一点调节，“忙里偷闲，苦中作乐”，“在不完全的现世享乐一点美与和谐”（《喝茶》）。在他看来，“生活之艺术只在禁欲与纵欲的调和”，而“中国的生活方式现在只是两个极端，非禁欲即是纵欲，非连酒字都不准说即是浸身在酒糟里，二者互相反动，各益增长，而其结果则是同样的污糟。”（《生活之艺术》)他的意思是说,人的欲望是一种自然要求,如果强行禁止,反而会使欲望更强,因而一味的“禁欲”所造成的结果只能是它的反面——“纵欲”,中国传统的生活方式,就是在表面的“禁欲”所掩盖下的暗中的“纵欲”。对于自然的欲望,只能疏导,不能压制,而疏导就是要设法使生活艺术化起来。这里显然受了弗洛伊德、蔼理斯(Havelock Ellis)等人的影响,无论我们是否同意,却必须明白,周作人散文中的这部分闲适的小品不过是他人生主张的一种实践,是“非意识地想建设起自己所信的新的道德来”(《雨天的书·自序二》),只有在这个意义上,下面这段话才是可以理解的:

> 我看自己一篇篇的文章,里边都含着道德的色彩与光芒,虽然外面是说着流氓似的土匪似的话。我很反对为道德的文学,但自己总做不出一篇为文章的文章,结果只编集了几卷说教集,这是何等滑稽的矛盾。

这“矛盾”也许正可以说明作者这一时期散文的价值。

第三节 冰心和朱自清的散文

另外两个以散文见长的作家是冰心和朱自清,一般地说,他们的散文更与人们印象中的“抒情散文”相接近:议论的成分少而描写的成分多,感情的抒发也更浓烈,更直接。

一、冰心的散文

冰心在这个时期的小说和诗歌虽然也很有影响,但是成就最高的却是散文,特别是那些在想像中写给孩子的散文。正像她在《全集自序》中说的:

> 我知道我的笔力，宜散文而不宜诗。又知道我认识孩子烂漫的天真，过于大人复杂的心理。

事实上，她自己也正还是一个孩子，以孩子的天真去理解人世上“复杂”的一切，并讲给孩子们听。她这个时期的散文收在《往事》（含小说）、《寄小读者》等集子中。《寄小读者》是她在美国留学时写给“小读者”的一组“通讯”，共二十九篇。在这些信中，她以大姐姐的口气和小朋友们亲切交谈，写她旅居时的风光景色，所见所感，其中贯穿着对童心和母爱的赞美，由此表现了她的“‘爱’的哲学”（《全集自序》）。在她看来，母爱是一种无私的、“不附带任何条件”的爱，以它为基础，人类就能彼此相爱，能拯救一切，战胜一切。在《通讯十》中，她写道：

> 她（母亲）的爱不但包围我，而且普遍的包围着一切爱我的人。而且因着爱我，她也爱了天下的儿女，她更爱了天下的母亲。小朋友！告诉你一句小孩子以为是极浅显，而大人们以为是极高深的话：“**世界便是这样的建造起来的**！”
>
> 世界上没有两件事物，是完全相同的。同在你头上的两根丝发，也不能一般长短。然而——请小朋友们和我同声赞美！——只有普天下的母亲的爱，或隐或显，或出或没；不论你用斗量，用尺量，或是用心灵的度量衡来推测；我的母亲对于我，你的母亲对于你，她的和他的母亲对于她和他；她们的爱是一般的长阔高深，分毫都不差减。小朋友！我敢说，也敢信古往今来，没有一个敢来驳我这句话。当我发觉了这神圣的秘密的时候，我竟欢喜感动得伏案痛哭！

由母亲爱自己儿女推广到爱“天下的儿女”，而“天下的儿女”也因为有了共同的母爱而彼此相爱，“世界上的母亲和母亲都是好朋友，世界上的儿子和儿子也都是好朋友”（《超人》），于是世界上的人们就能彼此“牵连”，而不“互相遗弃”。冰心在自己的心中描绘着理想的互爱的世界，而互爱的基础在母爱的无私的自然属性，这种爱，在她看来，正是人性中本有的东西。中国古来一向有人性本善和人性本恶的争论，冰心“‘爱’的哲学”则是从一个新的角度肯定了性善论。这的确是过于天真了，然而在“复杂”的“大人”世界里，忽然有一个来自另一世界的声音，带着孩子般的天真，代表所有的孩子发出了爱的呼喊，则无论这声音多么弱小，都不能不令人欣喜、感动。

冰心的散文清新秀美，无论叙事写景，都充满了孩子般的天真和女性特有的柔情，这在当时，应该是说很别致的。比如，《寄小读者（七）》中的关于湖的描写：

> 小朋友，我真不知如何的形容介绍她！她现在横在我的眼前。湖上的明月和落日，湖上的浓阴和细雨，我都见过了，真是仪态万千。小朋友，我的亲爱的人都不在这里，便只有她——海的女儿，能慰安我了。Lake Waban 谐音会意，我便唤她做“慰冰”。每日黄昏的游泛，舟轻如羽，水柔如不胜桨。岸上四围的树叶，绿的，红的，黄的，白的，一丛一丛的倒影到水中来，覆盖了半湖秋水。夕阳下极其艳冶，极其柔媚。将落的金光，到了树梢，散在湖面。我在湖上光雾中，低低的嘱咐他，带我的爱和慰安，一同和他到远东去。

这里的写景和对家乡、亲人的怀念之情结合了起来，同时又是以和小朋友交流的方式，使人感到她的感情不是隐藏在景物描写之中，而是从景物描写中源源不断地流了出来，这不但与周作人的散文完全两样，就是和朱自清的散文也很不同。

二、朱自清的散文

朱自清（1898—1948），字佩弦，祖籍浙江省绍兴县，生于江苏省东海县。1920 年毕业于北京大学哲学系，1925 年任清华大学国文系教授。他起初是以诗人的面貌出现在文坛上的，然而成就更高的却是散文，有《踪迹》《背影》《欧游杂记》《你我》《伦敦杂记》等集。

他的散文大体上可以分成两类，一类是叙事性较强的，写自己亲身的经历、见闻，语言朴实，感情真挚，其中有一些直接反映了社会问题，表现了自己的正义感和同情心，如《生命的价格——七毛钱》写一个五岁的女孩被她的哥哥、嫂子用七毛钱出卖的悲惨命运。《白种人——上帝的骄子！》写在电车上遇到一个西洋孩子对自己蔑视的眼光，如何触动并伤害了他的自尊心。《执政府大屠杀记》揭露在"三一八"惨案中，段祺瑞执政府屠杀学生的罪行。这类叙事散文中影响更大的是《背影》，文章以回忆的方式表现了一种东方式的父爱，作品通过写父亲为自己送行，通过自己前后心情的对比将这种父爱深沉地表现了出来。父亲在这一过程中始终把他当成个小孩子，亲自送他，亲自跟脚夫讲价钱，亲自为他选择座位，叮嘱他路上小心，叮嘱茶房好好照应，他对父亲的做法却很不以为然，"总觉得他说话不大漂亮"，"暗笑他的迂"，在这里，父亲为儿子所做的一切都是没有必要的，不合理的，然而正是这种不"合理"的行为却是"合情"的，儿子对父亲行为的不理解正是站在旁观者的角度进行的一种理性的静观，直到后来父亲去为他买橘子，他看到了父亲在铁道上吃力地爬上爬下的背影，自己的感情才在这一瞬间突然进入到了背影之中，于是父子间真正的理解和沟通形成了：

> 我看见他戴着黑布小帽，穿着黑布大马褂，深青布棉袍，蹒跚地走到铁道边，慢慢探身下去，尚不大难。可是他穿过铁道，要爬上那边月台，就不容易了。他用两手攀着上面，两脚再向上缩；他肥胖的身子向左微倾，显出努力的样子。这时我看见他的背影，我的泪很快地流下来了。

他写的最出名的还是那些写景抒情的散文，如《桨声灯影里的秦淮河》《“月朦胧、鸟朦胧，帘卷海棠红”》《绿》《荷塘月色》等。如果说冰心的一些散文以与孩子对话的方式表现出中国散文创作的新特色，那么朱自清的这类散文则更多地继承了中国传统记游散文的特点，他似乎无意选择与传统不同的新角度，只是所用的是白话，这就有了一种与传统的文言散文争胜的味道，又由于白话与文言毕竟有着某种本质的不同，就使得这类散文在不知不觉中显示出自身的风格来。他善于写景，能细致地描绘出景物的不同特色，只把自身的感情含在这描写之中，不使它溢出来，于是情便融在景中，成为景的一部分。

在《荷塘月色》中，他描写月光下的荷塘，用了仿佛工笔画的方法，将小小一座荷塘一点一点细致地描画出来：

> 曲曲折折的荷塘上面，弥望的是田田的叶子。叶子出水很高，像亭亭的舞女的裙。层层的叶子中间，零星地点缀着些白花，有袅娜地开着的，有羞涩地打着朵儿的；正如一粒粒明珠，又如碧天里的星星，又如刚出浴的美人。微风过处，送来缕缕清香，仿佛远处高楼上渺茫的歌声似的。这时候叶子与花也有一丝的颤动，像闪电般，霎时传过荷塘的那边去了。叶子本是肩并

肩密密地挨着，这便宛然有了一道凝碧的波痕。叶子底下是脉脉的流水，遮住了，不能见一些颜色；而叶子却更见风致了。

在对这月光下特有的宁静的美的描画中也正渗透了作者对宁静的"独处"的爱慕与寻求。在《绿》中，对于梅雨潭的绿色的描写却是热烈的：

> 这平铺着，厚积着的绿，着实可爱。她松松的皱缬着，像少妇拖着的裙幅；她轻轻的摆弄着，像跳动的初恋的处女的心；她滑滑的明亮着，像涂了"明油"一般，有鸡蛋清那样软，那样嫩，令人想着所曾触过的最嫩的皮肤；她又不杂些儿尘滓，宛然一块温润的碧玉，只清清的一色——但你却看不透她！我曾见过北京什刹海拂地的绿杨，脱不了鹅黄的底子，似乎太淡了。我又曾见过杭州虎跑寺近旁高峻而深密的"绿壁"，丛叠着无穷的碧草与绿叶的，那又似乎太浓了。其余呢，西湖的波太明了，秦淮河的也太暗了。可爱的，我将什么来比拟你呢？我怎么比拟得出呢？大约潭是很深的，故能蕴蓄着这样奇异的绿；仿佛蔚蓝的天融了一块在里面似的，这才这般的鲜润呀。——那醉人的绿呀！我若能裁你以为带，我将赠给那轻盈的舞女；她必能临风飘举了。我若能挹①你以为眼，我将赠给那善歌的盲妹；她必明眸善睐了。我舍不得你；我怎舍得你呢？我用手拍着你，抚摩着你，如同一个十二三岁的小姑娘。我又掬②你入口，便是吻着她了。我送你一个名字，我从此叫你"女儿绿"，好么？

---

① 挹：yì，舀。

② 掬：jū，用两手捧起来。

在此,作者的感情已经不是含在描写中,而是不由自主地吐了出来,然而却还始终围绕着绿色,在抒情中使那绿显得更可爱,更动人,给人的印象更深。他的感情是对着景物发出的,一点也没有转到别的地方去。如果说冰心的写景是为了抒情,那么朱自清的抒情却是为了写景,正是由于作者感情的介入,他所写的景色才活了起来。

思考题:

1. 为什么这个时期散文创作的成绩最大?
2. 谈谈周作人散文的特点。
3. 应该怎样理解冰心散文中所表现出的"'爱'的哲学"?
4. 结合《荷塘月色》《绿》等,谈谈朱自清写景散文的特点。

第六章 文学革命时期的戏剧文学创作

戏剧是一种综合的舞台艺术，是由剧作家、导演、演员、舞台美术人员等等共同完成的创作活动，这里所谓戏剧文学创作则是指戏剧剧本的创作，又由于话剧文学在现代戏剧文学中影响最大，文学性也最强，所以戏剧文学创作主要就是指话剧剧本的创作。

第一节 概说

我们已经知道，现代话剧萌芽于20世纪初的新剧（文明戏），但是新剧一般都是即兴演出的，没有严格意义上的剧本，也保留了很多传统戏曲的表演方式，特别是到了辛亥革命之后，文明戏越来越走向堕落，不少文明戏为了商业化而变得低级庸俗，粗制滥造。所以，文学革命以来，一些文学革命的提倡者是把文明戏和传统戏曲放在一起进行批判的。新兴的话剧也就是在这批判声中，以与文明戏相对立的姿态出现了。1919年胡适发表了独幕剧《终身大事》，一般认为这是中国现代文学史上第一个正式的话剧剧本，此后，话剧剧本不断出现，田汉、欧阳予倩、洪深、郭沫若、熊佛西、丁西林、陈大悲等都写出了一些较有影响的剧作。与此相关的，是戏剧运动的开展，20年代初，在汪仲贤、陈大悲、郑振铎等人的提倡下，出现了所谓“爱美的①”戏剧运动，针对戏剧的商业化倾向，这一运动企图通过进行“非营业性质”的戏剧活动来避免戏剧走向堕落，第一个“爱美的”戏剧团体是 1921 年 1 月成立于上海的民众戏剧社，而同年 12 月成立的上海戏剧协社则是在这类团体中最有成绩的。继业余戏剧团体的纷纷涌现之后，真正以艺术追求为主要目的的职业剧团也逐渐出现了，其中影响最大的是田汉等人创办的南国社。

总的来看，这个时期的戏剧创作没有短篇小说、散文、诗歌那样成绩突出，这与话剧文学的特殊性有关，对一个剧作家来说，他必须熟悉舞台演出对于剧本的要求，而且他的创作的成功常常有待于舞台演出的成功，后者不仅需要有出色的导演和演员，而且需要能够理解他的观众，所有这些条件在当时简直还无法具备。不过假如我们把眼光放在个别作家作品上面，就还是会发现其中一些艺术上比较成功或较有特色的作品。

这个时期的话剧大致可以分成写实剧与抒情剧两类。

第二节　写实剧

最初出现的话剧剧本多以现实生活为内容，像小说一样，不少剧本直接针对当时令人关注的社会现象提出问题，被称为社会问题剧。后来的一些剧作家虽然主张艺术至上，但他们写的剧本无论在人物性格、语言还是情节结构等方面都还没有超出一般写实剧的范围。

---

① 爱美的：Amateur 的音译，“爱美的”剧团指那些非职业性的、不以赚钱为目的的剧团。

胡适的《终身大事》发表在1919年3月的《新青年》上，这部独幕剧明显受到挪威作家易卜生《娜拉》的影响，反映的则是当时普遍存在的婚姻问题：田亚梅与陈先生的自由恋爱受到了来自田亚梅父母方面的阻挠：田太太认为二人命相不对，不能结婚；田先生不同意他们结婚，则是由于害怕他们违反了田陈两姓不能通婚的“祠规”。在陈先生的鼓励下，田亚梅决心“自己断决”自己的“终身大事”，坐上陈先生的汽车出走了。作品反映了五四时代在婚姻问题上新的道德观念。作品中的田先生写得较好些，他是处于新旧之间的人物，既反对田太太的迷信，又害怕旧的家族势力。他并不认为田陈不通婚的祠规有道理，但是却不愿意因此而使自己一家被“革出祠堂”。在女儿的终身大事问题上，他宁愿牺牲女儿的爱情来保住一家人的社会地位。从这个意义上说，他对社会比女儿有更清醒的认识，却也因此而丧失了做人的勇气。但从整体来看，《终身大事》写得还是比较幼稚、单薄，有着某种观念化的倾向。

欧阳予倩(1889—1962)在文明戏时代就走上了戏剧舞台，他不但是位剧作家，而且也是出色的导演和演员，他不但演话剧，也演京剧，他所演的京剧旦角曾与梅兰芳一起被称为“南欧北梅”。正因为他有着丰富的舞台经验，所以他所写的剧本和当时的其他剧本比较起来，更有戏剧性，更适合于舞台演出。《回家以后》(1922年)就是这样一部幽默喜剧。陆治平在家时曾经娶了吴自芳为妻，留学美国后又悄悄跟美国人刘玛利结了婚。回国后，他本来想跟吴自芳离婚，却发现自芳有不少“好处”是“新式女子所没有的”，于是犹豫不决。这一天，刘玛利忽然闯入陆家，于是一中一西两个女人就各以自己不同的方式展开了竞争：在刘玛利大喊受骗，不肯干休的同时，吴自芳却显得通情达理，平静大度。结果，自芳反而因为她的退让取得了这一回合的胜利，到了戏的结尾，治平决定去找玛利离婚。作品不是简单地批评陆治平感情的不忠实，而是把他放在中西两种不同特点的女性之间去进行爱情的选择，使人仿佛看到他在中西两种不同的文化面前的矛盾徘徊。这里可以看到五四时代知识分子的一种普遍心态，他们勇敢地向西方学习，同时又在感情上与传统难分难舍。幕落后的治平又回到了开幕前准备离婚的状态中，不过自芳与玛利掉换了位置，在治平找到玛利后，是否还会发现她的不少“好处”是旧式女子“所没有的”呢？治平的选择还没有结束。不过作者的倾向却是明显的，他对西方现代女性的道德观念做了漫画化的处理，并在对比之中，使作为中国传统女性化身的吴自芳过于理想化了，这样经过处理的旧式女子实际上已经是一种“新式女子”了。

丁西林(1893—1974)的剧作代表了这个时期喜剧的最高水平。丁西林，原名丁燮林，江苏省泰兴县人，他是一位物理学家，曾在英国伯明翰大学学习，然而在戏剧创作方面却身手不凡，他用一种带点学者风度的机智和幽默使喜剧表现出一种比较高雅的姿态，而在他以前的喜剧多半还是市民化的。

他的第一个剧本《一只马蜂》(1923 年)在当时影响很大，被不少剧团搬上舞台来演出。作者似乎无心反映什么社会或政治问题，只是写了吉先生与余小姐之间一种微妙的爱情表达。吉老太太一直为儿子的终身大事着急，一心想促成吉先生与余小姐的婚事，然而她不知道吉先生和余小姐两个人早就悄悄爱上了，只是彼此还没有明确地表白。这天，两个人在热恋之中彼此用正话反说的方式机智地表达了爱情，同时又共同哄骗着吉老太太，不肯让她知道。到吉先生情不自禁地去拥抱余小姐时，余小姐不由自主地叫了起来：

余　　（大喊。）喔！（老太太由右门，仆人由左门，同时惊慌入，吉已释手。）

老太太　什么事，什么事？（余以一手掩面，面红不知所言。）

吉　　（走至余前，将余手取下，视其面。）什么地方？刺了你没有？

老太太　什么事？怎么一回事？

余　　（呼了一口深气。）喔，一只马蜂！（以目谢吉。）

这当然是不自然的，原因在于“我们处在这个不自然的社会里”（吉先生语），传统的观念和习惯使人们在爱情的交往中还不会自然地表达感情，于是只有依靠机智的“说谎”来不自然地表达，这是刚刚获得人的意识而又未能摆脱传统习惯的重压的一些青年对爱情的一种特殊表达方式。

写于1925年的《压迫》，围绕房屋的出租问题展开了一场喜剧性的争执：房东太太只肯把房子租给有家眷的客人，而小姐却只想租给没有家眷的客人，结果房子总是租不成。这一次，小姐事先收了一位单身客人的定钱，太太知道后想退还定钱，不让男客住，偏偏男客也是个脾气古怪的，非要住不可，二人吵了起来，太太出去叫警察。一位前来避雨的女客知道了这件事，自己正好没地方住，于是索性扮成男客的妻子，假装男客因为跟她吵了架而独自跑出来。结果是两个人合住了三间房：

男客　（关上门，想起了一个老早就应该问而没有问的问题，忽然转过头来）啊，你姓甚么？

女客　我……啊……我……

——闭幕

作品依然以机智的“说谎”去反抗现实的“压迫”，表面上好像胜利了，其实却是某种意义上的妥协，因为当他们用假扮夫妻的方法去反“压迫”的时候，他们等于已经屈服于没结婚就不能租房这个不合理的条件了。当环境逼得人不得不用说谎去反抗它的压迫时，某种程度的妥协就不免会成为它的代价。于是，当人自以为凭机智战胜了环境的时候，却忽然发现自己其实已经心甘情愿地被环境所战胜。所以在这部喜剧背后，是可以给人以某种苦涩的人生感受的。

第三节　抒情剧

抒情剧不以对现实生活的模仿作为主要的创作目的，而是企图使话剧有更多的主观抒情色彩，这种抒情性常常是通过对理想的大胆追求，对现实的猛烈抨击而表现出来的，在对话中则表现为大量抒情式的语言，使台词充满着诗意。也许因为这种抒情的方式最适于表现悲剧，所以许多抒情剧都是悲剧。在中国传统戏剧中，纯粹的悲剧是十分少见的，主人公的命运无论怎样不幸，最后的结局一般总是圆满的：或者有情人终成眷属①，或者善恶到头终有报②。这种大团圆的戏剧观念在五四时代曾经受到批评，结果，悲

① 有情人终成眷属：指彼此恋爱的人们终于能够结婚。

② 善恶到头终有报：指好人最终有好的结果，坏人最终有坏的结果。

剧在知识界就成为一种很受欢迎的形式。在这些抒情的悲剧作家中,值得一提的有郭沫若和田汉,前者写的是历史剧,后者则是写现实题材的。

郭沫若早期历史剧的代表作品是《卓文君》(1923 年)、《王昭君》(1923 年)、《聂嫈(yīng)》(1925 年),合称为《三个叛逆的女性》。郭沫若把历史上三个女子写成反抗社会压迫,反抗旧道德,勇敢奋斗,不怕牺牲的封建社会的叛逆者的形象,他不是严格地以历史家的态度来写剧本,而是采用了浪漫主义方法,不但对情节、人物等进行了不少艺术虚构,而且常常把自己的思想感情也直接表现在人物身上,这使我们经常在历史人物口中听到现代人的话,从这些人物身上,看到某种现代精神,这就是他所谓"借古人的骸骨,另外吹嘘些生命进去"(《孤竹君之二子·幕前序话》)。

《卓文君》是写的西汉寡妇卓文君与文学家司马相如私奔①的故事,卓文君的行为曾被一些具有封建正统思想的人视为"淫荡"而加以反对,也曾被一些文人才子当作情场上的风流韵事来加以渲染,郭沫若却把卓文君写成一个追求婚姻自由、背叛封建道德的女性。在他笔下,卓文君的行为具有无比的正当性和严肃性,作为一个觉醒了的女子,她用自己的勇敢行为维护了人的尊严。她对父亲卓王孙和公公程郑说:

> 你们老人们维持着的旧礼制,是范围我们觉悟了的青年不得,范围我们觉悟了的女子不得!

这显然代表了五四一代青年的呼声。

《王昭君》取材于东汉昭君出塞的故事,汉元帝靠画像

---

① 私奔:指不能合法结婚的男女一起逃离家庭,私下结合。

来为自己选择女人，美丽的宫女王昭君由于不肯贿赂画家，一直得不到元帝的宠幸，终于为了“和亲①”而被送给了远在北方的匈奴王。昭君的不幸历来受到人们的同情，然而到了郭沫若笔下，昭君出塞不再是一种被动的送出，而是一种主动的离去，他把昭君写成了“反抗元帝的意旨自愿去下嫁匈奴”（郭沫若《写在〈三个叛逆的女性〉后面》）的女性，这样昭君的行为就成为一种以自己的“下嫁匈奴”为牺牲而对封建统治者所进行的反抗。

《聂嫈》取材于战国故事，刺客聂政刺杀了韩相侠累后，为了不连累姐姐聂嫈，毁容自杀。但姐姐聂嫈却不愿意为了自己而埋没了弟弟的侠名，于是上前认尸，终于死在弟弟身旁。郭沫若在创作中不是一般性地歌颂侠义精神，而是把这种精神放在反对暴政、争取自由的基础上来歌颂，聂嫈的冒死认尸，不仅是为了“扬弟之名”，而且要通过对弟弟反抗强暴精神的颂扬，“使天下后世的暴君污吏知道儆戒”。作者还虚构了一个酒家女的形象，她先是爱上了聂政，后来又跟聂嫈一起献身，作者通过她的嘴，进一步发出反暴政的呼声：

> 我们生下地来同是一样的人，但是……我们的血汗成了他们的钱财，我们的生命成了他们的玩具。他们杀死我们整千整万的人不成甚么事体，我们杀死了他们一两个人便要闹得天翻地覆。

田汉（1898—1968），原名寿昌，湖南省长沙县人。他不仅是一位剧作家和诗人，而且在中国现代话剧的形成和发展中起过十分重要的作用。他早年留学日本时，曾加入创

---

① 和亲：指国家或民族之间以结亲的方式和好。

造社，以后又自创南国社，专门从事戏剧和电影运动。他的创作思想起初受到新浪漫主义的影响，20 年代末期接受了马克思主义，作品虽然比较地倾向于现实主义，但浪漫主义的抒情性依然占有很重要的位置。他的处女作是《梵峨璘[①]与蔷薇》(1920 年)，后来又有《灵光》(1920 年)、《咖啡店之一夜》(1920 年)、《乡愁》(1922 年)、《落花时节》(1922 年)、《获虎之夜》(1924 年)等等，多具有感伤、抒情的调子。

《咖啡店之一夜》被作者算作是自己的“出世作”，写女主人公白秋英原与富商的儿子李乾卿定亲，白秋英的父亲死后，家里贫困起来，她来到城里做了咖啡店的女招待，希望能挣钱读书，满足李乾卿对她的愿望，她不知道李乾卿早就变心了。一天，李乾卿带着他的新欢女友突然出现在咖啡店中，白秋英美好的梦想破灭了。她终于明白“穷人的手和阔人的手是永远握不牢的”。当李乾卿想用钱从她手里买回他们过去相好的物证——书信和相片时，她把那些书信、相片，还有李乾卿给的钱，都一一投入火中。剧中还穿插了另一条线索：大学生林泽奇在婚姻问题上有着同样的不幸：父亲由于欠债，希望他娶一个他所不爱的女子。他“既不能恶魔式地冲破社会的束缚”，爱他所爱的人，又“不能真正人道主义地勉强爱”他“所不爱的人”，只好在咖啡店里失望地喝酒。他曾得到白秋英的同情和安慰，而当他眼见秋英的理想破灭了的时候，他又将同情和安慰转送给她了。这样作品在表现“痴心女子负心汉”这一常见的社会悲剧的同时，又奏起了“同是天涯沦落人”式的感伤的乐章。终于，两个社会上的不幸者结成兄妹，要“由颓废向奋斗之曙光”前进了。

---

① 梵峨璘：Violin(小提琴)的音译。

《获虎之夜》被洪深认为是这十年中“最优秀的一个剧本;在题材的选择,在材料的处理,在个性的描写,在对话,在预期的舞台空气与效果,没有一样不是令人满意的。”(《中国新文学大系戏剧集·导言》)作品写了一个流浪儿与一个有钱的猎户的女儿的爱情悲剧,这也可以说是“穷人的手与阔人的手是永远握不牢的”这一主题的变奏,不过这一回的情况却与《咖啡店之一夜》很不相同:流浪儿黄大傻与猎户的女儿魏莲姑是表兄妹,又是青梅竹马的朋友,当初莲姑的父亲魏福生大约也想过要把女儿嫁给他,但是黄大傻的父亲死了以后,他也就随着家庭的衰落,失去了“爱莲姑娘的资格”。然而他却始终忘不了她,每当日落,就跑到后山上去看莲姑房间里的灯光。在莲姑出嫁前夕,他又一次跑去看灯光,不幸却被魏家人为打虎设下的抬枪打伤。在奄奄一息之中,他被抬到魏家,终于再次见到了莲姑,当着魏家人的面,诉说着他对莲姑的感情。与李乾卿不同,莲姑对黄大傻也同样充满了爱,当父亲将她许给一个大户人家后,她表面答应,暗中却一直在找机会和黄大傻一同逃走。当受伤的黄大傻出现在她面前时,她痛苦万分,不听父亲的警告,守候在他身边,终于被父亲强行拉走,剧在黄大傻的自杀和莲姑挨打时的呼叫声中结束。在此所表现的是人与人之间真诚而坚定的爱情,它冲破了贫富观念,也超越了生死。贫富观念虽然能将二人的肉体分开,死亡虽然能使二人的婚姻理想无法实现,但爱情本身却不但未能因此丧失,反而在生离死别之中闪烁着更强烈的光辉。作品正是在不理想的现实的压迫之中,塑造了冲破一切的理想的爱。作品有着浓郁的浪漫抒情气氛,这种气氛的形成,除了靠剧情、背景中所造成的那种有点传奇色彩的抒情效果外,更重要的是通过人物语言。在黄大傻被抬到魏家后,作者精心为他设计了大段台词,这些话与其说是个流浪儿说的,不如说更像是个充满感伤之情的诗人说的：

> 少年　我寂寞得没有法子。每到太阳落了，山上的鸟儿都归到巢里去了的时候，便一个人慢慢的踱到这后面的山上来望这个屋子里的灯光，尤其是莲姑娘窗上的灯光，我一看了这窗上的灯光，好像我还是五六年前爹爹妈妈膝下做幸福的孩子，每天到这边山上来喊莲妹出来同顽（玩），我拼命摘些山花给莲妹戴的时候一样，真不知道多么欢喜，多么安慰！尤其是落霏霏细雨的晚上，那窗上的灯光远远望起来越显得朦朦胧胧的，又好像秋天里我捉得许多萤火虫儿，莲妹把它装在蛋壳里一样，真是好看。我一面呆看，一面痴想，每每被雨点把一身打的透湿，还不觉得，直等那灯光熄了，莲妹也睡了，我才凄凄凉凉的挨到戏台底下去睡。

假如从严格的现实主义眼光来看，这些台词显然不大符合人物的身份，正像郭沫若的历史剧中主人公的许多台词，也不是古代女子所能说得出的，然而作者的感情正是借助于这些台词来表现的，如果这种情绪有足够的感染力，它会使我们不由自主地放弃了写实的标准，而进入浪漫主义想像之中。

思考题：

1. 这个时期有哪些重要的剧作家和剧作？
2. 在丁西林的《一只马蜂》中，吉先生和余小姐两个人为什么要用“说谎”的方式表达爱情？
3. 丁西林的《压迫》的主要内容是什么？为什么说房客们对“压迫”的反抗在某种意义上只是一种妥协？
4. 郭沫若《三个叛逆的女性》有些什么特点？
5. 谈谈田汉《获虎之夜》的主要内容及其特色。

第三编
革命文学时期的文学
（1928—1937 年）

第一章　革命文学运动的生长

如果说,1917 年的文学革命运动导致了中国新文学的诞生,那么,1928 年的无产阶级革命文学运动的出现,就使得诞生不久的中国新文学选择了一条与中国革命密切相关的道路艰难地前进。因此,无论从哪一方面说,这次文学运动都对当时和以后的中国文学有着重要影响。

第一节　革命文学的倡导和论争

早在 1923 年,就已经有人探讨革命与文学的关系并提出有关革命文学的主张了,不过无产阶级革命文学成为一场声势浩大的运动却要到 1928 年,这自然与当时国际国内的历史情况不无关系。

俄国 1917 年的十月革命使马克思主义在当时产生了广泛的世界性影响,20 年代中期以来,国际无产阶级文学运动迅速发展,马克思主义文艺理论成为世界文艺界的新潮流。这种潮流之所以特别容易为当时的中国文坛所接受,是因为中国自从 1927 年 4 月以来,国民党统治集团开始了对共产党人和革命人民的屠杀,在国内实行法西斯专制统治,这一残酷的政治斗争使得相当数量富有正义感的中国知识分子痛恨国民党的专制统治,同情中国共产党领导的无产阶级革命。残酷的现实斗争使中国知识分子迅速作出了革命的选择,并企图使文学投入到反抗黑暗、争取光明的行列中。

1928 年，经过整顿的创造社和新成立的太阳社在上海开始倡导无产阶级革命文学，这次创造社的主要成员，除了原先的郭沫若、成仿吾外，还有新从日本归来的冯乃超、李初梨、彭康、朱镜我等；太阳社的主要成员则有蒋光赤、钱杏邨（cūn）、孟超。当时的一些重要文章有：麦克昂（郭沫若）的《英雄树》、成仿吾的《从文学革命到革命文学》、蒋光慈（蒋光赤）的《关于革命文学》、李初梨的《怎样地建设革命文学?》，在这些文章里，倡导者们试图用马克思主义的理论对文学现象进行解释，并为无产阶级革命文学的产生寻找依据。他们根据马克思关于经济基础决定上层建筑的理论，认为一切文学都是有阶级性的，由于作家所属的阶级不同，就使他们的作品分属不同的阶级，因而自觉不自觉地在为本阶级的利益服务。因此，他们提倡无产阶级革命文学，就是要使文学自觉地为正在进行的无产阶级革命斗争服务，使文学成为这一斗争的武器。正如李初梨所说的：

> 无产阶级文学是：为完成他主体阶级的历史的使命，不是以观照的—表现的态度，而是以无产阶级的阶级意识，产生出来的一种斗争的文学。（《怎样地建设革命文学》）

这种主张强调了文学对于现实生活的积极的参与作用，这无疑使当时不满于专制统治的文学家们找到了一种理论的支持，使他们以文学作为武器，投身到反抗专制，争取民主的斗争之中。同时，创造社与太阳社对革命文学的倡导，也使马克思主义的文学理论第一次在中国落了脚，并为这一理论日后在中国的发展建立了基础。

但是，由于这些初期的革命文学倡导者们对这一理论的理解还只是粗浅的，有着不很正确的地方，又由于在他们的深层意识中还有着严重的宗派主义倾向，因此，当他们热心地用这一理论去解释中国的具体问题时，就不免出现了偏差。比如，他们中的不少人既然认定文学是阶级斗争的武器，就将自己之外的另一些作家归入到资产阶级、小资产阶级的队伍中去加以批判，鲁迅、茅盾、叶圣陶、郁达夫等，都成为他们批判的对象，由此引起了一场关于革命文学的论争。

在这场论争中，受到围攻最多的是鲁迅，从"时代的落伍者"（麦克昂《桌子的跳舞》），"有闲的资产阶级"（成仿吾《从文学革命到革命文学》）直到"封建余孽"（杜荃《文艺战线上的封建余孽》，下同），"二重的反革命"，"不得志的Fascist（法西斯蒂）"，创造社、太阳社把鲁迅当成了最大的假设敌。鲁迅虽然对创造社、太阳社也进行了不客气的反击，但他所反对的并不是革命文学本身，而是创造社、太阳社在提倡革命文学时所表现出的那些不正确的认识和做法。比如，他承认文学是有阶级性的，也在一定意义上赞成文艺是一种宣传，但却坚决反对创造社、太阳社那种只讲阶级性而忽视艺术自身规律的态度和做法，认为"当先求（文学作品）内容的充实和技巧的上达"，使文学具有艺术性：

> 我以为一切文艺固是宣传，而一切宣传却并非文艺，这正如一切花皆有色（我将白也算作色），而凡颜色未必都是花一样。革命之所以于口号，标语，布告，电报，教科书……之外，要用文艺者，就因为它是文艺。（《文艺与革命》）

在鲁迅看来，那些空喊口号的文学无论显得怎样"革命"，都是没有价值的。同时，鲁迅也在革命文学的提倡者身上看到了一种对现实的"逃避"态度，这倒不是说他们不敢反抗现实，而是说他们不敢“正视现实”，他们对现实只是停留在一种理论的认识上，却不愿意用自己的眼睛去多看事实，在他看来，这样一种反现实主义的态度正说明在这些新人物的思想中还深藏着某些旧意识。在《铲共大观》中，他提醒人们说，“我们中国现在”的很多“民众”，“其实还不很管什么党，只要看‘头’和‘女尸’”，这是一种“不能回避”的“黑暗”。

第二节 中国左翼作家联盟

这样一场论争对于中国现代文学的理论建设是很有好处的，不过在当时的黑暗气氛中，更需要的还是革命文学内部的团结一致。1929 年秋，经过中国共产党的努力，论争的双方同意停止论战，共同对敌。经过一番准备，1930 年 3 月 2 日，中国左翼作家联盟在上海成立，发起人有鲁迅、沈端先、阳翰笙、郁达夫、冯乃超、冯雪峰、郑伯奇、郭沫若、茅盾等。在 3 月 2 日的成立大会上，通过了“左联”的理论纲领，宣告以“站在无产阶级解放斗争的战线上”，“援助而且从事无产阶级艺术的产生”为“左联”的奋斗目标。

“左联”是在中国共产党领导下，为开展无产阶级革命文学运动而成立的进步作家组织，“左联”的成立，把无产阶级革命文学运动推向高潮。在非常艰苦的环境下，“左联”领导进步作家同国民党的专制统治进行了英勇的斗争，不少人甚至为此牺牲了生命。在文学创作方面，“左联”领导下的左翼文学对当时和以后的文坛都产生了巨大影响，鲁迅的杂文、茅盾的小说等，都被作为中国革命现实主义的经典载入史册；在理论建设方面，“左联”也通过对马克思主义文艺理论的翻译、论述，以及与不同文艺思潮的论争①，为马克思主义文艺理论在中国的传播和确立做出了重要贡献。

"左联"领导下的无产阶级革命文学运动，也存在着一些问题。"左联"中的一些人，当他们非常认真地企图用无产阶级革命理论去解决中国的具体问题的时候，有时却不免使这种理论的运用过于简单化了。这还不仅由于他们对这理论的理解还不够准确，对这理论的使用还不够熟练，而且在于在他们的深层意识中，还存在着比较严重的宗派主义倾向，因而有时不由自主地将自己之外的很多人关在革命的大门之外。这种倾向在 1928 年的革命文学论争中就已严重地存在着，并始终没有引起足够的注意。结果到了 1936 年，由于形势的变化，"左联"解散了的时候，这个问题就更加明显地暴露了出来，终于爆发了左翼革命文学内部的新的激烈论争，即关于"国防文学"和"民族革命战争的大众文学"的两个口号之争②。

这场论争中所表现出来的宗派主义随着论争的结束而

① "左联"曾先后与"新月派"，"民族主义文艺运动"以及"自由人"、"第三种人"的文学主张进行了三次大论战，这些论战主要集中在马克思主义关于文艺的阶级性和阶级斗争学说。

② 两个口号之争发生在 1936 年"左联"解散之后。1935 年以来，由于日本帝国主义对中国的侵略行径所造成的民族危机越来越严重，中国国内的民族救亡运动也空前高涨。在这种形势下，文艺界需要进行更广泛的联合，以便投入到民族救亡运动中。于是，一些"左联"领导人根据中共驻共产国际代表的指示自动解散"左联"，并提出"国防文学"的口号，"号召各种阶层，各种派别的作家"，"为制作与民族革命有关的艺术作品而共同努力"（周扬《关于国防文学》）。1936 年 6 月，胡风根据鲁迅等人的意思，"为了补救'国防文学'这名词本身的在文学思想的意义上的不明了性，以及纠正一些注进'国防文学'这名词里的不正确的意见"（鲁迅《答徐懋庸并关于抗日统一战线问题》），发表《人民大众向文学要求什么?》一文，提出"民族革命战争的大众文学"的口号。这种提法引起"国防文学"倡导者们的不满，于是引起关于两个口号的论争。

得到了一定程度的纠正，文艺界在新的形式下实现了空前广泛的联合，中国无产阶级革命文学运动作为一场运动到此也就算告一段落①，不过作为这一运动的影响却深深渗透在中国文学的发展之中。

思考题：

1. 为什么会发生革命文学运动？
2. 革命文学的倡导者的主要文学主张是什么？这些主张有什么意义？
3. 鲁迅对创造社、太阳社进行了什么批评？
4. 中国左翼作家联盟是什么时候、在什么地方成立的？主要发起人有谁？
5. “左联”成立后，做了哪些有益的工作？还存在些什么问题？

---

① 告一段落：暂时结束。

第二章　革命文学时期的文学创作概述

第一节　这个时期文学创作的总特点

这个时期的文学创作，有三个特点值得注意：

一是与上个时期相比，文学创作在数量和质量上都有了明显的提高。大量作家作品的出现，显示了文学创作的繁荣。不但上一时期就已成名的老作家如鲁迅、郁达夫、叶绍钧、王统照、田汉、周作人等还在取得新的创作成绩，而且出现了大批新作家，他们中的一些人，如茅盾、巴金、老舍、曹禺、沈从文等，差不多就是在这一时期确立了自己在文学史上的地位。

二是无产阶级革命文学运动对文学创作发生了重要影响。在作品中，出现了直接表现阶级斗争和人民革命的内容。这方面的内容在上个时期即使不是完全没有，也是非常少见的。而到了这个时期，随着无产阶级革命文学运动的发展，很多作家都自觉地在作品中表现这一问题，有不少作家，如蒋光赤、叶紫等，甚至直接在他们的小说中描写共产党所领导的革命。另一些诗人，如殷夫，则在他们的诗歌中直接歌颂无产阶级的革命斗争。一些作家，比如茅盾，还自觉运用马克思主义理论去分析中国的社会问题，指导自己进行文学创作。

三是现实主义文学在文坛上占据了主要位置。这种情况也跟革命文学运动的影响有关。在上一时期，文坛的主要位置基本上是让以文学研究会为代表的现实主义文学和以创造社为代表的浪漫主义文学共同占据的。到了这一时期，随着革命文学运动的开展，创造社已经在理论上放弃了原先的浪漫主义文学主张，革命现实主义成为左翼文学家所公认的基本创作原则，这一认识影响到整个文坛，现实主义于是占据了文学创作的主导地位。这倒不是说在当时别的文学主张都已经不存在，而是说和现实主义相比，其他文学主张和流派难以造成巨大的影响。不过这个时期的现实主义和五四时期的现实主义相比，却有一些明显的不同，如果说上一时期的现实主义具有对于社会人生的批判色彩，那么，这个时期的现实主义，从总体上看，却具有明显的革命情绪。它要求作家在创作中不仅如实地反映现实生活，而且要更积极地参与到现实斗争中来；不仅要看到眼前的现实斗争的黑暗，而且要从历史发展的总趋势上看到斗争胜利的光明。这就使这时的现实主义中潜藏着某种浪漫主义的成分。这两种成分的完满结合固然能使文学的风格得到一种新的发展，但是，假如不能很好地融合，也会使这两种对立的成分互相抵触，结果，有时反而会导致一种新的公式主义和概念主义。我们从这个时期一些“革命浪漫谛克”作家的作品中常见的所谓“革命＋恋爱”的公式中，可以清楚地看到这一点。

第二节　小说创作

这个时期的小说创作中，收获最大的是长篇小说。上个时期长篇小说不过有限的几部，这个时期的长篇小说却不下百部,而且出现了一些专门以写长篇小说著名的作家。茅盾、巴金、老舍等人这个时期的长篇小说创作在整个20世纪的中国文学中占有着重要的地位。长篇小说的繁荣,标志着中国现代文学已经开始脱离了诞生时期的幼稚,逐渐成长壮大起来了。从题材、风格等方面来看,这个时期的小说也获得了新的发展。除了揭露社会黑暗、反映阶级斗争等现实主义小说之外,还出现了着重表现人的主观感受和无意识心理的新感觉派小说等,沈从文的湘西风俗小说,则通过对原始的人情美的理想主义探索,使浪漫主义小说获得了新特色。

一、左翼小说

左翼小说是指那些受到马克思主义和革命文学运动影响的左翼作家所写的小说,这些作家大都加入过“左联”或与“左联”关系密切。这些作家大致可以分为三组:以1933年为界限,可以分为前期左翼作家与后期左翼作家。后期左翼作家中,又有专写东北生活的东北作家群。前期左翼作家的小说包括两类,一类如茅盾的《蚀》三部曲、叶绍钧的《倪焕之》、柔石的《二月》等幻灭小说,这类小说从一个角度反映了中国社会以及中国革命的历史过程,表现了知识分子在这一过程中的思想经历。一类是蒋光赤、华汉(阳翰生)、胡也频、丁玲等人的革命小说,这些作品大都直接描写阶级斗争和人民革命,但又对中国社会和中国革命的实际情况缺少深入的了解,有时不免带有主观幻想的成分和所谓“革命浪漫谛克”式的冲动。巴金的一些小说,如《灭亡》《新生》等,大体上也可以算作这一类。后期左翼作家包括茅盾、巴金、张天翼、沙汀、艾芜、叶紫、吴组缃等,他们这个时期的小说克服了前期左翼小说中的一些缺点,努力以自己的生活体验为基础进行创作,在革命现实主义道路上坚定地迈进，并取得了一定成果。东北作家群由“九一八”事变[①]之后从东北流亡到上海等地的青年组成，包括萧军、萧红、端木蕻良等。他们从自己的特殊经历出发，用小说描写了东北人民反抗日本侵略的英勇斗争，在当时取得了巨大影响。

柔石（1902—1931），原名赵平复，浙江省宁海县人，“左联”成员。他曾写过长篇小说《旧时代之死》，另一部长篇小说《二月》（1929 年）则是他写的最好的一部。与其他幻灭小说不同，《二月》中的主人公萧涧秋一开始就是带着一种幻灭的心情来到芙蓉镇的，他想在这样一个偏僻的小镇上回避现实生活，获得心灵上的安宁。但是现实中的芙蓉镇依然不是世外桃源[②]，他想帮助寡妇李嫂，反而受到人们恶意的议论；他爱上了单纯美丽的陶岚，却又因此得罪了追求陶岚的土豪钱正兴。当他准备实行“牺牲主义”，跟李嫂结婚的时候，李嫂却因为受不了社会的压力，也因为想要成全他与陶岚，自杀了。他终于怀着新的幻灭离开了芙蓉镇，这一新的幻灭是对于世外桃源的幻灭。小说表现了知识分子想要摆脱现实而又无法摆脱的尴尬处境。

蒋光赤（1901—1931），又名蒋光慈，蒋侠僧，安徽省霍邱县人。他是中国共产党的早期党员，也是最早开始写革命的作家。除了小说之外，他还写过不少诗歌，有《哀中国》等诗集。他的第一部中篇小说《少年飘泊者》（1925 年）写一个青年从不幸的飘泊生活中走上革命道路，最后英勇牺牲的过程。另一部中篇《短裤党》（1927 年），则写了 1927

---

① “九一八”事变：1931 年 9 月 18 日，日本向中国东北地区发动军事侵略，于 1932 年 1 月占领东北全境。这一事件历史上称为“九一八”事变。

② 世外桃源：比喻远离现实生活的理想的地方。晋人陶渊明有一篇《桃花源记》，写一个人沿着飘满桃花的溪水来到了一个与世隔绝，没有战争，没有痛苦的地方。

年在中国共产党领导下发生的上海工人武装起义。大革命失败后，他又写过《野祭》《菊芬》《最后的微笑》《丽莎的哀怨》《冲出云围的月亮》等小说。他的小说常能及时反映现实的革命斗争，在当时曾发生过重要影响，然而他虽然怀着革命的激情，却又缺少对于革命的实际体验，因此小说中带有强烈的复仇情绪和“革命 + 恋爱”的公式，代表了早期革命文学的共同倾向。这种倾向曾经受到过一些左翼文学家的批评。蒋光赤较好的一部小说是写于 1930 年的长篇《咆哮了的土地》（又名《田野的风》）。作品反映了 1927 年前后共产党领导下的农村革命斗争，描写了贫苦农民在革命者的领导下组织起来向地主阶级进行坚决斗争的革命过程，特别是比较真实地写到了作为这场斗争的领导者之一，革命知识分子李杰的内心世界，反映了中国知识分子在血与火的革命面前所做出的艰难的选择以及由这选择所付出的痛苦的代价。

张天翼（1906—1985），原名张元定，祖籍湖南湘乡，生于江苏南京，1931 年加入“左联”，是后期左翼作家的代表人物。从 1931 年起，陆续出版《从空虚到充实》《小彼得》《蜜蜂》《反攻》《移行》等十几部中短篇小说集，又有长篇小说《鬼土日记》等。他还是一个著名的儿童文学作家，写过《大林和小林》《秃秃大王》等一批童话小说。在 30 年代，他是和沈从文齐名的多产作家。与前期左翼小说家不同，张天翼的小说虽然也有正面描写革命与反抗的作品，然而却把注意力主要集中在自己所熟悉的那部分生活上，这使他的一些小说有点接近于文学革命时期的现实主义小说，所不同的是更多了一些自觉的阶级论的色彩。他的一些小说，如《清明前后》（中篇）《反攻》《三太爷与桂生》《笑》等，通过写农村地主之间的矛盾以及他们对农民的欺压，揭露这个阶级的凶残和虚伪的面目。另一些小说，如《仇恨》

《二十一个》等，则写了下层人民的阶级仇恨和反抗。但他写的最有特色的还是所谓表现小资产阶级灰色人生的作品。由于这类灰色人物的特殊身份，使他可以用讽刺的手法表现他们委琐的灵魂。如《从空虚到充实》中的李荆野，《猪肠子的悲哀》中的“猪肠子”，《移行》中的桑华等，他们过着空虚无聊的生活，偶尔也感到一点苦闷不满，但却无力解脱，甚至自甘堕落。同叶绍钧的含蓄比较起来，张天翼的讽刺常常显得更鲜明、更激烈，也较少同情的色彩。

《包氏父子》是张天翼最有名的一个短篇：某公馆的仆役老包一心希望儿子包国维能读书做官，为了让儿子上学而到处借钱，包国维却在现代都市社会的腐蚀下，一心羡慕有钱人家的生活方式，甘心做花花公子郭纯的小奴才，终于因帮助郭纯打人而被学校开除，老包一场望子成龙梦也因此而落空。作品通过对包氏父子的性格刻画，尖锐地讽刺了人们身上的奴性心理。老包在给别人做奴才的同时，也心甘情愿地做着自己儿子的奴才，他想使儿子通过读书做官的方式挤入上流社会，在儿子身上实现自己所无法实现的梦想。然而儿子包国维却不愿也无法选择那条科举时代的老路，反而不由自主地重复起父亲的生活道路来，通过做奴才的方式来分享一点上流社会的荣耀，并且作为补偿，将做主子的威风摆在自己父亲面前。作者对包国维奴才式的行为和心理刻画得惟妙惟肖：

> 他要叫郭纯记得他包国维也在旁边，他就故意把碗呀筷子的弄出响声。有时候郭纯的眼睛瞥到了他，他就笑出声音来，“哈哈，他妈妈的！”或者用心地点点脑袋：“唔，唔。”有时候他就仿佛大吃了一惊似的——“哦？”于是再等着郭纯第二次瞥过眼来。
>
> “你要把她怎样？”龚德铭问。

"谁?"

"吕等男。"

说故事的人笑了一笑:

"什么怎样!上了钩,香香嘴,干一干,完事!"

忽然包国维大笑起来,全身都颤动着。

"真缺德,郭纯你这张嘴——你你!"

又笑。

这回郭纯显然有点高兴:他眼珠子在包国维脸上多盯了一会儿。

那个笑得更起劲,直到吃完饭回到郭纯房里,他还是一阵一阵地打着哈哈。他抹抹眼泪,吃力地嘘了口气,又笑起来。

"郭纯你这张嘴!你真——他妈妈的真缺德!你……"

抗战以后,张天翼最著名的短篇小说是《华威先生》(1938年),作者通过华威先生表现了一些国民党官僚对抗日活动的干扰。在华威先生身上,这种干扰恰恰表现在他对抗日活动的"热心"参加中。他出席了一次次会议,忙得不可开交,却没干出一件有益于抗战的事来,他的抗日热情和他的习惯性的专制作风总是紧密地结合在一起。

艾芜(1904—1992),原名汤道耕,四川省新繁县人,"左联"成员。他曾经在中国西南边境和缅甸、马来西亚、新加坡等地漂泊,对那一带的风俗人情以及下层社会的生活比较熟悉,这些为他的小说创作提供了素材。他这个时期的小说集《南行记》《南国之夜》《夜景》等,就主要取材于他的这些经历。在这些小说中,特别写到了一些强盗、窃贼,他们以前多是"老实而苦恼的农民",在生活的逼迫下用不正当的手段反抗社会,谋取生存;他们粗野、残酷,但也不乏同情心。《山峡中》可以看成是这方面的代表。小说写了“我”与魏大爷等一伙窃贼的一段接触。他们“在刀上过日子”,偷到钱后就喝得烂醉如泥。小黑牛在一次偷窃中被人抓住,打成重伤,当魏大爷等感到小黑牛的软弱将对他们的安全发生威胁时,就把他扔到了江里。魏大爷说:

天底下的人,谁可怜过我们?……要是心肠软一点,还活得到今天吗?

然而当社会逼得这些人采取残酷的方式生活的时候,他们的灵魂深处也还保留着善良和同情。魏大爷的女儿“野猫子”是小说中给人印象最深的人物,她粗野泼辣,蛮横冷酷,但在她的行为中,又不由自主地流露出了天真善良的一面。这可以从她的歌声中听到,从她对怀抱中的小木人的温存中看到,也可以从她对“我”的态度中感到。当她发现“我”要离开他们的时候,她几乎要杀了他,但当“我”在危机中掩护了她后,她又终于说服了父亲,留下三块银元,悄悄地离开了他。在艾芜的现实主义小说中,包含着明显的浪漫传奇色彩。

四十年代,艾芜完成了三部长篇小说:《丰饶的原野》《故乡》《山野》。其中《山野》写得比较好,小说以“一个小小山村的地方,一天小小的战斗生活”,来表现农村各个阶级、各个阶层人物对抗战的不同态度。

叶紫(1912—1939),原名俞鹤林,湖南省益阳县人。他的叔叔、父亲、姐姐都是大革命时期县农民协会的重要成员,“四一二”政变后都惨遭杀害。他独自飘流在外,1933年加入中国共产党,同年加入“左联”,并开始了文学创作活动。有短篇小说集《丰收》《山村一夜》,中篇小说《星》等。由于叶紫的特殊经历,他的小说差不多都是以农村的阶级斗争为内容的。他的第一篇小说《丰收》(1933 年),是一篇反映“丰收成灾”主题的小说,小说写了勤劳善良的云普叔在水旱灾的威胁下拼命挣扎着劳动,终于获得丰收,然而谷价猛跌,丰收所得,还不够交租纳税还债。眼见谷仓被抢劫一空,云普叔气得大病一场,终于,“十五六年①农民会的影子,突然地浮上了他的脑海里”。与其他同类作品不同的是,作者把小说的背景放在一个大革命时期办过农会的地方,云普叔正是在农会失败之后专心务农的,而他也终于在事实的教育下重新肯定了先前走过的反抗之路,这一循环充分表现出农民革命是一种为生活所迫的必然结果,一种无法生存后的最终选择。中篇小说《星》则更广阔更复杂地反映了大革命时代的人生。主人公春梅是个受尽了酒鬼丈夫虐待的女子,在大革命时代,她与革命者黄先生产生了爱情,并投入到革命工作中去。农民运动被镇压后,黄被杀,春梅在狱中生下了她与黄的孩子香哥儿。丈夫陈隆德一时良心发现,将她保释出来,但随即又恢复了往日的兽性,疯狂地摧残、折磨她,她为了孩子默默忍受着。六年之后,当陈发现她在教香哥儿写“黄”字时,盛怒之中摔死了香哥儿,春梅的幻想完全破灭,她终于望着远处的天空,离家出走。作品在阶级斗争的背景下写了更为复杂的家庭悲剧。春梅是在家庭的虐待中追求爱情的,对她来说,革命的过程同时就是人性解放的过程,而革命的失败必然也就造成了她爱情生活的不幸。作品表现了革命对于传统道德观念的冲击以及这种道德观念对于革命的报复,在一个特殊的社会背景中反映了复杂的人性问题,这在当时的革命文学作品中,是比较独特的。

萧军(1907—1988),原名刘鸿霖,笔名有田军等,辽宁省锦县人。他曾有过当兵的经历,“九一八”事变后组织抗

---

① 十五六年:指中华民国十五、十六年,即1926、1927年。

日义勇军失败,1932 年开始从事文学创作,1933 年与萧红合出短篇小说集《跋涉》,1934 年流亡到青岛、上海,1935 年出版长篇小说《八月的乡村》,引起了较大反响。小说写东北一支革命军的抗日活动,突出了“不前进即灭亡,不斗争即毁灭”的主题。作品在表现他们与日本侵略者英勇作战的时候,特别真实地描写了在非常艰苦的战争环境中,人们异常艰难的选择。在一次部队撤退时,唐老疙疸为了所爱的女人李七嫂而擅自离开部队,当他发现李七嫂被日军强奸后,不忍离去,终于被日军杀死;前去寻找他的队长铁鹰又由于在是否枪毙他的选择中犹豫不决,因而耽误了行动时间;李七嫂则在血的现实面前拿起了唐老疙疸的枪,参加了革命军。作品还特别描写了知识分子萧明和高丽女子安娜的恋爱。萧明不能抵抗爱的诱惑,当他奉命留下来担任掩护工作,不得不与安娜离别的时候,他神情恍惚,终于失去了指挥员的意志。小说没有在一般的意义上责备萧明的感情,而是在一个特殊的背景下,真实地表现出革命与爱情之间的不得已的对立。与后来一些描写战争的作品相比,《八月的乡村》虽然在技术处理上还不够成熟,但在整体上,却似乎更具有现实主义的力度。此外,萧军还有短篇小说集《羊》《江上》,及长篇小说《第三代》等。

萧红(1911—1942),原名张乃莹,女,黑龙江省呼兰县人。她曾有过坎坷的经历,并在患难中一度与萧军同居。1935 年,她的长篇小说《生死场》与萧军《八月的乡村》一同被收入鲁迅主编的“奴隶丛书”中出版。小说写了东北人民在生与死中痛苦的挣扎与顽强的搏斗,虽然没有集中的故事情节,很像一篇篇速写的延续,但写得形象鲜明,笔触有力,将女性作家的细腻的感情贯穿其中,给人以很深的印象。小说前九章写东北某农村人们的苦难生活,后八章写十年之后,人们在日本侵略者的掠夺、屠杀和奸淫面前的愤怒与反抗。作者笔下的农村充满了饥饿、压迫、愚昧、残忍。王婆的小女儿摔死在犁上，儿子当了“胡子”被枪杀，她悲痛地服毒自杀，被装进棺材，又活了过来；成业在贫穷中将刚满月的婴儿活活摔死，他的妻子金枝在他死后进城谋生，竟遭强奸；美丽的女子月英瘫痪在床，她丈夫只用砖头围住她的身体，任其溃烂生蛆；五姑姑的姐姐每到生产时就受到丈夫的虐待，甚至用冷水泼到她身上。人们正是在为生存而苦苦挣扎的过程中，面对了由侵略者所带来的死亡，发出了“生是中国人，死是中国鬼”的呼声。小说令人信服地写了人们的忍耐到了极点之后所爆发出来的反抗，将民族自身的痛苦与由外力造成的灾难联系起来，使得这种为民族的反侵略战争同时也成为一种为自身生存的斗争。在这以后，萧红还出版过短篇小说集《牛车上》，长篇小说《呼兰河传》等。

二、新感觉派小说

新感觉派小说是20年代末出现在上海的一个小说流派，主要作家有刘呐鸥、穆时英、施蛰(zhé)存等，他们受到西方和日本现代主义小说的影响，以《现代》杂志为中心，试图用一些不同于现实主义的创作方法来表现现代都市社会的生活内容。他们保持着一种自由知识分子的态度，与左翼作家保持着距离，但也对现代社会感到不满。在他们的小说中，一方面描写了都市社会腐烂、不健全的生活，一方面表现了现代人在这社会中精神上所感到的孤独、寂寞、空虚。值得注意的是他们在创作方法上的探索，他们受弗洛伊德精神分析学和西方意识流小说的影响，在小说中着重表现个人的主观感觉，注意描写人的无意识心理，特别是性方面的变态心理。与此相关的是，在结构上，他们常常打破时空界限，以自由联想的方式结构全篇，使小说情节在意识的流动中片断地跳跃、回闪。

穆时英(1912—1939),浙江省慈溪县人。他起初是一个现实主义作家,1932年开始新感觉主义小说的创作。有小说集《公墓》《白金的女体塑像》《圣处女的感情》等。他的小说常在疯狂的喧嚣中表现人生的孤独与绝望。《上海的狐步舞》用印象式的片断组合,通过上海某夜晚发生的一些事,表现了上海这个现代都市社会的代表,"造在地狱上面的天堂"。这里有凶杀,有姨太太和少爷的调情,有贫穷的老婆婆为自己的儿媳妇拉客。《夜总会里的五个人》则写了五个在生活中找不到出路的人,有天一亮就要宣布破产的资本家,有一日间忽然失业的政府职员,有失去青春的交际花,有失去恋人的大学生,有怀疑主义的学者,他们在夜总会里寻欢作乐,疯狂地跳舞、饮酒。但暂时的狂欢无法消除永久的烦恼,天亮后,一人自杀,剩下四个人给他送葬。在《Pierrot①》中,主人公潘鹤龄的作品没人理解,他所爱的女人不忠实于他,父母也只把他当成摇钱树。他因参加革命被捕,在狱中坚强不屈,本以为出狱后会大受同志的欢迎,没想到却受到怀疑,他终于精神崩溃。在作者笔下,"每一个人,都是部分地,或是全部地不能被人家了解的,而且是精神地隔绝了的"(《公墓·自序》)。

施蛰存,江苏省松江县人,1905年生。他是1933年开始走上新感觉主义道路的,有短篇小说集《将军底头》《梅雨之夕》《善女人行品》等。《将军的头》是一部历史小说集,在这里,他有意运用弗洛伊德精神分析学说来重新解释历史人物的心理。在《石秀》中,他对《水浒》中的石秀杀死杨雄的妻子潘巧云的动机做了新的解释。在《水浒》中,石秀杀潘巧云是出于正义——潘巧云背叛了自己的丈夫去跟

---

① Pierrot:法语,意思是丑角、傻瓜。

一个和尚通奸。但在施蛰存的笔下,石秀的行为却是起因于无意识的性冲动。他对潘巧云的爱欲受到了自己道德良心的压抑,而当他发现潘跟和尚通奸后,终于妒火中烧,杀死了和尚,并使杨雄杀死潘巧云,在潘血淋淋的尸身面前宣泄了自己变态的情欲。

收在《善女人行品》中的《阳春》是他现实题材的小说中写得较好的一篇。小说写主人公婵阿姨的潜意识活动。婵阿姨年轻时为了三千亩地的财产,在她未婚夫死后,抱着他的牌位结了婚。然而以青春的牺牲为代价而换来的这财产既不能给她带来幸福,也无法消除她对性的渴望。十几年后的一个春日,当她来上海提取存款利息时,对着春日的阳光和都市的人流,心中的情欲也不由自主地激荡起来。小说通过对婵阿姨自由联想的心理过程的描述,将人物的潜意识活动暗示了出来。婵阿姨吃饭时,看到旁边一个看报的中年男子,幻想着他跟自己攀谈,由此联想到在上海银行里碰到的一位热情的行员,由行员想到银行保管库、保管箱、保管箱上的钥匙:

> 不错,究竟有没有把钥匙锁上呀?她不禁伸手到里衣袋去一摸,那小小的钥匙在着。但她恍惚觉得这是开了抽屉就放进袋里去的,没有再用它来锁上过。没有,绝对的没有锁上,不然,为什么她记忆中没有这动作啊?没有把保管箱锁上?真的?这是何等重要的事!
>
> 她立刻付了帐。走出冠生园,在路角上,她招呼一辆黄包车:
>
> ——江西路,上海银行。

婵阿姨所以会忽然误以为自己没锁保管箱,只是因为那位银行行员对她有一种性的吸引力,她想要重新见到他。

在此，潜意识以“过失”为方式将自己象征性地表现了出来。最后，当她听到那位行员亲切地叫了她一声“太太”的时候，她却忽然“愤怒”了，因为正是这一声称呼，使她从梦想回到了现实，她终于明白，失去的青春已经不会再回来了。

三、历史小说与通俗小说

历史小说的创作这个时期也比上个时期有了一些发展，鲁迅、郭沫若、茅盾、郑振铎、宋云彬、施蛰存等，都从不同角度写过一些历史题材的小说，但他们创作的还都只限于短篇小说，真正写反映整个时代风貌的长篇历史小说是从李劼（jié）人开始的。

李劼人（1891—1962），原名李家辉，四川省成都市人。他亲身经历了辛亥革命，参加过四川保路同志会的斗争，在从事法国文学的研究中，又受到法国作家左拉、福楼拜等人的影响。1936 到 1937 年间，他接连发表了长篇历史小说《死水微澜》《暴风雨前》《大波》（一至三部），这几部具有连续性的小说以四川为背景，反映了从中日甲午战争直到辛亥革命为止，中国近代社会的历史风貌，写了一百多个人物，描绘了四川地区的风土人情，被誉为“小说近代史”（郭沫若《中国左拉之待望》）。其中《死水微澜》以蔡大嫂（邓么姑）的感情纠葛为线索，写了当地袍哥（哥老会）势力与教民势力的冲突，反映了从甲午战争①到辛丑条约②的签订这段时间里，在帝国主义势力的深入下，中国社会的面貌。蔡大嫂是个十分复杂的人物，从小任性要强，12 岁缠小脚

---

① 甲午战争：1894 年（农历甲午年）发生的一场中日战争，战争起因于日本侵占朝鲜，并对中国海陆军发动突袭。8 月 1 日双方正式宣战，战争进行到第二年 3 月，中国方面失败。

② 辛丑条约：1900 年，由英、美、德、法等国组成的八国联军侵占北京后，于 1901 年（农历辛丑年）9 月 7 日强迫清朝政府签订屈辱的辛丑条约。

时，她母亲心疼，她却偏要缠，说“痛死了是我”。后来由于父母包办，不幸嫁给了杂货铺掌柜——“老实过余了”的蔡傻子，她终于以那个时代的女子所能有的方式，向传统道德宣战了，她和一位袍哥首领罗德生爱得迷狂。罗德生曾设计骗了土粮户顾天成的钱财，顾天成为报仇投靠了洋教会。随着义和团运动的失败，教民势力迅速增长，曾经扬言要打教堂的罗德生只有仓皇逃命，顾天成指使清兵抓住了蔡傻子，并要求蔡大嫂嫁给他。蔡大嫂以释放丈夫、不再和罗德生为难以及她自己不加入洋教为条件，答应嫁给顾天成。小说具有浓厚的时代气息和地方色彩，对当时社会各阶层特别是市民阶层的心理特点和生活方式进行了生动的描画。

通俗小说是指以商业性娱乐为主要目的的所谓“鸳鸯蝴蝶派”小说，它们并没有在五四以来严肃文学的冲击下销声匿迹，在新的时代中，它们依然找到了一些适合于自己的生存方式。这类小说大多保持传统章回体小说的叙述方式和风格，以情节的曲折多变吸引读者，不太注意对人物性格的塑造，具有传奇性而缺乏现实感。其内容以言情、武侠等为主体，适当也加入一些“谴责”的色彩。这中间具有代表性的作家是张恨水。

张恨水（1895—1967），安徽省潜山县人。他一生创作的长篇小说有一百多部，三千多万字，其中《啼笑因缘》应是三十年代销售量最大的长篇小说。小说主要写“平民化的大少爷”樊家树与沈凤喜、关秀姑、何丽娜三个女子的爱情纠葛。家树爱上了唱大鼓的女子沈凤喜，但凤喜却禁不住军阀刘德柱金钱的引诱和权势的威逼，在心情矛盾中被刘德柱占有，终于发了疯，家树痛苦万分却又无能为力。爱着家树的侠女关秀姑杀死刘德柱，又成全了家树与面貌很像凤喜的何丽娜的婚姻。作品在言情小说的基础上又加入了武侠小说与谴责小说的成分，情节曲折，特别是对沈凤喜的矛盾心理作的细致刻画，使这个人物性格显得生动复杂，在同类小说中，这算是较好的一部。但这类小说的最大问题在于作者为了符合一般读者趣味，而放弃了个性化的创作原则，只是按照一般传统的习惯方式去结构作品，结果，尽管一些局部写得不错，但从整体上看，则无论内容还是表现手法都难有新意。因此，假如只就一部作品来看，自然不无精彩之处，但要把同类作品放到一起看，就容易使人感到这中间的雷同，《啼笑因缘》也难免此病。40 年代，张恨水还写过《八十一梦》（1941 年）与《五子登科》（1947 年）等小说，在这些小说中，他放弃了自己惯写的言情小说，而走上了讽刺小说的道路。

第三节　戏剧创作

戏剧创作在这个时期取得了可喜的成绩，看来经过上一个十年的准备，剧作家已经逐渐掌握了话剧这一舞台艺术的创作技巧。曹禺《雷雨》《日出》的问世，是中国话剧创作走向成熟的标志。话剧能够在这个时期迅速发展，也跟左翼戏剧运动的影响分不开。这个运动不但涌现了像田汉、洪深、夏衍、阳翰笙、于伶、陈白尘、宋之的等一批努力表现革命现实主义内容的左翼剧作家，而且也使不少其他剧作家改变了他们创作的题材和主题。如果说欧阳予倩在 1928 年写的《屏风后》还只限于对上层人物的道德上的谴责，那么到了 1929 年的《车夫之家》，就开始了对下层劳动者生活的描写以及对阶级压迫的揭露。此外，曾经主张趣味主义的熊佛西，歌唱“人性最深妙的美”的白薇等，也都不同程度地在他们的剧作中表现出尖锐的社会矛盾来。从李健吾的剧作中则可以看出这个时期的剧作家在话剧民族化方面的探索。

田汉是这个时期最活跃的左翼剧作家之一，他试图通过“自己批判”①来纠正前一阶段戏剧创作中所表现的浪漫感伤情绪，努力描写现实斗争。这一努力从1929年的《火之跳舞》和《一致》两部剧中已经有所表现，到了30年代，他创作了《年夜饭》《梅雨》《顾正红之死》《1932年的月光曲》《乱钟》《扫射》《暴风雨中的七个女性》《战友》《回春之曲》《晚会》《阿比西尼亚的母亲》《洪水》等20部剧作，内容有的描写工人与资本家的斗争，有的表现抗日救亡运动，都与现实的政治斗争密切配合，但总的来看，他的这些充满现实热情的剧作却因缺少对现实的独特而深切的体验，显得有些概念化、表面化，只有靠残留在其中的一些浪漫主义成分——几首优美动人的歌曲，一些激动人心的呼声——来调动人们的情绪。其中三幕话剧《回春之曲》是较有影响的一部，剧作以发生在上海的“一·二八”战争②为背景，写高维汉在战斗中被炮火震昏，失去记忆，口中只是不断喊着“杀啊，前进！”在当时国民党政府不准人们谈抗日的环境中，这一呼声从一个神志不清的抗日战士口中发出，的确能给观众一种情绪的激动。最后，在恋人梅娘的精心照料下，维汉的记忆终于被爱情所唤醒，而那一首感人至深的《梅娘曲》，也因此在人们口中长期流传。

然而由呼喊和歌唱而调动起的情绪毕竟还不是真正的

① “自己批判”：1930年4月，田汉发表《我们的自己批判》一文，对自身的小资产阶级感伤倾向做了自我批评。

② “一·二八”战争：又称淞沪战争。1932年1月28日夜，日本军队从上海租界向闸北一带发动进攻，驻守上海的中国十九路军奋起抵抗，战争在上海人民的支持下坚持了一个多月。在英、美、法、意等国的“调停”下，双方于3月3日宣布停战。

戏剧性情绪，真正能反映他较高艺术水平的却是写于1929年的三幕剧《名优之死》。这部剧写了一个著名京剧演员刘振声的死。刘一生忠实于京剧艺术，把艺术看成是“自己的命根子”，但他的很有才华的女弟子刘凤仙却经不起有权有势的流氓杨大爷的诱惑，贪图享受，放弃了艺术追求。刘振声为此深感悲痛，但凤仙却苦劝不听。一天演出时，杨大爷到后台来挑衅，刘振声忍无可忍，将他打出，但自己终于因为悲愤过度，年纪又高，演出时忽然嗓音嘶哑，杨大爷带着手下人连喝倒彩①，刘振声含恨而死，刘凤仙后悔不及。作品通过刘振声的悲剧，表现了对美的艺术在现实中受到摧残这一不幸的感伤，同时也歌颂了那些虽受摧残而依然忠实于艺术，为艺术献身的艺术追求者。刘振声最后一次演出虽然失败了，但他献身于舞台的精神却是不朽的。这部作品显然有着浓厚的现实主义色彩，不但剧中人的一言一行都符合自己的身份，不再有《获虎之夜》中黄大傻式的抒情，而且也没有以后的一些剧作中那种为了配合现实斗争而表现出的明显的概念化倾向。作品中的抒情性不是靠剧中人诗一般的语言说出来的，而是通过剧情本身，通过贯穿在这一剧情中的被现实摧残的美在精神世界中的不可战胜性这一诗意的主题表现出来的，因而这是一种现实主义的抒情性。

40年代，田汉创作了四幕话剧《丽人行》（1947年），在上海等地演出时曾经轰动一时。这部剧作以抗战为背景，却反映了抗战胜利以后国民党统治区的现实。作品写了三个女性的不同命运及其走上革命道路的过程。女工刘金妹曾被日本兵污辱，以后又为了生活而被迫卖淫，终于投江自杀而被救起。知识女性梁若英与丈夫失散后，跟汉奸王某

---

① 喝倒彩：在演员演出失败时喊好、起哄。

同居，又被王所抛弃。革命女青年李新群则在黑暗中坚持斗争，并帮助刘、梁二人走上革命道路。作品吸收了中国古典戏剧的某些结构特点，场次变换频繁，中间插入报幕员的解说，表现出作者对于话剧形式的民族化探索。

洪深（1894—1955），江苏省常州人。他曾在美国哈佛大学学习文学与戏剧，1922年回国后，为中国话剧、电影的编导和建设做出过杰出贡献，同时，他也是一个杰出的戏剧理论家。上个时期曾写过九幕话剧《赵阎王》（1922年）：主人公赵大本是一个善良老实的农民，当兵后却变得无恶不作，成了“阎王”。当他偷了营长克扣[1]的饷银[2]，逃到森林里时，良心受到了谴责，眼前出现了种种自己的不幸经历及自己所犯罪恶的幻觉，一时神经错乱，在森林中迷失方向，终于被抓身死。作者并不想让赵大独自承担罪过，而想说明“这样的罪恶者是这样的社会造成的”（《洪深选集·自序》），这样，赵大的性格就变得有些复杂起来，成为手上沾满鲜血却又良心并未完全丧失的人物。在结构处理上，这部剧受到美国表现主义剧作家奥尼尔[3]的话剧《琼斯皇》的影响，如让赵大在林中转圈，神经错乱而见到幻境，众人击鼓追赶等，这对在舞台上直接表现人物的心理是有帮助的。作品从头到尾只有赵大一个出场人物，这也挺有特色，事实上，这部剧正是洪深为自己的独台演出而创作的。

30年代以后，洪深积极参加了左翼戏剧运动，创造了反映江南农民生活与斗争的《农村三部曲》——《五奎桥》《香稻米》《青龙潭》。《五奎桥》（独幕）写了在抗旱过程中农民和地主之间的矛盾斗争。五奎桥桥洞过窄，农民抗旱

---

① 克扣：把该发给别人的财物私自扣下来，据为己有。

② 饷银：旧时军队等所发的工资。

③ 奥尼尔：Eugene O' Neill，1888—1953，美国剧作家。

租来的机器无法从桥下通过，桥的存在影响到农民的生存，但在地主周乡绅看来，拆了桥却会破坏了他家的风水①。于是就在拆桥与否的问题上展开了一场农民与地主的斗争，这场斗争终于以农民的胜利而结束。作品对周乡绅的虚伪阴险，青年农民李全生的朴实勇敢做了比较清晰的描绘。《香稻米》（三幕）也是一部反映丰收成灾主题的剧作。在水稻丰收之后，米价迅速下落，结果农民黄二官一家竟还不够还债，连给产妇预备的一点香稻米也被债主抢去了。这两部作品都有某种程度的概念化倾向。《青龙潭》（四幕）的情况要复杂一些：县里修的公路要通过农民的樱桃园，农民在小学校长林公达的劝说下，以毁坏樱桃园修公路为代价，换取"洋龙"（抽水机）抽水抗旱，但由于旱情严重，河水已被抽干，县长救灾的许诺没有实现。农民在绝望中终于重新向龙王求雨，并将林公达打死。作者想要表现"'口惠而实不至②'的结果"（洪深《农村三部曲·自序》），不料却在一个较深的层次上表现了复杂的人生。四十年代，洪深还有《鸡鸣早看天》等剧作，艺术上有了一些提高。

夏衍（1900—1995），原名沈乃熙，字端先，浙江省杭州市人。他是中国共产党党员，又是"左联"执行委员，1935年才开始从事话剧创作，然而成绩却很突出。在同时代的剧作家中，他是始终坚持戏剧"为革命服务"（《给戏剧工作者的一封信》），又很少公式化、概念化地处理题材的一个。在1936年写的《赛金花》和《自由魂》（《秋瑾传》）中，已经初步显示了他的创作才华，虽然那创作动机还只是想"在那种政治环境下表达一点自己对政治的看法"（《上海屋檐下

---

① 风水：指迷信中认为能影响人生存的地理环境，如房屋、坟地的位置、方向等。

② 口惠而实不至：口头上答应的事情在实际上却没有做到。

·后记》)。而当他看了曹禺的《雷雨》《原野》之后,思想受到了很大的震动,明白要想使戏剧感人,“必须写人物、性格、环境”,而不能“只让人物在舞台上讲几句慷慨激昂的话”(《谈〈上海屋檐下〉的创作》)。

写于1937年4、5月间的《上海屋檐下》,就是这一认识的产物。这部三幕话剧通过写上海一座弄堂房子里的五户人家一天中的经历,从上海市民的平凡生活中反映出时代的特点来。这五户人家各有各的不幸:赵振宇虽然是个乐天派,却有个整天发牢骚,小市民气十足的妻子;黄家楣在银行失业,正赶上父亲从农村来看他,只好典当衣物招待他,夫妻俩当面赔笑,背后吵架;单身女子施小宝为了生活被迫卖淫,不仅受到邻居的冷嘲,也遭到流氓的欺辱;住在阁楼上的卖报人“李陵碑”老年丧子,精神受了刺激,整天嘴里哼着京戏,过着孤独悲惨的生活。林志成一家,则在一天之中,精神上经历了痛苦的煎熬。太太杨彩玉原来是革命者匡复的妻子,八年前匡复被捕,她为生活所迫,与匡复的朋友林志成同居。这一天,匡复忽然归来,使三个人都受到了巨大打击,他们的灵魂在痛苦中反省。最后,匡复终于做出最艰难也是最明智的选择,重新离开了妻子和女儿,独自走上革命的征途,然而林、杨二人的心恐怕也从此再难平静。五家人的不幸正好是当时不幸的中国社会的缩影,沉闷的黄梅天,则是这沉闷的时代的象征。作品在“钉子越碰胆越大”,“联合起来救国家”的儿歌声中结束,以这声音冲破“黄梅天”的郁闷阴暗,给人以鼓舞和勇气。剧中描写的是一组平凡的小人物,他们是善良的好人,但也有这样那样的缺点,即使是革命者匡复,也不是一个理想化的英雄,而是一个有矛盾有痛苦的普通人。这种“严谨现实主义”(《谈〈上海屋檐下〉的创作》)的手法,使作品显得真实感人。作品在横断面的结构中,让五家人凑在一起,同时演出各自的不幸，表面上好像各不相关，实际上却是互为环境，共同构成一个不幸的时代。作品没有使人物间的戏剧冲突表面化，而是深入到各人的内心。当匡复突然归来的时候，匡、林、杨三人彼此间非但不是大吵大闹，反而显得异常平静，每个人都在自我反省：林志成说，“我犯了罪”；匡复说，“让我想一想”；杨彩玉在反复诉说着八年来的事，既像是自我辩解，又像是自我谴责。然而正是在这平静的自我反省中，作者使我们看到了每个人灵魂深处苦苦的搏斗，林、匡二人的争着出走，正是内化的冲突异常激烈的表现，这里显然受到了俄国作家契诃夫的影响。《上海屋檐下》标志着夏衍戏剧独特的艺术风格的形成。

40 年代，夏衍创作了《法西斯细菌》(1942 年)、《芳草天涯》(1945 年)等反映抗战生活的剧作。其中四幕话剧《芳草天涯》写了发生在善良的人们身上的爱情纠葛。42 岁的心理学家尚志恢正苦于家庭生活不和，却意外遇到了年轻、美丽、热情而富有生活理想的女学生孟小云，两个人产生了爱情，同时也使他们陷入了矛盾痛苦之中。对于这对善良的人来说，当爱情的幸福必须建立在他人的痛苦之上的时候，这幸福同时正是痛苦的；然而对爱情的压抑也同样痛苦。人的灵魂于是在这二难境地中苦苦挣扎。在时代的召唤下，两个人终于克制了自己的感情，走上了革命的道路。这部剧是继《上海屋檐下》之后作者对如何处理感情纠纷的进一步思考，在作者看来，献身革命是处理这类感情问题的最崇高的选择，这也许因为只有当人将自身融进为正义事业而奋斗的洪流之中，他才能作为一个伟大集体中的一员，而忘掉自己个人生活的不幸吧。这真是一种诗意的思考，然而作者却是真诚的，这真诚代表了中国的一代知识分子要努力克服自己身上的差不多与生俱来的个人的软弱，而走向一个坚强的集体之中。

第四节 诗歌创作

这个时期的诗歌创作大致可以分成三类:一类是左翼诗人的创作。这类创作中首先出现的是郭沫若、殷夫等人的政治抒情诗,这种诗歌以抨击黑暗社会,鼓吹革命斗争为主要内容,具有强烈的政治鼓动性。30 年代,穆木天、杨骚、任钧、蒲风等中国诗歌会的成员,则力图使左翼诗歌向现实主义方面发展,内容上,增加了对现实生活特别是农民的不幸和反抗的描写,形式上也力求通俗化、大众化。左翼诗人的革命热情是十分可贵的,当这种热情真正发自诗人的内心深处,成为一种自我的感情时,诗歌可以显得十分真挚有力,但如果诗人仅仅把它作为一种宣传工具,那关于革命的叫喊就容易显得空洞苍白,缺乏感人的艺术力量。与此相对的是现代派诗歌。这个以《现代》杂志得名的诗歌流派是上个时期象征诗派的进一步发展,他们注重诗歌的个人表现,用诗的意象来表现朦胧的情绪,在艺术上取得了一定成功。不过由于他们对残酷的现实生活采取了一种回避的态度,因而他们的情感表现就被限制在一个很小的范围之内。现代派最杰出的诗人是戴望舒,此外,卞之琳、何其芳、李广田等人的一些诗,大体上也可以算在这一派中。处在这两派之间的是臧克家等人的诗,他们既不愿意回避现实,又不愿意空喊口号,于是在一种对往日生活的回忆之中表现自己的人生态度。

殷夫(1909—1931),原名徐祖华,笔名还有白莽等,他是左联成员,一直从事实际革命活动,几次被捕,1931 年被国民党杀害,死时年仅 22 岁。他曾把自己早期的诗歌结集为《孩儿塔》,这些诗多为对爱情和故乡的歌唱,表现了一个有正义感的青年在黑暗社会中的苦闷、忧郁以及对光明未来的呼喊和追求。1929年，当他从事工人运动以后，他开始写那些充满热情、富有鼓舞力的政治抒情诗，如《血字》《让死的死去吧！》《一九二九年的五月一日》《我们的诗》《我们是青年布尔塞维克》等。这些诗歌颂了无产阶级革命，描写了工人运动的壮烈场面，表现了自己激昂的革命情绪和坚定的革命信念。《一九二九年的五月一日》描写了那年五一节，工人罢工游行的场面，作为罢工队伍中的一员，诗人感到"我已经不是我，/我的心合着大群燃烧。"《让死的死去吧！》一诗，则写出了革命者前仆后继①的决心：

让死的死去吧！
他们的血并未白流，
我们不要悲哀或叹息，
漫漫的长途横在前头。
……
他们尽了责任，
我们还要抖擞。

然而他所写的最感人的一首诗是《别了，哥哥！》。这是写给他的哥哥徐培根的，他是一个国民党军官，曾经给过他"保护和抚养"，两个人关系一直很好。但作为革命者的殷夫，却要向他的哥哥，"向一个"由他的哥哥所代表的也是自己从前所依属的"阶级"进行最后的告别，只要这告别是真诚的，它就必然是一种诗人自身的全部思想感情的艰难而痛苦的搏斗，在这搏斗之中，诗人的爱与恨，感情与思想得到了最充分的表现：

---

① 前仆后继：前面的人倒下了，后面的人继续前进。

别了，我最亲爱的哥哥，
你的来函促成了我的决心，
恨的是不能握一握最后的手，
再独立地向前途踏进。

二十年来手足的爱和怜，
二十年来的保护和抚养，
请在最后的一滴泪水里，
收回吧，作为恶梦一场。

……

在你的一方，哟，哥哥，
有的是，安逸，功业和名号，
是治者们荣赏的爵禄，
或是薄纸糊成的高帽。

只要我，答应一声说，
“我进去听指示的圈套，”
我很容易能够获得一切，
从名号直到纸帽。

但你的弟弟现在饥渴，
饥渴着的是永久的真理，
不要荣誉，不要功建，
只望向真理的王国进礼。

因此机械的悲鸣扰了他的美梦，
因此劳苦群众的呼号震动心灵，

因此他尽日尽夜地忧愁，
想做个普罗米修士①偷给人间以光明。

真理和愤怒使他强硬，
他再不怕天帝的咆哮，
他要去牺牲他的生命，
更不要那纸糊的高帽。

……

别了，哥哥，别了，
此后各走前途，
再见的机会是在，
当我们和你隶属着的阶级交了战火。

蒲风（1911—1942），原名黄日华，广东省梅县人，他是中国诗歌会中最热心、最活跃的诗人，有《茫茫夜》《钢铁的歌唱》等诗集以及长诗《六月流火》等。他早期的诗歌受到郭沫若《女神》的影响，具有热烈、奔放的浪漫主义特征，而最能体现中国诗歌会的现实主义和诗歌大众化主张的是他描写农村生活的诗，这些诗歌写得通俗、朴实，带有一定的叙事性和虚构性。在《茫茫夜》中，诗人写了一位农妇想念自己投入“穷人军”（暗指红军）的儿子的情景。她不理解儿子为什么要离开自己和他的妻子，焦急地盼望他早日归来。诗人借助风声，用儿子的口气做出了回答：

隐隐约约的，风在唱着答歌：

---

① 普罗米修士：Prometheus，希腊神话中的神，曾从天上偷取火种带给人类。

"母亲，母亲，母亲，
再不能屈服此生！
我们有的是力，有的是热血，
我们有的是万众一心的团结；
我们将用我们的手
建造一切，建造一切！
……
母亲，母亲，不要惊！
为着我们大众我离开了家，
为着我们的工作离开了你和她！
母亲，母亲，别牵挂！"
号号号，沙沙沙！
号号号，沙沙沙！

在长篇叙事诗《六月流火》中，农民的革命斗争得到了直接描绘。1934 年以后，蒲风诗歌中反映抗日救亡主题的逐渐增多，收在《钢铁的歌唱》集中的这些诗抒发了他反侵略的爱国情绪，表现了他对日本侵略者的仇恨和对国民党不抵抗政策的愤慨。在《我迎着风狂和雨暴》中，诗人发出了激动的呼喊：

我不问被残杀了多少东北同胞，
我要问热血的中国男儿还有多少。

臧克家，山东省诸城县人，1905 年生。他对农民的生活有较多的了解，常常用诗来回忆农村生活，描写农民的不幸，并在这当中表现了自己的生活态度。他的诗有较强的生活实感，又受到闻一多的影响，注意技巧的发挥，因而显得比较深沉、简练，节奏感也较强。有《烙印》《罪恶的黑手》《自己的写照》《运河》等诗集。《烙印》（1933 年）是他的第一部诗集，也是他最有影响的诗集，其中的诗歌大致可以分成两类，一类如《难民》《老哥哥》《歇午工》《炭鬼》《洋车夫》等，是描写农民和其他劳动者的不幸生活的。《难民》写一群逃难在外，无人收留的农民的"孤寂""凄凉"；《村夜》写动乱年代农民的恐怖；《歇午工》则是对辛勤劳作的农民在地头午睡时情景的素描：

铺一面大地，
盖一身太阳，
头枕着一条疏淡的树荫，
这个的手搭上了那个的胸膛。
一根汗毛，
挑一个轻盈的汗珠，
汗珠里亮着坦荡的舒服。
……
睡过这睏人的正晌，
爬起来，抖一下，
涌一身新的力量。

诗人通过对午睡的环境和熟睡中的农民的体态的描写，把农民的艰苦的生活和抵抗这生活重压的坚忍的精神表现了出来。这种坚忍正是诗人所深爱着的，而这也正是诗人为自己所设计的生活态度，在他的名篇《老马》中，"坚忍主义"得到了有力的象征性表现：

总得让大车装个够，
它横竖不说一句话，
背上的压力往肉里扣，
它把头沉重的垂下！

这刻不知道下刻的命，
它有泪只往心里咽，
眼里飘来一道鞭影，
它抬起头来望望前面。

老马的形象不仅象征了中国农民被压迫的不幸生活，同时也象征着他们的坚韧不拔的性格，在他们忍辱负重的生活态度中藏着一种能够忍受一切因而也最终能战胜一切的潜在力量。因此，在臧克家写农民的诗中，不仅含着对农民悲苦生活的同情，也深含着对由这悲苦生活所形成的农民的坚忍性格的敬爱，而他在创造农民性格中的这种坚忍主义的同时，不也正把自身对于生活的认识和态度创造进去了吗？所以诗人也把《老马》算成是表现他的“人生观和生活态度”（《我的诗生活》）的诗了。这类表现诗人自己的人生观和生活态度的诗还包括《烙印》《生活》《希望》等。在《希望》中，他正是要用这种农民式的坚忍的精神去和生活的磨难苦斗：

你既胆敢闯进这人间，
有多大本领，不愁没处施展，
当前的磨难就是你的对手，
运尽气力去和它苦斗，
累得你周身的汗毛都擎着汗珠，
但你须咬紧牙关不敢轻忽；
同时你又怕克服了它，
来一阵失却对手的空虚。
这样，你活着带一点倔强，
尽多苦涩，苦涩中有你独到的真味。

戴望舒（1905—1950），浙江省杭县人。他是现代派的代表诗人，受到法国象征派诗歌的影响，但又不像李金发那样把诗弄得过分难懂。在戴望舒的诗中，诗的形象应该说是清晰的，不过诗人却借着这清晰的形象表现一种多少有些朦胧的情绪，正像杜衡在《望舒草·序》中说的，"在诗作里泄露隐秘的灵魂，然而也只是象梦一般地朦胧的。"这虽然还是象征主义的，但却与中国古典诗词有了某种联系，事实上，戴望舒正是从西方现代派与中国古典文学中共同吸取营养来创造他的诗歌的，这也可以代表他那一派人的共同倾向。

这种特点在他 1928 年发表的《雨巷》一诗中已经表现出来。在这首诗里，抒情主人公独自彷徨在"寂寥的雨巷"中，希望"逢着/一个丁香一样地/结着愁怨的姑娘"，她有丁香一样的"颜色""芬芳"和"忧愁"，又"象我一样"地在雨中"哀怨又彷徨"，从"我"身边"梦一般地"飘过，默默地远去：

在雨的哀曲里，
消了她的颜色，
散了她的芬芳，
消散了，甚至她的
太息般的眼光，
她丁香般的惆怅。

整首诗其实都是从"丁香空结雨中愁"①的意境中化出的，对于中国人来说，只要能理解丁香花为什么在雨中显得忧愁，也就大体上能明白这首诗的形象，没有李金发诗中那种句子间的关系松散的现象。然而这首诗还是给了人一种

① "丁香空结雨中愁"：五代时期李璟《浣溪沙（手卷真珠上玉钩）》一词中的句子。"结"本来是指花含苞未开。

朦胧的感觉,不仅因为诗中描绘了一个梦一般的想像的幻影,而且因为诗人要借这想像所表现的情绪似乎并不那么清晰。诗人是忧愁的,但他为什么希望遇到一个同样“结着愁怨的姑娘”?而且希望她能像梦一般地出现,然后再消失?这些问题假如只用理智的眼光去搜索,就容易使人迷惑。然而如果我们把这理智暂时抛开,只是顺着诗所提供的意象去感受,假如我们对这意象感到满意,就是说,我们希望看到诗人对于这姑娘的想像,我们也就在感情上理解了“我”的“希望”,虽然当我们用理智去考察我们自己的,也是抒情主人公的“希望”的时候,还可能得到不同的解释。也许“我”的不理想的“希望”——“愁怨”的美及其消失——正是“我”在愁怨中的惟一理想。因为只有“结着愁怨的姑娘”才是能够理解在愁怨中的“我”的姑娘;甚至她的梦一般地消失也是“理想”的,因为只有当她消失的时候,我的愁怨才会加深,而她的那愁怨的美也才会因为消失而变得特别值得珍惜和留恋吧。《雨巷》使戴望舒出了名,获得了“雨巷诗人”的美称。此后出过的诗集有《我的记忆》《望舒草》《灾难的岁月》等。

抗战以后,戴望舒投身到抗日救国运动中,逐渐摆脱了“雨巷”式的纯个人的“愁怨”,将个人的感情与祖国的命运融为一体,诗中的现实主义成分增加了,诗风变得明朗、自然。在这期间,他曾被关在日本人的监狱中,在狱中写的《狱中题壁》《我用残损的手掌》等诗把他这个时期的诗歌创作推向高峰。在《我用残损的手掌》中,诗人用在狱中被摧残得残损了的手掌,在想像中“摸索”着祖国广大的土地:“这一角已经变成灰烬,/那一角只是血和泥”。“摸索”这一动作把自身的不幸(残损的手掌)和祖国的不幸(灰烬、血和泥)联结起来,于是个人的情绪也就同时成为一种民族的情绪,作为这情绪的高峰,诗人把全部爱和希望都寄托在祖国"依然完整"的那"辽远的一角"上：

我把全部的力量运在手掌
贴在上面，寄于爱和一切希望，
因为只有那里是太阳，是春，
将驱逐阴暗，带来苏生，
因为只有那里我们不象牲口一样活
蝼蚁一样死……那里，永恒的中国！

这很可以使人想到中国共产党所领导的解放区，那是未来的光明和自由的象征。

第五节　散文创作

在散文方面，首先是小品散文的丰收。以议论和讽刺为特色的杂文迅速发展起来，鲁迅在这个时期差不多成了专门的杂文作家，出版了《而已集》《三闲集》《二心集》《南腔北调集》《伪自由书》《准风月谈》《花边文学》《且介亭杂文》《且介亭杂文二集》《且介亭杂文末编》《集外集》《集外集拾遗》等十几部杂文集，数量比上个时期多了两倍，涉及了社会人生的各个方面，以一种特殊形式展现了现代中国社会的历史面貌。在鲁迅的影响下，不但一些较有影响的作家批评家，如瞿秋白、茅盾、郁达夫等也纷纷写杂文，而且出现了一批年轻的以写杂文为主的作家，如徐懋（mào）庸、唐弢（tāo）、聂绀（gān）弩等。杂文成了当时最有影响的一种文体，甚至连反对写杂文的人也不由自主地在他们的文章中使用了杂文笔法。[1] 另一方面，抒情叙事的小品也在发展着，林语堂、周作人等提倡并进行着的“闲适”小品的创作，在与左翼作家不同的生活观和文艺观指导下，主张“以自我为中心，以闲适为格调”（林语堂《〈人间世〉发刊词》），使小品散文离开了反抗黑暗、揭露社会的政治话题，受到了鲁迅等左翼作家的批评。不过他们的创作也从一个不同的角度扩展了小品散文的范围，并在回避政治斗争的同时也以消极的方式避开了文学的公式主义。何其芳、丽尼（郭安仁）、李广田、陆蠡（lí）等人的抒情叙事散文则想摆脱通常小品散文那种纯粹关于作者个人生活、思想和情趣的实录，使散文或者像抒情诗那样以想像的方式创造出虚构的有象征意味的情境，或者像小说那样叙述与自己没有直接关联的人、事，对后来散文的发展有着重要影响。此外，丰子恺、梁遇春等人的散文则在对人生哲理的揭示中显示着他们的才气。报告文学[2]在这个时期得到了迅速发展，这种文体在上一个时期实际已经出现，瞿秋白访问苏联时写的《饿乡纪程》《赤都心史》可算是那个时期报告文学的代表。不过这个名词的正式从国外引进并加以积极的提倡却是“左联”成立以后的事，这当然与革命文学运动与当时的政治形势有关。柔石《一个伟大的印象》（1930 年）是 30 年代最早的报告文学，而这个时期最著名的报告文学则是夏衍的《包身工》。此外，宋之的的《一九三六年在太原》，胡愈之的《莫斯科印象记》，韬奋的《萍踪寄语》，范长江的《中国的西北角》《塞上行》，萧乾的《流民图》等，在当时也都是有影响的

① 见鲁迅《做“杂文”也不易》（《鲁迅全集》1980 年版第 8 卷）等。

② 报告文学：reportage，散文中的一种，把现实中重要的事件或人物做适当艺术加工，进行及时报道，同时具有文学性和新闻性，被称为文学创作中的“轻骑兵”。

作品。1936年，茅盾主编报告文学集《中国的一日》，征得有关1936年5月21日这一天的社会生活见闻稿件3000多篇，从中选出490篇发表，在当时是一次很有影响的活动。

何其芳（1912—1977），四川省万县人。有散文集《画梦录》（1936年）等。他不满意于当时的抒情散文那种“流于身边杂事的叙述和感伤的个人遭遇的告白”，想要使每篇散文成为“一种独立的创作，不是一段未完篇的小说，也不是一首短诗的放大”（《还乡杂记·代序》），其实就是想让散文摆脱那些非创造性的纪实成分，成为一种纯文学。为此，他加强散文的想像和虚构成分，创造散文的意境，并吸收了一些象征主义的手法，这结果不但没能使散文“独立”，反而更多了诗的色彩。不过他的抒情散文也就因此有了独特的风格，在他笔下，散文成了一种可以进行艺术虚构的文体。在《墓》中，他写到一个少年在想像中跟一个少女相爱，那爱情是那样甜美，然而当他回到家乡，见到的却只有她的坟墓。作者借此表现了在现实世界中得不到爱与温暖的孤独。在《楼》里，他写了“我”在钓鱼时听朋友讲起的关于一座楼的故事：

> （艾君谷）中年无子，却醉心于一种培植园林，建筑宅舍的癖好。每当一次繁重的工程完成时，他又有了新的计划，又得拆毁了再开始，以此耗费了他家产的大半，最后留下夫人和一个女儿就死去了。我们昨天望见的那个宅第和那座高楼就是他最后的匠心的结构，人们说，要是他活着准还是不满意的。

这是一个具有象征意味的关于理想的永不满足的追求的故事，主人公（艾君谷）的悲剧是因为他不能满足于在想像中建设“空中楼阁”，而想在“地上”建起一座理想的“乐园”，但是想像中的“空中楼阁”一旦在地上真实地出现，就永远不会使他“满意”。作者为这个“一切悲惨故事的代表”设计了一个寂寞的诗意的背景：“我”从一个“沙漠地方”来到朋友的家乡，坐在池塘边钓鱼，这是一件“想着很喜欢”，但一做起来就“无趣极了”的事，“我”不但总钓不到鱼，而且还在关心鱼嘴挂在钩上的“可怜”，等到朋友钓上了一条鱼，“我”又在可怜它“不会发出声音”，进而想到自己虽然能“滔滔不绝”地说话，可“又有什么用”呢？任何理想的现实总会有不理想的痛苦相伴随，这大约就是为什么“我”虽然“仿佛知道一个真理，唯有在这地上才建设得起一座乐园，唯有用我们自己的手”，但是却不愿意动手，“总甘愿生活在最荒凉的地方”。作者以一种极端理想主义的态度，用这样一个虚构的场景，虚构的关于楼的故事来表现对于理想的失望和对于现实的悲哀。

李广田（1906—1968），山东省邹平县人，有散文集《画廊集》《银狐集》等，这些集子中的散文有很多都是写人的，而且所写多是“乡下人”。《野店》写了一个小客店中来往的人物古典式的风度、谈吐，《老渡船》写一个贫苦铁匠艰难沉重的一生，《花鸟舅爷》写一个爱花鸟的贫苦农民为了给死去的母亲准备棺材卖掉了门前攀花宿鸟的树。与小说不同，他笔下的人物没有完整的故事情节，他只如实地写些他们的生活片段，并加以抒情。而且这些人物多少都跟作者有点关系，有的是他遇到的，有的是他听说的，他在写他们的时候，也常把这种关系写进去，不过他的主要目的却不在写自己和这些人物的交往，而是写人物本身，他与人物的关系的交代只是个引子。这又使他的散文不同于当时的一般写人散文了。比如在《柳叶桃》中，他先写了自己十几年前怎么遇见了一个美丽的疯女人，然后再写这个女人的不幸：她原来是一个戏子，被买来做三姨太太，目的是要她给这家人生个儿子，她却一直没怀孕，又受尽了二姨太太的虐待，终于在对儿子的盼望中发了疯，悲惨地死去。《山之子》开始写了作者登泰山时的所见所感，后面通过与两个小孩子的交谈，才写到哑巴一家人的不幸：他的父亲和哥哥为了生活到山崖上采百合花卖给游客，结果都摔死了，他自己又不得不干起了这件事。这里，作者的主要目的是要写哑巴一家人的遭遇，前面对于泰山的描写和感受只是为了引出这段不幸的故事，同时与这不幸形成对比。

夏衍的《包身工》写于 1936 年，这部报告文学报道了上海一家日本纱厂资本家与中国“带工”老板相勾结，使用包身工的情况。包身工是一些没有人身自由的年轻女工，她们被“带工”老板从贫困地区买来，“包身”三年，“三年之内，由带工的供给住食，介绍工作，赚钱归带工者收用，生死疾病，一听天命”。作者以丰富的材料，用包身工生活、劳动中的具体事实描绘了这些女工的悲惨生活，揭露了帝国主义剥削压榨中国工人的罪恶：“东洋厂的每一个锭子上面，都附托着一个支那奴隶的冤魂。”作品把报道事件和描绘生活，理论分析和形象描写，一般叙述和典型刻画结合起来，写得可信可感：

> 包身工的身体是属于带工的老板的，所以她们根本就没有“做”或者“不做”的自由。她们每天的工资就是老板的利润，所以即使在生病的时候，老板也会很可靠地替厂家服务，用拳头、棍棒或者冷水来强制她们去做工。就拿上面讲到过的芦柴棒来做个例吧，（其实，这样的事例是每个包身工都有遭遇的机会）有一次，在一个很冷的清晨，芦柴棒害了急性的重伤风而躺在床上了。……很快的一个打杂的走过来了。……芦柴棒的喉咙早已哑了，用手做着手势，表示身体没有力，请求他们的怜悯。

"假病！老子给你医！"

一手抓住了头发，狠命地举起往地上一摔，芦柴棒手脚着地，打杂的跟上去就是一脚，踢在她的腿上，照例第二、第三脚是不会少的，可是打杂的很快地就停止了。后来据说，那是因为芦柴棒"露骨"地突出的腿骨，碰痛了他的足趾！打杂的恼了，顺手夺过一盆另一个包身工正在揩桌子的冷水，迎头泼在芦柴棒的头上。这是冬天，外面在刮寒风。芦柴棒遭了这意外的一泼，反射似地跳起来，于是在门口擦牙的老板娘笑了：

"瞧！还不是假病！好好地会爬起来，一盆冷水就医好了。"

这是常有例子的一个。

思考题：

1. 这个时期的文学创作有哪些重要特点？
2. 左翼小说家包括哪些人？谈谈他们的创作情况。
3. 什么叫新感觉派小说？以穆时英、施蛰存的小说为例，说明这派小说的主要特点。
4. 谈谈田汉、洪深、夏衍等人的话剧创作情况。
5. 这个时期的诗歌创作可以分成几类？有哪些有代表性的诗人？谈谈他们的创作情况。
6. 这个时期的散文创作有什么重要收获？

第三章　茅盾和他的《子夜》

茅盾在中国现代文学史上有着很高的声誉，不仅因为他是一位优秀的长篇小说作家，而且因为他是自觉运用马克思主义理论指导文学创作的革命作家，他在小说创作方面的成功显示了当时的无产阶级革命文学运动的成果，他也因此被列入中国革命现实主义经典作家之中。

第一节　生平与创作

茅盾（1896—1981），原名沈德鸿，字雁冰，生于浙江省桐乡县。他父亲是个思想开明的医生，爱好自然科学，曾经自学过高等数学，母亲爱好文学。茅盾很小的时候就读了很多中国古典小说。1913 年，茅盾在北京大学学习预科，1916 年预科毕业，却因家庭经济困难而停学，经人介绍，到上海商务印书馆当编辑。

五四运动以后，茅盾是以文学评论家的面目参加新文学运动的。1921 年文学研究会成立，他是发起人之一，并在这一年担任了《小说月报》的主编。

在文艺思想上，他坚决主张为人生而艺术，积极提倡现实主义的创作方法，而且也像他的同时代人一样，没有将现实主义和自然主义严格地区分开，明显受到了法国 19 世纪文学家左拉①自然主义理论和创作的影响。自然主义企图用研究自然科学的方法从事文学创作，主张纯客观地描写生活。这种理论忽略了作家自身的思想感情在文学创作中的积极作用，在30年代曾受到坚持现实主义的革命文学家的批判，不过自然主义对于写真实的极端强调却有助于纠正中国传统文学中普遍存在着的粉饰生活，不肯正视黑暗现实的问题。如果我们没有忘记这个问题在30年代左翼文学中也还依然存在，就可以知道这种理论对于茅盾后来的小说创作也还有着某种潜在的积极影响。

茅盾在1921年开始从事革命活动，并加入中国共产党。1925年，他的文艺思想发生了变化，这年发表的《论无产阶级艺术》，开始要用马克思主义观点来论述艺术问题了。1926年，他投身到大革命的洪流中，先后在广州、上海、武汉等地从事革命宣传工作。1927年，大革命失败了，他由武汉经牯岭到上海，在思想上极度的矛盾苦闷中开始从事小说创作，这就是写于1927年9月到1928年6月间的《蚀》三部曲。

《蚀》三部曲包括《幻灭》《动摇》《追求》三部思想上带有连续性的中篇小说，作者以茅盾（矛盾）为笔名，反映了当时的心情。这三部小说以大革命为背景，反映了那时的一些知识青年的思想历程，从一个特殊的历史背景中表现了理想在现实中无法实现的苦闷。《幻灭》以革命前夕的上海和革命高潮中的武汉为背景，写女青年章静不断追求，不断幻灭的过程。起初，她由于对家乡女校学生运动的幻灭来到上海读书，爱上了一位男子，但仅仅一夜间，她忽然发现那男人不仅在感情上对她不忠实，而且是个“暗探②”。她

---

① 左拉：Émile Zola，1840—1902，法国作家。

② 暗探：spy，做秘密侦察活动的人，多用于贬义。

怀着新的希望来到当时革命的中心武汉，在革命形势的鼓舞下去参加革命工作，在政治工作委员会等部门工作。但她很快发现，周围那些同事都只是嘴上说着革命的词句，见了单身女子就疯狂地追求。最后，她到伤兵医院工作，爱上了前来养伤的强连长，正当她处在热恋之中时，战争又开始了，强连长重新回到战场，她的爱情追求也再次幻灭。作品反映了知识分子对于革命的理想以及这理想与革命的实际过程之间的矛盾，当他们既不愿放弃理想，又无法改变现实时，幻灭就成了必然的结果。《动摇》的背景是在1927年春夏之间武汉附近的一座小县城，主要写了国民党县党部负责人方罗兰的动摇。当地方劣绅①胡国光使用卑鄙手段混入革命阵营，并策划一些流氓进行反革命暴动，强奸杀人时，作为这个县的负责人的方罗兰却犹豫不决，既没有及时下令去杀死那些暴徒，认为那同样是残忍的，又不愿任凭自己人被杀，终于在反革命的武装进攻下仓惶出逃。方罗兰属于在现实的不理想的选择面前不知所措的知识分子，然而他的不选择其实更不理想。中国社会的残酷现实把知识分子推向了一个无法选择又不得不选择的深渊，如果他们不能迅速做出不理想的然而是必要的选择，他们就只能在现实面前遭到更惨重的失败。《追求》是写大革命失败以后，一些不甘失败的知识青年所进行的再一次追求和选择。对于他们来说，那种革命时期的集体的革命追求已经不复存在，于是个人又开始按照自己的方式选择道路，自然，他们没有成功。无论是张曼青的“教育救国”，还是王仲昭的“新闻救国”，道路都没有走通，章秋柳的性爱也没能挽救史循的自杀。当一切选择都无效时，中国知识分子只有重新选择革命的道路。《蚀》三部曲是作者自己思想探索的过

① 劣绅：在地方上有势力的坏人。

程，也是中国知识分子在一个特殊的革命时代对于自身道路的探求过程，茅盾特别真实地描写了这一历史过程，同时又带着自己特别真挚的感情。

不过，他的这三部曲却受到来自创造社方面的严厉的批判，他虽然在《从牯岭到东京》一文中为自己进行了辩护，但也承认自己太“颓唐”了，想要使自己的精神“苏醒过来”。在1929年的长篇小说《虹》（未完成）中，可以看出他这方面的努力。主人公梅行素是一个对社会始终采取挑战态度的女性，她总是“往前冲”，“喜欢走自己所选择的道路”。小说通过这个人物概括了进步青年逐渐摆脱个人主义，走向集体主义的生活道路。然而这部作品写得不算成功，人物描写中存在着一些简单化概念化的倾向。

1930年春，茅盾从日本回到上海，参加了“左联”，并一度担任左联行政书记。在这一年多的时间里，他写了中篇小说《路》《三人行》等作品，这些作品依然是围绕着知识分子道路问题写的，但也依然没怎么获得成功。

1932年前后，是他创作的丰收季节，他写了著名长篇小说《子夜》、短篇小说《林家铺子》、《春蚕》（它与它的两个续篇《秋收》《残冬》一起被称为“农村三部曲”）等，这些小说是在他自觉用马克思主义理论为指导认识中国社会的基础上产生的，这些小说全面而系统地展现了30年代中国社会复杂的历史面貌，确立了他作为中国革命现实主义小说的代表作家的地位。

作为《子夜》的补充，在《林家铺子》和《春蚕》中，作者写了城镇小商人和农民的破产，并把这原因同30年代整个世界和中国的政治经济形势连在一起，从两个不同的角度进一步丰富了《子夜》中所反映的中国社会的历史面貌。《林家铺子》通过写一个江南小镇上一家小店铺的破产，概括了在30年代中国社会各种复杂的矛盾。林老板虽然是个精明能干的商人，但他却无法保住自己苦心经营的小店，原因在于农村经济的破产造成了农民购买力大大下降，战争的危机又使债主们纷纷上门讨债，再加上国民党地方恶势力的敲诈勒索，同行之间的互相排挤打击。《春蚕》则通过丰收成灾的描写，直接反映了江南农村的经济破产，这一破产与世界资本主义经济危机影响下的中国民族工业的破产有着直接关系。主人公老通宝是个勤劳、老实的农民，他希望靠自己的劳动改变生活面貌，他带领全家奋斗了一个春天，借债押地，终于取得了春蚕的丰收，却没想到工厂纷纷倒闭，蚕茧卖不出去，最后只好以低价出售。一场奋斗的结果，只是“白赔上十五担叶的桑地和三十块钱的债”。这两篇小说都是从小人物的命运出发，概括了一个时代的面貌，是一种高度浓缩的短篇作品。

抗日战争爆发以后，茅盾担任中华全国文艺界抗敌协会理事，主编了一些文艺刊物，同时继续从事小说创作。1941 年“皖南事变”①发生后，他在香港写了长篇小说《腐蚀》。

《腐蚀》写于 1941 年夏，是一部日记体小说。它以“皖南事变”前后国民党政府所在地的重庆为背景，通过描写国民党特务组织的一系列活动，揭露国民党的反共内幕。主人公赵惠明是个女特务，小说通过她的日记，深入细致地表现了她内心的矛盾。作为特务组织的成员，她手上沾有人民的鲜血，但她的人性又没完全丧失，她在人与兽之间徘

---

① “皖南事变”：“皖”（Wǎn），安徽省的简称。在抗战期间，国民党与共产党进行了第二次国共合作，成立了抗日民族统一战线，共同抵抗日本侵略，但国民党仍常常制造磨擦，破坏统一战线。1941 年 1 月 7 日，共产党领导的新四军九千多人在安徽省南部的泾县一带遭到国民党军八万多人的伏击，新四军奋战七天七夜，只有一千多人突围出去，军长叶挺被俘，副军长项英牺牲。这就是在当时震惊中外的“皖南事变”。

徊。小说着重表现了赵惠明和革命者小昭之间的关系。小昭是她曾爱过的惟一男子，当她再一次见到他时，却是在监狱中。特务组织命令她对小昭施行“美人计”，这使她的内心的矛盾发展到高峰。她要救小昭，但她所能采取的惟一方式就是说服小昭“自首”，为此，她就要不由自主地演出这场“美人计”。她的“计策”没有成功，小昭被杀害了，这使她受到极大震动，终于下决心从这个人间地狱里挣脱出来。小说对赵惠明的性格做了复杂而逼真的描绘。

《腐蚀》之后，他又写了长篇小说《霜叶红似二月花》（1942 年）、剧本《清明前后》（1945 年）、长篇小说《锻炼》（1948 年）等。

茅盾也写过不少散文和文学评论。

中华人民共和国成立以后，茅盾曾出任第一任文化部长，此后长期从事文学艺术和文化事业的领导工作，并撰写了大量文学评论。

第二节 《子夜》

《子夜》写于 1931 年 10 月—1932 年 12 月之间，出版于 1933 年 1 月，出版后引起热烈的反响，瞿秋白把 1933 年称为“子夜年”。

作者把《子夜》的故事放在 1930 年春末夏初的一段时间里，并为它精心设计了一个具有历史真实性的政治经济背景：首先是 20 年代末、30 年代初，国际资本主义世界发生了空前的经济危机，这使得薄弱的中国民族工业受到了严重影响，一些以出口外销为主的轻工业受到严重打击，同时，西方世界为了转嫁危机，极力向殖民地、半殖民地国家倾销资本，抛售商品，这就严重冲击了中国市场，造成民族资本的困境。民族工业的危机也使与它有关联的中国农村经济遭到破坏。其次，中国国内连年的军阀混战，特别是发生在1930年的蒋冯阎大战①，也使中国的农工商业的发展受到严重影响。在这样的政治经济局面下，国内各种矛盾激化，民族资产阶级在受到帝国主义压迫的同时，也将自己的危机转嫁到工农群众身上，引起了工人农民的强烈不满和反抗，在中国共产党领导下，工人罢工和农民暴动频繁出现。在这种情况下，中国将走向何处，是人们所关心的问题。为此，学术界曾发生过关于中国社会性质的论争，茅盾写《子夜》的一个直接原因，就是想用文学的方式探索中国社会的性质，说明中国无法走向资本主义。

《子夜》的内容围绕着主人公吴荪甫展开。吴荪甫是个杰出的民族资本家，他有野心、有实力、有计谋、有胆略，具有从游历欧美得来的现代工业管理知识，一心要发展民族工业，做20世纪中国民族工业的王子。然而他的内心深处又充满了矛盾，在他坚定的铁面背后掩藏着软弱空虚。小说通过他在农村、工厂和公债②市场这“三条火线”上的失败，表现了这个民族资本家性格上的两面性。起初，虽然他在农村的经济实力因农民暴动而受到影响，但在工业上，凭着他的手腕和胆量，用低价吞并了一批快要倒闭的工厂，又由于善于用人，平息了纱厂的工人罢工；在公债市场上，他和买办资本家赵伯韬合伙做军事公债，通过花钱收买北方

---

① 蒋冯阎大战：又称“中原大战”。1930年4月，阎锡山、冯玉祥联合国民党内其他地方军阀，跟蒋介石在河南、山东交战，双方使用兵力一百多万，死伤三十万人，是国民党统治期间一次大规模的军阀混战。战争进行到9月，以阎、冯的失败而结束。

② 公债：即公债券（government bond），是政府向国内借债时发行的票据，由于它与股票具有相似的性质，所以人们可以利用它在公债市场上做投机生意。

军暂时退兵的方式获得了成功。然而暂时的成功中却潜伏着危机，当他不想让代表外国金融资本势力的赵伯韬控制他的工业时，他就使自己站在与国外资本主义经济势力的直接对立之中。同时，他与工农群众的矛盾也越来越激化，不但农村拿不出钱来，工人的再次罢工也已无法平息，被他吞并的工厂又由于资金紧缺，无法经营。公债市场上，由于赵伯韬故意跟他作对，使他连连失败。至此，吴荪甫内心中软弱的一面充分暴露了出来，他渐渐变得由自信到不自信，由果断到犹豫。但他还在苦苦挣扎，当赵伯韬要他接受贷款，彻底投降的时候，他虽然内心充满矛盾，全无自信，但还是咬牙拒绝了。他用自己的工厂和公馆做抵押，决心在公债市场上做最后的拼搏，但他已经众叛亲离，在关键时刻，他的妹夫杜竹斋倒向了赵伯韬，终于使他全线崩溃。

在作者笔下，吴荪甫内心深处的软弱来源于他所属的那个阶级，作为民族资产阶级的典型代表，他站在帝国主义和工农革命的中间地带，帝国主义的殖民政策不允许中国发展民族经济，无产阶级的革命斗争也不允许中国走向资本主义，这就造成了这个阶级的先天的软弱性，他们将在帝国主义和工农革命的压力下迅速分化。

然而作者又不愿仅仅将他作为一个阶级的符号，而要努力在他身上注入某种个性的血液，于是把他写成一个外表上刚强的人物。作为一个阶级的成员，他有这个阶级所无法避免的软弱，而作为一个个性，他又有这个阶级中的一般成员所不具备的强硬，而且这外表上的强硬不但没有因内心深处的软弱的不断暴露而完全消失，反而一直贯彻到最后。于是这个人物的性格就变得复杂起来，作为一个阶级的化身，他是软弱的、反动的，但作为一个个体，他在行动中又表现出了一种悲剧英雄式的坚强，这坚强意味着他在一个个失败的行动中不断克制着自己的软弱，终于将他的行动贯彻到底。在此，人们所欣赏的与其说是一个反动资本家的失败，不如说是一个人在注定失败的命运面前进行苦苦挣扎时所表现出的坚强的魅力。正是这一点使这个人物突破了作者事先为他进行的理性的设计，获得了生命。

吴荪甫的失败意味着中国资本主义民族工业的失败，小说正是试图在30年代中国社会错综复杂的矛盾关系中表现中国民族资产阶级失败的历史命运，并由此说明中国不能也无法走向资本主义的。

吴荪甫之外，作者还写了几十个来自不同阶级阶层，不同社会角落的人物，包括各种各样的资本家、地主、军官、政客、文人、工人、革命者、不同类型的女性等等，其中不少人物都写得有声有色，这里有蛮横、奸诈，倚仗帝国主义势力横行霸道的买办资本家赵伯韬；有吴荪甫手下的精明能干、阴险果断的工厂办事人屠维岳；有让自己的女儿去勾引赵伯韬，以便刺探公债情报的地主冯云卿；有与一个军官旧情未断的吴荪甫的妻子林佩瑶；有靠出卖色相在资本家之间出入来往的交际花徐曼丽、刘玉英；有在资本家身边周旋，从资本家的钱袋里讨生活的教授李玉亭、诗人范博文。作品中的工人以及从事工人运动的革命者一般认为写得不够成功，作者认为这是由于自己缺少跟他们实际接触的体验。

《子夜》的结构宏大而严谨，小说大规模地反映了中国社会的各种复杂现象及其本质特点，场面广阔、人物众多、线索繁复、矛盾交错，作者将这些丰富的内容很有条理地安排起来，使各种人物事件统一起来，形成一个复杂的整体。具体做法是，以吴荪甫为核心，把这一切都集中在决定着他的命运的“三条火线”上面，通过他在“三条火线”上作战，将工厂、农村和公债市场上出现的工人罢工、农民暴动、资本家竞争、破产以及其他与此有关的事件和人物描写出来，“三条火线”的平行发展构成了小说的主要结构框架，而在这框架周围的全部人、事就构成了主人公的主要生活环境，也因此跟他本人发生了不可分割的联系。

《子夜》的这种结构设计具有明显的理性色彩，对作者来说，小说不是在写作过程中临时想出来的，而更多的是来源于一种事先的理性思考和设计，作者甚至在这过程中写下了详细的提纲。理性不仅表现在《子夜》的结构安排上，也表现在《子夜》的具体描写中。作者摆出一种冷静客观的样子来写他的人物，尽管他把吴荪甫放在"三条火线"的紧张激烈的交战中，但作者自己却并不表现出对他的同情，只是像医生一样，用他那理性的手术刀对人物进行冷静的分析解剖。这在人物心理描写上，就形成心理的理性分析的方法。这种方法的特点在于叙述人一面在描述人物的思想活动，一面又在分析、评说这些思想。比如第七章写到吴荪甫的心理：

> 他此时的感想可真是杂乱极了。但有一点是确定的，就是刚才勃发的站在民族工业的立场的义愤，已经渐渐在那里缩小，而个人利害的顾虑却在渐渐扩大，终至他的思想完全集中在这上面了。可不是李玉亭说的中国工业基础薄弱么？弱者终不免被吞并，企业界中亦复如此；吴荪甫他自己不是正在想吞并较弱的朱吟秋么？而现在，却发现自己也有被吞并的危险，而且正当他自己夹在三条火线的围攻中尚未卜胜败。吴荪甫这么想着，范围是愈缩愈小，心情是愈来愈暗淡了。（第七章）

这段描写，前面不是他心理活动的内容，而是叙述人在分析他心理变化的情况：由"站在民族工业的立场的义愤"逐渐转变到对"个人利害的顾虑"。到"可不是"以后，才开始描述他心理活动的具体内容：他在担心"自己也有被吞并的危险”。最后，叙述人又站出来评说这种心理状态的特点：思想的范围越来越小（只考虑自己，不再考虑民族工业），心情越来越暗淡。无论是描述还是评说，作者都显得冷静、理智，不将自己的感情表现出来。

《子夜》中的理性成分使小说可以站在一个理论认识的高度更全面准确地反映中国社会的历史面貌，但是，由于这些认识还不完全是从作者对于实际生活的深刻体验中得到的，而在很大程度上是从一个理论前提推导出来的，因此在《子夜》中就不免存在着一些概念化的倾向，不过由于作者在具体写作过程中忠于事实的严肃态度，这种概念化倾向得到了一定程度的克服。

思考题：

1. 《蚀》三部曲怎样表现了“理想在现实中无法实现的苦闷”？
2. 为什么说《林家铺子》和《春蚕》“丰富了《子夜》中所反映的中国社会的历史面貌”？
3. 应该怎样认识《腐蚀》中的赵惠明？
4. 谈谈《子夜》中吴荪甫的性格。
5. 从《子夜》中可以看出茅盾小说有什么特点？

第四章　巴金和他的《家》

在中国现代文学史上，巴金是一位思想十分单纯的作家，又是一位感情特别丰富的作家，他的丰富的感情常常冲破了他单纯的思想的限制而在小说中火一样地燃烧起来，这不但深深地激动了当时的青年的心，也使他的小说因此而变得复杂起来。

第一节　生平与创作

巴金，原名李尧棠，字芾(fèi)甘，1904 年生于四川省成都市一个官僚地主家庭，他家几代人都做过官，父亲在辛亥革命之前做过知县。在这个大家庭里，“有将近二十个的长辈，有三十个以上的兄弟姊妹，有四五十个男女仆人”(巴金《〈将军〉序》)，巴金在这个家庭里生活了十九年，他的母亲教给他去“爱一切的人”(巴金《我的几个先生》)，而发生在这个黑暗家庭里的种种不幸又使他“憎恨的苗”在心上“发芽生叶”(《我的幼年》)，他是在强烈的爱与恨互相交织的心情中走向成人的。

1923 年巴金离开家乡到南京读书，1927 年去法国留学，并开始从事小说创作。

他曾在一个较长的时间内受到无政府主义①的影响，无政府主义那种打破一切现存的“奴隶制度”和“旧传统”，实现“真正的”“平等”、“博爱”、“自由”的主张（克鲁泡特金《告少年》）激动了他，他是从反对黑暗专制，争取自由民主的角度理解无政府主义的，同时，那些深受无政府主义影响的俄国革命民主主义者的牺牲精神更是深深打动了他，并影响着他前期的小说创作。

他的第一部小说，是写于1928年的《灭亡》。这部长篇小说是他在法国听到美国政府杀害两名无辜的意大利人的消息，又听到国内大革命失败的消息后，在极度悲愤的心情下写的，他要抛弃爱和宽恕，“去宣传憎恨，宣传复仇”（《〈灭亡〉序》）。小说的主人公杜大心是一个“自由社会主义”（无政府主义）的信仰者，他认为在现存的黑暗世界里，只应去憎，而不应谈爱：

> 人们说爱，不知说了若干年了，谁曾看见爱来？我不，我要叫人们相信恨，唯其如此，他们才不会被骗，被害，被杀。就因为有你们在拿爱字来粉饰太平，所以这个社会还会继续存在下去！

他怀着对黑暗的恨忘我地从事革命工作，并拼命抵制自己对李静淑的爱情，然而这一切，却正是因为他对在苦难中“被骗，被害，被杀”的人民怀着深深的爱。所以，杜大心心中的爱与恨的矛盾，实际上正是他的人类之爱与个人之爱的矛盾的反映，当他想要解救人类的不幸的时候，他就宁

---

① 无政府主义：译自法语 anarchisme，音译为安那其主义，产生于19世纪上半叶的欧洲，代表人有法国蒲鲁东（P. J. Proudhon），俄国巴枯宁（M. A. Бакунин）、克鲁泡特金（П. А. Кропоткин）等，主张废除一切国家制度，实现绝对的个人自由。无政府主义曾受到马克思主义者的严厉批判。

愿牺牲个人的爱情。在他的同志被害后，他深情地告别了李静淑，去刺杀戒严司令，为他的同志报仇，终于事败身死。巴金在以复仇主义的牺牲精神来表达自己的爱憎的同时，也反映出了他对革命与爱情之间的关系问题的最初的思考，在作者看来，为了公众利益的革命必须以对个人爱情的牺牲为代价。

1928年底，他从法国回国，在上海继续进行小说创作。继《灭亡》之后，他又写了《新生》和《死去的太阳》。《新生》1931年的初稿毁于上海的"一·二八"战争中，1932年他又重写了第二稿。在这部长篇日记体小说中，作者在继续他对爱与憎的思考，他把这种思考放到对个人主义与集体主义的选择之中。主人公李冷是李静淑的哥哥，在杜大心死后，他在对社会与人的极度失望中陷入信仰危机，他不但反对社会，也反对"奉为神圣的人民"，成为，或者说想要成为，一个极端个人主义者：

> 我生活是为我自己，别人和我无关，犹如我和别人无关一样。

正像他的名字一样，他变得，或者说表面上变得十分冷漠。但在他的内心深处，依然有着强烈的"热"，他爱自己的妹妹，也深爱着另一个女子文殊，当他在理智上认为人不必有信仰的同时，却在内心中因无信仰而痛苦着。静淑和文殊的被捕使他抛弃了个人主义而走上了集体主义道路，他在从事工人运动的斗争中被捕，等待他的是死，他也因此而得到了"新生"。这是信仰的新生，因为他终于明白"没有信仰的人不能够生活"。然而我们却无法从小说中看到使李冷重新恢复信仰的根据，看不出他为什么能够从反对一切人的个人主义回到为人类解放而斗争的集体主义道路上。似乎是他需要信仰，所以他必须重新去信仰。这在小说的结构上虽然可以说留下了漏洞，但从作者方面看，却可能有着某种真实，他本人在当时或者也还没找到真正让他信服的信仰，然而却已经不得不去信仰着了。

1931 年到 1933 年之间，他陆续完成了《爱情的三部曲》，它包括《雾》《雨》《电》三部中篇小说，在《雨》和《电》之间，还穿插着一个过渡性的短篇《雷》。他对这三部曲有着某种偏爱，认为它们是“为自己写的，写给自己读的”（巴金《〈爱情的三部曲〉总序》）。贯穿在这三部小说中的依然是革命与爱情的问题。

《雾》主要写周如水在爱情问题上所表现的软弱。他从日本留学回国，爱上了张若兰，但因为他在家乡还有一个由包办婚姻造成的他所不爱的妻子和一个还没见过面的孩子，所以没有勇气接受若兰的爱情，结果若兰另嫁他人，他却在痛苦中接到父亲的来信，说他妻子已在两年前死去，并给了他自由恋爱的权利。周如水的命运跟他的软弱开了一个巨大的玩笑，作者在此想要说明软弱给人带来的不幸。然而周如水这个人物是复杂的，当他的软弱跟他的道德上的良心纠缠在一起的时候，良心就成了不敢向命运做斗争的软弱的借口。

《雨》的主人公吴仁民是个充满激情的革命者，在个人生活上，他的妻子死了，一个曾受过他帮助的女子熊智君闯入了他的世界，熊的丈夫死了，自己又有肺病，同情和爱占据了吴仁民的心。然而就在熊智君家，他忽然遇到了以前曾热恋过的郑玉雯，这个从前令人钦佩的女革命者现在却嫁给了一个官僚，并受到丈夫的冷遇，她仍爱着吴仁民。在痛苦的选择中，吴仁民终于拒绝了玉雯。正当他打算跟智君结婚时，却得知玉雯自杀了。玉雯的丈夫以要逮捕吴仁民来威胁熊智君，强迫她嫁给自己，智君为了吴仁民而被迫答应。吴仁民虽然痛苦万分，但终于在同志们的劝说下克制了自己个人的仇恨，“甘愿牺牲一切个人的享受去追求那光明的将来”，投入到革命事业之中。吴仁民的选择依然是作者关于个人利益与革命事业的关系的思考的结果，吴仁民终于牺牲个人的爱情追求而去献身革命，这的确需要极大的勇气，但他在这样做的同时，却把一个为他做出牺牲的女子推向黑暗，这不能不使人怀疑他是否在以从事一种无私的事业为借口来掩盖自己的某种软弱，放弃自己在爱情问题上对他人所应承担的责任。相比之下，倒是那两个女子的灵魂显得更美丽、纯洁，她们用自己的牺牲成全了吴仁民的事业。这大约是作者所意想不到的，然而却也是可以引人进一步思考的。

这个革命与爱情无法共存的矛盾，在《电》中轻易地解决了。吴仁民已经成了一个成熟的革命者，他认识到“个人的幸福不一定是跟集体的幸福冲突的”，“爱并不是犯罪”，因而他和另一位坚定的女革命者李佩珠热烈地相爱了。当李佩珠“梦呓似地”问他，“假如我明天就死去呢?”他说，“我会在心里记着你，我会哭你。我会更努力地继续你的工作”。只有当个人成了集体中的一员，而且随时准备为了集体而牺牲个人幸福的时候，他才有权去追求个人幸福，也只有在这个时候，“个人的幸福”才不会跟“集体的幸福”发生“冲突”。这种理想化的解决取决于个人对自己所从事的集体事业的信仰，正像李佩珠所说，“我不怕……我有信仰”。这大约就是巴金在《一九八〇年版〈巴金选集〉后记》中说的：

> 我从来不曾怀疑过：旧的要灭亡，新的要壮大；旧社会要完蛋，新社会要到来；光明要把黑暗驱逐干净。这就是我的坚强的信仰。

然而在小说中，我们却没有发现通向这信仰的道路，这是因为当时的巴金“自己就还没有找到一条这样的路”。那么，在信仰问题还没有真正解决的时候，革命与爱情、个人与集体之间的矛盾也还没最后解决吧。

在写《雾》的同时，他已经在开始写他的长篇小说《家》了，它与另两部长篇小说《春》（1938 年）和《秋》（1940 年）合成《激流三部曲》，这是巴金影响最大的系列小说。

抗战以后，巴金在上海、广州、武汉、昆明、重庆、成都、贵阳、桂林等地飘泊，担任过中华全国文艺界抗敌协会理事，主编过多种抗战杂志，并在艰苦的条件下继续从事小说创作。他这个时期的主要作品，有被称为“抗战三部曲”的长篇小说《火》和被称为“生活三部曲”的中篇小说《憩园》《第四病室》和长篇小说《寒夜》。作者在艺术上更加成熟，风格也有了明显的变化，现实主义的味道更浓，主人公由富有英雄主义色彩的革命者变为在社会重压下呻吟的小人物，作者用悲哀、忧郁的笔调写他们平凡而不幸的日常生活。

《寒夜》是其中最著名的一部，写于 1944—1946 年间的几个寒冷的冬季，小说以抗战胜利前后国民党统治区的重庆为背景，写了在这段非常黑暗的日子里人们异常艰难的生活。作品写了汪文宣一家人的不幸生活以及由此产生的家庭纠纷。汪文宣和妻子曾树生都是受过高等教育的知识分子，但在现实生活中却被压得喘不过气来。汪文宣在一家公司做小职员，他善良而软弱，既不肯巴结上司，又无力反抗压迫，只有在上司和同事的鄙视中忍辱偷生。他在操劳中得了肺病，终于被公司停职。在家庭生活中，他的善良的忍让也无法改变妻子和母亲之间的关系。汪母对儿子有一种接近病态的爱，这种病态在艰难的生活中越来越严重，这表现在她对儿媳的越来越多的不满之中，她在无意中跟曾树生争夺着对文宣的爱，这不能不引起曾树生的强烈不满。汪文宣生活在两个他所爱的女人之间，既不愿因妻子而得罪母亲，也不愿为母亲而伤害妻子，只想把一切责任都承担在自己身上，结果反而使两个人的矛盾越来越深，曾树生终于离家出走了。这个在银行工作的美丽热情的女子无法忍受婆婆的指责和丈夫的软弱，想要摆脱沉重压抑的家庭生活，寻找个人幸福和自由，然而却处在情感和道德的矛盾之中，特别是当善良的汪文宣忍受着巨大的痛苦同意她离开，甚至后来也同意她离婚的时候，她的心中就再也无法摆脱汪文宣那痛苦的身影了。她终于在抗战胜利之后，怀着过新生活的喜悦回到了重庆，然而文宣却已在胜利的当天怀着对她的爱痛苦地死去了。作者怀着深厚的同情写着这些小人物的不幸的命运，他不想把造成不幸的原因放在这些人物自己身上，在作者看来，他们都有缺点，然而都善良，造成他们不幸的根本原因在于黑暗、阴冷的社会。然而就在作者揭露现实社会的黑暗、阴冷，同情现实中弱小者的不幸的时候，却使我们从汪文宣身上看到了一种令人难忘的纯洁无私的理想的爱，这爱以自我牺牲的方式从一个软弱的生命中产生了一种强大的力量，永远震撼着现实中的人们。

除了中、长篇小说外，巴金还写过八十多篇短篇小说，仅仅从1949年以前来看，他就出版过《复仇集》《光明集》《电椅集》《抹布集》《将军集》等13部短篇小说集，并有着不小的影响。

中华人民共和国成立以后，巴金担任过上海市文联副主席，《收获》杂志主编，中国作家协会主席等，出版过通讯报告集《生活在英雄们的中间》、小说集《英雄的故事》等。在文化大革命中，他受到迫害。文革结束后，他重新反思自己的一生，勇敢地“挺起胸来‘独立思考’”，针对现实和历史问题“讲一点心里的老实话”（巴金《迎接“五四”六十周年》)，写出了五卷本随笔《随想录》，在文艺界获得了很高的声誉。1982 年巴金成为东方第一位“但丁国际奖”的获得者，1983 年获得法兰西荣誉勋章。

第二节 《家》

《家》开始创作于 1931 年初，起初以《激流》为名在上海《时报》上连载，1933 年由开明书店出版单行本时，才改名为《家》。

作为《激流三部曲》中的第一部，作者所要写的是“一个正在崩坏中的资产阶级(或者应该说，封建阶级——笔者)的大家庭底全部悲欢离合的历史”，由此来“宣告一个不合理的制度底死刑”，“向一个垂死的制度叫出我底 I accuse(我控诉)”(《关于〈家〉十版改订本代序》)。中国封建社会的家族制度是维持这个社会存在的基础，因此，一个大家庭的兴衰往往可以反映中国社会的历史命运。在中国文学中，这方面内容得到最早也是最出色的表现的是清代作家曹雪芹写的《红楼梦》，如果说《红楼梦》中贾家的没落主要是封建统治者权利斗争的结果，那么《家》中高家的没落则是与整个中国封建社会的没落紧紧相连的。

作者以自己的家庭为创作原型，把小说放在 1920—1921 年的时间背景上，写四川省成都市一个世代官绅的大家庭。在这个家庭内部实行着严格的封建专制统治，作为一家之长的高老太爷有着绝对的权威，封建观念和习俗统治着家庭，不仅家庭中的奴仆受着主人的欺压，而且作为家庭成员的年轻一代也没有意志的自由，一幕幕悲剧在这个大家庭中发生着。随着封建王朝的灭亡，这个家庭像整个中国封建社会一样也面临着灭亡的危机，上两代人的腐朽堕落、勾心斗角加速了这个家庭的灭亡，到了《秋》中，这个家庭终于彻底崩溃了。同时，在五四运动的影响下，第三代中也出现了觉慧、觉民这样的觉醒者，他们开始反抗家庭专制，冲破家庭封锁，争取个性自由。

在这样的家庭和社会背景下，小说着重描写了高觉慧的成长过程。觉慧是一个单纯、热情，具有正义感和反抗意识的青年，在小说中，他的叛逆性格是在亲眼目睹、亲身经历了一幕幕家庭悲剧之后逐渐形成的，这一形成过程又跟他对自身软弱的不断克服密切相关。起初，他是个充满幻想和同情心的青年，五四运动给他带来了一个新世界，他跟其他同学一起参加爱国活动——宣传、演出、请愿，结果被他的祖父高老太爷痛骂一顿，关在家里，不准出门。这时他才对家庭的专制有了一点切身的感受。然而使他对自己的家庭的罪恶有了明确认识的是鸣凤的死。鸣凤是高家的丫环，九岁卖给高家，是个善良、温顺而又多情的女孩，深深爱着觉慧，觉慧对她也很好，甚至表示过将来要娶她。但高老太爷却把她许配给一个有权势的老头冯乐山做小老婆，她在无可奈何之中投湖自杀。鸣凤的死使觉慧受到了极大的刺激，他第一次发现这个表面上文明的家庭原来竟是一个“杀人的屠场”，同时，也第一次发现了自己身上的软弱，他开始恨这个家庭，也恨自己。在这件事情上，小说表现了这个勇敢青年内心深处的软弱。当他得知鸣凤要出嫁后，他虽然十分痛苦，然而，“经过一夜的思索之后，他准备把那个少女放弃了”：

> 这个决定当然使他非常痛苦，不过他觉得他能够忍受而且也有理由忍受。有两样东西在背后支持他的这个决定：那就是有进步思想的年轻人的献身热诚和小资产阶级的自尊心。（《家》第二十七章）

作为一个“进步”青年，他愿意牺牲个人幸福而投身到正义事业中，然而他不明白，当他以牺牲个人幸福的“献身热情”做出无私选择的时候，他却在无意中放弃了个人所应负的责任，把一个爱着他的少女同时牺牲掉了。如果一个人连自己最喜爱的人都不想设法解救的话，那么一切“献身”事业的决心不过是掩盖自己灵魂深处的软弱的自私的空谈。在此，觉慧经历了与《雨》中的吴仁民所类似的矛盾痛苦，然而当他决心为了事业而牺牲爱情的时候，鸣凤的死却用残酷的事实惊破了他的“献身”梦，他终于发现自己的软弱了，他对二哥觉民说：

> 她平日总相信我可以救她，可是我终于把她抛弃了。我害了她。我的确没有胆量。……我从前责备大哥同你没有胆量，现在我才晓得我也跟你们一样。我们是一个父母生的，在一个家庭里长大的，我们都没有胆量。……我恨我自己！……

然而觉慧跟他大哥（觉新）的不同在于他要努力克服自己的软弱，他的坚强正表现在对自身软弱的不断克服中，为此，他定下了“不顾忌，不害怕，不妥协”的信条，开始了对家庭的反抗。他积极地参加社会活动，勇敢地帮助觉民反抗家庭包办婚姻，愤怒地制止在家中“捉鬼”的丑剧，在他目睹了觉新的妻子瑞珏的惨死后，终于离开了这个家庭，去上海开始新的生活。觉慧是个封建家庭的叛逆者的形象，他的出走不但是对封建家庭的罪恶不断认识的结果，也是与自己灵魂深处的软弱不断斗争的结果，后者使这个单纯的人物变得复杂起来，给人留下较深的印象。

《家》中写得最复杂的人物是高觉新，在巴金所写的一系列软弱人物中，觉新是写得最复杂也最杰出的一个。年轻的时候，他也有过很多美好的理想，幻想着出国留学，幻想着跟他的表妹钱梅芬结婚,然而作为这个大家庭的“长房长孙[①]”,他在受到家庭重视的同时也过早地承担起了家庭生活的重担。中学一毕业,父亲就用“拈阄[②]”的方法为他选定了妻子瑞珏。父亲死后,“这一房的责任放在他的肩上”。他流着眼泪顺从地接受了这一切,努力去“维护父亲遗留下的这个家庭”。软弱使他不得不按照这个大家庭所要求他的一切去做,然而他又是个受到五四以来的新思想影响的人,在他的思想中,他并不真的愿意这样生活,于是他成了一个具有“两重人格”的人,忍受着自身所遭遇的一切不幸,违心地然而忠实地为这个家庭尽着义务。他是善良的,但这种与软弱奇妙地结合在一起的善良却使他不由自主地帮助了恶势力。在婚姻问题上的顺从使一直爱着他的梅遭到极大的痛苦,他只有在同样的痛苦中默默流着眼泪,眼看着她在悲痛和压抑中死去。他把全部感情都放在妻子和儿子身上,但在妻子瑞珏临产时,陈姨太以会给刚刚死去的高老太爷带来“血光之灾[③]”为理由,强迫瑞珏孤身一人到城外去生产,他又流着眼泪顺从了,终于再次造成了瑞珏的死。觉新的软弱代表了一种具有普遍意义的中国传统人格,从这个人物身上,可以看到软弱是怎样渗透在人们善良的心中,人们习惯于用善良原谅自己的软弱,然而作者却想让人们看到,在恶势力横行的时候,这种软弱的善良会怎

---

① 长房长孙:同一大家庭里下属的小家庭被称为房。长房指大儿子(长子)一家,长孙是所有孙子中最大的。觉新的父亲是第二代中最大的(长子),觉新本人又是第三代中最大的(长孙),所以他是“长房长孙”,这个位置决定他应成为家长的继承人。

② 拈阄:在暗中做好记号的纸条中随便拿一个,靠运气来决定自己该去做什么事。

③ 血光之灾:一种迷信说法,认为在为死人办丧事期间如果有人在附近生孩子就会带来灾难。

样害人害己。然而作者对觉新是充满同情的，这使他终于在《秋》的结尾，让觉新在高家的崩溃中获得解脱，找到了新的生活道路。

《家》中的青年女性写得也很有特点，用自己的死来反抗压迫的鸣凤，为争取幸福而勇敢奋斗的琴，以及在这两极之间苦苦挣扎，成为旧的家族制度牺牲品的梅和瑞珏，都写得生动感人。此外，对作为封建家长的高老太爷、克明等，作者也把他们写得有血有肉，没有做简单化的处理。

像巴金的其他小说一样，《家》充满了青春的活力，这不仅因为他自己是青年，他写的主人公是青年，他的读者也大都是青年，而且因为他始终把青春作为最美好的东西去歌颂，把摧残青春的势力作为最丑恶的东西去揭露。正如他在 1953 年出版的《家》的《后记》中所说的：

> 我始终记住：青春是美丽的东西。而且这一直是我底鼓舞的泉源。

这种青春的活力的一个明显特征是在《家》中所表现的强烈的抒情性。他决不站在他写的人物之外去作冷静的观察，周密的思考，而是扑到他的人物之中，去跟他们拥抱或者搏斗，把自己的爱和憎毫无保留地表现出来：

> 我写《家》的时候我仿佛在跟一些人一块儿受苦，跟一些人一块儿在魔爪下面挣扎。我陪着那些可爱的年轻的生命欢笑，也陪着他们哀哭。（同上）

因此，巴金虽然也擅长对人物进行心理描写，但在这描写中却不像茅盾那样对他的人物进行冷静的分析、解剖，不，他简直不是在“描写”，他使自己融到人物心中，自己就充当了那人物，去想，去说，去笑，去哭。他在人物的心中抒情。在《家》中，他喜欢用梦境和幻觉这些非理性的方式去揭露人的内心隐秘，也喜欢用书信和日记这些最具有私人性的书写形式去表现人的思想感情，但他也可以完全不用这些形式的帮助，直接让自己的心跟人物的心一齐跳动。在鸣凤投湖之前，作者通过大段的心理抒情，不仅将这个纯洁善良的少女在生命最后时刻的复杂的情感世界充分表现了出来，也把作者对她的同情与敬佩以及对造成她的不幸的社会的愤怒与控诉全都表现了出来：

> 她渐渐地可以在黑暗中辨物了。一草一木，在她的眼前朦胧地显露出来，变得非常可爱，而同时她清楚地知道她就要跟这一切分开了。世界是这样静。人们都睡了。然而他们都活着。所有的人都活着，只有她一个人就要死了。过去十七年中她所能够记忆的是打骂、流眼泪、服侍别人，此外便是她现在所要身殉的爱。在生活里她享受的比别人少，而现在在这样轻的年纪，她就要最先离开这个世界了。明天，所有的人都有明天，然而在她的前面却横着一片黑暗，那一片、一片接连着一直到无穷的黑暗，在那里是没有明天的。是的，她的生活里是永远没有明天的。明天，小鸟在树枝上唱歌，朝日的阳光染黄树梢，在水面上散布无数明珠的时候，她已经永远闭上眼睛看不见这一切了。她想，这一切是多么可爱，这个世界是多么可爱。……
>
> ……她完全明白了。他是不能够到她这里来的。永远有一堵墙隔开他们两个人。他是属于另一个环境的。他有他的前途，他有他的事业。她不能够拉住他，她不能够妨碍他，她不能够把他永远拉在她的身边。她应该放弃他。他的存在比她的更重要。她不能让他牺牲他的一切来救她。她应该去了，在他的生活里她

应该永久地去了。她这样想着，就定下了最后的决心。她又感到一阵心痛。她紧紧地按住了胸膛。她依旧坐在那里，她用留恋的眼光看着黑暗中的一切。她还在想。她所想的只是他一个人。她想着，脸上时时浮出凄凉的微笑，但是眼睛里还有泪珠。最后她懒洋洋地站起来，用极其温柔而凄楚的声音叫了一两声："三少爷，觉慧，"便纵身往湖里一跳。

与这相关的是语言上的明白、流畅。在《家》的语言中，没有含蓄、幽默，没有特意追求的精美，甚至也没有什么难懂的词汇，一切都自然、明朗，作者在用自己的感情写作，而不是用词语写作，当感情真诚地毫无掩饰地流露出来的时候，一切词语的修饰反而显得多余了。

思考题：

1. 结合《灭亡》《雨》《电》等小说，谈谈巴金是怎样认识革命与爱情的关系问题的？
2. 在《寒夜》中，汪文宣一家人产生了什么家庭纠纷？结果怎样？作者怎么看这个问题？
3. 试分析《家》中觉慧和觉新的性格特征。
4. 从《家》中可以看出巴金小说有什么特点？

第五章　老舍和他的《骆驼祥子》

老舍是一位对中国社会，特别是市民社会有着深刻理解的作家，也是对中国的文学语言的发展有着特殊贡献的作家，他的文学创作也如同他的做人一样，不断地在矛盾痛苦中微笑着，努力调整自己与时代之间的距离。

第一节　生平与创作

老舍（1899—1966）原名舒庆春，字舍予，北京人，满族。他父亲是守卫北京城的一个士兵，在 1900 年八国联军攻打北京时不幸阵亡。他母亲在非常艰难的环境中养活一家人。老舍是在北京下层的市民社会中长大的，也因此对市民社会有着深刻的理解。1918 年，他从北京师范学校毕业后，担任过小学校长、劝学所[①]的劝学员、教育会的文书、中学教师等工作，1924 年由于一个偶然的机会，他去了英国，担任伦敦大学东方学院华语教师。在这期间，他读了大量外国文学作品，并正式开始小说创作。

最初的小说创作是出于对家乡的怀念，所以他笔下写的都是北京人，然而作者却是“立意要幽默”（老舍《我怎样写〈赵子曰〉》）的，这大约受了英国小说的影响，但北京人所本有的幽默性不能不说是更深层的原因。这就有了长篇

① 劝学所：旧时的教育行政管理部门，相当于后来的教育局。

小说《老张的哲学》《赵子曰》《二马》。这些作品在《小说月报》上陆续发表后，由于语言的轻松流畅，引起了读者的注意。作者“立意要幽默”、“只为写着玩玩”（老舍《我怎样写〈老张的哲学〉》的态度虽然影响了内容的进一步深入，但一般地说，也使他的小说在很大程度上避免了当时很容易存在的概念化倾向。而且在他的玩笑之中，我们还是可以看到其中的严肃性，看到作品中所流露出的对黑暗社会的不满，特别是当他“玩”得认真起来的时候，他就不由自主地将他对中国人的精神状态的深刻感受幽默地表现了出来。不过作者后来对自己的幽默并不怎么满意，觉得玩笑开得有点过分，成了“滑稽舞”，“真正的幽默确不是这样”（《我怎样写〈赵子曰〉》）。

不过这三部小说中至少《二马》是写得相当出色的，这里有一个非常别致的构思：两个北京人，马则仁父子由于一个偶然的机会去伦敦继承遗产，于是中西方不同的民族性格、文化传统之间发生了碰撞，闹了不少笑话，中西方各自的特点和问题也就在这碰撞的笑声中明显暴露了出来。这是从最简单的吃饭问题上也可以看出来的。到伦敦的第二天，马则仁起来晚了，没赶上吃早饭，绕来绕去地跟房东温都太太找话说，就是不好意思提吃饭的事：

> 马先生好几回话到嘴边——要吃饭——又吞回去了；而且问她的话越来越离“吃饭”远：“天气还是冷呀？啊！姑娘出去了？——呕，已经问过了，对不起！拿破仑①呢？”
>
> 温都太太把拿破仑叫来，马老先生把它抱起来，拿破仑喜欢极了，直舐马先生的耳朵。

① 拿破仑：温都太太养的一条狗。

"小狗真聪明!"马先生开始夸奖拿破仑。

……

说完了狗事,马先生还是不说他要吃饭。温都太太是无论怎么也想不到:他是饿了。英国人是事事讲法律的,履行条件,便完事大吉,不管别的。早饭他没吃,因为他起晚了,起晚了没早饭吃是当然的。午饭呢,租房的时候交待明白了,不管午饭。温都太太在条件上没有作午饭的责任,谁还管你饿不饿呢。

马先生看着没希望,爽得饿一回试试!把拿破仑放下,往楼上走。

最后温都太太总算明白了,答应给他做饭,但要另外收一个先令的钱。小说在语言上进行了可贵的探索,作者有意要摆脱那种口语和书面语相混合的文字,用纯粹的北京口语写小说,不但人物语言是口语化的,而且连叙述描写的语言也都口语化:

我试试看:一个洋车夫用自己的言语能否形容一个晚晴或雪景呢?假如他不能的话,让我代他来试试。什么"潺湲"咧,"凄凉"咧,"幽径"咧,"萧条"咧……我都不用,而用顶浅俗的字另想主意。(《我怎样写〈二马〉》)

从此以后,老舍一直坚持用北京口语写小说,结果形成了一种独特的语言风格,不但丰富了文学语言,也发展了口语的表现力。

1930年,老舍回国,途中在新加坡逗留了半年,写了童话小说《小坡的生日》。回国后,他先后在山东省济南市的齐鲁大学和青岛市的山东大学教书,写了《大明湖》《猫城记》《离婚》《牛天赐传》等长篇小说和收在《赶集》《樱海集》《蛤藻集》中的三十多篇短篇小说。起初，作者想要改变一下风格，毁于"一·二八"战争的《大明湖》，据作者说，"没有一句幽默的话"（《我怎样写〈大明湖〉》），《猫城记》则是一部讽刺小说，作者对它们都不太满意，终于还是"返归幽默"，这就是写于 1933 年的《离婚》和写于 1934 年的《牛天赐传》。

《离婚》是老舍比较满意的一部幽默小说，因为这回他"把幽默看住了"（《我怎样写〈离婚〉》），让它服从于小说的主题，结构也显得比较完整。小说写了北平财政所里几个职员的家庭纠纷，北京市民社会庸俗、怯懦、自私的精神面貌在作者幽默的笔调中得到展示。

到了山东大学之后，作者的短篇小说创作获得了丰收，起初他以为只要"随便写些笑话就是短篇"，写到后来才发现"短篇要想见好，非拼命去作不可"，因为它短，所以"最需要技巧"（《我怎样写短篇小说》，下同）。在这些短篇小说中，最使他满意的是《断魂枪》和《月牙儿》，它们都是把写长篇小说的材料精简压缩了，改写短篇的。

《断魂枪》是作者准备写的长篇武侠小说《二拳师》中的"一小块"，只有五千多字，写清朝末年，由于火车等现代化交通工具的出现，神枪沙子龙无法再靠"走镳"（biāo）为职业，他也从此不再和人谈起武艺方面的事，甚至连从前教过的徒弟也不承认。有位孙老者来跟沙子龙比武，其实是想跟他学他那套有名的"五虎断魂枪"，沙子龙热情招待了他，却既不跟他比武，也不教他枪法，孙老者终于失望地走了。他身边的人也因此以为他胆小，渐渐把他忘了：

> 夜静人稀，沙子龙关好了小门，一气把六十四枪刺下来；而后，拄着枪，望着天上的群星，想起当年在野店荒林的威风。叹一口气，用手指慢慢摸着凉滑的枪身，

又微微一笑，“不传！不传！”

沙子龙的“不传”断魂枪，与其说表现了他的技术保守，不如说是表现了他对已经失去价值的传统技艺或者说文化的一种珍惜和感伤，对于沙子龙来说，他清醒地明白那套曾经使自己威风一时的断魂枪已经变得毫无价值，然而在感情上，他又无法跟它分开，因为他也同样清醒地明白，断魂枪的无价值，正说明了自己一生为之奋斗的武学事业已经变得无价值，于是“不传”就在一种自暴自弃与自爱自怜的复杂心情中对那命运进行最后的反抗。在此，我们似乎看到了作者内心深处的矛盾，当他理智地去批判中国的传统文化及其人格中的严重问题的时候，他的心情却是沉重的，因为正是他本人与他在理智上想否定的东西之间有着分不开的联系。

《月牙儿》“本是《大明湖》中的一片段”，但当它写成之后，作者就“楞要《月牙儿》而不要《大明湖》”了。小说以女儿的口气写母女两代人相继沦为暗娼①的悲剧。母亲靠出卖肉体来供女儿读书，同时也把女儿将来也得做妓女的命运暗示给了她，她拼命想摆脱这命运，但终于因为无法生活而走上了母亲的旧路，她也因此真正了解了自己的母亲。在作者看来，一个下层社会的女子无论怎样挣扎也不能摆脱被侮辱与被损害的命运，原因在于“这个世界”“是真的地狱”，而在这地狱中生活着的人“得吃得穿——这就决定了一切。什么母女不母女，什么体面不体面，钱是无情的。”所以无论母亲怎样“心疼”她，想“保护”她，却决不肯让她“不用再干这行”。她终于在监狱里找到了自己的归宿：

---

① 暗娼：指私下卖淫的妓女。

> 自从我一进来，我就不再想出去，在我的经验中，世界比这儿并强不了许多。我不愿死，假若从这儿出去而能有个较好的地方；事实上既不这样，死在哪儿不一样呢。在这里，在这里，我又看见了我的好朋友，月牙儿！多久没见着它了！妈妈干什么呢？我想起来一切。

小说写得真切感人，既有很强的抒情性，语言又运用得恰到好处，非常符合人物的身份。

这类没有幽默的短篇小说的成功，为他写《骆驼祥子》做了技术上的准备。

1936年，老舍写了长篇小说《骆驼祥子》，1937年又写了被看成是《骆驼祥子》的姊妹篇的中篇小说《我这一辈子》。

抗战以后，他是中华全国文艺界抗敌协会的重要领导者之一，为文艺界的团结抗战起到十分重要的作用。此时，他尝试以多种形式进行文艺创作，写了《残雾》等九种话剧，这些剧作虽然不算成功，但积累了经验，为他1949年以后的话剧创作建立了基础。

小说依然是他这个时期文学创作的重要内容，他写了长篇小说《火葬》《四世同堂》《鼓书艺人》，出版了短篇小说集《火车集》《贫血集》等。其中以《四世同堂》影响最大。

《四世同堂》包括《惶惑》《偷生》《饥荒》三部，前两部写在抗战期间，1946年出版，第三部到1946年他去美国讲学期间才全部完成，完成后又在美国译成英语出版。然而那第三部的中文原稿中的结尾部分后来遗失了，1983年才又从英译本中转译过来。小说以日本侵略军占领下的北京为背景，围绕北京西城一条叫做小羊圈胡同的居民生活而展开，写了住在这里的各种人，知识分子、小官僚、店铺老板、洋车夫、剃头匠、棚匠、民间艺人、搬运工等等，小说以祁家祖孙四代为中心，写了作为沦陷区的北京人种种痛苦的生活和思想经历。小说虽然也写了日本侵略者的各种罪行，写了人民的反抗和斗争，但重点却是写在被侵略者奴役这一特殊情况下人们的精神状态，这是这部小说最有特色的地方。中国的传统文化在这一特殊环境内受到了重新检验，传统人格中的问题在侵略者的枪声中在那些善良的北京人身上迅速地暴露了出来，人们开始在鲜血面前反省，总在体谅别人的祁瑞宣深感中国人身上没有"刺"是一个弱点，一向"先磕头，后张嘴"的祁老人也开始明白："磕头说好话并不见得总有好处"。在这面向死亡的反省中，人们开始获得了新的生命。小说规模宏大，人物众多，人物形象也写得逼真生动。

1949 年 10 月，老舍接受中华人民共和国总理周恩来的邀请，从美国回到北京，曾任全国人大代表，全国政协常委，中国文联副主席，中国作家协会副主席，北京市文联主席等职。在创作方面，他的话剧创作成绩最突出，写过《龙须沟》《茶馆》等十几部话剧，1951 年被北京市人民政府授予"人民艺术家"的称号。又有未完成的自传体小说《正红旗下》等。

文化大革命开始后，他受到残酷迫害，终于在 1966 年 8 月 24 日去世。

第二节 《骆驼祥子》

《骆驼祥子》写于 1936 年，是老舍小说中影响最大的一部，也是他自己最感满意的一部。这一年，他辞去了山东大学的职务，想做一个"职业写家"，《骆驼祥子》就是他做"职业写家的第一炮”：

> 不幸这一炮若是不过火，我便只好再去教书，也许因为扫兴而完全放弃了写作。(《我怎样写〈骆驼祥子〉》)

在回忆到这部作品最初的创作原因时，他说：

> 记得是在一九三六年春天吧，“山大”的一位朋友跟我闲谈，随便的谈到他在北平时曾用过一个车夫。这个车夫自己买了车，又卖掉，如此三起三落，到末了还是受穷。听了这几句简单的叙述，我当时就说：“这颇可以写一篇小说。”紧跟着，朋友又说：有一个车夫被军队抓了去，哪知道，转祸为福，他乘着军队移动之际，偷偷的牵回三匹骆驼回来。(同上)

于是他开始计划写一部“以车夫为主”，“把骆驼与祥子结合到一处”的小说。经过“入了迷似的”“搜集材料”，“把祥子的生活与相貌换过不知多少次”，终于开始动笔了。

小说主要写人力车夫祥子从一个善良的个人奋斗的个体劳动者逐渐变成堕落的“个人主义末路鬼①”的性格发展过程，这一过程是在他个人奋斗的道路上所受到的命运的不断打击下完成的。他是个从农村来到北平的青年，善良朴实，又充满了生活理想，想要做一个自食其力的“高等车夫”，为此他需要买一辆洋车。他觉得这个理想并不难实现，他有“很大很高”的身躯，“铁扇面似的胸”，“直硬的背”，“宽”而“威严”的肩膀和“‘出号’的大脚”，有像骆驼一样吃苦耐劳的精神。起初，他的个人奋斗精神和他善良

① 末路鬼：没有灵魂，没有生存愿望的，等着死的人。

朴实的品德紧紧相连，他不跟别的车夫“争座[1]”，甚至不肯“要价[2]”，整整三年，他终于攒够了钱，买到一辆自己的车。然而半年以后，他被一支军队抓去做民工，车也因此失去了。他冒着生命危险从军队里逃出，用顺手牵来的几匹骆驼换回三十五块钱，从此被称为“骆驼祥子”。他也真像骆驼那样坚韧，命运的第一次打击并没使他放弃奋斗，他劳动得更努力，生活得更勤俭，“对花钱是一把死拿，对挣钱祥子更不放松一步”，“有时硬连下去，拉一天一夜”。不过，现在他开始跟别人“抢座”了，他“象一只饿疯的野兽”，不顾一切地孤独地向前挣扎，为此他引起了同行的不满，失去了群众。他心中总有一种去不掉的危机感，当他看到一个老车夫和他年幼的孙子小马儿一起艰难地拉车，因为又饿又冷而晕倒了的时候，他从那老人的身上看到了自己没有希望的未来：“老者的车是自己的呀！”他在越来越沉重的心情中苦苦挣扎，但不幸的到来比他想像得还要快，在给曹先生“拉包月[3]”时，跟踪曹先生的孙侦探威吓他，要把他抓走，用这种方式把他攒下的钱一抢而空。这次打击使他完全失望了，在失望之中，他跟他所不爱的女人虎妞结了婚。虎妞是车厂老板的女儿，她用诱骗的方式得到了祥子，也给祥子带来了痛苦和屈辱，在此，他感到的是一个车夫低下的地位——他不得不“作自己老婆的玩物”：“你娶老婆，可是我花的钱……想想吧，咱俩是谁该听谁的？”虎妞说。由经济原因造成的男尊女卑现象给了男人支配妻子的特权，而由祥子与虎妞的特殊经济关系而造成的事实，却使他必须反过

---

① 争座：抢生意。

② 要价：谈价钱。祥子有时不跟顾客谈价钱，告诉他们愿意给多少钱都可以。

③ 拉包月：固定专给某人拉车，按月挣钱。

来接受老婆的支配，这就在对比之中使他尤其感到痛苦。此时，他仍爱拉车，并用虎妞的钱买上了车，但他对将来早已不抱希望。虎妞终于因为难产而死了，但这不但没使他感到自由的解脱，反而使他完全绝望了，因为他在此发现一个车夫个人奋斗的结果——连这样一个老婆都养不活。个人奋斗理想的破灭使他“没法不承认别人作得对”，他开始像别的车夫一样堕落了，他吃喝嫖赌，他懒，他脾气大，他会骂，也能打，成了“头等”的“刺儿头①”。起初，善良还在心灵深处暗暗地挣扎，但当他得知他所真正爱着的小福子被卖到妓院，终于含恨而死以后，他彻底绝望了，变得比别人更堕落，他完全没有了灵魂，甚至为了几个钱而“出卖人命②”，最后，他丧失了劳动能力，只能在送殡的队伍里有气无力地打打小旗子：

> 体面的，要强的，好梦想的，利己的，个人的，健壮的，伟大的，祥子，不知陪着人家送了多少回殡；不知道何时何地会埋起他自己来，埋起这堕落的，自私的，不幸的，社会病胎里的产儿，个人主义的末路鬼！

祥子由积极的个人奋斗到消极的个性毁灭，由善良、坚韧到自私、堕落，这一变化是在命运的一次次打击下造成的，作者在此愤怒谴责了使祥子堕落的黑暗社会，也带着深厚的同情，否定了祥子式的个人奋斗，同时也否定了像其他车夫那样的集体堕落，在他看来，生活在社会底层的人民无法靠个人奋斗的方式获得幸福，他借小马儿的爷爷——那位老车夫的口说：

---

① 刺儿头：比喻一个人很厉害，别人不敢碰，不敢惹。

② 出卖人命：祥子曾向当局告密，出卖了搞革命活动的阮明，致使阮明被枪毙。

一个人能有什么蹦儿？看见过蚂蚱吧？独自一个儿也蹦得怪远的，可是教个小孩子逮住，用线儿拴上，连飞也飞不起来。赶到成了群，打成阵，哼，一阵就把整顷的庄稼吃净，谁也没法儿治它们！

在此，他提醒人们，应把个人奋斗变为集体奋斗，不过在当时，他还没真正找到这集体奋斗的方式。

虎妞也是小说中塑造的比较成功的人物。这是个自私、蛮横、难看，有着某种心理变态的“老姑娘”。她对祥子不能说不喜欢，不能说没感情，但这种感情却是自私的，她只把祥子作为自己手中的玩物，而并不尊重祥子的感情。在她引诱了祥子之后，竟用欺骗的手段假称自己怀孕，逼迫祥子跟她结婚。在她身上，有着车厂老板女儿的自私懒惰的习气，泼悍粗野的性情。她的全部理想，就是把祥子拴在自己身边，继承她父亲的产业，成为她的奴仆，以满足她的情欲。这自然给祥子带来极大的痛苦，但她自己也在好吃懒做中毁灭。然而这个人物的性格是复杂的，在她老、丑、厉害的另一面，也有她作为一个“老姑娘”的苦衷。她实际上是她父亲的牺牲品，父亲刘四出于自私的原因，不愿意让她嫁人，怕没人帮他管理车厂，也怕他的产业将来被别人占有。同时，她毕竟对祥子还是有感情的，尽管是一种自私的感情。当刘四跟她大吵一顿，决不同意她嫁给一个车夫后，她坚决离开了父亲，跟祥子一起搬到了穷人居住的大杂院中，做了车夫的妻子。她最后的不幸也是作为一个穷人妻子的不幸，正是因为穷，她才没有能被送进医院。在作品中，虎妞（虎）是作为祥子（骆驼）的对立面出现的，她给祥子造成的悲剧，进一步突出了祥子作为车夫的低下的地位。

此外，小说中的其他人物也写得十分生动：流氓出身的车厂老板刘四，既像一般资产者那样惟利是图，同时又保持着流氓习气，他对车夫们蛮横凶狠，但有时也讲“义气”，让车夫得到点儿小好处。在与虎妞吵架之后，他宁可把产业卖掉，也不肯便宜了祥子，充分表现出他身上那种老板与流氓的奇妙结合。小福子是小说中最善良也最不幸的女子，她曾被父亲以200块钱卖给一个军官，又被那人随手抛弃。为了两个小弟弟的生活，她不得不做了暗娼，但她的心却始终纯洁美好。她是惟一能理解祥子的女人，虎妞死后，她怀着最后的希望想嫁给祥子，祥子因想到无力负担她的家庭而拒绝了她，“她不恨不恼，只是绝望”。她终于被父亲卖给了一个下等妓院，因不愿忍受侮辱而自杀。小福子的父亲二强子是个十分不幸而又非常复杂的人物，他在生活中受尽了痛苦，又把这痛苦转嫁给他的家人。他借酒浇愁，用最残酷的方式发泄自己的痛苦：踢死妻子，逼女儿去卖淫；酒醒后，他又“非常的后悔，苦痛”。他的很多行为直接给这个家庭造成了不幸，但在作者看来，是生活的贫穷使他变成这样，一个不合理的社会更应对人的行为负责。小说中的不幸的人们共同构成了祥子的生活环境，使人们进一步从中看到祥子的悲剧的普遍性。

现代小说的表现手法和民族化的语言相结合，构成了《骆驼祥子》，也是老舍小说的一般特点。在《骆驼祥子》中，作者以主人公的行踪为线索结构全篇，祥子走到哪儿，小说就写到哪儿：

> 我的眼一时一刻也不离开祥子，写别的人正可以烘托他。（《我怎样写〈骆驼祥子〉》）

由于祥子是车夫，在拉车的过程中可以接触到社会各个阶层的人，所以小说跟着祥子的行踪，就可以深入到社会的各个角落，使我们看到各种各样的人。从祥子租车的地方引出车厂老板刘四和他的车厂，表现车主与车夫的关系；

从祥子所拉的顾客引出了曹先生、杨太太等社会不同阶层的人物，表现车夫与顾客之间的关系；从活动在祥子的日常生活引出一个下层的贫民社会：大杂院、老车夫和小马儿祖孙俩、二强子；从祥子的婚姻生活引出虎妞、小福子；从祥子的攒钱买车的失败引出军阀混战、兵匪横行的混乱社会。线索既单纯清晰，又能展示旧中国丰富的社会图景和风土人情。

老舍对中国市民社会有着深刻的理解，这种理解不是一种理性的认识而是一种经验式的感受，所以他的小说没有茅盾小说所达到的理论深度，但也不像巴金小说那样充满激情，而是饱含着切实的人生体验，这种体验不像理性的认识那样明晰，但更具体、更深厚，能给人更多的联想和启发。比如在《骆驼祥子》中，当写到祥子变成“头等的‘刺儿头’”时，作者说：

> 苦人的懒是努力而落了空的自然结果，苦人的耍刺儿含着一些公理。（第二十一章）

这样的议论既不是一种冷静的分析，也不是一种热烈的抒情，而是对人的一种充满感情的理解，一种满含着人生体验的感慨。

与这有关的是对人物的心理描写，老舍小说的心理描写既不像茅盾小说那样充满冷静的理性分析，也不像巴金小说那样总是带着那么鲜明的情绪冲动，而是逼真地描摹人物的内心世界，通过这种逼真的心理描摹，我们所看到的是人物心理的个性特点。在《骆驼祥子》中，作者写出了祥子作为一个老实的车夫的心理活动的特殊性，也写出了他在不同场合，不同心理状态下的心理活动的特殊性。比如，当写到祥子第一次买到车的时候，写他把车拉到没人的地方，对着车看：

他忽然想起来，今年是二十二岁。因为父母死得早，他忘了生日是哪一天。自从到城里来，他没过一次生日。好吧，今天买上了新车，就算是生日吧，人的也是车的，好记，而且车既是自己的心血，简直没什么不可以把人与车算在一块的地方。

怎样过这个“双寿”呢？祥子有主意：头一个买卖必须拉个穿得体面的人，绝对不能是个女的。最好是拉到前门，其次是东安市场。拉到了，他应当在最好的饭摊上吃顿饭，如热烧饼夹爆羊肉之类的东西。吃完，有好买卖呢就再拉一两个；没有呢，就收车；这是生日！

这样一种独特的生日的想法只有像祥子这样的车夫才会有，而这样一种对生日的算法则只有像祥子这样对车满怀深情又对生活充满希望的车夫才会有，而且，就是在这段心理活动所使用的语言上，也纯粹是祥子式的，是祥子在用自己的方式和语言在想。

在语言上，老舍小说是充分口语化的，这不但在于他用了大量北京地区的方言、土语，使得小说有着深厚的地方风味，而且在于他的语言非常富有表现力，这就是说，他通过自己的小说提高了口语。这不仅表现在人物描写中，而且表现在景物描写中，用口语进行大段的景物描写，而且写得那么生动，这在中国文学中，应该说是具有开创性的。比如在《骆驼祥子》里，写到暴雨前的令人无法忍受的热：

街上的柳树，象病了似的，叶子挂着层灰土在枝上打着卷；枝条一条也懒得动，无精打采的低垂着。马路上一个水点也没有，干巴巴的发着些白光。便道上尘土飞起多高，与天上的灰气联接起来，结成一片毒恶的灰沙阵，烫着行人的脸。处处干燥，处处烫手，处处憋闷，整个老城象烧透的砖窑，使人喘不出气。狗爬在地上吐出红舌头，骡马的鼻孔张得特别的大，小贩们不敢吆喝，柏油路化开；甚至于铺户门前的铜牌也好象要被晒化。（第十八章）

在此，不仅所用词语是充分口语化的："打着卷"，"懒得动"，"干巴巴"，"憋闷"……而且描写的方法也带着一种口语式的生动：尘土"烫着行人的脸"，老城"象烧透的砖窑"，骡马的鼻孔"张得特别大"，柏油路"化开"，都是口语所表现出来的非常实在的感受。

思考题：

1. 小说《二马》有些什么特点？
2. 《断魂枪》和《月牙儿》写了哪些内容？
3. 《四世同堂》中最有特色的地方是什么？
4. 分析《骆驼祥子》中祥子和虎妞的性格特点。
5. 以《骆驼祥子》为例，谈谈老舍小说的特点。

第六章　曹禺和他的剧作

曹禺是在中国现代文学史上有突出贡献的话剧作家，他的《雷雨》《日出》等剧作的出现，标志着中国现代话剧在剧本创作方面走向了成熟。

第一节　生平与创作

曹禺（1910—1996），原名万家宝，字小石，1910 年生在天津市一个封建官僚家庭，从小对封建家庭和上层社会人物的生活相当熟悉，正如他后来说的：

> 我出身在一个官僚家庭里，看到过许多高级恶棍，高级流氓；《雷雨》、《日出》、《北京人》里出现的那些人物，我看得太多了，有一个时期甚至可以说是和他们朝夕相处。（《曹禺谈〈雷雨〉》，《人民戏剧》1979 年第 3 期）

他的父亲虽然是个军官，却是能诗能文，母亲爱看戏曲，他本人从小喜欢读中国古典小说，爱看各种戏剧。1922 年他在南开中学读书时阅读了不少话剧作品，包括挪威剧作家易卜生的剧作以及中国五四时代的剧作，并参加了南开新剧团，参加过莫里哀[①]的《悭吝人》、霍普德曼[②]的《织工》、易卜生的《国民公敌》《娜拉》、丁西林的《压迫》等剧的演出。通过话剧演出，他获得了舞台经验，也了解了中国的观众，这对他后来的话剧创作很有好处。

1929 年，他从南开大学政治系转到清华大学西洋语言文学系读书，开始全面阅读外国剧作，从古希腊悲剧、莎士比亚的剧作，直到近代易卜生、契诃夫[③]、高尔基[④]、萧伯纳[⑤]、奥尼尔等人的剧作，他都反复认真的阅读，同时，他也还在坚持业余戏剧演出。此外，他对中国传统戏曲、音乐以及小说、诗歌等也有很浓的兴趣。在写作《雷雨》之前，他只试着写过一篇短篇小说、几首新诗。

1933 年，他写了四幕话剧《雷雨》，《雷雨》的发表和演出使他大获成功。

同年，曹禺大学毕业，曾在河北省保定市的一所中学教英语，不久又回到天津，在河北女子师范学院外语系教书。

1935 年，他写了四幕话剧《日出》，这部剧作标志着曹禺在艺术和人生道路上的新的探索。他不满意《雷雨》的结构，觉得它“太象戏”，技巧上“用的过分”（曹禺《日出·跋》，下同），想从契诃夫的戏剧作品中学习一些更加自然而接近于生活本身的表现方法，于是他采取了一种“片断的方法”，“用多少人生的零碎来阐明一个观念”。在《日出》中，没有绝对主要的人物和故事，人们似乎只是偶然地凑在一起，各自在演出自己的故事，这些相对独立的人物、故事从

---

① 莫里哀：Molière，1622—1673，法国喜剧作家。
② 霍普德曼：G. Hauptmann，1862—1946，德国剧作家。
③ 契诃夫：Антон Павлович Чехов，1860—1904，俄国小说家、剧作家。
④ 高尔基：Максим Горъкий，1868—1936，苏联作家。
⑤ 萧伯纳：George Bernard Shaw，1856—1950，英国剧作家。

不同的角度共同组成了一个“损不足以奉有余①”的社会，这就构成了多线索、平行发展的横断面结构。剧中以交际花陈白露作为各人物之间的“联系人”，由于她的特殊身份，使各种各样的人物都集中到了她身边：有大丰银行经理潘月亭，他把银行里的钱都去用来做公债投机生意，终于破产；有大丰银行的秘书李石清，他一心想挤入上层社会，当他探听到银行没钱的秘密后，用此来威胁潘月亭，获得了银行襄理的位置，但当潘月亭自以为生意成功时，又把他开除了；有有钱的寡妇顾八奶奶，她对她的新“面首②”胡四百依百顺，“心甘情愿拿出钱来叫他花”，而后者总是用他的“黯然消魂③”的样子来骗得顾八奶奶的钱；有生活在社会底层的小人物，黄省三、“小东西”、翠喜，黄省三因无法生活而带着全家人自杀，“小东西”因不愿做妓女而身死，翠喜在下等妓院中用肉体养活全家；也有满身书生气的方达生，他是陈白露以前的朋友，天真地想把白露从这个黑暗的地方带走，去和他结婚，又为解救“小东西”而到处奔走，当然，他没有成功。陈白露是剧中写得最复杂的一个形象，她曾嫁给过一个追求光明的诗人，但终于彼此感到无聊，一个去“追他的希望”，一个堕落了。白露美丽、迷人，在社交场上运气很好，但心里却非常痛苦，她早就厌恶这种生活，却又不能摆脱它，她不跟方达生走，一方面是因为她已经过惯了这种生活，无力摆脱它，一方面是因为她已经“卖给这个地方”，欠了很多债，无法摆脱它，然而更重要的原因是她对生活的失

---

① 损不足以奉有余：原是《老子》中的一句话，曹禺把它借用过来说明《日出》的主题，意思是说，社会不公平，那些本来就贫穷的人的东西还要被拿过来去供养那些本来就富裕的人，使穷的更穷，富的更富。

② 面首：旧时对那些供有钱的太太取乐的男人的称呼。

③ 黯然消魂：一般用来形容女人的美，胡四喜欢在京剧中扮演女人（旦角），平时也总是做出女人的样子来。

望，她没有找到理想的生活道路，只有带着一颗善良的心自杀了。在她死前，还在念着她从前的丈夫写的《日出》中的诗句：

> 太阳升起来了，黑暗留在后面。但是太阳不是我们的，我们要睡了。

在作者看来，这个“我们”里，应包括剧中所有的出场人物，他们都将在未来的光明社会到来之前，在黑暗中灭亡。作品中还有两组没出场的人物，一个是“大财神”、黑暗中的“阎王”金八，他暗中操纵着公债市场，终于使潘月亭上当受骗。但他的“无影无踪，却时时操纵场面上的人物”的本领却使他成为“一种可怕的黑暗势力”的象征，成为《日出》中一切悲剧的根源。另一组人物是打夯工人，他们也是实有的人群，日夜在为潘月亭盖大楼，然而当他们唱起劳动歌声的时候，他们就成了未来光明世界的建设者的象征。《日出》中现实主义基础上的象征性的诗意内容，使它的主题深化了，在它表现“损不足以奉有余”的社会悲剧性内容的同时，又预示了这个黑暗社会的必然灭亡和理想的光明社会的即将来到，为这部剧增添了喜剧色彩。

1936 年，曹禺任南京国立戏剧专科学校教授，在这一年里，他在话剧创作中再次进行新的探索，使题材转向了农村，写了三幕剧《原野》，在曹禺的剧作中，这是一部争论最多，评价最有分歧的作品。作品反映了农村尖锐的阶级矛盾和农民反抗。农民仇虎被地主焦阎王害死了父亲和妹妹，又抢走了他所爱的花金子做儿媳妇，仇虎本人也被关进监狱中。八年以后，仇虎逃出了监狱，回来报仇，然而焦阎王已经死了，他杀死了焦阎王的儿子焦大星，又使焦阎王的老婆误杀了她的孙子，自己带着金子逃走，在树林里迷了路，被侦缉队赶上，终于开枪自杀。仇虎虽然跟焦阎王有深仇大恨，但是跟焦大星却从小是好朋友，焦大星为人忠厚善良，他所以要杀焦大星，仅仅是出于“父债子还①”的观念。于是，仇虎的向封建阶级的反抗从一开始就与封建传统观念影响下的报复连在一起，这就不能不决定了这种反抗的悲剧性，他也因此使自己陷入到更大的痛苦之中。作品通过仇虎在树林中产生的各种幻觉，深刻地展现了他矛盾痛苦的内心世界，并由此对农民的复仇反抗行为进行了深入的思索。花金子也是写得相当成功的人物，她是个带着点野性的农家女，大胆、泼辣，为了爱情而情愿牺牲一切，使人想到法国作家梅里美小说里的卡门。作品受到奥尼尔《琼斯皇》的影响，将人物的内心感觉、幻像等直接在舞台上表现出来，这对中国话剧舞台上人物内心世界的展示，是继洪深《赵阎王》之后的又一次探索。

抗战以后，他被推选为中华全国戏剧界抗敌协会理事，后随戏剧专科学校迁到四川省的重庆、江安等地。这段时间里，他写了四幕话剧《蜕变》（1940 年）、三幕话剧《北京人》（1941 年）、四幕话剧《家》（1942 年）等。后者是根据巴金的同名小说改编的，突出了觉新的妻子瑞珏和反面人物冯乐山的形象，着重表现封建家庭的腐化和在旧的婚姻制度下青年人的悲剧，是一部成功的作品。

《北京人》则是曹禺戏剧创作上的又一高峰。这部剧也是写一个旧式的封建大家庭的败落。老太爷曾皓对于子孙后代已经绝望，只把未来寄托在一具漆了十五年、一百多遍的棺材上，可是由于欠债，连这具棺材也被暴发户杜家抬走，去装杜家的老太爷了。棺材之争象征性地说明无论是封建的破落户还是资产阶级暴发户都在走上坟墓。曾家只

---

① 父债子还：父亲生前欠下的债要由儿子来偿还，比喻父亲的罪恶要由儿子来承担。这是中国封建时代的一种传统观念。

养出了一群废物：儿子曾文清文雅而怯弱，懒惰而无能，完全丧失了生活能力，终于用鸦片结束了自己的生命；女婿江浩除了骂和吃之外，什么也不会；精明而凶狠的儿媳曾思懿（yì）只是加速了这个家庭的毁灭。与此相对，作者还写了侄女愫方，孙媳瑞贞两个叛逆者，愫方寄养在曾家，像奴隶一样服侍着曾皓，牺牲着自己的青春。她对文清的一片痴情，受到思懿的恶意的嘲讽和咒骂，终于在对文清的失望中，带着一颗善良的心，和瑞贞一起离开家庭，走向通往未来的道路。作者还用北京猿人的影像和人类学家袁氏父女来作为过去和未来的北京人的象征，来和现实中的这些北京人进行对比，使人们看到人的灵魂在现实社会的一些人身上堕落到什么地步。作品使过去、现在和未来三种“北京人”的同台出现，将现实社会放在整个人类历史的长河中，不仅引起人们对民族和人类命运的深深思考，而且用诗意的方式使舞台上充满了对未来的希望。作品受到契诃夫“抒情剧”的影响，使悲剧因素和喜剧因素结合起来，当剧中人用眼泪告别了过去，含着微笑走向新生活的时候，全剧的抒情气氛达到了高潮。和《日出》相比，作品更显得深沉自然，那种在《日出》里为了制造效果而出现的漫画式人物在《北京人》中已经不存在了，就是在“废物”身上，我们也依然可以看到真诚的作为人的悲哀。戏剧的冲突也越来越向人的内心深入，《雷雨》中人物间那种各不相让的交锋几乎已经不存在，文清、愫方只是在曾思懿的讥讽和辱骂中默默地忍受着，从不反击，而冲突也就因此转向了内部，成了自我内心的搏斗。这在人物对话中就常常表现为无声的沉默：

曾思懿　……文清，我要是男的，我就娶愫妹这样的人，一辈子都是福气。

曾文清　（解救）愫妹，你不是给爹拿参汤的么？

愫　方　哦，哦，是的。

……

曾思懿　……（走了两步，回头）哦，厨房那两碗菜是不是你做给文清在路上吃的？

愫　方　啊——嗯——

曾思懿　（尖刻）文清，你看你多福气，愫妹待你多好啊！临走临走，愫妹一夜没睡，还赶着做两碗菜给你吃，你还不谢谢！

（笑着由养心斋小门走下）

［静默，窗外天空断断续续地传来愉快的鸽哨响。

曾文清　（感愧的眼光满眼含着泪，低声）愫方，我，我——

［愫方低头不语。

曾文清　（望望她也低下头，嗫嚅）陈奶妈来，来看我们来了。

愫　方　（忍着自己的哀痛）她，她在前院。

1946年，曹禺和老舍一起应邀去美国讲学，1947年回国后，在上海任文华影业公司编导，创作过一部电影剧本《艳阳天》。中华人民共和国成立以后，他历任中央戏剧学院副院长、北京人民艺术剧院院长、中国戏剧家协会主席等职，创作过《明朗的天》（1954年）、《胆剑篇》（1961年，与梅阡、于是之合作）和《王昭君》等剧本，但都没有取得《雷雨》《日出》《北京人》等那样的影响。

从曹禺1949年以前的戏剧创作情况来看，其剧作数量虽不多，但质量较高，他主要写的六部多幕剧中五部都取得了相当高的艺术成就。

第二节 《雷雨》

《雷雨》写于曹禺大学四年级时，前后用了七八个月时间，于1933年完成，由巴金推荐在《文学季刊》1934年第3期上发表，受到文艺界的重视。《雷雨》自从1935年在日本东京演出、30年代末在上海演出以来，取得了极大的成功，受到城市农村不同层次观众的普遍欢迎。

作品从周鲁两家两代人的悲剧中，揭露了社会和家庭的罪恶。资本家周朴园在三十年前引诱了女仆梅侍萍，生下两个儿子周萍和大海，后来周家为了娶妻，在侍萍产后第三天就把她赶出，她带着小儿子投河自杀，被人救起，后来嫁给鲁贵，又生了一个女儿四凤。周朴园在妻子死后，又娶了蘩漪，生下一子周冲，他们全家从无锡迁到北方。戏剧开场时是三十年以后，鲁贵正好在周朴园家做仆人，他介绍鲁大海在周家的煤矿上做工，鲁四凤在周家做女仆。周萍曾跟他后母周蘩漪（Fányī）私通，后来又同四凤相好，蘩漪知道后，趁在外地做工的侍萍回来时，把她叫到周家，想让她把四凤领走。这一天，侍萍来到周公馆，正好大海也作为罢工代表来找周朴园谈判，被周朴园开除。侍萍与周朴园意外地相见，于是真相大白，周朴园准备把鲁家全家辞退，并让他们远离此地。当天夜里，周萍到鲁家去找四凤约会，被大海碰见，四凤跑到周家，想跟周萍私奔，鲁家为找四凤，全家来到周公馆。蘩漪知道无法再得到周萍，于是叫出周朴园，想让他知道周萍和四凤的事。周朴园见到一家人后，终于说出真情。四凤这才知道她所爱的原来是自己的哥哥，她在痛苦中跑出，不幸触电身亡，爱着四凤的蘩漪之子周冲跑过去拉她，也中电死了，周萍绝望地开枪自杀。原剧还有序幕和尾声，写蘩漪和侍萍在这件事之后，一个疯了，一个傻了，朴园陪着她们俩，晚年十分孤独。在后来的修改本中，删去了这部分内容。

剧中的八个人物都写得有声有色。

周朴园既是一个资本家，又是一个封建家长，他表面上显得是个“有教养”的绅士，其实从年轻时起就做过很多“伤天害理”的事。剧中主要表现了他作为封建家长的专横冷酷和虚伪自私。他认为妻子蘩漪精神不正常，于是不准她下楼，强迫她吃药，他所关心的不是妻子的病，而是自己作为家长的尊严。当蘩漪拒绝吃药的时候，他严厉地对她说：

> 当了母亲的人，处处应当替孩子着想，就是自己不保重身体，也应当替孩子做个服从的榜样。

为了使她“服从”，他强迫儿子周萍跪下来请求蘩漪吃药。他的虚伪更多地表现在对侍萍的态度上，他在以为侍萍已经死了的时候，显得对她非常怀念，保留她的照片，保留她以前的一切生活习惯，“一切都照着你是正式嫁过周家的人看”。他做出一种忠实于感情的样子给人看，同时企图用这种方式来摆脱良心的自我谴责。然而一当侍萍活着出现在他面前，他的自私和冷酷马上表现了出来，他怕侍萍来找他哭闹，怕自己做过的这件丑事让别人知道，他想给她钱，用钱来堵住侍萍的嘴。周朴园是《雷雨》的悲剧的直接制造者，在他身上反映了专制统治的罪恶。然而这个人物又是复杂的，作者不是简单地写他没有良心，而是写了他的私心如何为了名誉和地位把良心掩埋起来，而那被掩埋了的良心又如何在悲剧的发展中苦苦挣扎，终于使周朴园对自己的行为有所悔悟。作者不想让一切罪过都由周朴园个人负责，而是在这悔悟中向观众提出了一个值得深思的问题:谁是《雷雨》悲剧的幕后操纵者?为什么人会变得那么残忍?

周蘩漪是作者最喜爱的人物,也是《雷雨》中塑造得最成功的人物。她有火一般的热情,但命运偏偏使她嫁给了专横冷酷的周朴园,她不能忍受,于是死死拖住比她小七岁的周萍,尽管周萍是个怯懦、自私的人物,但他毕竟年轻,有过"一时冲动",甚至说过恨自己的父亲之类的话。蘩漪的行为是对周朴园专横的反抗,也是对自身命运的抗争,为了追求爱情幸福,她不怕承担"乱伦①"的罪名。当她发现周萍在悔恨和厌倦中抓住了四凤,并要离开此地,摆脱她的时候,当她想尽办法也无法改变周萍的决定的时候,她对于家庭的反抗变得越来越强烈了,她拒绝吃药,拒绝看病,拒绝上楼,直到最后,在一切希望都不存在了的时候,拉出周朴园来,当面"认亲",情愿大家一同毁灭。她当然不是一个理想的女性,尤其不是东方人观念中的理想女性,然而她用自己真诚、热烈的情感去烧毁一个虚伪、冷酷的家,她用自己的生命去追求个性解放,这正是这个女子身上最感人的魅力。

作品的构思极为精巧,这首先表现在结构上的高度集中。在周鲁两家三十年的恩恩怨怨中,作者只选取了其中的一天,地点也只变换了一次,时间、地点的集中便于使复杂的矛盾冲突集中起来。在周朴园身上集中了所有的矛盾,一切矛盾和不幸都是由他造成的,人们首先和他构成关系,然后再彼此构成关系,这样,《雷雨》就形成了以周朴园为中心向外放射,每条射线之间又发生横向连接的蜘蛛网

---

① 乱伦:指在法律或风俗习惯不允许的情况下亲属之间的性行为。蘩漪在名义上是周萍的母亲(继母),如果按照中国封建社会的传统观念,他们之间的性行为也属于"乱伦"。

式的结构，复杂的矛盾冲突就在这样的结构中统一起来。构思精巧的另一表现是，作品构成了复杂的血亲关系的巧合：三十年前周朴园引诱了侍萍，三十年后朴园的儿子周萍同样引诱了侍萍的女儿四凤，而周萍和四凤又恰恰是一母所生的兄妹，而鲁大海参加罢工，反对的恰好是他的亲生父亲。这样的血亲关系的巧合比较容易吸引观众，同时，两代人类似的不幸命运也可以从象征的意义上引起人的联想，不过这种血亲巧合有点过于戏剧化了，显得不太自然。

《雷雨》的语言也十分出色，特别是作者使人物在对话中包含了大量潜台词，不仅生动地表现了人的心理活动，而且大大增强了戏剧的舞台效果，平淡的对话之中暗藏着强烈的内心交锋。比如第一幕中蘩漪与四凤的一段对话，蘩漪很想从四凤口中探听到周萍的情况，但不好直接问，四凤明明知道周萍的情况，但也不敢直接回答，结果通过对话中的潜台词，两个人的内心在激烈地交锋：

周蘩漪　怎么这两天没见着大少爷？
鲁四凤　大概是很忙。
周蘩漪　听说他也要到矿上去，是么？
鲁四凤　我不知道。
周蘩漪　你没有听见说么？
鲁四凤　没有，倒是侍候大少爷的张奶奶这两天尽忙着给他捡衣裳。
周蘩漪　你父亲干什么呢？
鲁四凤　不知道。——他说，他问太太的病。
周蘩漪　他倒是惦记着我。（停一下，忽然）他现在还没起来么？
鲁四凤　谁？
周蘩漪　（没有想到四凤这样问，忙收敛一下）嗯

——大少爷。

鲁四凤　我不知道。

周蘩漪　(看了她一眼)嗯?

鲁四凤　我没看见大少爷。

周蘩漪　他昨天晚上什么时候回来的?

鲁四凤　(红脸)我每天晚上总是回家睡觉,我不知道。

周蘩漪　(不由自主地)哦,你每天晚上回家睡!(觉得失言)老爷回来,家里没有人会侍候他,你怎么天天要回家呢?

鲁四凤　太太,不是您吩咐过,叫我回去睡么?

周蘩漪　那时是老爷不在家。

鲁四凤　我怕老爷念经吃素,不喜欢我们侍候他。

周蘩漪　哦,(忽而抬起头来)这么说,他在这几天就走,究竟到什么地方去呢?

鲁四凤　(胆怯地)您是说大少爷?

周蘩漪　(注视四凤)嗯!

鲁四凤　我没听见。(嗫嚅地)他,他总是两三点钟回家,我早晨象是听见我父亲叨叨说下半夜给他开的门来着。

周蘩漪　他又喝醉了么?

鲁四凤　我不清楚。

思考题:

1. 《日出》在结构上有什么特点?
2. 《原野》中的仇虎为什么要杀焦大星?
3. 《北京人》在戏剧冲突方面有什么特点?
4. 分析《雷雨》中周朴园、周蘩漪的形象。
5. 《雷雨》在艺术上有哪些特点?

第七章　沈从文和他的《边城》

沈从文是个具有创作个性的作家，他的小说，特别是描写湘西风俗的小说，以独特的内容和风格为中国现代文学增添了新的色彩。

第一节　生平与创作

沈从文（1902—1988），原名沈岳焕，湖南省凤凰县人。他生长的湘西沅水流域，在湖南、四川、贵州三省的交界，是土家族、苗族等少数民族聚集的地区，地方偏僻，文化落后，曾被称为"中国的盲肠"，也因此保留了一些古朴的、具有原始色彩的民风。沈从文出生在一个具有苗族血统的军人家庭，从小热爱自己的家乡，热爱那善良淳朴而带着野性活力的民情。由于家庭的败落，他本人从14岁高小毕业后就开始当兵，跟随部队走遍了沅水、湘水流域，"过了好几年不易设想的痛苦怕人生活，也因之认识了些旧中国一小角隅好坏人事"（《沈从文小说选集·选集题记》）。1922年他离开家乡来到北京，从1924年开始，在徐志摩、郁达夫等人的支持下开始在《晨报副刊》《现代评论》等刊物上发表短篇小说。1926年，他出版了第一个小说集《鸭子》。30年代是他小说创作的丰收时期，1928年以后，他连续出版了《入伍后》《旅店及其他》《龙朱》《虎雏》《都市一妇人》《边城》《八骏图》《新与旧》《绅士的太太》《月下小景》等中、短篇小说集。1949 年以前，他共出版小说、散文、诗歌等 70 多个集子，500 多万字，是中国现代作家中产量最多的作家之一。他曾在上海中国公学、武汉大学、青岛大学、西南联大、北京大学等高等学校教书，并编辑文学刊物。中华人民共和国成立以后，他不再进行文学创作，先后在中国历史博物馆、中国社会科学院历史研究所等单位从事古代工艺和服饰方面的研究。

沈从文的小说大致可以分成两部分内容：一部分是对现实社会的描写，包含着对城市上流社会腐朽、堕落的人格的批判、揭露和对下层人民不幸生活的同情。一部分是对理想中的湘西风俗的描写，这部分小说是他最有特色的作品，他在对那保持着原始生命力的人性的描写中，寄托了自己对于人生的理想。

与左翼文学家对社会黑暗所进行的阶级分析和政治批判的方式不同，沈从文对于现实社会所进行的主要是道德批判，他用“乡下人”的眼光看城市生活，看到了在现代城市文明背后，人的虚伪、堕落和自私。《绅士的太太》《都市一妇人》《八骏图》《大小阮》等小说都反映了这方面的问题。《绅士的太太》从家庭生活的角度暴露上流社会的堕落，文明的绅士在外面偷情，他的姨太太跟从国外回来的大少爷在家私通。《都市一妇人》中的女主人公为了不再被男人抛弃，竟把相好的青年军官的眼睛毒瞎了。《八骏图》则深入到知识阶层的潜意识中，揭露了那些上层知识分子，大学教授精神上普遍存在的病态：达士先生在青岛讲学期间，以人类灵魂的医生自居，在给未婚妻的信中，他指出了同来的七个人中六个人精神上的病态，只有第七个人他觉得“精神方面极健康”，因而没写到信里去，那个人在和一个美丽的女子相爱，达士先生觉得那女人的眼睛很有特点。当他准备回去的时候，忽然收到了一张纸条，写着：“学校快结束了，

舍得离开海吗?”于是他来到海滩,发现海滩上写着:“这个世界也有人不了解海,不知爱海。也有人了解海,不敢爱海。”:

> 忽然间,沙地上一件新东西使他愣住了。那是一对眼睛,在湿沙上画好的一对美丽眼睛。旁边还那么写着:“瞧我,你认识我!”是的,那是谁,达士先生认识得很清楚的。

到了晚上上火车之前,达士先生忽然决定不走了,他给未婚妻发了个电报,说自己生了点小病,要在海边多住三天:

> 这个自命为医治人类魂灵的医生,的确已害了一点儿很蹊跷的病。这病离开海,不易愈痊的,应当用海来治疗。

小说深入到这个“自命为医治人类魂灵的医生”的灵魂深处,微妙地揭露了他道德上的虚伪。

在一些描写乡村生活的小说中,沈从文也写到了下层人民痛苦而愚昧的生活。《萧萧》中的女主人公12岁嫁给不到3岁的小丈夫做童养媳①,后来被花狗(人名)引诱怀孕,被发现后,花狗逃走,依照当地习俗,她如果不被沉到水中淹死,也要被卖掉。萧萧本来是要被卖掉的:

> 但是丈夫并不愿意萧萧去,萧萧自己也不愿意去。大家全莫名其妙,只是照规矩像逼到要这样做,不得不做。究竟是谁定的规矩,是周公还是周婆,也没有人说

---

① 童养媳:过去有些人家的女孩子从小被卖到别人家里,准备长大后跟那家的男孩结婚,这样的女孩叫童养媳。

得清楚。

只是由于她生了个儿子,才避免了这场悲剧,这已经反映了旧式的婚姻习俗所造成的不幸。然而小说还进一步写到当萧萧的儿子 12 岁时,又给他娶了个比他大六岁的媳妇。至此,萧萧这个婚姻习俗的受害者又按照习俗亲手安排起下一代人的悲剧来。《丈夫》则写到了传统道德的解体。为了生活,一些农村妇女在丈夫的同意下外出,到船上做妓女,一个前来探望的丈夫终于感到人的尊严受到伤害,把自己的妻子带回去了。

沈从文的不少湘西风俗小说是充满浪漫抒情色彩的,《龙朱》中的主人公是一位王子,他的过于完美却使他得不到爱情,妇女都把他当作神而不敢追求,只是在一次偶然的对歌中才完成了他的爱情喜剧。《神巫之爱》中的神巫也是一个美男子,在所有年轻女子都渴望成为他的情人时,他却出人意料地爱上了一对孪生哑女。《月下小景》则是一篇悲剧性的抒情小说,它写苗族部落中的一个奇异风俗,女子同第一个男子恋爱,但必须同另一个男子结婚。作品中的一对热恋中的男女青年,既不愿意按照习俗彼此分手,又不愿受到沉到水中的惩罚,于是一起含笑唱歌,服毒自杀。

沈从文的小说题材广阔,所采取的艺术手法也多种多样,从他最有特点的湘西风俗小说来看,他善于在小说中创造出一种田园诗一般的理想境界,使小说中充满了很浓的浪漫抒情气息。中国现代小说中的诗化、散文化的笔法开始于冯文炳(废名),沈从文本人也对冯文炳的小说非常喜欢,不过两个人的风格还是有很大不同,冯文炳的小说风格淡雅,沈从文的小说感情却显得更强烈,情节中更带着点神秘的传奇色彩,景物和风俗描写显得更浓艳也更具有乡土气息,人物的个性也显得更鲜明、更突出。沈从文小说的语言也是非常个性化的，他常把书面语和口语结合起来使用，而且句子中尽量少用虚词，特别是助词“的”，形成了所谓“从文体”。比如：

> 日头黄浓浓（的）晒满了小县城（的）教场坪，坪里有人（在）跑马。（《新与旧》）

> 若把江南地方当全国（的）中心，有人不惮远，不怕荒僻，不嫌雨水瘴雾特别多，向南走，向西走，走三千里，（他就）可以到一个地方，（这就）是我在本文里所说的地方。（《阿黑小史》）

括号中所有的词语是一般书写习惯中应有的，都被沈从文省去了。

第二节 《边城》

中篇小说《边城》是沈从文湘西小说中最著名的一篇，写于 1934 年。作者自己说写这篇小说是要表现“一种‘人生的形式’，一种‘优美，健康，自然，而又不悖乎人性的人生形式’……为人类‘爱’字做一度恰如其分的说明”。为了适合表现这种理想的人性，他把小说的背景放在了他的家乡，那个神秘的、带有原始气息的湘西。

小说写了一段爱情故事：茶峒城船总顺顺的两个儿子——天保和傩（nuó）送，共同爱上了摆渡的老船夫的外孙女翠翠，而翠翠在心里却是只爱着傩送。兄弟两个人商量好用唱情歌的方法进行竞争：两个人每天夜里轮流在江边唱歌，谁的歌声打动了翠翠，谁就可以得到她。第一天晚上是弟弟傩送唱，他是个唱歌的好手，结果天保自知不是对手，悲痛中驾船出走，不幸因船碰到礁石上而死去。傩送虽然一直爱着翠翠，但始终对哥哥的死感到悲伤，也对老船夫的行为产生误会，终于也驾船出走。老船夫死后，翠翠继续了老船夫的工作，每天守着渡口，等待着傩送的归来：

> 这个人也许永远不回来了，也许明天回来！

作品描绘了没被现代社会污染的自然、善良、而充满生命活力的人性，小说中的人物差不多都是善和美的化身，但又不是现代文明社会的道德观念下的善和美，而是带着原始气息的真诚、自然、朴实、豪迈。

老船夫是个勤劳、善良、慷慨的老人，他为别人摆渡，却不肯收人家的钱：

> 有人心中不安，抓了一把钱掷到船板上时，管渡船的必为一一拾起，依然塞到那人手心里去，俨然吵嘴时的认真神气："我有了口粮，三斗米，七百钱，够了！谁要你这个？！

进城买肉时，卖肉的屠户因为尊敬他而不肯收他的钱，"他会把钱预先算好，猛的把钱掷到大而长长的钱筒里去"：

> 卖肉的明白他那种性情，到他称肉时总选取最好的一处，并且把分量故意加多，他见时却将说："喂喂，大老板，凡事公平，我不要你那些好处！……"

翠翠则是个单纯、美丽、善良、痴情的女孩子，当坐船的商人"撒了一把铜钱就跑"时，她会紧拉着那人的衣服不放，"直到外祖父追上塞回钱方罢"。作品着重表现了她纯洁美好的爱情，这种爱情不表现为大胆的追求，而表现为带着少女天真淳朴的羞涩。小说微妙地表现了她爱情逐渐觉醒的过程。最初她跟傩送相遇是在端午节进城看划船，她正等老船夫等得着急，傩送请她到他家去等，她误以为傩送不怀好意，“轻轻地”骂了他一句：“你个悖时砍脑壳的！”以后知道误会后，“心里又吃惊又害羞”，但想起来又感到“甜而美”。后来随着年龄增大，小说又写她少女心理的微妙变化，她会“脸红”了，“欢喜看扑粉的新嫁娘”，“欢喜把野花戴到头上去”，有时一个人望着天空呆想，又“不知想些什么”。当天保让人来求婚，外祖父问到她时，她不说；当外祖父问她究竟欢喜两兄弟中的哪一个时，她还是不说。她不好意思说，只是在心中痴情地爱着傩送，也因此而默默地承受着爱情的悲剧，默默地等待着心上人的归来。

天保、傩送也是善良、淳朴的，他们虽然是船总的儿子，却一点也没有现代社会中那些富家子弟所常有的自私、懦弱。老大天保“豪放豁达，不拘常套小节”，老二傩送“聪明而又富于感情”，他们都勤劳能干。在他们成为情敌时，不是互相怨恨嫉妒，而是以先后出走的方式表现出他们对感情——无论是男女之爱还是兄弟之情——的忠诚。

此外，船总顺顺的慷慨助人，杨马兵的善良忠厚，都给人留下深刻印象。在作者笔下，甚至妓女“也常常较之讲道德知羞耻的城市中绅士还更可信任”，对她们所爱的水手，会“情感真挚痴到无可形容”：

> 男子过了约定时间不回来，做梦时，就总常常梦船拢了岸，那一个人摇摇荡荡的从船跳板到了岸上，直向身边跑来。或日中有了疑心，则梦里必见那个男子在桅上向另一方面唱歌，却不理会自己。性格弱一点儿的，接着就在梦里投河、吞鸦片烟；性格强一点儿的，便手执菜刀，直向那水手奔去。……短期的包定，长期的嫁娶，一时间的关门，这些关于一个女人身体上的交

易，由于民情的淳朴，身当其事的不觉如何下流可耻，旁观者也就从不用读书人的观念，加以指摘与轻视。

这样的一个理想乐园中似乎不应该发生悲剧，可是小说却让我们在这里看到了悲剧。这个悲剧发生了两次，一次发生在翠翠母亲身上，一次发生在翠翠身上。她母亲背着老船夫——自己的父亲——偷偷和一个士兵因为唱歌而相爱，怀孕后“结婚不成”，又不愿逃走，终于决定“一同去死”。那个士兵先自杀了，她在生下翠翠后，也自杀了。老船夫事先并不知道她的秘密，那么，所谓“结婚不成”，应该是当地——事实上也正是中国封建社会——的一种道德观念的阻碍，尽管老船夫发现她怀孕后并没有说一句责备她的话，但翠翠的母亲对自己的未婚先孕是“怀了羞惭”的，死正是对这种道德谴责的解脱。显然，这件事对老船夫的刺激非常大，他害怕婚姻的不幸会重新落到外孙女翠翠身上，他想接受教训，让翠翠自由选择婚姻，所以当天保托人来做“说客”时，老船夫给他出了两个主意，一是请人来做媒，一是唱三年六个月的歌。然而，当他要“一切由翠翠自己作主”的时候，他却把自己摆到了和当地——事实上也正是中国封建社会——的道德观念的对立面上来：

“你以为翠翠肯了，我还会不肯吗？”

“不咧，人家以为这件事情你老人家肯了，翠翠便无有不肯呢。”

“不能那么说，这是她的事呵！”

“便是她的事情，可是必须老的作主。”

当“必须老的作主”成为一种普遍的道德观念的时候，人们就无法理解老船夫在女儿的悲剧中所获得的觉悟：“这是她的事”。于是，顺顺一家人对老船夫的误解就是必然的。在天保看来，“老的口上含李子，说不明白”，“鬼知道那老人家存心是要把孙女儿嫁个会唱歌的水车，还是预备规规矩矩嫁个人！”自从天保死后，这种误会进一步加深。顺顺和傩送都认为天保的死是由于老船夫对翠翠的婚事态度不明确造成的，所以顺顺“不愿意间接把第一个儿子弄死的女孩子，又来作第二个儿子的媳妇”，傩送虽然觉得“弄渡船（按，指跟翠翠结婚）是很好的”，却又总感到老船夫“为人弯弯曲曲，不索利，大老是他弄死的”，他在对翠翠的难以抑制的爱和对老船夫的无法理解的“为人”的怨中矛盾痛苦，终于出走。因此，造成翠翠的悲剧的真正原因在于老船夫的婚姻自主的思想违反了在“边城”这一理想乐园中人们的道德观念。这种道德观念不是现代都市文明的影响，而是中国传统文化的遗传。这样，我们就在《边城》中看到沈从文深层思想里的矛盾，当他想要退回去，把原始的生命力作为人性的理想的时候，我们却发现他并没能真正退回到生命的源头，那原始的生命力在没受到现代文明的污染之前，就已经被传统的道德观念污染了，这污染使那可爱的人性中蒙上了一层可悲的反人性的色彩，这固然冲淡了理想的光芒，但也因此而使小说变得复杂。

作者带着对家乡的特殊感情，用了很大篇幅对湘西特有的风景、风俗做了描写，情与景、俗的交融，形成了小说特有的人情味，使小说显示出浓厚的诗情画意来，并以此来构成小说中人物活动的环境、背景：

> 小溪流下去，绕山岨（jū）流，约三里便汇入茶峒大河，人若过溪越小山走去，只一里路就到了茶峒城边。溪流如弓背，山路如弓弦，故远近有了小小差异。小溪宽约二十丈，河床是大片石头作成。静静的河水即或深到一篙不能落底，却依然清澈透明，河中游鱼来去都

可以计数。小溪既为川、湘来往孔道，水常有涨落，限于财力不能搭桥，就安排了一只方头渡船。这渡船一次连人带马，约可以载二十位搭客过河，人数多时必反复来去。渡船头竖了一根小小竹竿，挂着一个可以活动的铁环；溪岸两端水面横牵了一段竹缆，有人过渡时，把铁环挂在竹缆上，船上人就引手攀缘那条缆索，慢慢的牵船过对岸去。船将拢岸时，管理这渡船的，一面口中嚷着“慢点慢点”，自己霍的跃上了岸，拉着铁环，于是人货车马全上了岸，翻过小山不见了。

这种诗情画意同样也可以从人物描写中表现出来，在老船夫和翠翠的对话里，经常可以看到由天真淳朴的人情美所构成的诗意。比如，端午节，老船夫劝翠翠进城去玩，翠翠却怕外祖父一个人寂寞，不肯去：

见祖父不再说话，翠翠就说：“我走了，谁陪你？”

祖父说：“你走了，船陪我。”

翠翠把一对眉毛皱拢去苦笑着，“船陪你，嗨，嗨，船陪你。爷爷，你真是，只有这只宝贝船！”

祖父心想：“你总有一天会要走的！”但不敢提起这件事。祖父一时无话可说，于是走到屋后塔下小圃里去看葱，翠翠跟了过去。

“爷爷，我决定不去，要去让船去，我替船陪你！”

就是在对人物的心理描写中，也是充满诗情的，在写到少女的内心变化时，小说写道：

翠翠一天比一天大了，无意中提到什么时，会红脸了。时间在成长她，似乎正催促她，使她在另外一件事情上负点儿责。她欢喜看扑粉满脸的新嫁娘，欢喜述说关于新嫁娘的事，欢喜把野花戴到头上去，还欢喜听人唱歌。茶峒人的歌声，缠绵处她已领略得出。她有时仿佛孤独了一点，爱坐在岩石上去，向天空一片云一颗星凝眸。祖父若问："翠翠，你在想什么？"她便带着点儿害羞情绪，轻轻地说："在看水鸭子打架！"照当地习惯意思，就是翠翠不想什么。但在心里却同时又自问："翠翠，你真在想什么？"同是自己也就是在心里答着："我想的很远，很多。可是我不知想些什么。"她的确在想，又的确连自己也不知是想些什么。这女孩子身体既发育得很完全，在本身上因年龄自然而来的一件"奇事"，到月就来，也使她多了些思索，多了些梦。

在此，少女的青春期的心理，通过她的行为举止，通过她的言谈话语，通过她"不知想些什么"的想法生动地表现了出来，在一种朴实而单纯的美的表现中产生出诗意。这自然也跟语言自身的诗意表现分不开。

思考题：

1. 沈从文的小说表现了哪些方面的内容，有什么特点？
2. 《八骏图》中的达士先生为什么忽然决定不走了？
3. 《边城》中，顺顺一家人为什么对老船夫不满意？这说明了什么问题？
4. 谈谈小说《边城》的特点。

第四编

抗战以后的文学

（1937—1949）

第一章　抗战以后的文学活动

1937 年 7 月，中国历史进入抗日战争阶段，在极其艰苦的八年抗战中，中华民族的生死存亡经历了考验，中国的民族独立和人民民主运动也得到了极大的发展，形成了不可阻挡的力量，1945 年抗战胜利后所进行的解放战争，就是民族、民主运动的必然要求，作为这要求的结果，1949 年 10 月，中华人民共和国成立。在这一剧烈的历史变革中，中国新文学的发展也到了一个新的阶段。

这一时期的文学活动分别在不同的地区内进行，包括国民党统治的地区（国统区）、共产党占领的地区（解放区）、日本人在侵略中国期间所侵占的地区（沦陷区）等，不同地区的文学活动表现出不同的特点，其中最值得注意的是国统区文学和解放区文学。

第一节　国统区等地的文学活动

七七事变①以后，随着抗日民族统一战线②的建立，中国文艺界实现了空前的大联合，在中国共产党的影响下，1938 年 3 月 27 日，中华全国文艺界抗敌协会（简称"文

---

① 七七事变：1937 年 7 月 7 日，日本侵略军向北京西南的卢沟桥一带发动进攻，当地中国军队奋起抵抗，中国的抗日战争从此开始。

② 抗日民族统一战线：抗战期间，国民党和共产党进行第二次国共合作，1937 年 9 月 22 日正式成立抗日民族统一战线。

协”)在武汉成立,五百多人出席了成立大会,会议选出郭沫若、丁玲、老舍、胡风、巴金、朱自清、田汉、郁达夫、胡秋原、陈西滢、张恨水、茅盾、夏衍、张道藩、王平陵等 45 人为理事,老舍为主持“文协”日常工作的总务部主任。“文协”发表宣言,提出“文协”的任务是要“团结一切不愿做日本帝国主义者底奴隶的文艺作家,从文艺的道路上参加这个光荣的民族解放事业”。“文协”的成立标志着文艺界抗日统一战线的最终形成。在抗战期间,“文协”领导作家为抗战做了大量工作。抗战胜利后,1945 年 10 月,“文协”改名为中华全国文艺界协会。

抗战初期,在全国出现了空前高涨的民族情绪,国统区的文艺界在这种情绪的影响下气氛非常活跃,作家、文艺工作者纷纷行动起来,用文艺形式热情宣传抗战。这里,最活跃的是戏剧演出。七七事变刚刚发生,夏衍、章泯、于伶、崔嵬、宋之的、陈白尘、阿英等十六人就集体创作了话剧《保卫卢沟桥》,在七七事变满一个月时在上海演出。8 月,上海戏剧界成立了 13 个救亡演出队,到全国各地去进行宣传演出。1938 年,由郭沫若任厅长的国民政府军事委员会政治部第三厅又组成 9 个抗敌演剧队和 4 个抗敌宣传队(后来改编成 10 个抗敌演剧宣传队)到各地进行宣传演出,在非常艰苦的环境下,有 5 个队一直坚持到抗战胜利。戏剧演出多为街头剧、独幕剧、活报剧等小型戏剧作品,内容多是控诉日本侵略者的暴行,批判、惩办汉奸,歌颂人民抗战等,艺术上比较简单、粗糙,但宣传鼓动性强,所以当时很受群众欢迎。当时较有影响的有所谓“好一计(记)鞭子”,即《三江好》《最后一计》《放下你的鞭子》三部街头短剧。报告文学和诗歌也是初期抗战宣传活动中十分活跃的文学形式。同时具有文学性和新闻性特点的报告文学由于能及时反映抗战生活,受到了普遍欢迎,为了及时报道战地情况,很多作家深入到战场，有些作家甚至直接参加战斗，并因此而牺牲。诗歌创作中当时最多见的是具有群众影响的宣传抗战的短诗，它们常被贴在街边、墙头等群众出没的地方，被称为街头诗、墙头诗等。另一种形式是朗诵诗，在集会、广播中，以朗诵的方式和群众直接交流。这种“听的诗”（朱自清《论朗诵诗》）要求诗歌创作更通俗、更口语化，也更富于语言的音乐性。高兰、锡金、冯乃超等都是活跃的朗诵诗作者，其中高兰的朗诵诗写得较好，有《朗诵诗集》。此外，为了向群众宣传抗战，各种民间文艺的形式也被作家采用了。

1938 年 10 月武汉失守以后，抗战逐渐进入相持阶段，日本侵略军的进攻速度降低，国民党也开始了消极抗战、积极反共政策，一面在统一战线中制造矛盾，一面在国民党统治区开始继续实行专制统治，抗战初期形成的表面上的民主气氛不见了。在这种环境下，作家们也逐渐从最初的热烈的抗战情绪中清醒过来，开始明白单纯的热情呼喊还不能算是真正的文艺，他们需要面对现实，写些更深入的东西。于是暴露社会黑暗的作品又在国民党统治区的作家笔下出现。1941 年皖南事变发生以后，随着国民党专制统治的加强，暴露黑暗的作品在国统区出现得越来越多了，一些比较大型的作品，如多幕话剧、长篇小说等也逐渐增多，作品在艺术上也越来越成熟。由单纯地歌颂抗战到开始逐渐暴露现实社会的黑暗，代表了这个时期国统区文学总的发展趋向。

发表于 1938 年 4 月的张天翼小说《华威先生》，是这类暴露文学的前奏。由于这篇小说暴露并讽刺了国民党官僚在抗战中存在的问题，引起了一场关于暴露与讽刺问题的论争。论争的中心是，应不应该在抗战中揭露中国内部的问题，暴露我们自己国内的黑暗会不会对团结抗战有不利的影响。由于在当年11月，日本《改造》杂志译载了《华威先生》，并在按语中诬蔑中国人民，这场争论就变得更加激烈。茅盾、罗荪、吴组缃等以及张天翼本人都写文章肯定了暴露国内问题的必要性。这次讨论使国统区的进步作家明确了对歌颂与暴露关系问题的认识。

这个时期，在国统区的进步文艺界还进行过一系列有关文艺问题的讨论和论争，比如，发生在1939年及其以后的对文艺"与抗战无关"论的批判，发生在1940年的对"战国策"派的批判，发生在1940年前后的关于民族形式问题的讨论，以及在1942年以后对国民党政府专制主义文艺政策的斗争。其中比较复杂又比较重要的一次是发生在40年代中期的关于胡风"主观论"的论争。这场论争从1943年开始，持续了五六年。

胡风（1902—1985），原名张光人，湖北省蕲（qí）春县人，是30年代成长起来的重要左翼文艺理论家、批评家。40年代，他所提出的最深刻也最让人误解的问题就是所谓发扬"主观战斗精神"的问题。他认为自抗战以来的进步文艺界存在着两种反现实主义的错误的创作倾向，一种是主观公式主义的，从抽象的理论出发来进行创作，"依据一种理念去造出内容或主题"（胡风《关于创作发展的二、三感想》，下同），结果文学作品成为概念化的说教；一种是客观主义的，只是用"冷淡的职业的心境"去进行创作，用"被动的精神"去对待生活，缺少了"战斗热情"。在胡风看来，无论是主观主义还是客观主义都缺少作家对于生活的真情实感，而要使作品具有真情实感，就要使作家的主观意志深入到客观对象中，去"拥抱"它，去和"血肉的现实人生"进行"搏斗"（《置身在为民主的斗争里面》），这就是所谓"主观战斗精神"，也就是胡风所理解的现实主义精神。与这相关的是所谓"精神奴役的创伤"，胡风认为人民群众虽然有革命、解放的要求，但是在他们身上“随时随地都潜伏着或扩展着几千年的精神奴役底创伤”（《置身在为民主的斗争里面》），即有着在几千年封建传统思想影响下形成的精神弱点，因此，他所提出的反客观主义的主观战斗精神，也包括对于群众中这种普遍存在的精神弱点的“搏斗”。胡风的理论在当时共产党领导的进步文学内部遭到了不少人的反对，他们认为国统区文艺的根本问题不是缺少“主观战斗精神”，而是有着“非政治倾向”，是“主观”太多了，应该好好改造“主观”的问题，他们把这一理论看成是“个人主义意识的一种强烈表现”（邵荃麟《对于当前文艺运动的意见》），“可能使我们走到超阶级超社会的唯心论泥沼中去”（邵荃麟《略论文艺的政治倾向》）等等。对此，胡风写了《论现实主义的路》（1948 年）进行答辩，比较系统地阐述了自己的观点。胡风与反对者的根本区别，其实在于应不应该在文学创作中尊重个人的亲身感受和体验。尽管胡风的理论还有不够完善、不尽正确的地方，但他的尊重自我而又正视现实的主张，却对新文学的创作提出了富有启发性的意见。

1937 年 11 月上海沦陷后，上海的英、法等国的租界还没被日军占领，在日本侵略者的包围之下，租界像一座孤独的岛，留在这里的一些作家在共产党支持和领导下坚持抗战文艺活动，一直坚持到 1941 年 12 月太平洋战争爆发，日本侵入租界为止，经过了 4 年多时间，人们把这段时间内在租界里的进步文学称为“孤岛文学”。戏剧运动是孤岛文艺活动中最活跃的部分，除了青岛剧社、上海剧社、上海剧艺社、中法剧社、天风剧社、中国旅行剧团等十来个专业话剧团体外，还有群众性的业余剧团一百多个。话剧创作中，最出名的是阿英（钱杏邨）的三部历史剧《碧血花》（又名《明末遗恨》）、《海国英雄》（又名《郑成功》）、《杨娥传》和于伶的现实题材剧《夜上海》。无论历史剧还是现实剧都在用不同的方式鼓励人们去同侵略者进行斗争,因而这些话剧的演出大大鼓舞了人们的爱国热情。此外,杂文创作也是孤岛文学中影响较大的,许多作家继承鲁迅的传统,用杂文揭露日本侵略者和汉奸,并揭露在民族危难中暴露出来的一些问题。有由屈轶(王任叔)、柯灵、风子(唐弢)等6人合集的《边鼓集》、他们与孔另境合集的《横眉集》以及不少个人的杂文集。

沦陷区的进步文学以东北和上海两地为代表,东北自从1931年被日本侵占后,就出现了大批进步作家,这个时期比较活跃的作家有山丁、袁犀、秋萤、金音、小松、梅娘等,其中成绩最突出的是山丁,他从1934年就开始提倡"乡土文艺",目的是要"暴露乡土真实",揭露日本侵略者对东北的血腥统治。他所创作的长篇小说《绿色的谷》,就是这方面的代表作品。上海沦陷区中的一些知名作家,如郑振铎、许广平(景宋)、夏丏尊、李健吾、许杰、柯灵、陆蠡等在险恶的环境中坚持民族气节、同敌人进行斗争,有的(陆蠡)甚至因此而牺牲生命。师陀、张爱玲等也在这个时期写出了他们的重要作品。

第二节 《在延安文艺座谈会上的讲话》和解放区的文学活动

在抗战中,中国共产党建立了很多抗日民主根据地,后被称为解放区,其中陕西延安是中共中央的所在地。作为民主和光明的象征,解放区聚集了很多不满于国民党的统治、积极要求抗战的知识分子和文艺工作者,解放区的文学活动在迅速发展着。

40年代初，抗日战争进入了最艰苦的年月，为了统一思想，团结一致地渡过难关，中国共产党在根据地内开展了全党的整风运动①。在这个运动影响下，根据地的文艺界也开始了文艺整风，1942年，毛泽东主持召开了延安文艺座谈会，在会上针对文艺整风问题发表了两次讲话，这就是《在延安文艺座谈会上的讲话》。《讲话》针对解放区文学艺术中所存在的问题，提出了共产党对文艺工作的基本要求。

《讲话》中的一个基本思想就是无产阶级文艺必须为工农兵服务。毛泽东认为文艺必须为人民服务，而工人、农民和共产党所领导的军队中的士兵（其主要成分也是工人、农民）占了人民中的绝大多数，所以为人民服务首先也就是要为工农兵服务：

> 我们的文艺是为什么人的？是为人民大众的，首先是为工农兵的，为工农兵而创作，为工农兵所利用的。

从这个基本前提出发，毛泽东认为要使文艺为工农兵服务，在文学创作上，就要使作品的内容和形式都被工农兵所喜欢，从内容方面来说，作家不但应该主要写工农兵的生活，而且必须站在工农兵的立场上来写工农兵，这就是说，要使自己的思想感情和工农兵的一致。然而知识分子出身的进步作家和文艺家是属于小资产阶级，他们还不具有工农兵的思想感情，所以，要为工农兵服务，就得设法改变自己的阶级立场，思想感情。在此，毛泽东提出了一个改造思

① 整风运动：开始于1941年，是中国共产党在党内进行的一次"普遍的马克思列宁主义的教育运动"，目的是要通过开展"批评和自我批评"，克服思想和工作中长期存在的教条主义、经验主义、宗派主义等倾向，从而统一思想。整风：整顿作风。

想的途径，这就是深入到工农兵的生活中，去和工农兵一起直接参加革命斗争，跟他们“打成一片”。通过长期深入生活，既能改变自己的立场、思想和感情，又能熟悉工农兵的生活，获得反映工农兵生活的内容；了解工农兵的兴趣爱好，创造工农兵所喜爱的文学形式。

《讲话》还论述了与文艺有关的一系列问题，如文学为政治服务的问题，文学的标准问题，内容与形式、文艺与生活的关系问题，歌颂与暴露问题，普及与提高问题等。在文学的标准问题上，毛泽东指出，评价文学艺术有两个标准，“一个是政治标准，一个是艺术标准”，而“任何阶级社会中的任何阶级，总是以政治标准放在第一位，以艺术标准放在第二位的”。因此，无产阶级在评价文学作品的时候，先要看它政治上有没有进步意义：

> 有些政治上根本反动的东西，也可能有某种艺术性。内容愈反动的作品而又愈带艺术性，就愈能毒害人民，就愈应该排斥。

在谈到歌颂与暴露的问题上，毛泽东认为在革命的文艺作品中应该暴露的只能是人民的敌人，而对人民，对无产阶级、共产党、新民主主义、社会主义，则应该歌颂：

> 你是资产阶级文艺家，你就不歌颂无产阶级而歌颂资产阶级；你是无产阶级文艺家，你就不歌颂资产阶级而歌颂无产阶级和劳动人民：二者必居其一。

毛泽东《在延安文艺座谈会上的讲话》自发表以来一直作为中国马克思主义文艺的基本理论和方针政策，不仅对解放区文艺产生了巨大影响，而且对中华人民共和国建国以后的文学艺术的发展方向，对当代中国人文艺思想的形成，都起了相当重要的作用。

延安文艺座谈会后，文艺整风运动全面开展，文艺工作者们在学习《讲话》的基础上进行了认真的批评和自我批评，统一了思想。文艺整风之后，作家们开始到群众（主要是农民和士兵）中去“深入生活”，参加实际的革命工作，熟悉工农兵的生活，改造自己的非无产阶级思想。这结果，使得解放区的文学创作出现了新面貌。

与国统区的暴露文学相反，歌颂在这里成了文学的主旋律，歌颂工农兵，歌颂共产党和解放区的新政权，歌颂劳动人民在解放区所过上的新生活，歌颂共产党所领导的抗日斗争。文学作品的题材大都写工农兵的生活，特别是他们所进行的革命活动，主人公也差不多都是工农兵。

从文学作品的形式上看，解放区文学大都采取群众所喜闻乐见的形式，不但传统的民族和民间的文艺形式，如地方戏曲、民间音乐和歌舞、民歌、章回体小说等等，受到高度重视，经过改造被充分利用起来，而且作家在作品的语言和结构方式等方面也进行了群众化、民族化的有益探索。

在“文艺为工农兵服务”的方针指引下，解放区的文学大大密切了与群众之间的关系，至此，新文学的读者成分发生了很大变化，以农民为主体的劳动者开始成为中国新文学的欣赏者。他们中的一部分人甚至也成为文学创作的参与者。

第三节　抗战以后的文学特点

抗战以后的中国文学有下面几个特点：

一、绝大多数作家都自觉地使文艺为民族解放和人民革命斗争服务，现实主义作为文学创作的基本方法，得到了越来越多的人的承认。在抗战期间，由于民族存亡问题关系到了每个中国人的命运，因此绝大多数作家都在重新思考文学与现实人生的关系，从艺术家的良心出发，他们要使自己的工作——文学创作——为民族解放斗争服务，成为民族斗争的组成部分。在此，不但革命作家和进步作家在更积极地探索现实主义的文学道路，而且一些在上一个时期的非现实主义作家也在开始改变自己的创作方法和态度，使自己的作品向现实的人生靠近，现代派诗人戴望舒、通俗小说作家张恨水都在这个时期的作品中不同程度地表现出这种倾向。

二、在此，现实主义的含义也发生了某种程度的变化，在解放区作家和国统区等地的进步作家的作品中，它更明显地加入了为人民服务和为中国革命服务的内容。这要求现实主义文学不但要反映现实生活的内容，而且要使所反映的内容以及表达这内容的形式有利于正在进行的人民革命和正在从事革命的人民。这在一方面使文学充分发挥了它在现实斗争中的积极作用，另一方面也对现实主义文学的思想倾向和取材范围等进行了统一规范。现实主义的真实只能是符合历史发展趋势的本质的真实，而那些不符合本质的生活现象就不再具有真实性，因而也就不能反映到作品中去。于是现实主义和浪漫主义得到了某种意义上的结合。

三、与上个时期相比，文学作品的内容扩大了，由上个时期的以暴露社会黑暗为主扩大到以下三类内容并存：直接反映抗日民族战争和人民解放战争，暴露国统区的黑暗，歌颂解放区的新生活。其中暴露与歌颂的并存是国共两种政权并存的结果。

四、当深入生活、改造思想成为作家创作的先行条件时，读者的重要性被大大提高了，读者（工农兵群众）的生活不但是作家创作的“源泉”，而且这些读者在理论上对作者的创作价值有决定权。所谓为人民服务，就是要使作品为人民所欢迎。但实际情况是复杂的，具有决定权的人民不是某个人或某些人，而是一个整体，而整体的决定权通常是由整体的代言人使用的。

思考题：

1. 抗战以后的国统区文学经历了怎样的发展过程？
2. 毛泽东《在延安文艺座谈会上的讲话》主要谈了哪些问题？它对解放区的文学创作有什么影响？
3. 抗战以后的文学有什么特点？

第二章 抗战以后的诗歌创作

第一节 国统区的诗歌创作与艾青

国统区的诗歌以自由体的抒情诗为主。自由诗从文学革命以来在新诗创作中一直占有重要位置，郭沫若使自由抒情诗从一开始就有着一个较高的起点，以后，左翼诗人的政治抒情诗、现代派诗人的象征诗等，都从不同的角度使自由诗得到发展。到了抗战以后，国统区的自由诗有了一种抒情、写实与象征高度融合的发展趋势。

一、田间与艾青

田间与艾青是抗战前期最有特色的诗人，后者被认为形成了自由诗的又一座高峰。

田间(1916—1985)，原名童天鉴，安徽省无为县人。他在上个时期就开始写诗，出版过《未明集》(1935 年)、《中国牧歌》和长诗《中国农村的故事》(以上 1936 年)。抗战开始以后，他写了不少感情强烈而富有鼓动性的诗歌，《给战斗者》是其代表作品。在这首抒情诗里，他怀着对祖国的热爱，歌颂了英勇抗战的人民，表达了“在斗争里，/胜利/或者死”的决心。1938 年夏，他来到延安等地，成为根据地街头诗的积极提倡和参加者。他的短诗《假使我们不去打仗》《义勇军》《多一些》《给饲养员》，长诗《她也要杀人》等，在当时较有影响。1942 年以后，他逐渐摆脱自由体而向民歌体方面发展，有叙事长诗《戎（róng）冠秀》（1945 年）、《赶车传》（第一部）（1946 年）等。他抗战以后的抒情诗主要收在《给战斗者》《抗战诗抄》《短歌》等诗集中。田间被闻一多称为“时代的鼓手”（《时代的鼓手》），他的自由诗具有强烈的时代激情，反映了抗日的民族情绪。与这种情绪相适应，他的诗不但语言质朴、真诚，而且在安排上，常常把句子拆开，一句诗分解成多个诗行，比如：

亲爱的
人民！
抓出
木厂里
墙角里
泥沟里
我们的
武器，
挺起
我们
被火烤的，被暴风雨淋的，被鞭子抽打的胸脯，
斗争吧！
在斗争里，
胜利
或者死
……

（《给战斗者》）

在此，通过对词或词组的分行，把每一诗句中的停顿强调了出来，由此产生一种自由然而热烈的节奏，一种“鼓点”式的效果。在一些短诗中，田间还用诗的语言塑造了鲜明

的形象，如《义勇军》：

在长白山一带的地方，
中国的高粱
正在血里生长。
在大风沙里
一个义勇军
骑马走过他的家乡，
他回来了：
敌人的头，
挂在铁枪上。

艾青(1901—1996)，原名蒋海澄，浙江省金华人。他从小喜爱美术，曾在法国学习绘画，回国后又曾加入过中国左翼美术家联盟，1932 年被捕，过了三年多的监狱生活。艾青也是上个时期开始诗歌创作的，他的第一部诗集《大堰河》出版于 1936 年，其中《大堰河——我的保姆》一诗是他 1933 年在狱中创作的。在诗中，他塑造了一位勤劳善良的农村劳动妇女的形象，对这位用自己的奶水养育他的保姆大堰河(本名大叶荷)表现出了深沉的感情。作为一首抒情诗，诗中没有过多地描述大堰河的生平，但也没有过于直接地抒写自己对她的感情，而是通过对许多日常生活细节的铺叙、排比，在表现大堰河的同时，表现自己对她的爱：

你用你厚大的手掌把我抱在怀里，抚摸我，
在你搭好了灶火之后，
在你拍去了围裙上的炭灰之后，
在你尝到饭已煮熟了之后，
在你把乌黑的酱碗放到乌黑的桌子上之后，

在你补好了儿子们的为山腰的荆棘扯破的衣服之后，
在你把小儿被柴刀砍伤了的手包好之后，
在你把夫儿们的衬衣上的虱子一颗颗的掐死之后，
在你拿起了今天的第一颗鸡蛋之后，
你用你厚大的手掌把我抱在怀里，抚摸我。

抗战以后，他的诗歌创作达到了高峰，短短几年内，他写了《北方》《向太阳》《他死在第二次》《旷野》《黎明的通知》《火把》《溃灭》《献给乡村的诗》《反法西斯》等诗集。其中包括《向太阳》《吹号者》《他死在第二次》《火把》等长诗。《向太阳》写了自己在抗战初期的激动的情绪，写了早晨起来，阳光下所见到的美好的一切，既是现实的场面，又有象征的意味。《吹号者》写一个军队中的号兵，每天清晨起来，把似乎“夹带着血丝”的呼吸吹进号角里去，直到他在战斗中牺牲，“那号角好像依然在响”。诗中歌颂了为抗战牺牲的战士，而那永不停息的号声则象征着一种战斗的召唤，给人以精神的鼓舞。比较起来，艾青的短诗写得似乎更有特点，在《雪落在中国的土地上》《北方》《乞丐》《手推车》《补衣妇》《我爱这土地》《旷野》等取材于北方生活的诗歌中，诗人通过形象鲜明的印象式的描绘，来表现对祖国的深沉的感情。在《乞丐》中，诗人描写了那些“来自灾区”“来自战地”的乞丐，他们“用固执的眼/凝视着你/看你在吃任何食物/和你用指甲剔牙齿的样子”，“伸着永不缩回的手”，“要求施舍一个铜子”。这些可悲而又可怕的形象给人一种抹不去的印象，深刻反映了战争造成的灾难。《手推车》则通过对手推车这种北方常见的运输工具的描绘，表现出了“北国人民的悲哀”：

在黄河流过的地域

在无数的枯干了的河底
手推车
以唯一的轮子
发出使阴暗的天穹痉挛的尖音
穿过寒冷与静寂
从这一个山脚
到那一个山脚
彻响着
北国人民的悲哀

在冰雪凝冻的日子
在贫穷的小村与小村之间
手推车
以单独的轮子
刻画在灰黄土层上的深深的辙①迹
穿过广阔与荒漠
从这一条路
到那一条路
交织着
北国人民的悲哀

当诗人从手推车的“尖音”和“辙迹”里听到、看到“北国人民的悲哀”时，对手推车的现实主义的细节刻画中已同时加入了印象主义和象征主义的色彩。

1941年，艾青到了延安，此后，他诗歌创作的风格有了很大变化，在参加了延安文艺座谈会以后，他要“把诗和政治密切结合起来，把诗贡献给新的主题和题材”（《诗论·

① 辙：zhé，车轮压出来的痕迹。

诗到街头》),努力歌颂新生活,歌颂工农兵。有《黎明的通知》《献给乡村的诗》《反法西斯》《雪里钻》等诗集。

艾青的诗歌使中国现代自由诗进入到了一个新的阶段。与郭沫若的自由诗相比,艾青的自由抒情诗显然更具有现实主义特点,他的诗是散文化的,既不讲究节奏、韵律的优美,甚至也不讲究语言的华丽,而是用朴素的语言来表现真挚的感情。在他的诗中看不到《女神》中那种神话式的虚构,那种气吞山河式的夸张,那种无拘无束的叫喊,不,他的眼睛始终不离现实生活本身,像画家那样把生活的细节一笔一笔地描绘出来,铺散开去。在他的诗中很少有感情的直接抒发,而是通过这种对形象的描绘和铺排来表现情感。这里显然受到象征派诗歌的影响,但与戴望舒等人不同的地方在于,他所描绘的形象不但不是朦胧的,而且是非常的清晰,清晰到仿佛是石雕一般地凸现在眼前,给人一种极深刻的印象,事实上,他正是把自己对于生活的爱和恨、痛苦和欢乐这些鲜明的情感印象深深地刻到他的形象中去,他不是躲到安逸的角落里去避开现实的痛苦和悲哀,而是直接地面对人生的苦痛,正像他在《我爱这土地》这首诗中所说的:

为什么我的眼里常含泪水?
因为我对这土地爱得深沉……

正是在这深沉的爱中,印象主义、象征主义融化到了现实主义的创作中。

二、七月诗派

1937年9月胡风主编《七月》杂志,经常在这个杂志上发表诗歌或与这个杂志关系密切的一群青年诗人被称为七月诗派。事实上,田间、艾青也应算是这个流派的成员。属于这一流派的诗人还有亦门(阿垅、S·M)、鲁藜、邹荻(dí)帆、冀汸(pāng)、孙钿(diàn)、绿原、曾卓、天蓝、庄涌、彭燕郊、杜谷、牛汉等。这派诗歌风格的形成显然跟《七月》杂志的惟一编辑胡风有重要关系,而七月诗派的成员差不多都受到田间特别是艾青诗歌的深刻影响。从内容上看,这派诗歌具有鲜明的政治倾向,有的表现顽强抗战的精神,有的表现对黑暗现实的愤慨和反抗,有的表现出对光明未来的歌颂,但是,这些政治抒情诗决不同于一般空喊口号的概念化作品,相反,七月派的诗歌在当时是最少概念化倾向的。在这些诗歌中,诗人的真诚而强烈的主观感情常常在形象中燃烧起来,它所产生的不是温柔哀怨的美,而是一种粗犷的不可战胜的力。在绿原的《复仇的哲学》中,诗人写道:

告诉你,我也是
一条好汉。
我曾歌颂过
一切残酷和一切怜悯。
小时候,我就在
大街旁,码头上,黑巷子里,
嘴角衔着拾来的烟蒂头——
做一名有用的扒手。
我是光荣的:
因为我能够
扭直
命运的曲线,
——对准
它的太阳穴,
——对准
它的咽喉;

因为我能够
反抗，我能够
活：痛苦地
活！

在亦门的《纤夫》中，这力从对纤夫拉纤的姿态中表现了出来：

匍匐着屁股
坚持而强进！
四十五度倾斜的
铜赤的身体和鹅卵石滩所成的角度
动力和阻力之间的角度，
互相平行地向前的
天空和地面，和天空和地面之间的人底
昂奋的脊椎骨昂奋的方向
向历史走的深远的方向，
动力一定要胜利
而阻力一定要消灭！
这动力是
创造的劳动力
和那一团风暴的大意志力。

纤夫们在"动力和阻力"的抗争中艰难地"一寸一寸"地前进，象征了人民在争取民族和民主解放过程中的艰难的历程和不屈的精神。

三、"九叶"诗人

"九叶"诗人是指40年代后期出现的九位诗人，杭约赫（曹辛之）、辛笛、穆旦（查良铮）、陈敬容、郑敏、唐祈、唐湜

(shí)、杜运燮(xiè)、袁可嘉。他们在不同程度上受到西方现代派诗歌的影响,因而他们的诗歌可以看成是30年代现代派诗歌的再次复兴。然而"九叶"诗人的称号却是在80年代出版了他们的诗歌合集《九叶集》(1981年)后才出现的,他们在40年代的诗歌也因此而重新被人们记起。在创作上,他们虽然吸收了不少西方现代派诗歌的手法,在诗中较多地表现个人的情绪感觉,但一般地说,不像二三十年代现代派诗歌那样有那么多孤独和感伤,在时代的影响下,他们能够面对现实去向黑暗抗议,也愿意用"自己的双手""来制造大众的幸福"(辛笛《布谷》),并为即将到来的新中国而欢呼。在描写上,他们不像现实主义诗人那样注重对形象的精确描绘,而是注重于表现自己对形象的特殊感受,这种感受的特殊性使他们的诗歌意象新鲜、奇特,也因此显得有些朦胧。比如:"列车轧在中国的肋骨上"(辛笛《风景》),"当一只青蛙在草丛间跳跃,我仿佛看见大地眏着眼睛。"(陈敬容《雨后》)。又如唐祈在《雾》中写夜间的雾:

比云卑湿,龌龊①,
走着,走着,又蹲下来
它没有重量的
庞大白色的臀部。

四、袁水拍的政治讽刺诗

四十年代的国统区除了抒情诗外,还有不少政治讽刺诗,其中较有影响的是袁水拍的讽刺诗。

---

① 龌龊:wòchuò,肮脏。

袁水拍(1907—1983),江苏省吴县人,30 年代开始写抒情诗,有《人民》《向日葵》等诗集,40 年代以马凡陀为笔名写了很多民歌体政治讽刺诗,后结集为《马凡陀的山歌》《马凡陀的山歌续集》等。这些诗的内容多是涉及城市市民所关心的政治问题和生活问题,揭露和讽刺国民党政府专制、腐败,国民党统治区物价飞涨、生活艰难等现象。作者善于运用漫画式的夸张,对生活中种种反常现象进行嘲笑和讽刺,诗的风格辛辣、活泼。如《发票贴在印花上》《万税》《人咬狗》《一只猫》《今年什么顶时髦》《踏进茅房去拉屎》等,都是有名的作品。其中《人咬狗》一诗用说反话的方式讽刺了国统区颠倒是非,没理可讲的事实:

忽听门外人咬狗,
拿起门来开开手,
拾起狗来打砖头,
反被砖头咬一口!

忽见脑袋打木棍,
木棍打伤几十根,
抓住脑袋上法庭,
气得木棍发了昏!

后面一段是在讽刺特务在群众集会上打了人,警察反而把被打的人送往法庭。

第二节　解放区的诗歌创作

与国统区的诗歌不同,解放区的诗歌创作以民歌体的叙事诗为主。民歌体叙事诗的发展与 1942 年的延安文艺座谈会以来“文艺为工农兵服务”的方针密切相关,来自于民间的民歌是群众所“喜闻乐见的形式”,叙事体则便于表现工农兵的生活内容,因此,就连从国统区来的以自由抒情诗出名的田间和艾青,在 1942 年以后也开始写叙事诗了。这方面具有代表性的是李季的《王贵与李香香》和阮章竞的《漳河水》。

李季(1922—1980),河南省唐县人,1938 年在延安抗日军政大学学习,1942 年以后参加了实际工作,并收集了大量陕北民歌。长篇叙事诗《王贵与李香香》写于 1946 年 9 月,在延安《解放日报》上发表后,立即受到了高度评价。这首诗写一对贫苦青年王贵和李香香由受压迫到获得解放,终于幸福地结婚的故事。王贵的父亲因为交不起地租,被地主崔二爷打死了,王贵从十三岁上就被迫给崔二爷当长工,受了很多苦。长大以后,他爱上了穷人家的女儿李香香。崔二爷看中了李香香的美貌,想要霸占她,遭到李香香的拒绝。王贵参加了革命活动,被崔二爷抓了起来,惨遭毒打。李香香找来游击队,救出了王贵,解放了他们的村庄,王贵和李香香自由结婚。不久,崔二爷带着“白军”(国民党军队)回来,逼迫李香香跟他成亲。王贵参加的游击队重新打了回来,抓住了崔二爷,解救了李香香。诗歌歌颂了革命,也歌颂了敢于反抗的贫苦农民,表现了革命与农民翻身解放、婚姻幸福的关系:

不是闹革命穷人翻不了身,
不是闹革命咱俩也结不了婚!

这个主题,在解放区的文学作品中是带有普遍性的。诗歌采用了陕北民歌“信天游”的形式,句句押韵,每两句一换韵,富有鲜明的节奏感。同时,诗歌也学习了民歌的创作方法，不但语言是口语化的，而且大量使用民间传统的比兴[1]手法，比兴所用的材料也是民歌和民间口语中所习用的，这在中国现代诗歌中的确显得十分新鲜活泼：

山丹丹开花红姣姣，
香香人材长得好。

一对大眼水汪汪，
就像那露水珠在草上淌。

二道糜子[2]碾三遍，
香香自小就爱庄稼汉。

地头上沙柳绿蓁（zhēn）蓁，
王贵是个好后生。

身高五尺浑身都是劲，
庄稼地里顶两人。

玉米开花半中腰，
王贵早把香香看中了。

小曲好唱口难开，
樱桃好吃树难栽。

---

① 比兴：民歌中常用的表现手法，"比"是比喻，"兴"是一种开头的方式：在一段之前先写出一句形象的话，然后再写所要写的内容。这句话跟后面写的内容不一定构成明显的比喻关系。

② 糜（méi）子：broom corn millet，一种黏的小米。

交好的心思两人都有，
谁也害臊难开口。

王贵赶羊上山来，
香香在洼里掏苦菜。

赶着羊群打口哨，
一句曲儿出口了：

“受苦一天不瞌睡，
合不着眼睛我想妹妹。”

停下脚步定一定神，
洼洼里声小象弹琴：

“山丹丹花来背洼洼开，
有那些心思慢慢来。”

“大路畔上的灵芝草，
谁也没有妹妹好！”

“马里头挑马四银蹄，
人里头挑人就数哥哥你！”

阮章竞，广东省中山市人，1914 年生。《漳河水》发表于 1949 年 5 月，写了荷荷、苓苓、紫金英等三个农村妇女在旧社会的悲惨遭遇和解放后的幸福生活。三个妇女都有着不幸的婚姻：荷荷嫁给一个比她大二十多岁的富农老头，受尽婆婆和丈夫的欺压；苓苓的丈夫是狠心郎，她经常挨打挨骂；紫金英结婚不到一年丈夫就病死了，她独自带着孩子在生活中苦苦挣扎。解放后，荷荷跟那个富农老头离了婚，嫁给了勤劳、进步的青年王三好；苓苓经过努力，帮丈夫改掉了不尊重妇女的行为和思想；紫金英也在荷荷和苓苓的帮助下投身到集体生产劳动中，走上了新的生活道路。诗歌从妇女解放的角度歌颂了解放区的新生活。诗歌采取了许多漳河一带的民歌形式进行创作，也使用了大量比兴手法，不过同《王贵与李香香》比起来，《漳河水》的描写更细致，感情也显得更含蓄一些，在民歌中融进了一些中国古典诗词的风味：

漳河水，九十九道湾，
层层树，重重山，
层层绿树重重雾，
重重高山云断路。

清晨天，云霞红红艳，
艳艳红天掉在河里面，
漳水染成桃花片，
唱一道小曲过漳河沿。①

思考题：

1. 国统区与解放区的诗歌创作各有什么不同特点？
2. 田间的诗歌有什么特点？
3. 结合《手推车》等诗，谈谈艾青抒情诗的特点。
4. 七月诗派包括哪些诗人？他们的诗歌创作有什么共同特点？
5. “九叶”诗人都是指谁？他们的诗歌创作有什么主要特点？

---

① 引文根据1949年12月的修改稿。

6. 袁水拍《人咬狗》一诗是在讽刺什么？
7. 李季的《王贵与李香香》表现了什么主题？在诗歌形式上有什么特点？
8. 阮章竞的《漳河水》表现了什么主题？在诗歌形式上有什么特点？

第三章　抗战以后的戏剧创作

第一节　国统区等地的戏剧创作

这个时期国统区等地的戏剧创作中还是话剧创作最有影响，从话剧所假定的时间背景上看，可以分为历史剧和现代剧两种，把时间假定在中华民国成立以后的，算是现代剧。但现代剧不一定都是现实题材的，它可以像陈白尘的《升官图》那样表现梦境中的荒诞（虽然也是讽刺现实的）内容；同样，历史剧也包括了像吴祖光《牛郎织女》那样的神话内容。

一、历史剧

这个时期的历史剧创作达到了高峰，这首先跟抗日民族战争有着密切关系，战争使作家的民族情绪爆发出来，于是开始用历史上能表现爱国主义精神、激励民族情绪的内容从事话剧创作。到了1941年"皖南事变"以后，由于国统区政治黑暗日益加深，言论自由又受到极大压制，直接暴露和讽刺现实社会的现代剧的创作和演出都受到了很大限制，于是历史剧就显得特别发达起来，不过在表现爱国主义精神的同时，又加入了更多控诉政治黑暗的内容，使人看到可贵的民族精神如何在当时黑暗的历史环境中被扼杀。正是由于历史剧的发展跟当时的现实环境有着直接关系，所以这个时期的历史剧差不多都是为现实服务的，作家创作历史也正是在反映现实，于是现实与历史就在这些剧作家的笔下得到了沟通。

郭沫若是这个时期历史剧作家的代表，从 1941 底到 1943 年初短短两年时间里，他完成了《棠棣之花》《屈原》《虎符》《高渐离》《孔雀胆》《南冠草》等六部多幕历史剧，取得了历史剧创作的丰收。

写于 1942 年的五幕话剧《屈原》是郭沫若剧作中影响最大的。作品写了中国战国时期楚国著名诗人屈原的悲剧，做着楚国上大夫①的屈原积极主张联合齐国抵抗强大的秦国，楚怀王的妻子郑袖（南后）却完全出于个人利益的考虑，设计陷害屈原，在楚怀王到来之前假装头晕故意倒在屈原怀里，使楚王误以为屈原在调戏南后。楚王因此革去了屈原的职务，也不再听从他联齐抗秦的主张，断送了楚国的大好形势。在这个无耻的阴谋面前，屈原爆发了极大的愤怒，他一再向楚王劝说，并当面揭穿秦国的阴谋，却被楚王认为是发了疯，把他关到东皇太一庙中。在风雨交加的夜晚，对着庙中的牛鬼蛇神，他的愤怒到达了极点，他指着风、雷、电向黑暗的现实发出了强烈的控诉，他希望光明的烈火把“包含着一切罪恶的黑暗烧毁”：

> 风！你咆哮吧！尽力地咆哮吧！在这暗无天日的时候，一切都睡着了，都沉在梦里，都死了的时候，正是应该你咆哮的时候，应该你尽力咆哮的时候！
>
> 尽管你是怎样的咆哮，你也不能把他们从梦中叫醒，不能把死了的吹活转来，不能吹掉这比铁还沉重的眼前的黑暗，但你至少可以吹走一些灰尘，吹走一些砂

---

① 上大夫：官名。

石，至少可以吹动一些花草树木。你可以使那洞庭湖，使那长江，使那东海，为你翻波涌浪，和你一同地大声咆哮呵！

……

啊电！你这宇宙中最犀利的剑呀！我的长剑是被人拔去了，但是你，你能拔去我有形的长剑，你不能拔去我无形的长剑呀。电，你这宇宙中的剑，也正是，我心中的剑。你劈吧，劈吧，劈吧！把这比铁还坚固的黑暗，劈开，劈开，劈开！虽然你劈它如同劈水一样，你抽掉了，它又合拢了来，但至少你能使那光明得到暂时间的一瞬的显现，哦，那多么灿烂的，多么眩目的光明呀！（第五幕）

南后想用毒酒害死屈原，结果酒被屈原的使女婵娟误饮，在悲愤之中，屈原终于听从了一个士兵的劝告，到汉北去参加“抵御强暴，保卫楚国”的斗争。作者在基本符合历史事实的基础上，对屈原进行了大胆创造，使他成为一个在黑暗的高压面前不妥协，不屈服，始终保持着高尚的精神的理想人物。剧中还写了宋玉和婵娟两个人物，宋玉是屈原的学生，屈原平时很看重他，但他却在关键时刻背叛了屈原。婵娟在平时不会像宋玉那样能说会道，在屈原遇到不幸时，却能挺身而出，甚至为屈原献出了生命。《屈原》中所表现出的黑暗气氛与“皖南事变”以后国统区的情况十分相似，楚国“联齐抗秦”的失败，屈原的因爱国而遭迫害等，都可以使人与当时中国的现实社会发生联想，因此，《屈原》的创作和演出在当时引起了很大的反响。不过作者没有为了现实的目的而去任意改变历史，这使他的历史剧在接近现实的同时又与现实保持着一定距离，这个距离的保持不但使这部历史剧显得真实，而且也使作者较好地避免了在他后期诗歌中所容易出现的概念化倾向。这是因为当他保持一种写历史的心态去创作的时候，他就可以在一定程度上放松了对作品主题和人物的极端的政治化要求，而使创作进入到较深的层次中去。《屈原》是剧与诗的结合，整部作品贯穿着浪漫主义的抒情性，它不同于曹禺、夏衍的剧作中所表现的抒情性，在曹、夏的剧作中，抒情性主要表现在由动作和对话所暗示出的人物复杂的情感世界，以及戏剧主题的诗意处理方面，它们基本上属于现实主义戏剧的抒情性。《屈原》中的抒情性却似乎更加强烈、更加直接，它不是隐藏在戏剧结构之中，它本身就在创造着戏剧结构。一部《屈原》的全部目的似乎就是要使屈原的怒火逐步升级，而这同时也就是将自己的怒火燃烧进去，直到最后一幕"雷电颂"的独白，那是真正的诗，是全剧的高潮，也是屈原或者说作者自身感情的总爆发。于是我们就在郭沫若的历史剧中重新发现了产生于《女神》又随着《女神》的时代一同消失的那个自我。

郭沫若之外的另外两个重要的历史剧作家是阳翰笙和欧阳予倩。

阳翰笙（1902—1993），原名欧阳继修，笔名华汉，四川省高县人，左翼戏剧运动和现代电影事业的领导成员之一。他写的历史剧有《李秀成之死》（1937 年）、《天国春秋》（1941 年）等。《天国春秋》以引起太平天国①走向失败的"杨韦事变"为题材，写了太平天国内部的一场自相残杀。投机分子韦昌辉用阴谋手段使忠实于太平天国的杨秀清和他的部下两万多人遇害。这场惊心动魄的历史事件很容易

---

① 太平天国：1851 年，洪秀全、杨秀清等在广西桂平县金田村举行起义，建立"太平天国"，以南京为中心，势力发展到 18 个省，1864 年失败。太平天国运动是中国历史上最大的农民起义之一。

使人联想起当时刚刚发生的“皖南事变”,新四军九千多人被国民党残杀的事实。

欧阳予倩的《忠王李秀成》(1942年)也是写太平天国运动的。该剧写曾国藩的军队包围天京(南京),太平天国面临生死存亡,李秀成带领太平军英勇奋战,天王洪秀全却害怕李秀成的威望太高,对他百般猜疑,洪秀全的亲属又用种种手段陷害李秀成,终于使太平天国走向失败。这也显然可以使人想到国民党政府的种种表现。剧作通过剧中人之口揭露“那班奸臣,他们宁愿把江山让给敌人,也不放过自己的弟兄”。

二、现代剧

国统区的现代剧没有像历史剧那样集中揭露国民党政府破坏抗日统一战线的行为,这也许是由于言论自由的限制,但与当时的剧作家所能掌握到的现实材料也不无关系。然而现代剧所表现的内容也因此显得广泛。曹禺的《北京人》和夏衍的《法西斯细菌》《芳草天涯》等剧代表着这个时期现实题材剧的较高水平。此外,于伶的《夜上海》《长夜行》,宋之的的《雾重庆》,吴祖光的《风雪夜归人》《少年游》,袁俊的《万世师表》,田汉的《丽人行》等,也都是比较出色的作品。陈白尘的《升官图》,则达到了这个时期讽刺喜剧的较高水平。

宋之的(1914—1956),河北省丰润县人,他在30年代也从事左翼戏剧运动。抗战以后写过《刑》《雾重庆》《戏剧春秋》(与夏衍、于伶合作)等。五幕话剧《雾重庆》(又名《鞭》)写于1940年,是这个时期较早开始暴露国统区黑暗的作品:几个满怀爱国热情的青年跑到重庆来,但在生活的压迫和社会风气的腐蚀下,他们都沦落了。万世修成了为人算命看相的“活神仙”;徐曼(苔莉)为了生活当了交际花，出卖自己的灵魂和肉体，终于被官僚袁慕荣抛弃；为人正直、一心想从事文学创作的老艾得了肺病没钱医治，痛苦地死去；满怀抗战热情的精明能干的林卷好，为了生活只好去开饭馆。剧中的主人公沙大千本是个正直而有理想的青年，初到重庆时，他对发国难财的袁慕荣十分反感，对堕落的苔莉也非常厌恶，但在生活的腐蚀下很快就堕落了，跟袁慕荣一起贩卖军火，跟苔莉一起鬼混。作品通过这些青年的变化反映社会的黑暗和阴湿，结构紧凑，人物性格也写得比较鲜明生动。

吴祖光，江苏省武进县人，1917 年生。他在当时是位年轻而有才华的剧作家，发表第一部剧作《凤凰城》时只有二十岁，取得了意想不到的成功，以后又写了《正气歌》《风雪夜归人》《少年游》《捉鬼传》《牛郎织女》《嫦娥奔月》等十几部剧作。其中写于 1942 年的《风雪夜归人》是他的代表作。剧中描述了一段爱情悲剧：京剧演员魏莲生跟法院院长苏弘基的四姨太、妓女出身的玉春发生了爱情，事情被发觉后，魏莲生被赶走，玉春被送给别人。二十年后，在一个风雪之夜，穷困潦倒的魏莲生回到他们相爱的地方，冻死在雪地上。同类题材的故事常常出现在旧派的通俗小说里，不过这部剧写出了人的意识的觉醒，莲生和玉春意识到自己不过是有钱人的玩物，因而想要摆脱这种处境，所以二人对爱情的追求同时也就成了对人的尊严的追求。

陈白尘（1908—1994），江苏省淮阴县人。他也是在 30 年代左翼戏剧运动中成长起来的剧作家，这个时期的剧作主要有《魔窟》《乱世男女》《结婚进行曲》《岁寒图》《升官图》等。他是当时为数不多的喜剧作家之一，喜欢用夸张的漫画式的方法来表现喜剧人物，从而达到讽刺的目的。写于 1945 年的三幕剧《升官图》是他讽刺喜剧的杰出代表。作者把这部剧的时间背景放在民国初年，显然是为了避免国民党检查机关的刁难。作品写了两个强盗做的一场升官发财梦，在梦中，他们趁着在群众暴动中，知县受伤、秘书长丧命的机会，冒充知县和秘书长，县里那些官吏、知县太太等为了分得赃款①，都承认了这两个冒牌货，真知县反而被卖去当兵。这伙人贪污受贿、营私舞弊，无恶不作，而前来视察的省长搜刮钱财的手段更高，他假装头疼，要用五十两一根的金条做"药"，"左边头痛，一根金条就够；右边痛，要两根；前脑痛，三根；后脑痛，四根；最厉害的是左右前后都痛，那要五根才行"，"第二次如果再痛起来"，还要"换新的"。省长收到了足够的金条，又免费得到一个太太，于是宣布视察完毕，一切太平，枪毙了逃回来的真知县，又使这些拍马屁的贪官污吏都升官发财。就在省长和知县同时举行婚礼的时候，愤怒的群众把他们都抓了起来。至此，两个强盗从梦中惊醒。剧作用荒诞的情节使人看到国民党统治区贪污腐败的真实图景，艺术上取得了较好的成绩。假冒知县的戏剧构想显然受了俄国剧作家果戈理②《钦差大臣》的影响，而当作者用了梦的方式来加以表现的时候，剧中漫画式的夸张也就显得合情合理了。

第二节　解放区的戏剧创作

解放区的戏剧创作中，最有影响的是新歌剧，这当然还是和为群众服务的指导思想有关。在中国传统的民族和民间戏剧形式中，只有歌舞说唱结合在一起的戏曲，没有只是说话的话剧，新歌剧的出现正是为了适应这种群众性的欣

---

① 赃款：用非法手段（如贪污、受贿或偷盗等）得来的钱。

② 果戈理：Николай Васильевич Готоль，1809—1852，俄国作家。

赏习惯。这种新歌剧是在秧歌剧运动的基础上产生的，秧歌剧是40年代初延安一带的文艺工作者以当地的民间舞蹈秧歌为基础创造出来的一种小型歌剧，以歌舞为主，有简单的故事情节。第一个秧歌剧是由王大化、李波、路由、安波等创作的《兄妹开荒》（原名《王小二开荒》），反映当时根据地开展的大生产运动①，在解放区产生了广泛的影响。以后又有《十二把镰刀》（马健翎）、《秦洛正》（贺敬之）、《牛永贵挂彩》（周而复、苏一平）、《夫妻识字》（马可）等，内容大都反映解放区的新生活、新事物。新歌剧就是在这一基础上吸收传统戏曲、西方歌剧、话剧的表现方法而创造出来的，它在说、唱、舞相结合的方式上跟传统戏曲相似，但形式上比戏曲更通俗、更自然、更活泼，台词采用口语，歌曲选取各地民歌，动作上虽然吸收了戏曲和民间舞蹈中的一些程式，但比戏曲的动作显得更自然，也更自由些。与西方歌剧相比，除了上述表演方式的区别外，还有一个重要区别，西方歌剧中更突出音乐效果，而中国的这种新歌剧则更突出文学效果，情节的设计和人物形象的塑造等文学因素在新歌剧创作中占有首要位置。

较有代表性的新歌剧有傅铎的《王秀鸾》（1945年），贺敬之、丁毅的《白毛女》（1945年），阮章竞的《赤叶河》（1947年），魏风、刘莲池、朱丹、严寄洲、董小吾的《刘胡兰》（1948年）等。其中《白毛女》是影响最大的一部。

《白毛女》由延安鲁迅艺术学院集体创作，贺敬之、丁毅执笔。剧本根据流传在根据地的一个“白毛仙姑”的故事写成，共五幕十六场，通过喜儿（白毛女）的遭遇，反映“旧社

---

① 大生产运动：当时共产党在根据地内发动军民共同进行广泛的开荒种地、纺纱织布等活动，这是与整风同时开展的运动，目的是在抗日战争最艰苦的年代，通过自力更生的方式解决军队和人民的生活问题。

会把人变成鬼，新社会把鬼变成人”的主题。喜儿是贫苦农民杨白劳的女儿，父亲由于欠了地主黄世仁的债而被地主逼死，喜儿也被抢到黄家，又被黄世仁强奸。她怀着深仇大恨逃出黄家，在深山中生活，由于营养缺乏而变得满头白发，人们误以为她是“白毛仙姑”。喜儿的恋人王大春带着八路军解放了喜儿的家乡，也解救了喜儿，血债累累的黄世仁被枪毙，喜儿从此翻身解放，过上幸福生活。歌剧表现了喜儿复仇反抗性格的逐渐形成：起初她只是个天真活泼的少女，在命运的急速变化中，她所受到的痛苦越来越多，她对地主阶级的仇恨也越来越大，她不再想到死，她“要活”，“要报仇！”正是报仇雪恨的心使她坚强地活了下来。在庙里遇到前来躲雨的黄世仁时，她的仇恨爆发出来，愤怒地抓起供品向黄世仁打去；当前来“捉鬼”的大春追到山洞里，她误以为是黄家派人来抓她时，她准备以死相拼。大春问她“是人是鬼”，她悲愤地说，“我是人，/我是人，/——我有血肉，我有心”：

> 烈火呵，你们扑不灭，
> 大树呵，你们砍不断根！
> ……
> 我就是山上的大树，野地的火，
> 我就是喜儿呵——不死的人！

复仇反抗的性格发展到了顶点。《白毛女》在歌颂了农民的复仇反抗精神的同时，也反映出单凭个人的反抗无法取得成功，喜儿只有跟着共产党走，才能报仇雪恨，获得幸福。

《白毛女》是一部“革命现实主义与革命浪漫主义相结合”的作品，在反映压迫和反抗这一阶级斗争的现实基础上充满了浪漫主义色彩，这主要表现在由人到鬼、又由鬼到人的传奇性情节，对喜儿强烈反抗情绪的性格塑造，以及对新生活的理想主义展示等方面。在形式上,《白毛女》是把戏剧、音乐、诗歌三者结合在一起的民族歌剧的成功代表。《白毛女》于 1945 年 5 月在延安首次演出,又经过不断修改,在解放区产生了普遍的影响。

解放区的话剧也表现出不同特点,其中反映部队生活的话剧影响最大,有姚仲明、陈波儿的《同志,你走错了路》(1944 年),杜锋的《李国瑞》(1945 年)等。前者反映八路军领导层中的两条政治路线的斗争,联络部长吴志克在抗日统一战线问题上,执行了一条投降主义路线,没有对国民党顽固派①进行坚决斗争,结果上了顽固派的当,使部队遭受了损失,他自己也终于在血的教训中觉悟。后者以整风运动为背景,写落后战士的转变。李国瑞是个经常违反纪律,"调到哪里,哪里讨厌"的落后战士,指导员王竞生工作上的简单粗暴增加了李国瑞的对立情绪。经过整风学习,王竞生改变了自己的工作作风,李国瑞也因此发挥了积极性,成为一个先进的战士。这类话剧一般语言上比较生动活泼,多采取部队中所习用的口语,结构上也常采取比较单纯的开放式结构②,容易让战士理解和接受。

思考题:

1. 谈谈这个时期的戏剧创作情况。
2. 谈谈郭沫若《屈原》的特点。
3. 歌剧《白毛女》表现了什么内容?有什么特点?

---

① 国民党顽固派:指国民党中破坏统一战线的势力。

② 开放式结构:使剧中的主要情节按照时间顺序从头到尾完整地表演出来,而不是像《雷雨》等剧那样,从情节的发展接近高潮时演起,只把前面的内容通过对话等方式交待出来。后者叫做锁闭式结构。

第四章 抗战以后的小说创作

第一节 国统区等地的小说创作

国统区等地的小说基本上是按照前两个时期的路子走下来的，总的来说，五四以来新文学和外国文学的影响要大于中国传统和民间文学的影响。抗战前期的小说大体上可以分成两类，一类是反映抗战以后现实生活的小说，这些小说多是短篇，有的直接写战斗生活，如丘东平的《一个连长的战斗遭遇》、姚雪垠(yín)的《差半车麦秸(jiē)》等，有的写抗战之后出现的新气象，如艾芜《纺车复活的时候》《秋收》等，自从张天翼的《华威先生》发表以后，也开始有了揭露国统区黑暗的小说，如沙汀的《在其香居茶馆里》等。另一类写抗战以前生活的小说，则以长篇为主，如巴金《激流》三部曲的后两部——《春》《秋》，萧红的《呼兰河传》，端木蕻(hóng)良的《科尔沁旗草原》，齐同的《新生代》。1941年以后，所谓暴露黑暗的小说占了主要地位，这些小说中，有的揭露国统区现实社会的黑暗，如茅盾的《腐蚀》、沙汀的《淘金记》、巴金的《寒夜》，有的描写沦陷区人民的生活，如老舍的《四世同堂》。当路翎写着一些知识分子对人生和自身做出绝望的反抗(《财主底儿女们》)的时候，钱钟书也从完全不同的角度，写着另一些知识分子对于同样是绝望而荒诞的人生发出无可奈何的叹息(《围城》)。师陀的《马兰》、张爱玲的

《金锁记》等，也在阴暗的人生背景中探索着人性的奥秘。此外，黄谷柳的《虾球传》等，则以通俗的方式表现着革命与反抗的内容。

一、沙汀等人的短篇小说

这个时期的短篇小说，成绩较好的有丘东平、姚雪垠、艾芜、张天翼、沙汀等人。

丘东平（1910—1941），广东省海丰县人。他是一个有个性、有激情的作家，曾多次亲身参加战斗，并终于在战斗中牺牲。他的小说受到胡风的称赞，他本人也成为七月派重要的小说家之一。抗战以后，他在《七月》上陆续发表《暴风雨的一天》《第七连》《我们在那里打了败仗》《我认识了这样的敌人》《一个连长的战斗遭遇》等，这些小说差不多都是直接写战斗生活的，带有战地报告的特点，然而与一般的战地记事不同，他的小说更多地写出了人物对于战斗生活的真实的内心感受。其中《一个连长的战斗遭遇》写一场在失去指挥的混战中，四连连长林青史带领全连战士一起英勇作战，流血牺牲，但战斗以后，营长却以违反军纪为名将他判处死刑。作者借作品中人物的口称赞林青史是“在旧的队伍中产生”的“中国的新军人”，同时也写出了中国军队在抗战中所暴露出来的种种问题。

姚雪垠（1910—1999），河南省邓县人。他的短篇小说《差半车麦秸》（1938 年）是抗战前期写战斗生活中很有影响的一篇。小说写一个外号叫“差半车麦秸”的农民参加抗日游击队以后思想上的成长过程。他是个善良纯朴又有点无知可笑的人，他抱着“鬼子不打走，庄稼做不成”的观念参加了游击队，同时又保留了很多农民式的可笑的习惯：把鼻涕抹到鞋尖上，把虱子放到嘴里咬……参加游击队后，他因为心疼油钱，夜里吹灭了油灯，引起了队伍的混乱；去侦察时，又从老百姓家里拿回一根牛绳，违反了部队的纪律。这些由无知造成的小错误始终与农民的善良纯朴连在一起。在部队生活和革命思想的影响下，他发生了迅速变化，在一次执行任务的过程中，他腿部受了伤，他不顾伤痛，拼命向敌人射击，并要求“留下换他们几个[①]”。小说避免了当时一些抗战题材的作品中容易出现的那种空洞的英雄主义口号，真实生动地写出了抗日战士的平凡而感人的形象，口语化的语言也与生动幽默的描写相一致。以后，姚雪垠还写过《牛德全与红萝卜》《长夜》等中、长篇小说。中华人民共和国成立以后，他的长篇历史小说《李自成》产生了很大的影响。

沙汀（1904—1992），原名杨朝熙、杨子青，四川省安县人。他30年代开始从事小说创作时，曾和艾芜一起受过鲁迅的帮助和指导。从1932年起，他出版了《土饼》《苦难》《爱》等短篇小说集，抗战以后他回到家乡四川，又出版了《播种者》《呼嚎》《医生》等短篇小说集。他在抗战期间写的小说中，常常揭露、讽刺那些表面上为了抗战，实际上却营私舞弊、发国难财的基层官吏、土豪劣绅。他的小说有着浓厚的乡土气息和地方色彩，他在描写中很少透露主观感情，善于让人物通过自己的动作、语言来表现性格，从而达到讽刺的目的。他最有名的短篇是《在其香居茶馆里》（1940年），小说借着发生在茶馆里的一场闹剧，暴露并讽刺了抗战中国统区基层政权的腐烂。联保主任方治国听说新任县长要“整顿兵役”，他就秘密告发当地土豪邢幺吵吵的儿子四次逃避服兵役，结果邢幺吵吵的儿子被抓了壮丁[②]。邢幺吵吵于是在其香居茶馆里跟方治国吵了起来，二

---

① 留下换他们几个：意思是说，自己留下来不走，跟敌人拼命。

② 抓壮丁：指旧时把适龄青年（壮丁）抓去当兵。

人越吵越厉害，终于打得鼻青脸肿。作者借着二人的争吵，把那些营私舞弊的事都讲了出来，也把那些有钱有势的人在抗战中“站在一切规矩之外”的态度表现了出来。小说的结局是，邢幺吵吵的哥哥请新任县长吃了饭，结果邢幺吵吵的儿子以点名时报错了数，“没资格打国仗”为理由，被放了回来——原来新县长的“整顿兵役”也不过是一场骗局，这意味深长的一笔将营私舞弊问题的根源指向了腐败的国民党政权。小说结构严谨，只通过一个戏剧性的场面，让人物在彼此交锋中表现各自的性格特点。沙汀还写过描写四川农村生活的三部长篇小说：《淘金记》（1942 年）、《困兽记》（1944 年）、《还乡记》（1946 年），其中《淘金记》写得较好。

二、张爱玲和她的《金锁记》

在上海沦陷区作家中，张爱玲的小说在艺术上取得了较好的成绩。

张爱玲（1921—1995），女，原名张瑛，生于上海。她较多地吸收了中国传统小说的写法，题材也大体不出传统世情小说的范围，不过她把自己对人世的新的感受注入到小说之中，因而也使传统的文学风格获得了新的生命。她1943—1945 年在上海沦陷区写的小说大都收在《传奇》集里，以后，她又写过长篇小说《十八春》（1951 年出版）、《秧歌》（1954 年出版）等。收在《传奇》中的中篇小说《金锁记》（1943 年），是张爱玲小说的代表作品。小说写一个市民家庭的女子嫁到大户人家之后的遭遇。麻油店店主的女儿曹七巧嫁给了患“骨痨”的姜二少爷，陪着这个“没有生命的肉体”苦熬了十年，当丈夫和婆婆死后，她分得了财产，也因此对周围的人怀着戒心。为了保住金钱，她拒绝了小叔子的引诱，同时也把自己对他的爱情深深“锁”了起来。从此，她发生了严重的心理变态：她把儿子当成“生命里”惟一的“男人”,为了把他留在身边而教他抽上鸦片烟;她用各种方式摧残儿媳的心理,使她在忧郁中痛苦地死去;她想方设法拆散了女儿的婚姻,使女儿“断了结婚的念头”。保住金钱的欲望压抑了她的感情,而那被压抑的感情又以变态的方式发泄在她身边的人身上:

> 三十年来她戴着黄金的枷。她用那沉重的枷角劈杀了几个人,没死的也送了半条命。

对曹七巧变态心理的描写是小说中最有特色的地方,它使人看到人性受到压抑之后会发生怎样可怕的后果。

三、路翎和他的《财主底儿女们》

路翎(1923—1994),原名徐嗣兴,江苏省南京市人。1938年开始发表小说,1940年因在《七月》杂志上发表短篇小说《“要塞”退出以后》,与胡风结识,从此成为七月派最重要的小说作家。他的主要作品有:《饥饿的郭素娥》(1942年)、《财主底儿女们》(上卷1945年出版,下卷1948年出版)、《罗大斗底一生》(1945年)、《燃烧的荒地》(1948年)、《洼地上的战斗》(1953年)等。路翎的小说从来不做冷静客观的描述,他使自己的主观感情深入到所写的对象中去,但他又不像一般浪漫主义作家那样,根据自己的主观爱好而随意改变客观世界,而是企图通过主体的积极参与去认识并发现世界的真实。与此相关的是,他在小说中总是表现主人公与外部世界及自我内心世界的痛苦的搏斗,无论是工人还是知识分子,都在这搏斗中表现出人的所谓“原始强力”——一种发自人性深处的不可战胜的精神力量。

长篇小说《财主底儿女们》是路翎最重要的作品,约89万字,是中国现代文学中最长的小说之一。小说以抗战前期为背景，写了一个大家庭的破落，以及这破落家庭中的儿女们的生活道路和思想经历，由此反映了从1931—1940年间中华民族的历史面貌。小说上卷写蒋家的破落，这个苏州有名的大家庭已经和古老的中华民族一同衰败，蒋家一家人斗不过一个大儿媳妇金素痕，她夺走了蒋家的财产，气死了公公蒋捷三，逼疯了丈夫蒋蔚祖，使他跳崖自杀，她自己也在这个家庭的毁灭中尝到了痛苦的滋味。下卷写蒋家儿女们各自的命运，主要写了三儿子蒋纯祖的心灵历程。蒋纯祖勇敢地从衰败的家庭中冲了出来，在苦难的中国社会中艰难地寻找自己的人生道路，他真诚地面对世界，也真诚地面对自己；他不想接受任何形式的虚伪，但也无法忍受现实世界中的残酷的真实，于是他只有与那不理想的现实进行痛苦的搏斗，并在这搏斗的过程中发现着自身的不理想，他的搏斗于是又转向自身。当他看到正直的朱谷良要枪杀企图强奸妇女的石华贵时，他在“爱一切人”的冲动下跑上前去拦住了朱谷良，但此后，当石华贵的枪口指向朱谷良时，他却像别人一样“怯懦”地站在一旁，眼看着朱谷良被打死。朱谷良的死使他明白自己“犯了怎样的罪”，他终于怀着对这“罪恶的恐怖”，设计杀死石华贵，为朱谷良报了仇。在抗敌演剧队中，由于他不愿意“逢迎①”队里的一些领导者，特别是由于他和高韵的恋爱引起了这些领导者的嫉妒，他们以“打击队里的个人主义底因素”为名，在会上对蒋纯祖进行了严厉的批判，说他“表现了小资产阶级个人主义的根深蒂固的毒素”，甚至“客观上必然要反革命”，因此是“内部的敌人”。蒋纯祖在痛苦和失望中跟他们进行了激烈的争吵，揭露他们以革命的名义所做出的宗派主义行动。带着一次次失望，他走向了“贫苦的农村和沉默的人民”，做

---

① 逢迎：向别人讨好，拍马屁。

了石桥场的小学校长。他依然不愿意向农村的黑暗现象屈服，在学校，他“决心整顿全局，把一切工作都进行得彻底”，但他所能做的只是坚持把不肯交学费的富家子弟开除，鼓动起学生对将要被迫卖身的女学生表示强烈的同情，而仅仅这样，就已经使自己孤立无援，四处受敌，他终于病死在荒山野寺中。蒋纯祖的一生既没找到一个使他满意的环境，也没获得一个使他满意的自我，然而他那种对现实和自我的不妥协的具有“原始强力”的斗争精神，却有着巨大的人格力量。

四、钱钟书的《围城》

钱钟书（1910—1998），字默存，江苏省无锡市人。他一生主要从事学术研究，文学作品写的不多。他也是在上海“孤岛”时期开始创作的，《围城》则写于1944—1946年，是他出版过的惟一一部长篇小说，至今还有很多读者。

小说主要写方鸿渐在生活、事业等方面的不断失望。他是个“无用之人”，留学时学的已是“没用”的哲学和中国文学，又没怎么用功去学，只好买了张假博士文凭骗骗自己家里人。在生活方面，他似乎很容易获得女子的好感，却始终没有得到婚姻幸福。在回国的船上，他跟鲍小姐打得火热，又被鲍小姐随意丢开，只觉得是受了“玩弄”。在上海，他被老同学苏文纨追求，心里却爱着苏的表妹，天真活泼的唐晓芙，结果在苏的挑拨下，唐对他发生了解释不清的误会，两个人终于分手。他跟赵辛楣、孙柔嘉等人来到湖南平成的三闾大学。这所新建的学校却没有一点新气象，大家表面上很客气，暗地里却勾心斗角，方鸿渐他们一到三闾大学就受到了排挤。在这样的环境里，孙柔嘉有意做出的天真和柔弱，使方鸿渐逐渐对她产生了好感，终于糊里糊涂地跟她定了婚，回到上海。定婚以后，方鸿渐发现孙柔嘉好像变了个人，而他自己的缺点也逐渐暴露，两个人开始吵架。结婚后，二人关系变得越来越紧张，终于动手打了起来，感情破裂得无法恢复。最后，方鸿渐准备到重庆去找他的朋友赵辛楣，“心里”又生出一点生活的“希望”。

方鸿渐在生活中一事无成，但对社会、人生的认识却常常比别人更清醒、更深刻。他认识到现代教育制度中的种种问题，认识到“现在的留学跟前清的科举功名一样”，只是为了获得社会地位，而不是为了提高学问。他在思想上始终站在现实社会的对立面，但在行动中又是软弱的，因而既不能融入现实社会之中，又不能反抗不理想的现实社会，于是只能在现实的“围城”内外逃来逃去。作者通过人物的口暗示出了《围城》的主题：

> 慎明道：“关于 Bertie① 结婚离婚的事，我也和他谈过。他引一句英国古话，说结婚仿佛金漆的鸟笼，笼子外面的鸟想住进去，笼内的鸟想飞出来；所以结而离，离而结，没有了局。”
>
> 苏小姐道：“法国也有这么一句话。不过，不说是鸟笼，说是被围的城堡 fortresse assiégée，城外的人想冲进去，城里的人想逃出来。”

在作者看来，人在现实中永远找不到理想，因此永远把自己未曾得到的东西看成是理想，一旦这东西追求到手，马上就觉得不理想，于是又把另一些未曾到手或已经放弃了的东西当作理想，重新进行下一轮的追求。小说中的任何人，都无法摆脱这种荒诞的“围城”式循环，无论是唐晓芙、孙柔嘉、苏文纨还是赵辛楣，有些人可能很容易得到一些别

---

① Bertie：英国哲学家罗素（Bertrand Arthur William Russell，1872—1970）的昵称，书中的褚慎明这样称呼罗素，是要显得跟这位世界名人关系密切。

人不易得到的东西(比如金钱、地位),但那绝不是理想。但对这些人来说,他们只是在盲目地追求和痛苦,希望和失望,方鸿渐却是小说中惟一真正认识到这种围城式人生的荒诞性的人。早在离开上海的船上,他就已经“对人生万事,都有这个感想”了。他本来就对去三闾大学没有多少热情,本来就在怀疑自己对孙柔嘉是否真有爱情了,但他却依然无法摆脱围城式的生活,明知不理想,也还是要去三闾大学,要跟孙柔嘉结婚,原因在于眼前的现实更不能使他满意。他不是为了追求理想而在“围城”内外冲进冲出,而是为了摆脱现实而在“围城”内外逃来逃去,这是他的清醒之处,也是他的软弱之处。他清醒地看到了人生的荒诞,又对这荒诞无能为力;他清醒地看到了自己在现实中的“无用”,又无法改变它,索性坚持起自己的“无用”来,算是对以“有用”为价值标准的现实社会的一种消极的反抗,他是二十世纪中国知识分子中的“多余的人”。

小说围绕着主人公方鸿渐的经历,对中国知识界的种种人物和现象进行了讽刺,所以不少人把它称为“新儒林外史”。不过从这部小说的主人公方面来看,从作者对方鸿渐的描写方式以及由此构成的文学主题来看,幽默和机智的成分要更多一些。和老舍式的幽默相比,这里的幽默在语言上显得更文雅一些,更知识分子气一些。比如写方鸿渐他们去三闾大学,路过金华时,住到“欧亚大旅社”:

> 掌柜写账的桌子边坐个胖女人坦白地摊开白而不坦的胸膛,喂孩子吃奶;奶是孩子吃的饭,所以也该在饭堂里吃,证明这旅馆是科学管理的。她满腔都是肥腻腻的营养,小孩子吸的想是加糖的溶化猪油。她那样肥硕,表示这店里的饭菜也营养丰富;她靠掌柜坐着,算得不落言诠的好广告。……鸿渐忽然瞧见牛奶

咖啡的粉红纸条，诧异道："想不到这里会有这东西，真不愧'欧亚大旅社'了！咱们先来一杯醒醒胃口，饭后再来一杯，做它一次欧洲人，好不好？"孙小姐无可无不可，辛楣道："我想不会好吃，叫跑堂来问问。"跑堂一口担保是上海来的好东西，原封没打开过。鸿渐问什么牌子，跑堂不知道什么牌子，反正又甜又香的顶刮刮货色，一纸包冲一杯。辛楣恍然大悟道："这是哄小孩子的咖啡方糖——"鸿渐高兴头上，说："别讲究了，来三杯试试再说，多少总有点咖啡香味儿。"跑堂应声去了。孙小姐说："这咖啡糖里没有牛奶成分，怎么叫牛奶咖啡，一定是另外把奶粉调进去的。"鸿渐向那位胖女人歪歪嘴道："只要不是她的奶，什么都行。"孙小姐皱眉努嘴做个颇可爱的厌恶表情。辛楣红了脸忍笑道："该死！该死！你不说好话。"咖啡来了，居然又黑又香，面上浮一层白沫，鸿渐问跑堂是什么，跑堂说是牛奶，问什么牛奶，说是牛奶的脂膏。辛楣道："我看像人的唾沫。"鸿渐正要喝，恨得推开杯子说："我不要喝了！"孙小姐也不肯喝，辛楣一壁笑，一壁道歉，可是自己也不喝，顽皮地向杯子里吐一口，果然很像那浮着的白沫。鸿渐骂他糟蹋东西，孙小姐只是笑，像母亲旁观孩子捣乱，宽容地笑。（第五章）

第二节　解放区的小说创作

从题材上看，解放区的小说主要有两类：一类是写解放区农民的新生活，以及由此造成的新的精神面貌。赵树理的《小二黑结婚》《李有才板话》等小说反映了解放区农民在开始走上新生活时的精神特点，丁玲的《太阳照在桑干河上》、周立波的《暴风骤雨》等写了由农民亲身参加的轰轰烈烈的土地改革运动①，欧阳山的《高干大》、柳青的《种谷记》则反映了农民互助合作发展生产的过程。一类是写共产党所领导的人民战争，特别是农民的抗日斗争，他们在共产党领导下组成游击队、民兵等，机智英勇地打击日本侵略者。马烽、西戎的《吕梁英雄传》等以传奇小说的方式歌颂了抗战中的农民英雄，孙犁等人的小说则从不同的角度表现了这农民的战争生活中所蕴含的诗意。真正写共产党领导的正规部队战斗生活的小说并不很多，刘白羽的短篇《无敌三勇士》算是这方面的代表。此外，解放区小说中还有极少数工业题材的作品，有代表性的作品是草明的《原动力》。

从形式上看，对民族化和通俗化的追求是 1942 年以后解放区小说的共同特点，多数作家尽量按照传统的民族欣赏习惯来写小说，力求使小说的情节曲折，结构单纯，有些小说（如《吕梁英雄传》）甚至直接采用传统章回小说的形式，写具有传奇色彩的英雄故事。在人物描写中，则尽量通过人物的行为和语言来表现性格，不做过多的心理描写。另一些作家，特别是一些来自国统区的作家，则在尊重民族欣赏习惯的基础上依然吸收了一些西方小说或者说保留了一些五四以来的中国现代小说的写作特点，在丁玲、柳青等人的小说中，心理描写依然占有重要的位置。

---

① 土地改革运动：1946 年 5 月 4 日，中共中央发布关于土地问题的指示（“五四指示”），决定在解放区实行没收地主的土地归农民所有的政策。1947 年 9 月，中共中央又召开全国土地会议，制定了《中国土地法大纲》。在共产党领导下，解放区农民开展了土地改革运动，废除了农村的剥削制度，极大地满足了农民的要求，提高了农民的革命热情，发展了农业生产。

一、赵树理等人的短篇小说

在解放区的短篇小说创作中，最有影响的是赵树理和孙犁的小说。

赵树理（1906—1970），原名树礼，山西省沁水县人。他是农民出身，又是长期在农村生活和工作的作家，他对农民怀着深厚的感情，对中国传统的民间文艺又十分爱好，因而很早就在探索写一些能为农民接受的新小说。

在延安文艺座谈会以后的解放区小说中，赵树理的小说是最引人注目的。其中最有名的作品有《小二黑结婚》《李有才板话》，长篇小说《李家庄的变迁》等。他的小说一方面写了解放区农民在精神面貌上的巨大变化，另一方面也反映了在这新的生活道路上，农村所面临的一些新问题：

> 我的作品，我自己常常叫它是“问题小说”。为什么叫这个名字，就是因为我写的小说，都是我下乡工作时在工作中碰到的问题，感到那个问题不解决会妨碍我们工作进展，应该把它提出来。（《当前创作中的几个问题》）

和五四时期的“问题小说”的不同之处在于，赵树理不满足于在小说中提出问题，他更要设法在小说中使问题得到圆满解决。

写于1943年的短篇小说《小二黑结婚》正是有感于生活中的问题而写的。小说取材于现实中的一场悲剧：民兵小队长岳冬至跟智英祥相爱，却被村长等人以岳冬至家有九岁的童养媳为理由，开斗争会把他打死了。同样的问题也出现在《小二黑结婚》里，不过，作者对这问题的解决却是喜剧式的：二诸葛的儿子小二黑跟三仙姑的女儿小芹发生了爱情，他们的自由恋爱遭到了这两位老人的反对，同时，窃据村中重要职务的恶霸金旺，由于遭到过小芹的拒绝，怀恨在心，发动村里的人开会“斗争”二黑和小芹，后来又趁二人约会时“拿双”，把他们捆起来送到区政府。区政府根据婚姻自主的法令肯定了二黑和小芹的行为，教育了两位反对自由恋爱的家长，抓起了作恶多端的金旺兄弟，二黑和小芹终于结了婚。作者把小二黑和小芹写成一代具有新观念的农民，他们与自己的父母有着完全不同的道德观念，对解放区的新生活有着坚定的信心，因此理直气壮地去为争取婚姻幸福而斗争。二人坚决反对父母的包办婚姻，又勇敢地同那些以权谋私的恶势力进行斗争。在受到金旺等人迫害的时候，二人毫不畏惧，坚信自己“没有错”，“送到哪里也不犯法！”小说中写得更生动的是农村中老一辈落后人物。二诸葛迷信保守，又胆小怕事。他因为历书上写着“不宜栽种”，就耽误了种粮食的时间。他认为小二黑和小芹“命相不对”，就不同意他们的婚事，强要给二黑找个童养媳。小二黑被抓后，他为儿子占了一卦，吓得“面色如土”，等到了区里，二黑被放，他还要请区长“恩典恩典”，别让二黑跟小芹结婚。三仙姑则从年轻时就装神弄鬼，引得一群男青年围着她“转来转去”。她反对小芹跟二黑好，是怕二黑娶了小芹后，自己就无法去和他亲近。小芹被抓后，她找到二诸葛家去哭闹，跟二诸葛的老婆“滚成一团”。被叫到区里去时，她又故意打扮得花枝招展，让看热闹的女人们笑话了半天。作者对他们的缺点进行了善意的嘲笑，写出了他们的旧的行为意识与正在到来的新生活之间的不谐调，同时也恰当地表现了他们精神面貌的转变。从区里回来，二诸葛不好意思再卖弄他那算命占卦的一套了，三仙姑也悄悄拆去了装神弄鬼的香案，改变了自己的妆束。他们的转变是由于自己感到了与新生活之间的不谐调，这正好说明新思潮对于旧意识的冲击。在此，作者一方面反映了当时农村的一些实际问题，如新的婚姻观念受到旧的思想习惯的阻碍，一些地方的村政权被恶势力所占有等，另一方面，又把这些问题放在新旧交替的时代特点中去认识，并以新的战胜旧的作为解决问题的基本模式。这样，作品就在对问题圆满解决的过程中歌颂了共产党和解放区的新生活，同时，这种解决问题的方式也就为现实生活树立了一个模范样板，它用自己的光将那些在现实生活中尚未解决的问题的阴影投放出来，在引起人们注意的同时，也告诉人们应该怎样去做。

在写《李有才板话》（1943 年）时，作者对这种创作态度有着更明确的认识：

> ……我写《李有才板话》时，那时我们的工作有些地方不深入，特别对于狡猾地主还发现不够，章工作员式的人多，老杨式的人少，应该提倡老杨式的做法，于是我就写了这篇小说。（《当前创作中的几个问题》）

这部中篇小说写了阎家山一场贫苦农民夺回村政权的斗争，恶霸地主阎恒元一直暗中操纵着村政权，欺压贫苦农民，区里派来的章工作员却只看到一些表面现象，如丈量土地的工作进展迅速，参加检阅的民兵服装整齐等，就把阎家山评为“模范村”，农民出身的县农会主席老杨来到阎家山后，深入到贫苦农民的生活中，终于发现了问题，领导贫苦农民斗倒了阎恒元，夺回了村政权。由于章工作员的工作不深入而造成的农村政权长期被恶霸占有的问题跟《小二黑结婚》中的情况十分相似，不过后者是围绕婚姻问题写的，这里却直接表现了农民夺回自己的政权的过程。小说中的主人公是五十多岁的贫苦农民李有才，他是外来的“杂姓户”，既没有土地，又是单身一人，成为农村中的“乐天派”，外号叫“气不死”：

他常好说两句开心话，说是“吃饱了一家不饥，锁住门饿不死小板凳”。

他的乐观不是一种阿 Q 式的精神胜利，而是积极主动地用“快板”这一民间艺术形式去向黑暗、压迫进攻。新的时代使得他的这种乐观精神得到了表现，在同恶霸阎恒元的斗争中，他发挥了充分的智慧和才干。他用快板去勾画阎恒元等人的丑恶嘴脸，用快板去揭露、讽刺他们在选举村长和测量土地中的阴谋活动。他因此被阎恒元等人赶出阎家山，但快板却早已传播开来，并由“徒弟”小顺接了过去，成了使老杨了解情况的重要线索。在对恶霸势力的斗争中，快板又成了组织农民加入农会，同阎恒元斗争的宣传工具。小说通过李有才和他的快板表现出农民身上潜在的一种反抗压迫的精神力量，这种力量没有被几千年的封建统治所摧毁，一当时机出现，就会发挥巨大的作用。

赵树理把中国传统白话小说和民间说书的特点吸收到他的小说创作中去，他根据中国老百姓爱听故事的特点，用讲故事的方式写小说，他讲的故事生动有趣，却又平凡亲切；他没有像传统小说那样靠内容神奇的故事吸引人，而是使那些故事平凡和亲切到接近农民生活本身，使他们感到那些故事同自己的生活和命运之间的密切关系。在结构上，赵树理不是让所有的情节线索同时发展，而是把一个个故事按照一定的顺序排列起来，讲完一个再讲一个。在《小二黑结婚》中，作者采取传统小说中类似接力赛那样的方法来介绍他的人物和故事：从“刘家峧”的“两个神仙”二诸葛和三仙姑的故事写起，写到三仙姑到了四十五岁以后，还能让一伙男青年围着她转，然后说：

三仙姑有什么本领能团结这伙青年呢？这秘密在

她女儿小芹身上。

——把“接力棒”传给了小芹，然后写小芹的故事。由小芹拒绝金旺挑逗而引出金旺、兴旺兄弟，再由兴旺让小二黑当“青抗先队长”，又把“接力棒”传给了小二黑。这样既避免了人物同时出场而让人不好记住，又可以使每个人物、故事之间有一些明显的关联，不至于显得松散。赵树理小说中的人物正是靠讲故事的方式塑造的，他决不对人物进行大段的心理分析，而是通过人物在故事中的活动，即通过人物的动作和语言来表现人。这样一来，人物内心世界的展示当然不如西方式小说那样直接，但也避免了让中国一般民众感到枯燥沉闷的心理描写，使小说读起来显得轻松活泼，同时，通过人物的动作、语言对心理状态进行间接表现，也可以给读者留下更多再创作的机会。请看《小二黑结婚》中的这段描写：

> 一天，金旺他爹到三仙姑那里问病，三仙姑坐在香案后唱，金旺他爹跪在香案前听。小芹那年才九岁，晌午做捞饭①，把米下进锅里了，听见她娘哼哼得很中听，站在桌前听了一会，把做饭也忘了。一会，金旺他爹出去小便，三仙姑趁空子向小芹说：“快去捞饭！米烂了！”这句话却不料就叫金旺他爹听见，回去就传开了。后来有些好玩笑的人，见三仙姑就故意问别人“米烂了没有？”

在此，作者并没有直接对三仙姑的心理进行描写和分

① 捞饭：一种做米饭的方法，把米放到水里煮熟后再从水里捞出来。下面“快去捞饭”的“捞饭”是动词，指把米捞出这一动作。米如果煮得太软（烂），就不好吃了，所以三仙姑让小芹“快去捞饭”。

析，只是通过她的动作语言之间的前后矛盾，就把她的性格特点及其装神弄鬼时的心理状态表现了出来。在《李有才板话》中，李有才的性格特点，很多情况下是从他创作的快板中显示的。李有才在用快板这一特殊语言揭露阎家山的恶人丑事的同时，也表现出这位农民艺术家自身的性格特点。比如他用快板给农会主席张得贵画像：

张得贵，真好汉，
跟着恒元舌头转；
恒元说个“长”，
得贵说“不短”；
恒元说个“方”，
得贵说“不圆”；
恒元说“砂锅能捣蒜①”，
得贵就说“打不烂”；
恒元说“公鸡能下蛋”，
得贵就说“亲眼见”。
要干啥，就能干，
只要恒元嘴动弹！

这里不但生动地讽刺了只知道按阎恒元的指示办事的张得贵，而且也把能创作这生动讽刺的李有才自身的尖锐、幽默、乐观的特点表现了出来。赵树理的语言是农民式的，带有中国北方农民所特有的朴素和幽默，他不用大量的笔墨去进行描写，常常只是随便几句话，就使小说充满了情趣。他写三仙姑的打扮：

---

① 捣蒜：把蒜放在一种小瓦罐状的特殊的工具（蒜钵）中，用木槌把蒜打（捣）成蒜泥。砂锅不结实，如果用来捣蒜，砂锅就会被“打烂”。

虽然已经四十五岁，却偏爱当个老来俏，小鞋上仍要绣花，裤腿上仍要镶边，顶门上的头发脱光了，用黑手帕盖起来，只可惜宫粉涂不平脸上的皱纹，看起来好像驴粪蛋上下上了霜。（《小二黑结婚》）

写阎恒元的儿子阎家祥的长像：

这人的象貌不大好看，脸象个葫芦瓢子，说一句话眏十来次眼皮。不过人不可以貌取，你不要以为他没出息，其实一肚子肮脏计，谁跟他共事也得吃他的亏。（《李有才板话》）

赵树理有时还故意大词小用，把一些严肃的词语用在不那么严肃的场合，如写三仙姑年岁大了以后，过去的“老相好都不来了”，她就“又团结了一伙孩子们”；写她上区里时的打扮被妇女们“围住看了半天”，“回去对着镜子研究了一下，真有点打扮得不象话”。其中“团结”、“研究”都是严肃词语，用在这些地方产生了一种与句子的不谐调感，从而达到幽默的效果。

赵树理的小说对当时以及后来的中国小说有着重要影响，中国的乡土小说发展到赵树理，几乎完全摆脱了西方小说的影响，成了土生土长的农民小说。以后，以他为中心，逐渐形成了一个山西乡土作家群，被称为“山药蛋①派”。

孙犁（1913—2002），原名孙树勋，河北省安平县人。他是四十年代解放区优秀的短篇小说作家，有小说集《荷花淀》（1947 年）、《芦花荡》（1949 年）、《嘱咐》（1949 年）等，五十年代，又有中篇小说《铁木前传》、长篇小说《风云初记》等。他最有特色的小说，如《荷花淀》《芦花荡》《嘱咐》

① 山药蛋：即马铃薯，俗称土豆。这里是说这派小说充满“土”气。

《采蒲台》等，是以河北白洋淀一带的水乡为背景的，反映水乡农村抗日斗争的小说，这些作品形成了他的白洋淀小说系列。与当时的一般抗战小说不同，他的这些小说里没有过多地表现紧张激烈的战斗场面，而是着重表现水乡人民在抗战中充满乐观主义的精神面貌，有着很浓的生活气息；与赵树理的农民小说不同，他把诗和散文的特点吸收到小说创作中来，使这些具有浓厚的水乡气息的小说充满了纯朴、优美的诗情画意。

这些特点充分表现在他那著名的短篇小说《荷花淀》里。小说先写水生和他的妻子（水生嫂）在他参军前一天的晚上深情的告别场面，然后写包括水生嫂在内的一群农村妇女划着小船去探望参军的丈夫，途中遇到日本军的汽船，她们连忙划船逃到荷花淀中，没想到无意中把敌人引到了丈夫们所设下的埋伏圈里，结果，丈夫们打了一个漂亮的伏击仗。小说对战斗场面的描写非常简单，主要笔墨放在创造一种情景相融的意境上，以一种带有浪漫主义特点的诗情画意淡化了，或者说美化了紧张激烈的战斗生活，在当时普遍的英雄主义的颂歌声中，将对人情美的抒写巧妙而自然地融了进去，将“英雄气”与“儿女情”谐调起来，这大约可以说既与当时解放区文艺的基本方向相一致，又保持了一定的个性特征。这种诗意在小说的一开始就出现了：

> 月亮升起来，院子里凉爽得很，干净得很，白天破好的苇眉子潮润润的，正好编席。女人坐在小院当中，手指上缠绞着柔滑修长的苇眉子。苇眉子又薄又细，在她怀里跳跃着。
>
> ……
>
> 这女人编着席。不久在她的身子下面，就编成了一大片。她像坐在一片洁白的雪地上，也像坐在一片

洁白的云彩上。她有时望望淀里,淀里也是一片银白世界。水面笼起一层薄薄透明的雾,风吹过来,带着新鲜的荷叶荷花香。

在此,水生嫂编席子的劳动融到月光下那"银白世界"中,成为诗。这诗的基调在小说中始终贯穿着,即使在最紧张的时候,它也依然存在。当妇女们遇到日本军的汽船,摇着小船飞快地跑时,"小船活像离开了水皮的一条梭鱼",而她们摇起船来,"就像织布穿梭,缝衣透针一般快"。紧张激烈的战斗是在妇女们的眼前传奇般地发生的,当她们误以为陷在敌人的埋伏里,一齐跳到水里去后:

渐渐听清楚枪声只是向着外面,她们才又扒着船帮露出头来。她们看见不远的地方,那宽厚肥大的荷叶下面,有一个人的脸,下半截身子长在水里。荷花变成人了?那不是我们的水生吗?又往左右看去,不久各人就找到了各人丈夫的脸,啊!原来是他们!

诗意的描写不但冲淡了紧张的气氛,而且使战斗本身变得富于情趣。而最富于情趣的是这群农村妇女,她们对丈夫的感情以中国人特有的方式含蓄地表现着。她们思念刚刚参军的丈夫,想去看他们,又不好意思说出口,就找出了各种各样的理由:

"听说他们还在这里没走。我不拖尾巴,可是忘下了一件衣裳。"

"我有句要紧的话得和他说说。"

……

"我本来不想去,可是俺婆婆非叫我再去看看他,有什么看头啊!"

她们一路上谈到丈夫时似乎总是在埋怨。当她们没有找到丈夫们的部队时，她们说：

“你看说走就走了。”

“可慌（高兴的意思）哩，比什么也慌，比过新年，娶新——也没见他这么慌过！”

“拴马桩也不顶事了。”

“不行了，脱了缰了！”

“一到军队里，他一准得忘了家里的人。”

甚至当战斗结束，她们告别了丈夫们回家的时候，她们还在说：

“你看他们那个横样子，见了我们爱搭不理的！”

“啊，好像我们给他们丢了什么人似的。”

……

“刚当上兵就小看我们，过二年，更把我们看得一钱不值了，谁比谁落后多少呢！”

然而这怨正是传统中国式爱情的表达方式，小说的情绪也在这爱的特殊表现中深化着。

二、丁玲等人的长篇小说

解放区的长篇小说，以丁玲的《太阳照在桑干河上》和周立波的《暴风骤雨》为代表。

丁玲（1904—1986），女，原名蒋伟，字冰之，生于湖南省临澧县。她是上个时期就已成名的作家，1930 年加入左联，1932 年加入中国共产党。她是个充满创作个性的女作家，1927 年开始发表小说，有短篇小说集《在黑暗中》《自杀日记》《一个女人》等。

《莎菲女士的日记》(1928 年)是她早期小说的代表作。小说的主人公莎菲是个具有强烈自我意识和个性追求的女青年,善良然而柔弱的苇弟深深地爱着她,却无法成为她理想的意中人,她对他只有同情和怜悯。凌吉士的出现使她陷入了情网之中,她被他的翩翩风度所吸引,然而她却发现他是个只知道赚钱花钱、玩女人的庸人。她一直在追求灵肉一致的理想爱情,然而在现实中,灵与肉却是分离的,于是她也就在这灵肉分离的现实面前进行着自身的灵魂与肉体的痛苦搏斗。为了摆脱"色的诱惑",她决定离开此地,但直到临走的前一天夜里,她还在想他,等他:

> 我应该怎样来解释呢?一个完全癫狂于男人仪表上的女人的心理!自然我不会爱他,这不会爱,很容易说明,就是在他丰仪的里面是躲着一个何等卑丑的灵魂!可是我又倾慕他,思念他,甚至于没有他,我就失掉一切生活意义的保障了;并且我常常想,假使有那末一日,我和他的嘴唇合拢来,密密的,那我的身体就从这心的狂笑中瓦解去,也愿意,其实,单单能获得骑士一般的那人儿的温柔的一抚摩,随便他的手尖触到我身上的任何部分,因此就牺牲一切,我也肯。

然而他的到来,却使她终于"振起了""自尊心",战胜了情欲的诱惑,但也因此而更加感到人生的可悲。莎菲的"胜利"不是理智战胜了感情,而是一种感情——人的自我尊严感——淡化了另一种感情——单纯的情欲,是精神对于肉体的最终超越。对灵肉一致的理想追求代表了五四以来现代女子人性的觉醒,而不理想的现实则不能不使这觉醒了的人性付出痛苦的代价,灵与肉的矛盾,正是理想与现实的矛盾的表现。作品真实大胆地袒露了女性隐秘的内心世界,这在当时,是需要付出极大的勇气的。

30年代初，丁玲写了很多革命题材的小说，成了前期左翼小说家的重要代表。她的中篇小说《韦护》《一九三〇年春上海》等表现了“恋爱与革命的冲突”，到了1931年《水》以后，她开始摆脱“革命浪漫谛克”，转向对于劳苦大众的痛苦与反抗的描写，这当然还是比较粗糙的。1933年，丁玲被国民党特务机关秘密逮捕，1936年出狱后来到陕北革命根据地，重新开始小说创作，有短篇小说集《我在霞村的时候》，其中《我在霞村的时候》《在医院中》在解放区小说中是十分别致的两篇。

《我在霞村的时候》（1941年）写农村女子刘贞贞被日本侵略军抢去，受尽侮辱，她却忍辱负重，多次为抗日部队传送情报。然而在她回家乡霞村养病期间，村子里的许多人却看不起她，暗地里对她议论纷纷。她终于告别家乡，奔向延安，去寻找新的生活。小说在描写这个被侮辱被损伤的女子灵魂的坚强和伟大的同时，也揭露了人们身上严重存在的封建意识。

《在医院中》（1941年）写年轻的女医生陆萍来到一个新建的医院，处处感到与周围环境的不谐调：院长对医务工作完全外行，护士们“对看护工作既没有兴趣，也没有认识”，整个医院弄得肮脏混乱。她对医院管理提出意见，然而意见不但没被采纳，人们反而说她“爱出风头”。一次，她协助外科医生郑鹏动手术，由于院长为了省钱不肯装煤炉，手术室内用没有通风设备的炭火取暖，她因此中煤气晕倒，在床上躺了几天，人们却传说她是和郑鹏恋爱，害了“相思病”。党支部中有人批评她是小资产阶级意识，党性不强，指导员还当面告诫她不能为恋爱而影响工作。直到卫生部来人调查，她才总算幸运地被理解，她“用了迎接春天的心情”离开了这里。小说在一个新的背景下写了知识分子的理想原则与不理想的现实环境之间的冲突，一方面反映了旧的思想和习惯在人们身上存在的顽固性，它们并没有随着时代面貌的改变而消失，另一方面，也提出了知识分子应如何对待这种不理想的现实的问题。陆萍单纯、正直，敢于向不合理的生活现象进行斗争，然而缺少生活经验和斗争策略，终于在现实面前受到挫折。但作者并不是要人们放弃理想，向现实妥协，而是要使人们懂得：

> 新的生活虽要开始，然而还有新的荆棘。人是要经过千锤百炼而不消溶才能真真有用。人是在艰苦中成长。

1942 年的延安文艺座谈会促使丁玲去进一步深入解放区的生活，1946—1948 年，她多次参加了河北地区的土地改革运动，特别是涿鹿县温泉屯的土改运动给了她很深的印象，1946 年底，她开始创作反映这一运动的长篇小说《太阳照在桑干河上》，小说出版于 1948 年，写的是一个叫水暖屯的村子里，村干部在区里派来的工作组的帮助下领导贫苦农民进行土地改革，他们和地主进行了几次斗争①。第一次地主李子俊的佃户们找到李家，结果被李子俊的老婆手捧地契②，用眼泪软化了意志。第二次地主姜世荣的佃户们去找江世荣，江世荣主动献出一部分地契，农民捧过地契就跑，后来才想起找江世荣的目的不是要他恩赐土地，而是要清算他对农民的剥削，理所当然地要回本该属于农民自己的土地，于是又跑了回去。这次斗争虽然取得了一定胜利，但由于全村民愤最大的恶霸地主钱文贵没人敢碰，局面始

① 土改时，与地主斗争的方式通常是由共产党领导贫苦农民联合起来同地主进行面对面的清算，揭露、控诉他们剥削压迫农民的罪恶，并把他们的土地没收。

② 地契：证明土地的所有权的文书。

终没有打开。最后，在前来检查工作的县宣传部长章品的引导下，村干部和工作组成员总结了工作中的经验教训，发动群众斗争钱文贵，终于激发起群众的情绪，取得了土改运动的胜利。

跟当时及以后的同类作品相比，这部小说的情节不算曲折，结构似乎有些松散，一些人物形象的描写也显得有些粗糙，但它却以那个时代所能有的朴素和真实，描绘了中国农村革命的历史面貌。从现实主义真实性方面来看，《太阳照在桑干河上》代表了当时解放区长篇小说的最高水平。小说没有对土地改革这一场农村的阶级斗争进行简单化的处理，而是充分看到了农村人事关系的复杂性，在反映尖锐的阶级对立的同时，没有回避农村中复杂的亲族关系。比如，钱文贵本人是地主，他的亲哥哥和死去的亲弟弟却是贫农，他的儿子娶了本村富裕中农顾涌的女儿，后又参加了解放军，他于是又成为军属。他的女儿嫁给了本村的治安员（村干部），寄养在他家的侄女黑妮则爱上了以前在他家当长工的农会主任程仁。复杂的人事关系使小说中所展现的农村阶级斗争显示出复杂的局面。小说也没有英雄主义地去塑造人物，在写农民善良品质和革命精神的同时，也没有放过他们身上存在的缺点和问题：村长赵得禄认为当干部耽误时间，又没什么好处，就提议让地主江世荣当村长；村党支部组织委员赵全功斗地主时十分积极，分土地时却一心想给自己弄到好地；农会主任程仁善良老实，革命坚决，但因为爱着钱文贵的侄女黑妮，在斗争钱文贵的问题上表现得就不够积极；村党支部书记张裕民机智勇敢，对革命忠心耿耿，但在斗争钱文贵的问题上也有种种顾虑，怕斗不倒钱文贵反而给自己带来麻烦。事实上，农民与地主的斗争过程也正是他们不断在同自己的思想意识进行斗争的过程中完成的。在作者看来，轰轰烈烈的土改运动不仅使农民经济上翻了身，而且也使农民精神上翻了身。

作者虽然在小说的民族化和通俗化方面做出了努力，但也没有完全放弃她所惯用的写作方法，对人物直接的心理描写在这部小说中依然占有重要的位置。这种对于心理描写的坚持，使《太阳照在桑干河上》成为解放区小说创作的另一模式，一种企图将西方近代小说的表现方法吸收到中国民族化的小说创作中来的模式。

周立波（1908—1979），原名周绍仪，字凤翔，湖南省益阳县人，1934 年参加“左联”，同年加入中国共产党。1939 年到延安，在鲁迅艺术学院任教，1941 年开始写短篇小说，有小说集《铁门里》。1946 年，他参加了东北地区的土地改革运动，1948 年完成了长篇小说《暴风骤雨》。

《暴风骤雨》写东北松花江畔一个叫元茂屯的村子的土改斗争。小说的上部写 1946 年中共中央关于土改工作的“五四指示”发布以后，一支土改工作队在队长萧祥的带领下来到元茂屯，发动群众同恶霸地主韩老六进行了三次斗争。前两次由于时机不成熟，都在韩老六的同伙的破坏下失败，工作队以及农民中的积极分子赵玉林、郭全海、白玉山等人继续以“唠嗑①会”等方式进一步发动群众，终于打消了群众的顾虑，点起了农民复仇的怒火，在斗争大会上愤怒揭发韩老六的罪行。韩老六被依法枪决后，他的弟弟韩老七为了报仇，带领土匪攻打元茂屯，赵玉林在战斗中英勇牺牲，萧祥率领农民自卫队配合解放军消灭了土匪，元茂屯的土改工作顺利地开展起来。下部写 1947 年《中国土地法大纲》颁布以后，萧祥带领工作队再次来到元茂屯，发动群众清除了混在村政权里的坏分子，郭全海带领贫苦农民查出地主杜善人、唐抓子等人隐藏起来的大批衣物、粮食、金

① 唠嗑：闲谈。

银首饰以及枪支弹药等,并抓获潜藏起来的特务韩老五等人,翻身农民再次分得了财产和土地,在郭全海的带动下,全村又掀起了参军的热潮。

小说的情节曲折生动,故事完整,主要人物性格鲜明。小说中的正面人物都是新时代的农民英雄:赵玉林以前一家人穷得裤子都穿不上,但他朴实倔强,从不向地主屈服。在土改运动中,他勇敢坚决而又大公无私,终于英勇献身。同样勇敢坚定的郭全海则显得比较精明能干,在挖浮财、起枪支的斗争中善于识破地主的诡计,又能利用地主家庭内部的矛盾进行分化瓦解。小说中的反面人物也是鲜明的,地主韩老六是个无恶不作的恶霸,光是在他手上害死的人命就有二十六条。杜善人阴险狡猾,用表面的伪善来掩盖他剥削压迫农民的罪恶。在这正反两极人物之间,还有作为“中间人物”的老孙头等,这是个有革命要求,又有些自私的老一代农民,他幽默乐观,好吹牛、爱面子,又胆小怕事,但也随着斗争的深入不断克服着自己的缺点。他的出现,为小说增添了很多喜剧色彩。这种人物性格的鲜明分类使小说更符合一般中国民众的欣赏习惯,但在处理上也未免有些简单化的地方。《暴风骤雨》的语言是充分口语化的,朴实、生动,具有浓厚的东北农村的地方色彩。

中华人民共和国成立以后,周立波还写过《铁水奔流》(1955 年出版)、《山乡巨变》(正篇 1958 年出版,续篇 1960 年出版)等长篇小说,后者成为反映中国农业合作化问题的重要作品之一。

思考题:

1. 谈谈这个时期的小说创作情况。
2. 张爱玲《金锁记》中的曹七巧发生了怎样的“心理变态”? 为什么会发生这样的心理变态?

3. 路翎的《财主底儿女们》是怎样表现蒋纯祖的“原始强力”的?
4. 钱钟书《围城》中的方鸿渐是个什么样的人?结合《围城》的主题谈谈这个人物。
5. 结合《小二黑结婚》和《李有才板话》,谈谈赵树理短篇小说的特点。
6. 孙犁的《荷花淀》是怎样表现“诗情画意”的?
7. 为什么说“从现实主义真实性方面来看,《太阳照在桑干河上》代表了当时解放区长篇小说的最高水平”?

第五编

新中国成立以来
中国文学发展概述
（1949 - 2000）

第一章　新中国成立以来中国文学发展的分期及概貌

第一节　新中国成立以来中国文学的背景及文学发展分期

20 世纪下半叶，中国的社会发生了巨大而又深刻的变化。

1949 年 10 月 1 日，中华人民共和国成立，开创了中国历史的新纪元。从此，中国社会进入了一个新的历史时期。

从 1949 年到 2000 年，新中国已经走了 50 多年的历程。在这半个世纪里，新中国走过了一条艰难曲折的发展道路。新中国的文学也随之经历了同样的历程。20 世纪下半叶的文学发展，与整个社会的发展有着密切的联系。要想了解 20 世纪下半叶的中国文学，不能不首先了解 20 世纪下半叶的中国社会。

20 世纪下半叶中国社会的发展，大致可以分为以下三个阶段：第一阶段，新中国建立初至文化大革命[①]前的十七年时期（1949—1966）；第二阶段，十年文革时期（1966—1976）；第三阶段，新时期（1976—2000）。

第一阶段，从 1949 年新中国建立至 1966 年文革前夕，总

---

① 以下简称“文革”，不加引号。下文“反右”“大跃进”“左”“右”“四五”等亦省去引号。

共十七年，所以又称为十七年时期。十七年时期的中国社会，总体上来说，是在曲折中向前发展的。由于新中国是在推翻旧的社会制度后成立的，所以一开始就面临着许多问题。50 年代前半期，中国的主要任务是恢复国民经济，进行社会主义改造和建设。发展工业生产，在农村实行农业合作化，对民族资本主义进行社会主义改造，以及“抗美援朝”等等，这些都是新中国建立之初的几件大事。社会主义改造任务基本完成后，从 1957 年开始，到 1966 年文革前夕，中国开始了全面社会主义建设时期。但在建设途中，也出现了一些错误。主要有：1957 年的反右运动，1958 年的大跃进运动和 1962 年提出的阶级斗争理论及其实践。这些错误的运动和理论对当时和以后的中国社会发展都产生了不良影响。当然，这期间国家也进行过一些政策调整，所以才保证了社会总体向前发展的趋势。

第二阶段，从 1966 年到 1976 年，是十年文革时期。这十年期间，由于左的思想长期占统治地位，更由于林彪、江青集团的操纵和控制，中国社会经历了一场浩劫。国家的政治生活极不正常，国民经济几乎到了崩溃的边缘，社会发展与十七年时期相比，简直就是倒退。这期间主要的大事有：文革运动（1966—1976），知识青年上山下乡运动（1968），周恩来、毛泽东相继逝世（1976），四五运动（1976）等。

第三阶段，从 1976 年 10 月粉碎“四人帮”、文革运动结束一直到 20 世纪末，是中国社会发展的新时期。新时期之初，许多人还没有从左的束缚中完全解放出来。1978 年 5 月，全国开展了“关于真理标准问题”的讨论。同年 12 月，中共中央召开了十一届三中全会，决定不再把阶级斗争作为工作重点，而是把工作重点转移到经济建设上来，确立了“解放思想”“实事求是”的方针，人们的思想得到了真正的解放。进入 80 年代，随着思想解放和改革开放的逐渐深入,中国社会的经济、文化等各项建设事业得到了充分恢复和发展,人们的各种观念也发生了重大变化。90 年代,"社会主义市场经济"理论提出后,商品经济大潮冲击中国,中国社会发生了更为深刻的变化。新时期以来二十多年间的主要大事有:文革和反右运动中的冤假错案得到平反;农村实行以联产承包责任制为主的改革;工业和国有企业改革;个体经济出现并取得社会的承认;1989 年的政治风波;邓小平南巡,改革开放加大步伐,商品经济迅猛发展;计算机及互联网技术广为普及;大众消费文化盛行;香港、澳门回归祖国。新时期的中国社会在发展过程中也遇到了许多问题,其间也进行过一些政策调整,但总体而言,是向更高更好的方向发展的,取得了重大成就。

新中国建立 50 多年以来的中国文学,就是基于这样一个社会背景下发生发展的。

随着 1949 年中华人民共和国成立,中国社会开始了新阶段,中国文学也随之进入了新的历史时期。文学史上一般把 1949 年以后的中国文学称为当代文学。

中国当代文学,是中国现代文学的继续和发展,但更多地体现了当代的特性。根据当代中国社会以及文学自身的发展变化特点,新中国成立以来的中国文学大致可以分为三个阶段:

第一阶段,从 1949 年新中国成立到 1966 年文革前夕,即十七年时期;第二阶段,从 1966 年文革开始到 1976 年文革结束,即十年文革时期;第三阶段,从 1976 年文革结束到 20 世纪末,是中国当代文学的新时期①。

---

① 90 年代以来的文学又被称为"后新时期文学"。本书暂不做此划分,仍将其并入"新时期文学",直至 2000 年。而下一阶段,则可称为"21 世纪文学"。

第二节　新中国成立以来中国文学的发展概貌

一、十七年时期的文学（1949—1966）

从1949年新中国成立到1966年文革前夕，是中国当代文学发展的第一阶段，即十七年时期。在这十七年里，当代文学有了很大的发展，也取得了较大的成就，但它的发展却不是一帆风顺的，前进的道路上充满了曲折和艰辛。

第一次文代会的召开　新中国的文艺开始于1949年。1949年7月，中华全国文学艺术工作者代表大会，即第一次文代会在北平（北京）召开，来自解放区和国统区的800多名文艺工作者出席了大会。会议总结了五四以来新文艺运动的经验，特别是解放区文艺的经验，强调了毛泽东《在延安文艺座谈会上的讲话》对新中国文艺的指导作用，确立了新中国文学的发展方向，形成了比较广泛的文艺界统一战线，为迎接新中国的诞生和新文艺的开始，迈出了重要的第一步。

新中国的成立，极大地鼓舞了作家们的创作热情。而共和国之初发生的一系列社会变革和运动，更引起了作家们的广泛关注。歌颂新社会、新制度、新生活，描写刚刚过去的战争年代和正在发生的社会变革，成为作家们创作的一个重要内容。诗人郭沫若和何其芳分别以一曲《新华颂》和《我们最伟大的节日》为新中国放声歌唱；老舍的话剧《龙须沟》通过新旧对比写出了北京的变化，歌颂了新中国；赵树理的《登记》、马烽的《结婚》等短篇小说则通过家庭婚姻问题的纠葛，鞭挞了旧的习惯势力，歌颂了农村的新人新事；孔厥、袁静的《新儿女英雄传》、柳青的《铜墙铁壁》等长篇小说则是新中国建立之初以抗日战争和解放战争为题材的名著；杨朔的《三千里江山》、陆柱国的《上甘岭》等小说、魏巍的通讯报告《谁是最可爱的人》则敏感地把笔触伸到了正在进行的抗美援朝运动中……新中国建立之初，小说、诗歌、戏剧、散文都取得了初步的成绩。

新中国建立初期的文艺，和新中国建立初期整个中国社会政治生活一样，经历了一系列的论争和批判运动。如1949年的“关于可不可以写小资产阶级”的论争，1951年对“戏曲改革中反历史主义倾向”的批评，1951年对“肖也牧创作倾向”的批判等，其中影响最大的是1951年的对电影《武训传》的批判运动。

对电影《武训传》的批判　《武训传》写的是历史人物武训以行乞的方式筹资办教育的故事。电影放映后，曾受到很大的赞誉，也引起了全国范围的讨论。毛泽东亲自撰文《应当重视电影〈武训传〉的讨论》，认为电影“污蔑农民革命斗争，污蔑中国历史”。于是，全国展开了一场大规模的批判运动。这场批判，混淆了学术问题与政治问题，用群众批判代替了学术争鸣，对以后的文艺批评产生了消极的影响。

1953年9月，第二次文代会召开。大会总结了新中国建立之初几年的文艺工作，确定把“社会主义现实主义方法”作为创作和批评的最高准则，大会还提倡塑造正面英雄人物，同时也提出了要注意克服文艺创作中的概念化、公式化倾向问题。这些都对其后的创作产生了重要影响，出现了许多优秀的小说、诗歌和戏剧作品。但文艺界的批判运动一直没有停止，其中最有影响的就是对俞平伯的《红楼梦》研究的批判和对胡风文艺思想的批判。

对俞平伯的《红楼梦》研究的批判　俞平伯是研究古典文学特别是《红楼梦》的专家，出版有《红楼梦》研究的专著。对俞平伯的研究观点和方法，两个刚从山东大学毕业的青年李希凡和蓝翎写出文章提出了异议。他们敢于向权威"挑战"的文章引起了毛泽东的高度重视，并于 1954 年 10 月写了一封《关于红楼梦研究问题的信》。信中指出，"这是三十多年以来向所谓红楼梦研究权威作家的错误观点的第一次认真的开火"，强调这是一场"反对在古典文学领域毒害青年三十余年的胡适派资产阶级唯心主义的斗争"。由此掀起了一场全国范围的批判运动。

对胡风文艺思想的批判　胡风是一位著名的文艺理论家和诗人，在 30 年代曾创办《七月》杂志，是"七月诗派"的著名代表人物。40 年代创办《希望》杂志，在刊物上发表了一些观点与毛泽东《在延安文艺座谈会上的讲话》不尽相同的文章，曾在文艺界引起了争论。新中国建立后，胡风的文艺思想继续受到批评。1954 年，胡风写了 30 万字的对文艺问题的"意见书"，对自己的文艺思想进行了说明，并对当时文艺界的一些问题提出了批评。1955 年，这篇文章被印成专册，在全国展开讨论，并由此开展了一场全国性的批判运动。这种批判很快转变为一场政治运动，胡风被打成"反革命"而被逮捕入狱，与胡风有关的人也被列入"胡风反革命集团"分子而受牵连。

对俞平伯《红楼梦》研究的批判、对胡风文艺思想的批判和此前的对电影《武训传》的批判，是新中国建立初期与文艺界有关的三大批判运动。这些批判运动在今天看来，基本上是错误的。这些批判运动都是把学术问题简单地夸大为政治问题，以行政方式干预文艺论争，被批判的一方没有论辩的权利，动辄被扣上"反党""反革命""反人民"的帽子，带有浓厚的左的倾向。这种批评方式，不但影响了当时一些作家的创作，也给以后的文艺批评带来了极为消极的影响。

“双百”方针的提出和文艺界反右运动 1956年5月，为了繁荣文艺和发展科学，毛泽东提出了“百花齐放，百家争鸣”的方针。“双百”方针的提出，受到了广大文艺工作者的热烈欢迎，给文艺事业带来了勃勃生机，整个文艺界从理论到创作都出现了大好的局面。当时的文艺理论界出现了很多正确的观点，如“现实主义——广阔的道路”（秦兆阳）、“文学是人学”（钱谷融）、文学要有“人情”味（巴人）等等。这些观点触及了文艺创作中的公式化、概念化和文艺批评中的简单化、庸俗化以及文艺领导工作中的官僚主义、主观主义弊端，具有相当高的见地。在文艺创作方面，则出现了一些大胆“干预生活”的报告文学和小说，如刘宾雁的《在桥梁工地上》和《本报内部消息》，王蒙的《组织部来了个青年人》等；还出现了一些以爱情为主题的作品，如宗璞的《红豆》等；诗歌创作则有流沙河的《草木篇》等有特色的作品。这一切，都给当时的文坛带来了新鲜的气息。

然而，这样的局面并没有保持很久。1957年6月，反右运动开始了，许多有才能的文艺工作者被打成“右派”。丁玲、陈企霞、冯雪峰首先被打成“反党集团”，艾青、萧军等人也被牵连其中。“双百”方针提出后的那几位有影响的文艺理论家秦兆阳、钱谷融等受到了批判，王蒙等“干预生活”的年轻作家也被打成“右派”而长期搁笔，他们的理论文章和作品也被定为“毒草”。反右运动不但使“双百”方针没有得到贯彻，左的文艺思想反而继续占上风。

1958年的大跃进运动，也波及到了文学艺术领域。最具代表性的就是新民歌运动。在《人民日报》社论《大规模地收集全国民歌》的号召下，整个文艺界甚至整个社会纷纷起来收集、创作诗歌。新民歌运动中虽然也收集到了一些真正的民歌作品，但大部分属于浮夸、虚假之作。

1958年前后，出版了许多著名的长篇小说，如《红旗谱》(梁斌)、《红日》(吴强)、《青春之歌》(杨沫)、《林海雪原》(曲波)等,这些长篇作品,是作家长期积累的结果,并不是大跃进带来的成果。

“两结合”创作方法的提出 在新民歌运动的背景下,毛泽东提出的“革命的现实主义和革命的浪漫主义相结合”的创作方法,引起了社会上的普遍重视,文艺界也展开了热烈的讨论。讨论主要围绕毛泽东诗词和新民歌创作而进行,都是拥护和赞成的意见。但存在一种倾向,就是把“革命的浪漫主义”强调到了不适当的程度,这就会在某种程度上造成对现实主义的忽视。与此同时,文艺界还展开了关于新诗发展道路问题的讨论,主要涉及新民歌能否成为诗歌的主流,新诗应当如何对待古典诗歌和民歌,新诗的格律化问题等等,但没有深入下去。

文艺界的系列批判运动及其间的文艺政策调整 新民歌运动违背了文学的发展规律,也助长了左的思想在文艺领域的继续发展。1959—1960 年,文艺领域又开展了一系列批判运动:除了对 1957 年反右中批判的对象进行“再批判”外,巴人的“人性”“人情”“人道主义”文学观点以及徐怀中的《无情的情人》等表现人性、人道主义的小说受到批判;李何林的“写真实”观点以及一些作家的写真实的作品受到批判;郭小川的诗《望星空》被批判为“个人主义”和“虚无主义”等等,许多新老作家和理论家受到了不公正的批判。1960 年 7—8 月召开的第三次文代会没能真正总结以往的教训,反而使文艺界左的味道越来越浓了。

1961 年至 1962 年,为纠正左的错误,文艺政策也有一些相应调整。周恩来发表《在文艺工作座谈会和故事片创作会议上的讲话》(1961 年)和《关于知识分子问题的报告》(1962 年),文艺工作中的左的错误才有所纠正,文艺思想又有所活跃。当时集中讨论的问题主要有:关于“现实主义深化”和“写中间人物”问题，关于“悲剧、喜剧”问题，关于“共鸣”和“共同美”问题，关于“题材与文学作品的价值”问题等等。这些讨论，活跃了文艺理论，对作家的创作有着有益的影响。

但这种活跃局面没保持多久，就又被 1962 年下半年提出的左的阶级斗争理论思想及其实践淹没了。主张“现实主义深化”和“写中间人物”的邵荃麟受到了严重的批判和迫害。其他许多文艺工作者、文艺作品和学术观点也受到了错误的政治批判。作家的积极性受到了严重伤害，以致使此后至文革前的一段时间里，除了表现革命历史题材和“新人新事”的戏剧（如现代京剧《红灯记》《智取威虎山》，话剧《刘胡兰》《豹子湾的战斗》《霓虹灯下的哨兵》等）、报告文学（如《共产主义战士——雷锋》《红桃是怎么开的》《手》等）取得了一些成绩外，其他文艺形式出现的优秀作品寥寥无几。

有了阶级斗争的理论“武器”，此后的文学批判更是愈演愈烈，而且无限上纲上线，文艺领域极左思潮泛滥成灾。更有甚者，某些别有用心的人利用中共领导中存在的左的错误思想，大搞阴谋。李建彤的小说《刘志丹》被说成“利用小说反党”，孟超的剧作《李慧娘》及廖沫沙评论这一剧作的观点“有鬼无害论”遭到了江青的批判。1965 年 11 月，江青、张春桥、姚文元共同炮制出笼的《评新编历史剧〈海瑞罢官〉》则成了文化大革命爆发的导火索。

二、十年文革时期的文学（1966—1976）

从 1966 年到 1976 年的文化大革命是中国历史上的一场空前浩劫。这十年，由于左的思想长期占统治地位，更由于林彪、江青集团的法西斯文化专制主义统治，文学创作遭受了空前的劫难。文革十年，可以说是文学创作的“灾难期”和“萧条期”。

文化大革命是从“革”文艺界的“命”开始的。文革前的1965年11月，“四人帮”中的重要人物策划发表的《评新编历史剧〈海瑞罢官〉》，诬陷吴晗的历史剧《海瑞罢官》是为彭德怀树碑立传的“大毒草”，制造了一起震撼全国的大冤案，文艺界许多人受到牵连。

“文艺黑线专政论”的提出 林彪、江青集团为达到自己的阴谋目的，再次窥准了文艺界作为突破口。1966年2月，炮制了一份《林彪同志委托江青同志召开的部队文艺工作座谈会纪要》，并很快转发全国。这个纪要全面否定了新中国成立以来文艺界的成绩，提出了“文艺黑线专政论”，认为文艺界在新中国成立以来“被一条与毛主席思想相对立的反党反社会主义的黑线专了我们的政”，文艺理论也被“资产阶级、现代修正主义文艺思想”所控制，文艺队伍是“受资产阶级的教育培养起来的”，文艺作品中有“一批是反党反社会主义的毒草”。《纪要》发表后，他们便对文艺界进行清洗，大搞法西斯式的文化专制，并以“文化革命”为突破口，将其推及到全社会，形成了一场给国家和人民造成巨大损失的社会动乱。

文艺界的空前浩劫 文革开始后，文艺界首当其冲受到围剿。中央和地方的一些文艺领导干部被纷纷打倒；全国文联、作家协会和其他文艺团体遭到解散；文艺刊物被迫停刊，全国只有一个《解放军文艺》；文艺工作者有的被打倒，有的被下放，有的被关进监牢，失去了创作自由；许多文艺作品被打成“毒草”；许多优秀的中外名著被列为禁书。整个文坛，百花零落，一片萧条。

文革中许多作品被打成了“毒草”。除了一些现代文学名著外，十七年时期的《保卫延安》《刘志丹》《青春之歌》《小城春秋》《红旗谱》《三家巷》《苦菜花》《茫茫的草原》

《红岩》《红日》《三里湾》《山乡巨变》《李双双小传》等著名小说以及一些新中国建立后拍摄的优秀影片《洪湖赤卫队》《怒潮》等，也都被打成了“毒草”。几乎是整个十七年时期的优秀作品，都被说成是“毒草”，遭到批判、禁锢，甚至焚毁。

文革中许多作家惨遭迫害，失去了创作自由和人身自由。他们受尽了各种人格侮辱和精神折磨，乃至于遭受监禁和残害。丁玲、赵树理、柳青、萧军、李英儒、峻青、陈登科等在文革中都曾长期遭受监禁。老舍、田汉、赵树理、杨朔、闻捷、邵荃麟、巴人、海默、冯雪峰等作家被迫害致死。整个文革期间，被迫害致死的作家和电影、音乐、舞蹈等文艺部门的知名人物，就有一百多人。柳青、郭小川、周立波等作家因为长期受迫害，在文革结束不久也相继过世。还有许多文艺工作者在文革中的各种冤案中受到株连，仅《刘志丹》一案，受株连者就有一万多人。

由于文化专制主义的统治，文革开始后的五六年时间里，中国几乎没有真正的文学创作。在全国七八亿人的文艺生活中，只有唱唱“语录歌”，跳跳“忠字舞”，看看“样板戏”。

样板戏　样板戏是江青一伙为宣扬自己领导的“无产阶级文学”所树立的“样板”。样板戏的作品有京剧《红灯记》《沙家浜》《智取威虎山》等八部。其实，样板戏中的许多剧目都不是他们抓出来的。早在60年代初的京剧改革时，这些剧目有很多已经创作并上演了。江青只不过是利用自己的特殊地位，将其窃取过来，并加以“改造”，以达到个人的阴谋目的。由于江青一伙控制着文艺的领导权，整个文革期间，全国七八亿人民只能看八个样板戏。

样板戏的确立，使左的文艺思潮更加极端化。文革期间的“根本任务论”“主题先行论”和“三突出原则”，就是这种极端化的左的文艺思潮的产物。“根本任务论”强调“塑造工农兵的英雄人物，这是社会主义文艺的根本任务”；“主题先行论”认为创作应先确定主题思想，然后再根据主题思想确定人物和情节；“三突出原则”强调“在所有人物中突出正面人物，在正面人物中突出英雄人物，在英雄人物中突出主要英雄人物”。显然，这些创作原则是不符合文艺创作规律的。但在文革期间，却一统天下，许多人自觉或不自觉地接受了影响。

1971 年林彪集团覆灭以后，在周恩来的过问下，文艺状况有了一些变化，出现了《三上桃峰》（晋剧）、《园丁之歌》（湘剧）、《创业》（电影）、《海霞》（电影）等优秀作品。但“四人帮”仍然控制着文艺领导权，他们对这些作品仍然大加批判。与此同时，为达到他们的目的，他们还大搞“阴谋文艺”，通过文艺给自己大造舆论。

阴谋文艺　“阴谋文艺”作品，都是在“四人帮”及其爪牙的策划、操纵和控制下完成的。如短篇小说《初春的早晨》《金钟长鸣》《第一课》，“诗报告”《西沙之战》（张永枚），长篇小说《西沙儿女》（浩然），话剧《盛大的节日》，电影《反击》《欢腾的小梁河》《春苗》等。这些作品，采取欺骗和伪造等卑劣手段，为“四人帮”树碑立传，影射攻击反对“四人帮”的国家领导人，为实现“四人帮”夺取国家最高领导权力的阴谋作舆论宣传。严格来讲，这不算是文艺，只能看成是文艺与阴谋政治的杂交。

1976 年 1 月，周恩来逝世。几个月后爆发了“天安门事件”，敲响了“四人帮”的丧钟。在四五天安门诗歌运动中，出现了大量悼念周恩来、批判“四人帮”的诗歌作品，表达了人们对文革的不满情绪。《天安门诗抄》中收录了这场诗歌运动中的部分作品。同年 9 月，毛泽东逝世。10 月，“四人帮”被逮捕，文革结束。

十年文革中除了上述文学现象外，也还有一些创作。这些作品或多或少地都受到了“四人帮”和极左文艺思潮影响，如长篇小说《虹南作战史》（集体创作）、《金光大道》（浩然），话剧《战船台》《风华正茂》等，也有一些受这种思潮影响很少的作品，如小说《春潮急》（克非）、《机电局长的一天》（蒋子龙），戏剧《园丁之歌》（湘剧）、《三上桃峰》（晋剧），电影《创业》《海霞》《闪闪的红星》等等。但这些作品的总体质量远远不及十七年时期。

值得一提的是，文革文学中除了已经发表的以外，还存在许多“地下文学”。这些“地下文学”以手抄的形式在读者中相互流传，如张扬的长篇小说《第二次握手》。文革中的“地下文学”比“地上文学”更有价值，应当收集这些“地下文学”并加以研究，这样能使我们更好地了解十年文革文学。

三、新时期文学（1976—2000）

1976 年粉碎“四人帮”，文革结束，中国社会进入新时期。

新时期之初，文艺界与社会其他各界一样，主要任务是拨乱反正，肃清“四人帮”和极左的文艺思想的影响。为此文艺界开展了一系列批判活动：批判“四人帮”的阴谋文艺，批判“四人帮”的文艺谬论和左的文艺理论。与此同时，文革中被解散的文艺组织、文艺团体纷纷恢复，各种文艺刊物纷纷复刊和创刊，文艺界平反冤假错案的工作也在进行，大批优秀的艺术家重新获得了创作自由，大批优秀的文艺作品得以重见天日，而那些曾受“四人帮”和左的文艺思想封杀了的文艺理论观点，也得到了重新认识和评价，恢复了历史的本来面目。

“二为”方向的提出　1978 年 5 月，全国开展了“真理标准问题的讨论”。同年12月，中共中央召开了十一届三中全会，确立了“解放思想”“实事求是”的方针，极大地促进了全社会的思想解放。文艺界更是备受鼓舞。1979年10—11月，第四次文代会在北京召开。大会总结了新中国成立以来30年中国文艺发展的成绩和教训，明确了新时期文艺工作的任务和方向。1980年7月26日《人民日报》发表社论，代表中共中央宣布，不再使用过去的“文艺为政治服务”的口号，而以“文艺为人民服务、为社会主义服务”这“二为”作为文学艺术的总方向。1984年12月至1985年1月召开的中国作协第四次代表大会上又提出了“创作必须是自由的”的口号。其后，又有1988年的第五次文代会、1996年的第六次文代会，都在及时对所处阶段的文艺工作进行总结和相应的政策调整的同时，强调了“二为”方向和“双百”方针。新时期以来的文艺政策，对于解放艺术生产力，调动作家创作积极性，促进文艺繁荣发展有着重要影响。

新时期20多年来的文艺创作与社会思潮、文艺思潮有着密切的关系。

伤痕文学、反思文学、改革文学 新时期的文学创作，是从“伤痕文学”开始的。新时期之初的社会思潮主要是批判“四人帮”的罪恶，反思文革给中国带来的灾难。文艺界拨乱反正、正本清源的同时，在创作领域则出现了许多表现文革给人们带来创伤的“伤痕文学”作品。《班主任》（刘心武）、《伤痕》（卢新华）等小说，《于无声处》（宗福先）等戏剧，《忆萧珊》（巴金）等散文，以及正式出版于此时的《天安门诗抄》等，汇成了一股伤痕文学的潮流，在当时引起了强烈的社会反响。

文革和极左的错误给人们带来的创伤，引起了人们的深深反思。紧接着“伤痕文学”，文坛上出现了“反思文学”。这股潮流在小说创作中有着集中体现，主要作品有《天云山传奇》（鲁彦周）、《李顺大造屋》（高晓生）等。反思文学在继续控诉和批判“四人帮”和文革给人们带来的创伤的同时，并对造成创伤的社会原因进行了深层的反思。

在哀痛伤痕、反思历史的同时，改革的呼声越来越高，出现了“改革文学”。主要作品有蒋子龙的《乔厂长上任记》、高晓生的《陈奂生上城》等小说及话剧《未来在召唤》《报春花》等。这些作品，反映了中国社会存在的种种问题，体现了人们要求改革的呼声与愿望，受到了读者的好评。

新时期的文艺争鸣　伤痕文学、反思文学和改革文学，与当时的社会思潮几乎是同步的，它们既是一种文学思潮，也是一种社会思潮。人们在关注这样几个重要的文学思潮的同时，还对一些理论问题如文艺与政治的关系问题、现实主义问题、文学的真实性问题、歌颂与暴露问题（“歌德”与“缺德”问题）、典型形象问题等展开了激烈的争鸣。一些体现某种倾向的作品还受到了尖锐的批评，电影剧本《在社会的档案里》、话剧《假如我是真的》（又名《骗子》）、小说《飞天》《调动》等暴露某些共产党干部腐败堕落的作品就因为在当时被认为没处理好“文学的真实性”“歌颂与暴露”等问题而受到了批评；描写知识分子的剧本《苦恋》及据此改编的电影《太阳和人》也受到来自理论界的严厉批评。这样一些争鸣和批评，使作家有了更清醒的认识。

关于人性和人道主义问题　人性和人道主义，是文学创作中的一个重要问题。十七年时期，一些文艺理论家提出的“文学是人学”、文学要有“人情”味等观点曾遭到错误批判。“四人帮”和文革对人性的灭绝引起了人们对人性和人道主义问题的深深思考。新时期初期的文学中，在展示伤痕、反思历史的同时，也都不同程度地表现了人性的东西，含有作家对人性和人道主义的思考。大胆地以人性和人道主义为旗帜进行创作的作家是戴厚英，她的长篇小说《人啊，人！》一出版就引起了争议。其后，表现这一主题的文艺作品不断涌现。与此同时，社会上关于人道主义问题的讨论仍在激烈地进行。80 年代“反资产阶级自由化”和“清除精神污染”时，《人啊，人！》《离离原上草》《女俘》《挑战》等表现“人性”的小说受到了批判。随后，这股文艺创作中的“人性、人道主义”思潮平静下来。

西方现代主义思潮的再次传入 西方现代主义思潮，在新时期时对中国文坛再度发生了重要影响。早在五四时期，西方现代主义思潮就曾传入中国并对中国现代文学产生过重要影响，但这种影响到新中国建立后就中断了。新时期到来后，随着改革开放的深入，西方的各种思潮再次传入中国，对中国的哲学、文学等人文学科产生重大冲击和震荡。表现在文学领域，就是朦胧诗潮、意识流小说和一些现代派戏剧的出现。朦胧诗潮形成于 70 年代末 80 年代初，作者主要是当时的一些年轻诗人，如北岛、舒婷、顾城等，他们一反传统的诗歌创作方法，在诗歌创作中大量运用了西方现代派中的象征主义、意象派的某些意识和手段。与新诗潮同时，意识流小说创作也在进行着探索。王蒙是用意识流手法写小说的最早作家之一，他的《布礼》《蝴蝶》等作品就是尝试这种表现手法的成功之作。用现代派手法如意识流、表现主义、荒诞、黑色幽默等进行创作的戏剧作品有《屋外有热流》《车站》《绝对信号》等。这几种受西方现代派影响的文学现象在当时都引起了广泛的社会争议。争议的焦点，实际上就是如何对待西方现代派的问题。“反资产阶级自由化”和“清除精神污染”后，文艺创作特别是诗歌创作中的现代派思潮开始低落。但到了 80 年代中期，西方现代主义思潮在中国再次产生强烈震荡，形成了中国现代派小说流派，刘索拉的《你别无选择》、徐星的《无主题变奏》、残雪的《苍老的浮云》等作品，已经不像以前的作家那样只是借鉴现代派的一些手法，而是更加注重表现现代意识。

80 年代中期以后，西方的各种文艺批评方法也大量传入中国，使中国的文艺批评领域发生了重大的变化。除了传统的社会学的、美学的批评方法外，其他如“三论”（系统论、控制论、信息论）方法、心理学方法、比较文学方法、原型批评方法、结构主义方法等都引入了文学批评领域。此时，在文艺理论方面，占有影响的则是关于“文学的主体性”问题的讨论。这场讨论使作家们对文学创作的本质有了更深的认识。

寻根文学与文化热 80 年代中期，还出现了另外一种文学潮流，即“寻根文学”。寻根文学创作潮流中，也主要以小说为主，著名的作家作品有阿城的《棋王》、郑义的《老井》等。寻根文学与伤痕文学、反思文学、改革文学等受社会政治潮流影响的文学不同，也与受现代派思潮影响的各种创作潮流不同。他们公开打出“寻根”旗号，以表现民族文化为己任，把笔触伸到了更深的地方，从政治反思而走向了文化反思。这类小说都具有较浓的文化意味，蕴涵丰富的文化意义，因而又被称为文化小说。

与寻根—文化小说流行的同时，社会上也出现了一股“文化热”。人们对古今多种文化现象进行了反思，并与外国文化进行广泛比较，提出了各种主张和意见。同时，也存在一种文化泛化现象，许多东西都被冠以“文化”二字，“××文化”成了时髦的名词。在这场“文化热”中，电视片《河殇》引起了广泛的争论，争论的焦点仍是如何对待民族传统文化和西方现代文化的问题。1989 年的政治风波后，“文化热”有所减退。

后现代主义思潮冲击文坛 后现代主义思潮是 90 年

代较有影响的文化思潮之一。这种思潮从 80 年代中期开始介绍到中国以后,在文学艺术界产生了重要影响,一直到 90 年代。表现在文学方面,则出现了"实验小说"和"先锋诗"。实验小说的主要作家有马原、洪峰、苏童、格非、余华、北村等一大批作家,他们对传统的现实主义、现代主义的原则和精神进行了大胆的挑战,形成一股强大的实验小说潮流。实验小说带有某种"实验"和"探索"的先锋性,因而又被称为"先锋小说"。与先锋小说家们的探索相似,在诗歌领域则出现了"先锋诗人"。这是继朦胧诗后的又一重要诗歌潮流,所以又称"第三代诗"。主要诗人有西川、欧阳江河、于坚、周伦佑、翟永明等。先锋诗,诗派林立,名目繁多,为丰富诗歌的表现手段、探索诗歌的发展进行了不懈的努力。这股受后现代主义思潮影响下的小说、诗歌创作潮流一直持续到 20 世纪末。

实验小说家和第三代诗人努力求新的同时,文坛上"求新"的热潮一直没有停止。其中"新写实主义"小说是较有影响的流派,代表作家有池莉、方方、刘震云等,他们的小说创作既"写实",又具某些后现代因素,受到了读者的认可。此间文坛上还出现其他一些标"新"的东西,有"新状态小说""新体验小说""新市民小说""新都市小说""新闻小说"等,统称为"新潮小说"。这些提法,都是出自一些有影响的文学期刊,虽有人为策划的因素,但以求新、创新为文学创作的宗旨还是值得肯定的。这些文学期刊推出的"新潮"作品,虽然有影响的力作比较欠缺,但活跃了当时的文坛,对促进文学多元化的更进一步发展,具有重要意义。

关于人文精神的讨论 从 1989 年下半年开始,文坛经过了一段短暂平静,至 1993 年开始发生了一些变化。随着改革开放的纵深发展,市场经济、商品经济大潮对文学产生了强烈的冲击,人们的文学观念发生了重大变化,各种思潮再度活跃。除了 80 年代中期以来的各种潮流得到不同程度的承续外，还出现了许多新的思潮，呈现出多元化的势头。

除了后现代主义思潮外，关于人文精神的讨论也是 90 年代的一种重要文化思潮。这种讨论自 1993 年起一直持续到 1997 年，讨论的主要问题是文学和人文精神是否出现危机，如何重建人文精神，如何扬弃中国传统文化等。与此相关的则有“新保守主义”思潮。新保守主义者有的倡导“新儒学”，有的主张文化“改良”，有的主张坚持民族文化的主体地位和传统文化精神等等。这股潮流反映了在对外开放加深、商品经济冲击中国的大背景下人们对传统与现代问题的新思索。而在文学领域，则出现了关于现实主义的“重构”与“回归”问题的讨论。

关于现实主义的“重构”与“回归”问题　现实主义是文学的一种重要创作精神。新中国成立以来，现实主义创作走了一条曲折发展的道路。许多重要的现实主义原则受到过批判，许多现实主义作品被说成“毒草”，而一些假大空的反现实主义的作品却在某种特定时期受到肯定。新时期以后现实主义精神得到恢复，但自伤痕、反思、改革文学后，从意识流、朦胧诗开始，一直到世纪末，各种文艺流派蜂拥而起，现实主义受到了严重冲击。在这种背景下，出现了现实主义“重构”和“回归”论。有人认为现实主义已经成了“碎片”，需要进行“重构”；也有人认为现代主义、后现代主义已经走到尽头，现实主义应当“回归”。实际上，新时期现实主义创作并没有中断，只是由于各种流派的不断涌起，现实主义一统天下的局面被打破甚至被埋没了。因此不存在“回归”的问题，同时现实主义应当是发展的，急于“重构”可能会造成不利的影响。

“女性文学”和“新生代文学”　“女性文学”和“新生代

文学”是90年代的又一重要文学现象。新时期以来，特别是90年代以来，女性作家在文坛占有显赫位置。女性文学主要以女性小说为主，也有一些女性散文，这些女性作家及其作品更显出女性群体的某些特征。新生代作家，是指60年代以后出生90年代走向文坛的作家，他们有着不同于前几代作家的生活经历和文学观念，在创作中形成了某种“代际”特征。新生代的诗人大部分可列入先锋诗派中，而最引人注目的是新生代的小说，人们一般说的新生代文学主要是指新生代的小说。新生代作家在他们的创作中已经表现出了某些不凡，经过不断地总结，他们当中的优秀者必将成为21世纪中国文坛的主力。

新时期以来特别是80年代中期至90年代末期中国文学发展中的多元化态势，预示着在21世纪，中国文学将出现新的繁荣。

思考题：

1. 新中国成立以来的中国文学发展可以分为几个阶段？每个阶段的大致特点怎样？
2. 新时期有哪些重要的文学思潮或文学现象？请选择其中一两种进行分析评价。

第二章　小说创作

第一节　新时期以前的小说创作

新时期以前分两个阶段，即十七年时期和十年文革时期，这两个阶段小说创作的发展情况是不一样的。

新中国建立后十七年时期的小说创作，取得了一定的成绩，但也走了一条曲折发展的道路。新中国刚刚成立之初，作家们以极大的热情投入了小说创作，写下了许多关于新旧对比、并以此来歌颂新制度、新社会和新生活的作品，像赵树理的《登记》、谷峪的《新事新办》等。新中国建立后不久就开展的抗美援朝运动、农村合作化运动和新中国的工业建设，也引起了许多作家的充分关注，出现了《三千里江山》（杨朔）、《团圆》（巴金）、《三里湾》（赵树理）、《春天来到了鸭绿江》（雷加）、《百炼成钢》（艾芜）等短篇和长篇创作。1956—1957 年，小说创作中出现了一股"干预生活"的创作潮流，出现了《组织部来了个青年人》（王蒙）、《红豆》（宗璞）等许多具有特色的作品，但不久随着反右运动的开始，这股创作潮流被压退。1958 年的大跃进运动，六十年代提出的阶级斗争理论，对当时的小说家的创作都造成了严重的不良影响。但从总体来看，十七年时期的小说创作在经历了种种曲折后，还是取得了相当的成绩。

而十年文革时期，小说创作与整个文学创作一样，受到了严重创伤，几乎是一片空白。那几部零星出现的小说，也大都是受到了“四人帮”和极左文艺思潮及当时的错误政策的影响，成就都不高。因此，本章叙述的新时期以前的小说，主要是指十七年时期的小说。

十七年时期的小说创作，主要集中在以下一些题材范围，即革命战争题材、农村题材等。

一、革命战争题材小说

中国革命走过了一条漫长、曲折的道路，经历了大革命时期和红军时期、抗日战争时期、解放战争时期，最终取得了胜利。波澜壮阔的革命战争，成为作家创作的取之不尽、用之不竭的源泉。革命战争题材小说，在十七年文学中占有很大分量。

以大革命前后为题材或背景的小说比较优秀的有短篇小说《红花岗畔》（写大革命时期的）、《党费》（王愿坚，写红军时期的）等，长篇小说《三家巷》和《红旗谱》等。

《三家巷》和《红旗谱》　欧阳山的《三家巷》（又名《一代风流》）是一部多卷长篇小说。首卷《三家巷》以二十年代的广州为背景，通过周家（工人家庭）、陈家（资本家家庭）和何家（地主家庭）三家之间的矛盾、纠葛展开故事，反映了当时社会的阶级结构和矛盾冲突。这部多卷长篇小说的前两卷写于十七年时期，其他几卷则完成于新时期，以首卷《三家巷》影响最大，后被作者定为这部多卷小说的总名。作者写这部多卷小说的创作意图就是要通过小说揭示中国革命的“来龙去脉”，整个作品反映了 1919—1949 这 30 年中国新民主主义革命的历程。

《红旗谱》的作者梁斌也有同样的创作意图，他的作品也是一个系列，除了《红旗谱》外，还有续篇《播火记》和《烽烟图》，以《红旗谱》成就最高。《红旗谱》是一部描写农民革命的长篇小说，小说成功地塑造了朱老忠等革命农民形象，在广阔的社会背景下揭示了新民主主义革命阶段农民问题的深刻性和丰富性。作者从古典小说中吸取营养，借鉴了传统小说的表现手法，使作品具有浓郁的地方特色和民族特色。

以大革命和红军时期为背景的短篇小说创作中，王愿坚的创作成就最高。《党费》《粮食的故事》《七根火柴》这三篇小说，就是取材于这一历史时期的斗争生活。作者善于截取艰苦年代生活的某个横断面，精心设置矛盾冲突，捕捉人物在特定境遇中的特定心理、情感和行为，凸现人物性格，以讴歌革命前辈的崇高英雄品质。

抗战小说　以抗日战争为题材或背景的短篇小说有《黎明的河边》（峻青）等，长篇小说有《新儿女英雄传》（孔厥、袁静）、《风云初记》（孙犁）、《铁道游击队》（知侠）、《敌后武工队》（冯志）、《战斗的青春》（雪克）、《野火春风斗古城》（李英儒）、《苦菜花》（冯德英）、《烈火金刚》（刘流）等。这些小说的共同特点是民族风格、民族特色浓，像《新儿女英雄传》《烈火金刚》采用了古典式的章回体，《铁道游击队》《敌后武工队》《野火春风斗古城》等都很注重情节的传奇性，非常符合中国大众的欣赏习惯。这些小说，像一曲曲可歌可泣的壮歌，歌颂了中国人民同日本侵略者及伪军、汉奸、特务进行艰苦斗争的英勇精神。

抗日战争胜利，进入了解放战争时期。十七年时期以解放战争为题材或背景的小说占有相当数量，有许多就是在解放战争的炮火中诞生、新中国一成立就发表的，像刘白羽的《火光在前》、马加的《开不败的花朵》、陈登科的《活人塘》、柳青的《铜墙铁壁》等，都在新中国建立初期产生了很大影响。而经过一定时间的积淀，较晚发表的《保卫延安》（杜鹏程）、《红日》（吴强）、《林海雪原》（曲波）和《红岩》

（罗广斌、杨益言）等，则更以其创作的成熟赢得了读者。

《保卫延安》和《红日》 杜鹏程的《保卫延安》和吴强的《红日》都是正面描写解放战争的长篇小说。1947 年国民党军队向陕北和山东两个解放区发起了重点进攻。这两部小说就分别再现了这两个战场的战争。《保卫延安》写的是陕北战场，《红日》写的是山东战场，两部小说艺术地、历史地再现了这场宏伟的战争，成功地塑造了中共军队中高级将领和基层官兵的形象，歌颂了革命英雄主义精神。《保卫延安》中还成功塑造了彭德怀的形象，这是当代小说首次正面出现中共高级将领形象。也因此，小说在 1959 年以后遭禁毁①

《林海雪原》 曲波的《林海雪原》写的是解放军小分队深入东北林海雪原剿匪的故事。小说不但塑造了杨子荣、少剑波等正面英雄人物形象，在反面人物的塑造上也很成功。小说极富传奇色彩——传奇的题材、传奇的人物、传奇的故事情节以及带有传奇色彩的自然景色，产生了独特的艺术魅力。

《红岩》 罗广斌和杨益言曾写有回忆录《在烈火中永生》，其中记载了很多烈士的事迹。小说《红岩》就是在这一基础上加工提炼而写成的，书中描写的是解放战争胜利前夕重庆监狱内关押的“政治犯”与反动派英勇斗争、不怕牺牲的故事，展示了两种政治力量和两种精神力量的较量。小说中的主要人物和事件，都有现实生活中的原型，具有很强的纪实性。小说中的英雄群像矗立在鲜血染红的岩石上，悲壮感人。回忆录和小说中的烈士的事迹，曾鼓舞了许多人，读《红岩》，学英雄，成为当时一个响亮的口号，产生了

---

① 原国防部长彭德怀元帅，1959 年因对大跃进和人民公社化运动中的错误提出批评，被错定为“右倾机会主义反党集团”首领。

很大的社会影响，至今仍被用来作为“革命传统教育”的好教材。

《百合花》 短篇小说以解放战争为题材或背景的也很多，其中最具特色的是女作家茹志鹃的《百合花》。这篇小说，没有从正面描写战争的场面，而是通过前沿阵地包扎所的小战士向新媳妇借被子这一平凡的小事，讲述了一个解放战争中“军爱民、民拥军”的动人故事。小说在选材、细节处理、人物心灵的塑造等方面都有独特之处。这些特点也表现在她的短篇小说集《高高的白杨树》《静静的产院》中收录的其他一些短篇小说中，从而形成了她清新、细腻、委婉、柔美的创作风格，在当代小说中别具一格。

抗美援朝小说 解放战争胜利新中国成立后不久，朝鲜战争爆发。为“抗美援朝，保家卫国”，中国人民志愿军赴朝鲜战场参战。抗美援朝，成了作家们极其关注的对象。反映这一生活的作品有长篇小说《三千里江山》（杨朔）、《上甘岭》（陆柱国），短篇小说《洼地上的“战役”》（路翎）、《团圆》（巴金）等。这些小说，歌颂了志愿军战士的英勇和中朝友谊，产生了很大的影响，有的还被改编成了电影，如《上甘岭》《英雄儿女》（《团圆》）等。

革命战争题材小说是十七年小说创作的一个支柱。中国革命漫长、曲折艰难的历史为作家提供了丰富的素材，许多作家都亲身经历了这场波澜壮阔的革命战争，加之当时社会倡导发扬革命精神以教育激励人民，于是许多作家纷纷提笔，以小说的形式再现中国革命的历史。塑造革命英雄，歌颂共产党领导的人民战争，弘扬革命英雄主义和革命理想主义，是这类小说的创作主旨。综观十七年革命战争题材小说，可以看出，中国革命历史的每一阶段，几乎都得到了较为充分的文学反映。十七年时期的革命战争题材小说，就是一部部形象的中国革命史。

二、农村题材小说

新中国成立后，中国农村发生了巨大变革。土地改革一结束，接着就实行了农业合作化，后来又发展到人民公社。这样一些政策的实施，给中国农业带来了巨大影响，也引起了农村生活、农民的思想观念等方面的变化。新中国建立后中国农村进行的各种变革运动及运动中出现的各种人物，成了小说家们关注的对象。许多作家致力于农村题材的小说创作，写下了在当时很有影响的作品。

反映农村新人、新事、新生活、新变化的主题在十七年之初小说创作中比较普遍，特别是通过婚姻问题来表达这一主题的作品尤多。《登记》（赵树理），《结婚》《一架弹花机》（马烽），《新事新办》《强扭的瓜不甜》（谷峪），《挑对象》（柳溪），《解约》（高晓声）等短篇小说，都是有关这一主题的较有影响的作品。这些作品围绕着婚姻问题，进行新旧对比，有力地说明了新社会给农村带来的新变化，特别是婚姻自主和妇女解放方面的变化。

反映农村合作化问题的小说著名的有长篇小说《三里湾》（赵树理）、《山乡巨变》（周立波）、《创业史》（柳青）等，短篇小说有《不能走那条路》（李凖）等。

《三里湾》《山乡巨变》和《创业史》　赵树理的《三里湾》、周立波的《山乡巨变》和柳青的《创业史》都是反映农村社会主义改造的作品。这三部小说均以中国农村为舞台，让农村的各阶层人物登台亮相，通过他们纷繁的关系展开情节，表现了合作化运动给农村带来的生产关系、家庭关系、道德观念、婚姻爱情等方面的变化。

这三部长篇小说在创作内容上有许多共同的东西，但在艺术上也有其个性。赵树理在《三里湾》中继续发挥他用讲故事的方法写小说的特长，讲究故事的连贯性和完整性，小说中博采农民口语，吸收乡土语汇，语言风趣幽默。周立波的《山乡巨变》在语言的运用上也注重方言口语，与作者先前创作的《暴风骤雨》不同的是，这里运用的是湖南方言。非但语言方面，小说在自然环境和社会环境等方面的描写，也都具有浓郁的乡土田园气息。柳青的《创业史》在人物塑造方面相对突出，作者通过梁生宝、梁三老汉、郭振山、郭世富等不同性格的矛盾冲突，再现了当时社会各阶层农民的内心世界。其中梁三老汉被认为是写得很成功的"中间人物"。小说构思恢弘，叙事细密，语言质朴而凝重，有乡土气而不落粗俗。

《不能走那条路》和《李双双小传》 李凖的《不能走那条路》，写了一位经过土改后生活稍微富裕起来就想购买土地的老农——宋老定的形象，从而向当时的社会提出了一个问题——农民能不能走"那条路"，结论正如小说的题目——不能走那条路。这一结论是符合当时农村工作的主导意识的，因而在全国引起了强烈的反响。

李凖另还有一篇著名的短篇小说《李双双小传》，塑造了一位敢于向传统妇女观念挑战、把自己从家务琐事中解放出来、投身到社会生产和劳动中去的新型的农村妇女形象，尽管小说中仍有一些错误时代的影子，但李双双这一人物形象至今看来还是很具光彩的。

至新时期，长篇小说《黄河东流去》问世，李凖的创作发生明显转变且取得较高成就。

《风雷》和《艳阳天》 反映新中国建立后农村阶级斗争的长篇小说有《风雷》（陈登科）和《艳阳天》（浩然）等，但由于这种创作深受阶级斗争理论影响，今天看来许多情节难以成立，许多人物站不住脚。这些作品只是在当时特定的社会背景下产生了一定的影响。浩然在继《艳阳天》之后在文革期间出版的长篇小说《金光大道》更进一步强化了这种创作倾向。至新时期,浩然的创作风格开始转变,创作了《苍生》等笔力凝重的农村小说。

农村题材小说的兴盛是十七年时期小说创作的又一重要现象。中国农村历来是中国社会变革的中心。特别是新中国成立后,中国政府通过政策、法令、运动等形式使农村发生了一系列变革。这些变革给中国农业带来了巨大影响,也引起了农村生活、农民的思想观念等方面的波动和变化。中国作家许多都与农民有着千丝万缕的联系,他们承袭了解放区文学传统,对农村进行的各种变革运动及运动中出现的各种人物格外关注,创造了大量的农村题材小说并在当时产生了很大影响。

十七年时期农村题材的小说创作是与十七年时期国家的农村政策紧密联系在一起的。今天回过头来看当时的农业政策,其中存在许多错误和问题。过去是不能走"那条路",把发家致富当成资本主义批判;而现在是一定走"那条路"——脱贫致富,鼓励一部分人先富起来。我们不能要求当时的作家用今天的眼光去看问题,但仅从作品本身来看,这些受了当时政策影响、特别是配合这些政策创作出来的小说,其艺术真实性实际上是大大削弱了。从数量上看,农村题材在十七年小说创作中占有绝对优势,特别是短篇小说;但从艺术成就上看,则普遍不高。以上所举只是在当时比较有影响且今天看来仍然具有一定价值的作品。

三、工业题材和其他题材小说

十七年时期小说创作的题材并不平衡。写革命战争题材和农村生活题材的作家及作品特别多,而写工业题材和知识分子题材的作家及作品则很少,优秀之作就更少。

《乘风破浪》等工业小说　工业是中国经济的一个重要组成部分。新中国的成立,确立了工人阶级的领导地位。

写工业题材，反映工业生产和工人生活，成为摆在作家面前的一个全新课题。新中国建立后，不少作家把创作的视野投向了工业这一全新领域。草明是工业题材长篇创作的拓荒者，解放前夕就出版有《原动力》，50 年代又出版了《火车头》和《乘风破浪》。雷加也是一位长期坚持反映工人生活的作家，《春天来到了鸭绿江》是他这一时期的主要作品。一些在其他题材领域取得成绩的新老作家也尝试着创作工业题材的作品，如周立波的《铁水奔流》，萧军的《五月的矿山》，艾芜的《百炼成钢》，杜鹏程的《在和平的日子里》等等。较有代表性的是《乘风破浪》《百炼成钢》和《在和平的日子里》。这些作品，反映了钢铁、矿山、铁路等工业部门的生产和生活，塑造了一些具有时代色彩的工人形象，表现了工人阶级忘我劳动、敢于创新的优良品质和崇高精神。但因为大多数作家并不真正熟悉工业生产和工人生活，缺乏相关的生活积累，再加上受到当时一些观念的影响，因此反映生活比较表面，矛盾冲突不够深刻，人物性格的塑造也比较简单，存在公式化、雷同化和概念化倾向。总体而言，成就不高。

《青春之歌》 以知识分子为题材的小说在十七年文学中更是寥寥无几。杨沫的《青春之歌》，算是这类题材的开拓性作品。小说以 1931 年“九一八”事变到 1935 年“一二·九”运动期间的中国社会为背景，以北京的爱国学生运动为主线，刻画了林道静等一代青年知识分子在民族危亡中逐渐觉醒、成长、走向革命道路的历程。小说出版后，曾引起广泛的社会关注和争议，被改编成了电影，还被译成十多种外文出版。

其他题材的小说也有一些，如写民族资本主义工商业社会主义改造的《上海的早晨》（周而复），以历史为题材的

《李自成》①(姚雪垠),以少数民族生活为题材的《茫茫的草原》(蒙古族,玛拉沁夫)、《欢笑的金沙江》(彝族,李乔)等,都取得了各自的成绩。

四、"干预生活"潮流中的小说

1956—1957 年的"干预生活"的创作潮流中,出现了许多具有特色的短篇小说。这些小说大体可以分为两大类,一类是揭露和批判共产党内官僚主义现象的,一类是关于爱情生活描写的。

揭露和批判共产党内官僚主义现象的著名作品有《组织部来了个青年人》(王蒙)、《爬在旗杆上的人》(耿简)、《改选》(李国文)等。王蒙的《组织部来了个青年人》,以一个新来的年轻干部的眼光写党政机关中存在的懒散习气和官僚作风,刻画了刘世吾这一官僚主义者形象。耿简的《爬在旗杆上的人》写宣传部门弄虚作假、沽名钓誉的思想行为,李国文的《改选》通过悲剧性的故事鞭挞了官僚主义,呼吁民主建设。同类作品还有《被围困的农庄主席》(白危)、《灰色的帆篷》(李準)等。这类作品敢于正视现实矛盾,大胆地触及了生活中的落后面、阴暗面,揭露和批评了共产党内存在的保守主义、官僚主义作风,其思想内涵的深刻性及批判性是以歌颂为主调的新中国成立以来的文学中所没有的。

关于爱情生活的作品有《红豆》(宗璞)、《小巷深处》(陆文夫)、《在悬崖上》(邓友梅)等。新中国建立后的小说创作中,关于爱情婚姻生活的很少。50 年代初的《我们夫

① 《李自成》,长篇历史小说,共五卷,第一卷写于十七年时期,第二卷写于文革时期,其他几卷完成于新时期。小说在文革前和文革中影响较大,对其他一些历史小说创作有一定影响。

妇之间》(萧也牧)和《洼地上的“战役”》(路翎)是此类作品中较为优秀的,但却引起了很大的争议和批判。另有一些作品也不乏爱情内容,但这些作品中的爱情描写往往成了某种政治、政策、甚至法规的附庸,很难从中看出爱情本身所特有的东西。而在“干预生活”的潮流中出现的这些描写爱情的小说则不同。邓友梅的《在悬崖上》写出了青年男女在婚恋生活中的情感纠葛,是新中国成立以来小说中较早触及婚外恋问题的作品。陆文夫的《小巷深处》写解放前曾因生活所迫而沦为妓女、解放后当上了纺织女工的徐文霞,在爱情问题上的心灵创伤和精神重负以及获得真正爱情的幸福。宗璞的《红豆》以“红豆”为引线写一对大学生的爱情悲剧,作者以女性特有的委婉细腻的笔触深入细致地描写了女主人公江玫复杂的内心世界。这些小说突破了以往小说中的爱情描写模式。他们写出了爱情的微妙和复杂,写出了爱情生活中人的情感变化,甚至写出了“非正常状态”下的爱,就爱情本身写爱情,而不是把爱情当作某种附庸,使这类作品产生了独特的魅力。

“干预生活”潮流中出现的这两类小说,是对新中国成立以来小说创作的一种新突破,给人以耳目一新之感。但这股潮流并没有持续多久,反右运动开始后,这些作家和作品受到了批判,王蒙等作家被打成“右派”,被迫停止写作达20年,直到新时期才重新恢复写作。

十七年时期小说创作取得了较为丰厚的成绩。不论是短篇,还是长篇,都出现了一些有影响的作品。这些小说,从题材到人物,都与此前的小说有很多不同,吸引了无数中国读者,在中国小说史上占有自己的位置。

从题材方面看,十七年时期小说题材较此前有了新的拓展,特别是革命战争题材和农村题材的数量空前,再加之以工业题材、历史题材等，构成了较为宏阔的历史和现实画卷。

从人物塑造方面看，十七年小说中塑造了一系列英雄人物形象，如朱老忠、杨子荣、江姐（《红岩》）、梁生宝、林道静等，与英雄人物相对的“反面人物”的塑造也有很多成功的，如冯兰池（《红旗谱》）、座山雕（《林海雪原》）、徐鹏飞（《红岩》）、张灵甫（《红日》）等。“中间人物”的成功塑造是本时期小说人物塑造的又一重大成就，如梁三老汉、严志和（《红旗谱》）、亭面糊（《山乡巨变》）、孙喜旺（《李双双小传》）等，作家在写这些“中间人物”时，写出了人物性格的复杂性和丰富性，有时甚至比英雄人物更令人感到真实可信。

从创作基调来看，十七年时期小说普遍以歌颂为主调。歌颂共产党领导的革命和革命中涌现出来的英雄人物，歌颂新中国农村的巨大变化和农村中的新人新事，甚至歌颂共产党的某一时期的方针、政策、法令。“歌颂”，成为十七年时期小说创作的主调。

从创作风格来看，十七年小说具有鲜明的时代特色和独特的民族风格。这一点不但体现在小说所写的内容具有时代性和民族性，而且表现在小说的叙事、描写、人物塑造及语言运用等方面。小说家们多从中国古典文学和民间文化中汲取营养并将其与自己的创作结合起来，形成了鲜明的民族化、大众化风格，具有“中国作风和中国气派”。

十七年小说创作也存在一些缺欠。革命战争题材和农村题材偏多，而工业题材、城市题材、知识分子题材欠少，有些题材则根本没有。多数作品以歌颂为主，缺乏对现实的深刻反省和批判精神。有些作品有写中心、写任务、图解政策、图解历史、模式化、公式化、概念化的倾向。多数作品艺术视角较为单一，人物性格较为单纯，缺乏厚重的历史感，缺乏新颖性和独创性……当然，这些问题的形成，与十七年时期中国的社会背景、文学运动、文学思潮有着密切的关系。但无论怎样，这些小说，曾教育和鼓舞了一代代中国人，也滋养了许多优秀的文学家。新中国成立后的许多作家，就是读这些小说长大的。十七年小说，是中国小说史上的重要一页。

五、文革时期的小说

文革时期，小说创作受到了严重创伤，小说作品的质量严重下降。十年文革时期的小说，大体可以分为以下几类：

一类是严重受“四人帮”和极左文艺思潮影响的作品，如长篇小说《虹南作战史》（集体创作）、《牛田洋》（南哨）等。另一类是带有“四人帮”和极左思潮影响痕迹，艺术上尚有可取之处的文艺作品，如《万年青》（谌容）、《金光大道》（浩然）等。这两类作品，都受了“四人帮”和极左文艺思潮的影响，创作中存在着“主题先行”、“三突出”、图解当时的政治和政策的缺点，但后者尚有一定的艺术价值。

还有一类是受“四人帮”和极左文艺思潮影响较少，思想和艺术尚比较好的作品。如长篇小说《春潮急》（克非）、《万山红遍》（黎汝清）、《沸腾的群山》（李云德），短篇小说《机电局长的一天》（蒋子龙）、《山鹰展翅》（孙健忠）、《路标》（侯建冰）、《带响的箭》（张登魁）等。

文革之中还有“地下小说”。如《九级浪》（毕汝协）、《公开的情书》（靳凡）、《逃亡》（佚名）等，这些小说，多对现实采取批判的态度，都不能公开发表，只是以手抄本的形式流传。“地下小说”中最有影响的是《第二次握手》。张扬的长篇小说《第二次握手》最初也是以手抄本的形式在全国流传的。这部小说，通过几个科学家的独特命运和爱情纠葛的描写，歌颂了中国知识分子热爱祖国、献身科学的崇高品质。小说曾被查抄,作者被关进监狱达四年,但作品仍在群众手中传抄、流传。直到新时期,小说才得以正式出版。

第二节　新时期小说创作及其流派

一、概　述

新时期小说,经过二十多年的发展,在创作主体、题材、艺术表现和创作方法、风格和流派等方面,都发生了重大的变化。二十多年来的小说创作,虽然也偶有来自小说创作内外的非文学因素的干扰,但较之于十七年时期和十年文革时期,作家的创作环境是良好的。总体来看,新时期小说创作有着重大的突破,取得了丰硕的成绩,形成了多元共生的文学格局。

新时期小说创作主体发生了很大的变化。新时期的小说创作队伍中,有从现代走向当代的名作家,有 1957 年反右运动和十年文革中被迫沉默搁笔十数年的老作家,有文革中上山下乡文革后从事创作的中年作家,还有六七十年代出生 90 年代崭露头角的“新生代”作家。80 年代中期以来,又出现了“女性作家群”。有这样一些带有代际特征和群体特征的创作主体,必然会给新时期小说创作带来不同的面貌。

新时期的小说创作题材广阔。除了对已有的农村题材、工业题材、军事题材、历史题材有新的开掘和突破外,新时期小说创作中的知识分子题材、知青题材、人性—人道主义题材、城市题材、留学生题材等都是新中国建立后新时期前所少有或没有的。

知识分子题材小说 知识分子题材的小说在十七年时期很少,最有影响的是《青春之歌》。而在新时期,以知识分子为题材的小说占有相当数量,像谌容、张贤亮等作家的小说创作,均以知识分子题材为主。其中最早引起广泛社会关注的是谌容的《人到中年》。小说塑造了一个肩负国家事业和家庭两副重担、埋头苦干、默默奉献、不计较个人得失、有高度事业心和责任感的中年知识分子陆文婷的形象,提出了长期未被社会关注的问题——知识分子问题,在当时引起了强烈的共鸣。

人性、人道主义题材小说 人性、人道主义题材在新中国建立后新时期以前是个禁区。这个禁区到新时期才艰难地被打破。这类作品有戴厚英的《人啊,人!》、张洁的《爱,是不能忘记的》、刘心武的《如意》、张笑天的《离离原上草》等。这类题材的小说刚出现时曾受到了一些非文学的批评,但在今天看来,这种探索是有意义的。

性,作为人性的一部分,在新中国建立后新时期以前也是个禁区。新时期小说对此也有很大的突破,以致于形成"性文学热"。写性,并且通过性来探索人性的优秀作品有张贤亮的《男人的一半是女人》,王安忆的"三恋"即《荒山之恋》《小城之恋》《锦绣谷之恋》等。张贤亮的《男人的一半是女人》,写一位在劳改农场接受改造的知识分子章永璘因长期作为专政对象而丧失了最基本的人性——人的尊严、人的价值和男性本能,最后在一次抗洪抢险中经过洪水的洗礼才寻找到自己的尊严和价值并且恢复了自己作为男人的自然本性,以此来透视造成人的精神扭曲和变态的社会原因。王安忆写性,则不是把性放在一定社会或人性扭曲框架下来写,而是比较单纯地表现人的本性的萌发进程,具有自己的特色。性的禁区突破后,小说中的性描写屡见不鲜。90 年代,贾平凹的《废都》,也因其中大量的性描写而引起广泛关注和争议。

军旅小说 军事题材的小说在十七年时期曾出现了许多优秀作品。新时期小说继承了这一传统，如魏巍的《东方》（写抗美援朝的），且有许多新的突破，如徐怀中的《西线轶事》，李存葆的《高山下的花环》《山中，那十九座坟茔》以及朱苏进的《射天狼》等军旅作家的作品。李存葆的这两篇小说，突破了以往军旅文学的歌颂模式，对军队和社会中存在的阴暗面进行了大胆的揭露，塑造了许多鲜活的人物，在新时期军旅文学中占有重要地位。

新时期小说创作还形成了很多流派。如新时期之初有伤痕小说、反思小说、改革小说、意识流小说等，80 年代中期至 90 年代末期，又有寻根—文化小说、现代派小说、新写实小说以及女性小说、新生代小说等。有些作家的创作，还形成了自己的风格，在新时期小说中自成一派，像王朔（《一半是海水，一半是火焰》《顽主》《玩的就是心跳》《我是你爸爸》《动物凶猛》）、王小波（《黄金时代》《白银时代》《青铜时代》）等。这些风格和流派，有的体现了题材的一致性，如伤痕小说、反思小说、改革小说等，有的则是在创作方法、艺术手段、创作风格等方面体现出了某种一致性。这些小说流派，以其独特的创作，丰富和发展了当代中国文学。

二、新时期小说创作的主要流派

新时期，由于思想解放和改革开放、西方文艺思潮的引入以及人们对文学观念理解的深化等原因或背景，形成了许许多多的小说流派。与新中国建立后文革前的小说创作相比，流派众多，成为新时期小说创作的一个重要特点。

新时期小说的流派可从题材、创作方法和艺术表现、创作主体等方面去考察。从题材方面看，有伤痕小说、反思小说、改革小说、寻根—文化小说、大墙小说、社会问题小说、人性—人道主义小说、知青小说、留学生小说、新都市小说、家族小说等；从创作方法和艺术表现方面看，有意识流小说、结构主义小说、怪诞小说、现代派小说、实验小说、新写实小说、新历史主义小说、现实主义冲击波、后现代主义小说等；从创作主体方面看，有女性作家小说、新生代小说等。

这些小说流派，并不是像创造社、文学研究会等现代作家们那样自觉地、有意识地形成某种创作派别，大部分是小说评论者从某一特定角度对某一时期的文学现象概括总结出来的。通过新时期的小说流派及其发展，我们可以了解到新时期小说创作的一个基本概貌。

伤痕小说、反思小说、改革小说 伤痕小说是新时期出现最早的一股创作潮流。新时期之初大量小说都表现了这样一个主题：控诉“四人帮”和文革给人们带来的创伤。这类小说被称为“伤痕小说”。以刘心武的《班主任》和卢新华的《伤痕》等创作最具代表性。其他著名的伤痕小说有王蒙的《最宝贵的》、王亚平的《神圣的使命》、冯骥才的《啊！》、陈国凯的《我该怎么办》以及叶辛的《蹉跎岁月》、周克芹的《许茂和他的女儿们》、莫应丰的《将军吟》等。这些作品的特点是写苦难，写伤痕，写人们受到的精神创伤，在哀叹人物命运的同时，也哀叹社会和历史。

继“伤痕小说”之后则出现了“反思小说”。主要作品有鲁彦周的《天云山传奇》、刘真的《黑旗》、张弦的《记忆》、方之的《内奸》、张贤亮的《绿化树》、高晓生的《李顺大造屋》、张一弓的《犯人李铜钟的故事》、古华的《芙蓉镇》等。反思小说一方面继续控诉和批判“四人帮”和文革以及新中国成立以来历次政治运动给人们带来的创伤，同时并没有停留在表层的控诉和批判上，而是对造成创伤的社会原因进行了深层的反思。

在伤痕小说和反思小说中，有一类写监狱生活的小说格外引人注目，被称之为“大墙小说”，主要作家就是从维熙和张贤亮。从维熙被称为“大墙文学之父”，主要作品有《大墙下的红玉兰》《第十个弹孔》《雪落黄河静无声》。张贤亮有《绿化树》《男人的一半是女人》等。这些作品，均取材于监狱生活，主人公均是“罪犯”或被改造的对象，充满苦难意识和忧患意识，更能引起人们对伤痕的关注和反思。

对历史进行深刻反思的同时，作家们对刚刚进行社会变革的现实也很关注。继“反思小说”之后，很快就出现了“改革小说”。主要作品有蒋子龙的《乔厂长上任记》、高晓生的《陈奂生上城》，何士光的《乡场上》，张洁的《沉重的翅膀》、陆文夫的《围墙》、李国文的《花园街五号》、水运宪的《祸起萧墙》、张贤亮的《龙种》、贾平凹的《鸡窝洼里的人家》、柯云路的《新星》以及路遥的《人生》《平凡的世界》等等。这些小说，与当时社会呼唤改革的思潮是同调的。

知青小说　知青文学也是这一时期开始出现的重要文学现象。知青文学的作者都是上山下乡的知青，作品的内容也多写知青生活和情感历程。文革中曾出现过一些知青文学作品，像张抗抗的《分界线》等，但多为概念化、公式化的作品。真正的知青文学开始于新时期。知青题材成为新时期二十多年小说创作的一座富矿。一直到 20 世纪末的 1998 年(上山下乡运动 30 周年)，这股创作潮流仍在持续。新时期知青小说最有名的作家是梁晓声，主要作品有《这是一片神奇的土地》《今夜有暴风雪》《年轮》等，其他著名作家作品有叶辛的《蹉跎岁月》《孽债》，孔捷生的《大林莽》《南方的岸》，史铁生的《我的遥远的清平湾》，张抗抗的《永不忏悔》，老鬼的《血色黄昏》《血与铁》，等等。20 多年来知青文学主题虽然不断处于扩展和深化之中，但新时期之初知青文学的主调——苦难与伤痕，一直贯穿其中。

新时期之初的小说，从“伤痕”“反思”到“改革”，艺术地表现了新时期中国拨乱反正、解放思想、走向改革的社会现实，具有重要的社会启蒙意义和文学价值。

寻根—文化小说　寻根—文化小说出现于 1985 年前后。此时全社会范围形成了一股“文化热”，人们的文学观念也开始变革。随着人们对文学与政治关系的正确理解，许多作家对此前文学与政治联系过近而感到不满（新时期之初的伤痕、反思和改革小说，与当时的社会思潮几乎是同步的），认为这样反映生活有些肤浅和表面化，于是他们把笔触伸到了更深的地方，公开打出“寻根”旗号，将探索的目光伸向了幽远的历史和古老的文化遗存，寻找埋藏在扎在民族文化深处的“根”，追寻民族文化传统，探索文化心理，以期重塑民族性格和民族精神，带有浓厚的文化反思味道。

寻根—文化小说在 1980 年发表的汪曾祺的小说《受戒》中已见端倪，但真正形成潮流是在 1985 年前后。主要作家作品有阿城的“三王”即《棋王》《树王》《孩子王》，郑义的《老井》《远村》，郑万隆的《异乡异闻》，王安忆的《小鲍庄》，韩少功的《爸爸爸》，陆文夫的《井》，莫言的《透明的红萝卜》，张承志的《黑骏马》《北方的河》，扎西达娃的《系在皮绳扣上的魂》以及贾平凹的“商州系列”，李杭育的“葛川江系列”，乌热尔图的“大兴安岭系列”等。

寻根—文化小说在选材上，偏于老（井）、远（村）、异（乡），特别是把某些偏僻、落后的农村或山区作为表现对象。这样一些地区很少受外来文化的浸染，因而似乎更容易寻找到文化的“根”。从这类作品中，我们能够看到生命的原始冲动，人的生存欲望和本能，古老的风俗和仪式……而透过这些，又能使我们对民族的精神、意识、心理、伦理、道德得以重新认识和反省。寻根—文化小说把文化引入文学，扩大了文学的表现领域，使文学在文化中得以深化。

具有寻根—文化小说品格的作品还有刘绍棠的《蒲柳人家》，刘心武的《钟鼓楼》，邓友梅的《那五》《烟壶》，陆文夫的《美食家》，冯骥才的《神鞭》《三寸金莲》等，这些小说也出现在寻根文学前后，表现了共同的创作倾向。

意识流小说、现代派小说、先锋实验小说 西方现代派思潮和创作方法，早在五四时期就已传入中国，新中国建立以后一度中断，新时期后再度传入，对中国当代小说产生了重要影响。其结果就是出现了意识流小说、现代派小说和实验小说。

西方现代派对中国当代小说最早产生影响的是“意识流”。王蒙是最早运用“意识流”手法进行小说创作探索的作家之一。他在新时期之初发表的《布礼》《蝴蝶》《春之声》等作品就已经自觉地尝试着运用这种新的手法，并取得了成功。其他意识流小说有茹志鹃的《剪辑错了的故事》、李国文的《冬天里的春天》等。经过王蒙等人的探索，“意识流”作为一种叙事方法在新时期文学创作中被广为运用，九十年代末尚有《故乡面和花朵》（刘震云）等著名作品出现。但王蒙等人的意识流并不完全等同于西方式的意识流，而只是一种作为“手法”的艺术借鉴。王蒙等人的这类小说，基本倾向还是现实主义的，还不能说它是现代主义的，只能说它是带有现代主义倾向的中国意识流小说。

现代派小说兴起于 1985 年，1987 年呈颓势。这一时期，正是新时期文艺探索的一个转折阶段。此前，诗歌（朦胧诗）和小说（意识流）中对现代派手法的借鉴，已经取得了重要成绩，为中国小说走向现代主义铺平了道路。此间，出现了许多现代派小说，著名的有刘索拉的《你别无选择》，徐星的《无主题变奏》，残雪的《苍老的浮云》，莫言的《红高粱》，扎西达娃的《西藏，隐秘的岁月》，刘西鸿的《你不可以改变我》等。

现代派作家，以年轻人居多，这些人较少受传统理论约束，具有浓厚的现代生活意识。他们的创作具有反叛传统的特点，非理性，重主观；轻情节，重心理；重形式，认为形式即内容；在艺术手法上，更多地使用意识流、荒诞、变形、象征、隐喻、内视角、反规范语言等。这些都与中国传统的审美习惯及其表达方式迥然不同。但这些现代派小说的创作，拓宽了当代中国小说发展的道路，在中国小说史上具有重要意义。

先锋实验小说的兴起也是在1985年前后。马原在1985年前后发表的《拉萨河女神》《冈底斯的诱惑》和《虚构》为先锋之作，到80年代末期，汇集了洪峰（《奔丧》《瀚海》）、余华（《难逃劫数》《世事如烟》）、苏童（《一九三四年的逃亡》）、格非（《迷舟》《褐色鸟群》）、孙甘露（《呼吸》《我是少年酒坛子》《请女人猜谜》）、吕新（《抚摸》）、扎西达娃（《野猫走过漫漫岁月》）、北村、潘军、叶兆言、叶曙明等一大批作家，形成一股强大的实验小说潮流。

实验小说主要是受80年代中后期传入的后现代主义思潮影响形成的。它不但反叛传统的现实主义，而且反叛现代主义。实验小说的最显著特点，就是注重形式，注重叙述，强调叙述行为的个人化，淡化情节和人物，认为“写什么”不重要，“怎么写”最重要。主体性的丧失和缺位，是实验小说的又一显著特点。在实验小说里，作者注重的就是叙事，而不愿在小说中注入自己的精神情感和价值评判。像余华在他的《死亡叙述》《往事与刑罚》《一九八六》《在细雨中呼喊》以及《许三观卖血记》等作品里，对待暴力、死亡、婚姻、爱情、性爱、家庭悲剧这样一些情感色彩浓烈的事件的叙述，都采取了“冷漠叙述”的方式，很难见到作家自己的情感和评判。实验小说不但将主体观念驱逐在外，而且将真实、规律、本质、理性、自我、人道、人性、审美等都在写作中剥离或消解,所剩下的是一片虚无。格非的《青黄》《大年》,李晓的《相会在 K 市》就是这种消解的象征性写作。在艺术表现方面,实验小说家更多地使用预述、空缺、戏拟、反讽、互文等手段。

实验小说这种"实验"和"探索",具有先锋性,因而又被称为"先锋小说"。也正是因为这种先锋性而不为大多数读者所赏识。但这种小说的探索是很有价值的,它对当代小说艺术表现手段的丰富发展和空间的拓展,对其后的一些小说流派的形成,都起了重要作用。

新写实小说、新历史主义小说、家族小说 新写实小说是与实验小说几乎同时出现的创作潮流。著名作家有池莉(《烦恼人生》《不谈爱情》《太阳出世》)、方方(《风景》)、刘震云(《单位》《一地鸡毛》)、刘恒(《狗日的粮食》《伏羲伏羲》)、苏童(《妻妾成群》《米》《红粉》)等。

新写实小说作家书写现实,关注人生,但与传统写实派不同的是,他们更注重现实生活原生形态,而有意无意避开现实中的政治经济层面。传统写实派注重人物性格,而新写实派不太注重人物性格,往往以人物命运代替人物性格,从而导致"性格的消解"。在新写实派小说里,作家展示的是现实的"仿真"与"还原",是一幅幅纷繁杂乱的生存图景;"人"在这个世界里丧失了意义,在"社会的大轮子下"、在"生活的潮流"中,人是一个"十分地软弱、十分地卑微"的一个"极小极小的生物"(方方语),不论是过去还是现在都在承受着命运的拨弄,只有"活着"(余华小说名),"为活着本身而活着,而不是为活着之外的任何事物所活着"(余华语),"冷也好热也好活着就好"(池莉小说名)。这就是新写实小说家笔下的现实与人生。

传统写实派强调主体意识,作家的情感和价值评判自然流露于文本之中,而新写实主义者,则是一幅冷漠的写作，主张感情的“零度介入”，在表达方式上注重叙述、审丑、反讽、调侃、幽默等，这些又都与实验小说有着共同之处。新写实小说实际上是缓和的先锋主义，它和实验小说基本上是同调的，因为它在民族传统与现代意识这一问题上处理得较好，所以赢得了广大读者。

新写实小说的创作原则和精神，表现在非现实题材上，则出现了新历史主义小说。带有新历史主义倾向的小说有《故乡天下黄花》《故乡相处流传》《故乡面和花朵》（刘震云）、《米》《罂粟之家》（苏童）、《丰乳肥臀》（莫言）以及叶兆言的“夜泊秦淮”系列等。新历史主义小说的作者一般不侧重于选择某种具有典型意义的历史事件作为叙事对象或叙事背景，更不用文学去演绎教科书对历史作的权威结论。它注重捕捉历史的初生状态或尚未定型的历史存在，侧重于作家个人的历史体验、历史感悟和历史见解的表达，从而让人感受到活生生的历史状态和人的发展历史。新历史主义的这些特点在一些家族小说中有着明显的体现。

家族小说即以“家族”为题材的小说。以家族为题材进行小说创作是中国小说的一个传统。古代有曹雪芹的《红楼梦》，现代有巴金的《家》、老舍的《四世同堂》等优秀作品，十七年时期有《红旗谱》《三家巷》等。新时期家族小说自 80 年代中期开始兴盛，一直持续到 90 年代末，出现了许多优秀之作。著名作品有《红高粱》（莫言）、《家族》《古船》（张炜）、《故乡天下黄花》（刘震云）、《最后一个匈奴》（高建群）、《白鹿原》（陈忠实）、《尘埃落定》（阿来）等。这些作品往往通过某一（或几个）家族的故事来折射历史变迁和人世沧桑，表现作家对历史的重新审视和认识。

新时期家族小说的创作倾向，有现实主义倾向的，也有现代主义倾向的，更有新历史主义倾向的。特别是 90 年代以来，家族小说的新历史主义倾向更为明显。这种倾向的家族小说，不屑于反映历史的“本质”“规律”之类，而喜欢展示“历史的碎片”，表现历史的随机性和偶然性，甚至是对历史的嘲讽、戏谑和瓦解，带有强烈的个人色彩。刘震云的《故乡天下黄花》用历史的残云流片替代了历史叙事的逻辑，历史似乎就是一场芸芸众生的“瞎折腾”；在苏童的《米》《罂粟之家》中，家族的生存和历史的进程充满了食、色、性、暴力等本能和欲望；《我的帝王生涯》则充满了阴谋与杀戮。混乱、无序、虚无、荒诞成了新历史主义家族小说表现的一个共同主题，而这一点，又与后现代小说的作者们不谋而合。

家族小说中《白鹿原》和《尘埃落定》是 90 年代颇有影响的两部作品。陈忠实的《白鹿原》讲述的是黄土高原上的白鹿家族的故事，小说通过白鹿家族这个“历史文化体”，表现了宗法文化的恒常与震荡。小说中也描写了家族间的纷争，血缘关系的纠葛等，其间也牵扯到国共斗争等，但这些用政治的、阶级的立场都很难分清。小说穿过了历史政治斗争的层面，显出了原有的民族生存方式、民族性格和民族精神。阿来的《尘埃落定》是一部充满了政治、阴谋、爱情、暴力与复仇的藏族土司王朝的末世悲喜剧。小说的视角和叙述方式非常独特，作者借助一个傻子少爷的叙述，以超然物外的审视目光，以鲜活而富有质感的语言，讲述了一个土司王朝终结的故事，展示了人类生活的逼真状况。这两部小说一出版就都引起了极大的轰动。

“现实主义冲击波” 1996 年前后，在各色流派纷呈文坛的同时，一股“现实主义冲击波”格外引人注目。现实主义冲击波的主要作家作品有刘醒龙的《分享艰难》、谈歌的《大厂》、何申的《信访办主任》、李贯通的《天缺一角》、关仁山的《大雪无乡》和《九月还乡》等。这股创作潮流对 90 年代的社会现实给予了较为充分的反映，具有强烈的社会意识。“冲击波”作家在审视社会现实时，有着明显的民间立场和平民意识。在他们的作品中，企业改革、工人下岗、贪污腐败、道德沦丧等社会变革中出现的诸多问题都有充分的表现。反映社会问题和矛盾冲突，关注下层人物命运，是这些小说家创作的共同特点。“冲击波”小说家比较注重情节和事件的描写，不太注重人物性格的刻画，这是与传统的现实主义创作所不同的。

传统的现实主义创作在新时期实际上一直是存在的。伤痕文学、反思文学、改革文学、知青文学中的作品，都是现实主义的作品。80 年代中期以来，文坛上各种流派纷纷涌起，现实主义独霸天下的局面被打破，但仍有一些作家坚持现实主义的写作。迟子建、阿成、林希、尤凤伟、叶广芩等人的现实主义创作都取得了各自的成绩。1999 年新中国 50 年大庆前后出版的《中国制造》（周梅森）、《抉择》（张平）、《我是太阳》（邓一光）、《突出重围》（柳建伟）、《走出硝烟的女神》（姜安）、《补天裂》（霍达）等，也都是现实主义的重要作品。

女性小说、新生代小说　女性文学是指女性作家创作的表现女性生活和女性意识的作品。新时期以来，在改革开放的社会大背景下，西方女权主义运动和女性主义文学思潮传入中国，促使了中国女性主义文学的形成。1995 年的世界妇女大会在中国的召开，对女性文学潮流起到了推波助澜的作用。这股文学潮流一直到 20 世纪末仍在持续。

新时期女性小说早在 80 年代初就已经出现，主要作家有张辛欣、张洁等。她们的作品中，着重对女性主体价值，特别是女性的社会价值实现这一问题进行了探索。张辛欣的《在同一地平线上》《我在哪儿错过了你》、张洁的《方舟》等作品塑造的女性人物自尊、自信、自强，为争得女性的社会地位和存在价值进行了不断地追求，历尽了种种艰辛，甚至不惜以牺牲女性的天性为代价，表现了女性角色意识的苏醒。

80 年代末以后，女性小说对女性主体价值的探索超越了 80 年代初。作家们不仅关注女性作为人的社会价值，更关心女性作为女人（自然性别）的一面。描写女性生活的方方面面，展示女性的个性魅力和风采，成为许多女性小说的共同特色，陆星儿的《天生是个女人》系列是这类作品的代表。在她的系列作品里，写女性的恋爱、婚姻、生育，甚至是婚外恋、婚外育，写女人的母性情感和母性心态等，对女性生活的各个方面进行了透视，但与此前那些探索女性社会价值的作品不同，这里更侧重于表现女人的天性的一面，对女性的生命意义给予充分关注和关怀。

女性作家中，陈染（《嘴唇里的阳光》《与往事干杯》《无处告别》《私人生活》）和林白（《子弹穿过苹果》《回廊之椅》《一个人的战争》）的作品表现出的女性意识更为强烈。她们完全站在女性的立场，以女性的视角，写女子的生理和心理体验，表达女性的自我醒悟，形成了不同于男性的独特的经验世界，具有浓烈的女权主义意味。

90 年代的女性小说对商品经济大潮冲击下的女性心理、女性情感、女性角色意识进行了新的思考。张欣（《首席》《绝非偶然》）、莫然（《高处不胜寒》《风从东方来》）等作家的笔下的女性，已经是真正“独立”的女性，她们个性独立、人格独立、精神独立、价值观念独立，而这种独立又是建立在与男性平等而非对立、对抗的基础上的。90 年代女性作家更侧重表现女性个体的自我、个体的情绪、女性个人的人格独立和价值实现，更加关注女性个体生命本身，是女性的“个人化写作”。

这种“个人化写作”在新生代作家中得到了更进一步的

强化。新生代作家是指60年代以后出生90年代成名的年轻作家群体。其中较有影响的有韩东、鲁羊、朱文、毕飞宇、徐坤、鬼子、东西等。这些作家有着大致相同的社会经历，文革印象模糊，没经过上山下乡，正赶上商品经济大潮冲击中国和价值观念多元化时代，因此他们的创作与其他作家相比体现出了某种共性。但由于这些作家每个人的世俗生活、文化背景、思维方式、价值观念以及对文学的理解不尽相同，因而其创作又呈现多元状态。

总体来看，新生代小说倾向于“个人化写作”，认为小说是“私小说”，强调“个体情绪的表达”，带有浓厚的个性主义色彩。新生代小说并不回避现实，但更侧重于书写现实背景下的人的精神状态。90年代人世间的众生万象，人的膨胀的欲望、人的放荡和堕落、人与人之间的相互欺诈，都在他们的作品中有着强力的书写。存在虚无，精神虚无，是他们相通的一个文学母题。这些特点在韩东的《障碍》、朱文的《我爱美元》等作品中表现得尤为突出。而这一点又是对实验小说和新写实小说的一个新的承续。

新生代作家中有一部分是“70年代生作家”，像卫慧、棉棉、朱文颖、周洁茹等。他们在创作中全面抵制理性意旨支配，让所有的叙事只对自己的情绪、自己的感受说话，把想像的最初冲动、肉体与灵魂都彻底袒露出来，充分展示自己纷繁的情绪和永无归依的灵魂，如《像卫慧一样疯狂》（卫慧）、《啦啦啦》（棉棉）等作品。这种不讲究次序结构，表象化、情绪化、非理性化、放逐自我、展示精神历程和青春碎片的写作，在70年代生作家中，都普遍存在。

“新生代”现象及世纪末文学创作的多元化局面，预示着一个新世纪文学的到来。

思考题：

1. 新时期以前的小说创作主要集中在哪些题材？各有什么代表作品？
2. 新时期的小说创作主要有哪些流派？各流派有哪些代表作家及作品？
3. 试分析评价一两个你感兴趣的新时期小说流派。

第三章　诗歌、散文和戏剧创作

第一节　诗歌创作

新中国成立以来，中国诗歌的发展如同其他文学样式一样，走了一条曲折发展的道路。文革前十七年，诗歌创作取得了一定的成绩，尽管这一期间也有创作低潮的时候。文革期间，诗歌创作陷入低谷。到了新时期，诗歌创作迎来了第二个春天，呈现出多元发展的态势。

一、十七年时期的诗歌创作

五四以后兴起的中国新诗，发展到新中国成立之后，发生了巨大的变化。这种变化最明显地表现在诗歌的思想内容方面。

新时代的颂歌　新中国的诞生，极大地鼓舞了诗人们的创作热情。诗人们纷纷拿起笔，唱起了时代的颂歌。这时期的诗歌，不再是五四以来的一些新诗那样以暴露社会黑暗、同情人民疾苦为主调，而是直接承袭了解放区的以讴歌光明为主的诗歌潮流，诗歌的内容以歌颂和赞美为主。歌颂党，歌颂领袖，歌颂新中国，歌颂新生活，歌颂生产和建设，成为新中国建立初期乃至以后相当长一段时期内的诗歌主题。郭沫若的《新华颂》是这类诗歌的开创之作。诗人在诗中将新中国比作新生的太阳，“光芒万道，辐射寰空”。何其芳在《我们最伟大的节日》中则对新中国的诞生发出了热烈的欢呼：

中华人民共和国
在隆隆的雷声里诞生
……
欢呼呵！歌唱呵！跳舞呵！
到街上来，
到广场上来，
到新中国的阳光下来，
庆祝我们这个最伟大的节日！

其他一些新老诗人的诗作也表达了同样的主题，如《光荣属于伟大的毛泽东》（阮章竞）、《欢呼啊，中国共产党！欢呼啊，毛泽东！》（萧三）、《为庆祝新中国的诞生而写》（田间）、《高举着我们的五星红旗》（柯仲平）等等。这些诗作热烈、欢快，充满了幸福感和自豪感。

正当诗人们欢呼胜利之时，1950 年爆发了朝鲜战争。为了“抗美援朝，保家卫国”，许多志愿军到朝鲜参战。志愿军战士的英勇精神鼓舞了诗人的创作热情，一些诗人甚至亲临战场，写下了壮丽的诗篇。如未央的《驰过燃烧的村庄》：

那天，
我去送一道紧急的公文，
鞭着马，
驰过燃烧的村庄。

忽然，
一个被火烧着的孩子，

向我滚来。
……
我的孩子，
你的村庄
已被强盗们烧成灰烬；
你的爹娘，
再也不能来听你的哭笑声。
我的马啊！
你疯狂的跑吧……

其他一些作品，如《赴朝诗抄》(田间)、《朝鲜诗抄》(严辰)、《战场上的节日》(李瑛)等诗集和长诗《和平的最强音》(石方禹)等，也都记录了这段不平凡的生活。

新中国成立后的工农业建设和生产也是这一时期诗人们所歌咏的对象。如歌颂新兴的石油工业的《玉门诗抄》(李季)，歌颂青年一代献身工业的《到远方去》(邵燕祥)，歌颂康藏公路建设的《喧腾的高原》(梁上泉)，歌颂农村新变化的《家乡的春天》(张志民)，歌颂少数民族新生活的《天山牧歌》(闻捷)等。

1956 年"双百"方针的提出和全国大规模的关于诗歌问题的讨论，使诗歌创作呈现了活跃的局面。1957 年，《诗刊》和《星星》两个专门发表诗歌的刊物创刊，为诗人创作提供了新的园地。在《诗刊》创刊号上，发表了毛泽东的 18 首旧体诗及《关于诗的一封信》。毛泽东是一个政治人物，也是一个诗人，在现当代似乎还没有人在旧体诗创作上超过毛泽东。其中《沁园春·雪》作于解放前，全诗(词)豪情奔放，气势磅礴，笔力遒劲，神采飞扬：

北国风光，
千里冰封，

万里雪飘。
望长城内外，
惟馀莽莽；
大河上下，
顿失滔滔。
山舞银蛇，
原驰蜡象，
欲与天公试比高。
须晴日，
看红妆素裹，
分外妖娆。

江山如此多娇，
引无数英雄竞折腰。
惜秦皇汉武，
略输文采；
唐宗宋祖，
稍逊风骚。
一代天骄，
成吉思汗，
只识弯弓射大雕。
俱往矣，
数风流人物，
还看今朝。

而《蝶恋花·答李淑一》则是一首充满真挚情感的“悼亡”之作：

我失骄杨君失柳，
杨柳轻飏直上重霄九。

问讯吴刚何所有，
吴刚捧出桂花酒。

寂寞嫦娥舒广袖，
万里长空且为忠魂舞。
忽报人间曾伏虎，
泪飞顿作倾盆雨。

在毛泽东的影响下，陈毅、郭沫若、叶剑英等也创作了大量旧体诗，使旧体诗成为当代诗坛的一种重要形式。此时的新诗创作也较为活跃，产生了《放声歌唱》（贺敬之）、《致青年公民》（郭小川）等著名的政治抒情诗，还出现了一些干预生活、针砭时弊的诗作（如艾青的《养花人的梦》、邵燕祥的《橡皮之歌》）以及爱情诗、山水诗（如蔡其矫的《回声集》）等。

然而，这样的势头并没有持续很久。1957 年下半年的反右运动，使诗坛遭受了一场暴风雨的袭击，许多诗人受到了冲击，有的被迫停止了歌唱，如艾青、公刘、流沙河、白桦、邵燕祥等。诗坛"百花齐放"的局面成了昙花一现。

新民歌运动　1958 年的大跃进运动，波及到诗歌领域，就是新民歌运动。4 月 14 日，《人民日报》发表社论《大规模地收集全国民歌》。各级文艺组织纷纷响应，甚至定出指标，限期完成。当时提出的口号是"人人当诗人""村村都有王老九""每个县都要出一个郭沫若"，整个文艺界甚至整个社会都陷入了一种狂热状态。在不到两年的时间里，各地编印出版的民歌集就有上千种之多。郭沫若、周扬编的《红旗歌谣》，收录了新民歌运动中的部分诗作。下面这首《我来了》就是新民歌运动中很有影响的一首诗：

天上没有玉皇，

地上没有龙王，
我就是玉皇，
我就是龙王，
喝令三山五岳开道。
我来了。

新民歌运动中虽然也收集到了一些真正的民歌作品，但大部分属于浮夸、虚假之作。这种运动违背了诗歌的创作规律，影响了新诗的健康发展。

1958年至1959年，全国范围展开了一场关于诗歌发展问题的讨论。讨论的结果是，提出新诗要与人民群众结合，民歌体是诗歌的主要形式。这种片面的强调，限制了其他不同形式和不同风格的诗歌创作。郭小川的诗《望星空》就因不合主流而受到了批判。

60年代初期，由于文艺政策调整，1958年以来的左的诗歌创作倾向得到一定的纠正，诗歌创作取得了进一步发展。这一时期的诗歌，仍然以政治抒情诗为主，郭小川、贺敬之成就较高。这一时期，还出现了许多长篇叙事诗，像郭小川的《将军三部曲》、李季的《杨高传》、闻捷的《复仇的火焰》等，都是有名的长篇叙事诗。此外，少数民族诗人的诗歌创作和以少数民族生活为题材的诗歌创作，在此阶段，也取得了突出成就。

十七年时期的主要诗人　十七年时期，诗坛上有影响、有成就的诗人很多。其中有新中国建立之前就已经从事诗歌创作并取得了一定成就的诗人，像郭沫若、臧克家、冯至、卞之琳、袁水拍、艾青、田间、阮章竞、李季、何其芳、蔡其矫、柯仲平、邹狄帆、严辰、绿原、萧三、公木等；也有新中国成立后诗歌创作取得一定成就或开始进行创作的诗人，像郭小川、贺敬之、闻捷、李瑛、公刘、邵燕祥、严阵、白桦、梁上泉、雁翼、顾工、周良沛、戈壁舟、流沙河、未央、傅仇、张永枚、韩笑等;这一时期还出现了许多工人诗人和农民诗人,如李学鳌、温承训、韩忆萍、王老九等;还有一些少数民族诗人,如饶阶巴桑(藏族)、纳·赛音朝克图(蒙古族)、巴·布林贝赫(蒙古族)、韦其麟(壮族)、康朗甩和康朗英(傣族)、汪承栋(土家族)、包玉堂(仫佬族)、吴琪达拉(彝族)等。这些诗人,在这一时期创造了许多优秀的或在当时有影响的诗作,取得了各自的成就。但相对来讲,在这一时期社会影响较大、成就较高的诗人则是李季、闻捷、贺敬之、郭小川。

因响应"延安讲话"而创作出长诗《王贵与李香香》的**李季**在新中国建立后,主要从事文艺创作、文艺刊物编辑和文艺组织领导等工作。50 年代以来,李季写下了许多歌颂新中国石油工业建设的诗歌,被称为"石油诗人"。诗集《玉门诗抄》等收录了诗人的诗作。在《玉门诗抄》中,李季以新中国石油开发建设为背景,通过对石油工人、干部、战士的形象刻画,展开抒情主题,对新中国的建设事业进行礼赞。李季的诗多选取生活中的某些场面,表现新的思想情怀。在《致北京》一诗中诗人写到:

在我们美妙的语言里,
再没有什么比你的名字更加动听;
在我们祖国的地图上,
还有哪里能象你吸引着我们的心灵?

在我们这里,把那些
去过北京的人都叫做幸福的人;
在我们这里,把从你身边
传来的一个纸片看得比爱人的信还亲。

一辆油罐车正在暴风雪里驶行，
年轻的司机紧瞪着两只大大的眼睛。
他在注视着前进的道路，也瞥视着那
贴在挡风玻璃角上的天安门的图景。

十月里，当你的礼炮，
震动着祖国蓝色的天空；
是谁在油井区路边的雪地上，
歪斜地写下了一长串——北京、北京……

每一次见到你的名字，
都会引起我们的激动。
你甚至还常常出现在
我们劳动后的酣梦中。

在我们谈心的时候，
谁对谁也不隐瞒自己的感情：
哪怕是能在你的怀抱里住上一天，
这就是我们一生里最大的光荣！

为了这个愿望，我们
日日夜夜地进行着创造性的劳动，
一个信念无时不在鼓舞着我们，
——条条道路，通往北京！

新中国建立后李季的诗作特别是短诗已经不像《王贵与李香香》那样刻意模仿民歌，而是跨入了新诗半格律体的创作行列。诗歌语言生动，节奏轻松，叙事抒情结合得体。新中国建立后李季仍有长诗创作，其中长篇叙事诗《杨高传》较为有名。

以《吐鲁番情歌》而引起普遍关注的**闻捷**，新中国建立前曾从事文艺和新闻工作，新中国建立后，主要在西北的新疆、甘肃等地从事新闻和文艺工作。文革期间因受迫害而自杀身亡。主要作品有诗集《天山牧歌》、长篇叙事诗《复仇的火焰》等。《天山牧歌》主要以西北边疆少数民族地区生活为基本题材，并以此来歌颂新的生活，新的理想和新的追求。如《赛马》《苹果树下》《葡萄成熟了》《夜莺飞去了》等。诗人笔下的绮丽的民族风情，快乐的劳动场面和青年男女之间的两情相悦的生活情景，给人留下了深刻的印象。

夜莺飞去了，
带走迷人的歌声；
年轻人走了，
眼睛里传出留恋的心情。

夜莺飞向天边，
天边有秀丽的白桦林；
年轻人翻过天山，
那里是金色的石油城。

夜莺飞向天空，
回头张望另一只夜莺；
年轻人爬上油塔，
从彩霞中瞭望心上的人

夜莺怀念吐鲁番，
这里的葡萄甜、泉水清；
年轻人热爱故乡

故乡的姑娘美丽又多情。

夜莺还会飞来的，
那时候春天第二次降临；
年轻人也要回来的，
当他成为一个真正的矿工。

（《夜莺飞去了》）

这些诗多为“劳动+爱情”的模式，多采用四行一节，大体整齐、押韵的体式。

曾在解放区文艺中执笔过《白毛女》的**贺敬之**新中国建立后主要从事诗歌创作和文艺领导工作。新中国建立后贺敬之的诗歌创作主要以政治抒情诗为主，著有《放声歌唱》《东风万里》《十年颂歌》《雷锋之歌》等诗篇，有诗集《放歌集》等。这些诗作多取材于国家的政治大事，多采用“楼梯式”形式，气势宏阔，热情奔放，具有鲜明的“时代精神”。如《放声歌唱》：

无边的大海波涛汹涌……
呵，无边的
　　大海
　　　　波涛
　　　　　　汹涌——
生活的浪花在滚滚沸腾……
呵，生活的
　　浪花
　　　　在滚滚
　　　　　　沸腾！
呵呵！是何等壮丽的景象——
我们祖国的

万花盛开的
大地，
光华灿烂的
天空！
你，在每一天，
在每一秒钟，
都展现在
我的眼前
和我的
心中……

而另一些抒情短诗，如《回延安》《桂林山水歌》《三门峡歌》等，写得更好一些。

心口呀莫要这么厉害的跳，
灰尘呀莫把我眼睛挡住了……

手抓黄土我不放，
紧紧儿贴在心窝上。

……几回回梦里回延安，
双手搂定宝塔山。

千声万声呼唤你，
——母亲延安就在这里！

杜甫川唱来柳林铺笑，
红旗飘飘把手招。

白羊肚手巾红腰带，

亲人们迎过延河来。

满心话登时说不出来，
一头扑在亲人怀……

这首《回延安》采用“信天游”的形式，抒发了作者对延安的无限深情。而《桂林山水歌》等则在歌颂山水之美的同时歌颂了祖国之美。

与贺敬之齐名的另一著名政治抒情诗人是**郭小川**。郭小川（1919—1976），河北人。青年时参加革命，后到延安。长期从事新闻、宣传、文艺等工作。1955—1956年，郭小川以《致青年公民》为题，发表了一组“楼梯式”的政治鼓动诗，在当时受到广泛好评。但作者后来对自己“以一个宣传鼓动员的身份”而写下的“一行行政治性句子”并不满意，认为有些“浮光掠影”“粗制乱造”①。从1957—1960年，郭小川除了写一些应时之作外，也开始了一些新的探索，写出了《白雪的赞歌》《深深的山谷》《一个和八个》和《将军三部曲》等以革命历史为题材的叙事诗。这期间还发表有《望星空》这一在当时引起争议的作品。在《望星空》中，诗人以宇宙星空为参照物，对自我进行了严厉的剖析：

呵，星空，
只有你，
称得起万寿无疆！……

呵，
望星空，

① 见郭小川：《月下集·权当序言》，人民文学出版社1959年。

我不免感到惆怅。

说什么：
身宽气盛，
年富力强！
怎比得：
你那根深蒂固，
源远流长！
说什么：
情豪志大，
心高胆壮！
怎比得：
你那阔大胸襟，
无限容量！

我爱人间，
我在人间生长，
但比起你来，
人间还远远不辉煌……

诗人看出了宇宙之无限而个体生命和现实生活之有限，因而“感到惆怅”。在诗人“自我”泯灭的五六十年代，这种传达个体情感和生命体验的诗句是极为少见的，因而被批判为“个人主义”和“虚无主义”。1960—1965年，郭小川作为记者走遍了大江南北许多地区，写出了《林区三唱》《厦门风姿》《甘蔗林——青纱帐》等作品。在《甘蔗林——青纱帐》中，诗人以“甘蔗林”象征现实社会，以“青纱帐”象征革命战争年代，通过这两个具有特定象征意义的诗歌形象将历史和现实联系起来，咏物抒怀，以教育人们不要忘记革命历史，永葆“自己的战斗的青春”。文革期间，郭小川受到迫害，但仍坚持创作，其中作于 1975 年秋的《团泊洼的秋天》和《秋歌》成就较高。前诗言道：

战士自有战士的性格：不怕污蔑，不怕恫吓；
一切无情的打击，只会使人腰杆挺直，青春焕发
……
战士的歌声，可以休止一时，却永远不会沙哑；
战士的眼睛，可以关闭一时，却永远不会昏瞎
……
不管怎样，且把这矛盾重重的诗篇埋在坝下，
它也许不合你秋天的季节，但到明春准会生根发芽。

郭小川写完这两首诗一年后，“四人帮”终于覆灭，而诗人自己却死于一场不幸的火灾，但他的“埋在坝下”的诗篇真的“生根发芽”了，成为传诵一时的名作。

二、十年文革时期的诗歌创作

1966—1976 这十年文革时期，诗歌创作如同其他文学创作一样，也受到了严重摧残。许多诗人被迫停止了创作。这一时期报刊上也发表了一些诗歌作品，但大多为假大空之作。整个文革十年，几乎没有什么真正的优秀诗作发表。直到文革结束前夕，在震惊中外的天安门事件中，才涌现出许许多多群众诗人，创造了大量的表达自己鲜明的爱憎之情的优秀作品。

天安门诗歌运动　1976 年 1 月，周恩来逝世，举国上下陷入悲痛之中。然而，全国各地人民群众自发举行的种种悼念活动却遭到了“四人帮”的阻挠和压制。清明节（四月五日）前后，首都及外地群众纷纷汇集天安门广场进行献花圈、诵悼词、散发诗篇等悼念活动，同时对“四人帮”的罪恶

也进行了批判和揭露。天安门广场成了人的海洋，花圈的海洋，诗歌的海洋。不久，这场运动被镇压，被定为“天安门反革命事件”。粉碎“四人帮”后才得以平反。这就是著名的“四五运动”。

在四五运动中，诗歌发挥了重要的战斗作用。无数知识分子、工人、农民、学生、军人纷纷拿起笔来，写下了一首首爱憎分明的诗篇。

清明节，失明节，
天地黯然泪不绝，
献君泪和雪。

思难却，恨难却，
新坟三月谁敢掘，
捍君一腔血。

（《长相思》）

欲悲闻鬼叫，
我哭豺狼笑。
洒泪祭雄杰，
扬眉剑出鞘。

（《扬眉剑出鞘》）

黄浦江上有座桥，
江桥腐朽已动摇。
江桥摇，
眼看要垮掉。
请指示，
是拆还是烧？

（《向总理请示》）

这些诗篇，充分表现出了广大人民群众对周恩来的爱戴之情，以及对“四人帮”的憎恨和对文革的不满情绪，敲响了“四人帮”的丧钟。天安门诗歌运动中涌现的大量诗篇，在当时受到了查抄和损毁，但仍有许多人冒着生命危险将一些诗篇珍藏起来，《天安门诗抄》（童怀周①）就是这些优秀诗作的一个总汇。

文革中还有一些“**地下诗歌**”，这些诗歌虽然没有发表，但以手抄的形式在一定范围内流传。其中以**食指**（郭路生）、黄翔的诗作成就最高。食指的诗在上山下乡的知识青年中传抄很广。《这是四点零八分的北京》写“离别”：

北京车站高大的建筑，
突然一阵剧烈地抖动……
我的心骤然一阵疼痛，一定是
妈妈缀扣子的针线穿透了心胸。
这时，我的心变成了一只风筝，
风筝的线绳就在母亲的手中。

这样的诗句在那个标语口号盛行的年代真是不可多得的。食指在《海洋三部曲》中还最早表达了对文革的怀疑：

这夜，深远的夜空星光暗淡，
狂风在命运的海洋里扬起了狼烟。
……
像秋风卷起一片枯叶，
命运的海洋啊！
你将把这条船带向何方，
出地狱呢？还是天堂？

---

① 当时北京第二外语学院汉语教研室16位教师的集体化名，意为“共同怀念周总理”。

在《鱼儿三部曲》中，诗人写“冰层下的鱼”为“不失去自由的呼吸”而不停地跳跃，但最后仍然难免一死：

鱼儿临死前在冰块上拼命地挣扎着
太阳急忙在云层后收起了光芒——
是她不忍心看到他们的孩子，
年轻的鱼儿竟是如此下场。

其中的暗示不言而喻。尽管现实令人如此失望，但诗人仍“相信未来”：

当蜘蛛网无情地查封了我的炉台
当灰烬的余烟叹息着贫困的悲哀
我依然固执地铺平失望的灰烬
用美丽的雪花写下：相信未来

当我的葡萄化为深秋的露水
当我的鲜花依偎在别人的情怀
我依然固执地用凝霜的枯藤
在凄凉的大地上写下：相信未来

（《相信未来》）

与食指相似，**黄翔**的诗歌也表现出了对现实的一种怀疑和批判。他在《火神交响诗》中对现代迷信发出质问：

为什么一个人能驾驭千万人的意志
为什么一个人能支配普遍的生亡

为什么我们要对偶像顶礼膜拜
被迷信囚禁我们活的意念、情愫和思想

他在《野兽》一诗中写道：

我是一只被追捕的野兽，
我是一只刚捕获的野兽，
我是被野兽践踏的野兽，
我是践踏野兽的野兽。

诗中还称诗人所处的年代为“可憎的年代”，并说：

即使我只仅仅剩下一根骨头，
我也要哽住我的可憎年代的咽喉。

除了食指、黄翔外，“白洋淀诗群”中的芒克、多多等诗人以及北岛和舒婷的创作也始于此时。这些人的诗歌创作，表现了与当时的主流意识、主流诗歌完全不同的风貌，为新时期新诗潮的崛起积蓄了力量。

三、新时期的诗歌创作

文革结束后，诗坛发生了显著的变化。被压抑十年有的甚至二十年之久的诗人们终于可以放开喉咙，纵情歌唱。老诗人们纷纷提笔写诗，文革中被迫沉默的诗人们恢复了创作，更有新一代诗人加入诗歌创作的行列。进入 80 年代后，诗歌创作更是呈现了丰富多彩的面貌。

粉碎“四人帮”，是全国人民心中的一大快事，更激起了诗人的创作激情。新时期之初，欢呼胜利，怒斥林彪、江青集团的罪行，哀悼和歌颂老一辈革命家，成了诗歌的主要内容。郭沫若在《水调歌头 · 粉碎四人帮》中欢称“揪出四人帮”是“大快人心事”；贺敬之写下了《中国的十月》，继续“放声歌唱”；李瑛、柯岩、石祥等诗人则写出了在当时影响很广的怀念周恩来的诗作。

李瑛在《一月的哀思》中怀着深沉浓烈的情感，尽情抒发了全国人民对周恩来的无限哀思。诗中的一节写道：

敬爱的周总理呀，
登庐山峰顶，
看烟雨流云，
临北戴河滨，
听大海潮汐。
呵，日月不灭，苍穹不老
山河不死，生命不已……
你把心脏的每次跳动，
都献给了人民；
你踏出的每一足迹，
都是为了人民的利益……
你没有一个亲生儿女，
全国人民却都是你的儿女；
你不要陵墓，没有碑文，
你的名字却镌刻在亿万人心里。

这些诗篇，表达了人们对周恩来的哀悼、怀念、敬爱之情，成为传诵一时的诗作。

1978 年，关于真理标准问题的讨论和中共十一届三中全会的召开，极大地解放了人们的思想。1979 年初，《诗刊》召集全国诗歌创作座谈会，会议强调要发扬艺术民主，诗歌创作要讲真话、抒真情等，这是新中国建立三十年来中国诗歌界的一次空前集会，极大地调动了诗人的积极性。诗人们在思想解放的旗帜下，创作出了更为深沉、充满反思精神的诗篇。如艾青的《在浪尖上》、白桦的《阳光，谁也不能垄断》、雷抒雁的《小草在歌唱》、舒婷的《祖国，我亲爱的祖国》等。**雷抒雁**的《小草在歌唱》是一首献给在文革中不畏强暴而被割断喉咙的女烈士张志新的歌。诗中一节言道：

法律呵，
怎么变得这样苍白，
苍白得象废纸一方；
正义呵，
怎么变得这样软弱，
软弱得无处伸张！
只有小草变得坚强，
托着她的身躯，
抚着她的枪伤，
把白的，红的花朵，
插在她的胸前，
日里夜里，风中雨中，
为她歌唱……

诗中的“小草”，是烈士更是人民力量的象征。诗中在对坚持真理的女英雄歌颂的同时，也对造成英雄悲剧的时代进行了反思。这些诗作，与刚刚粉碎“四人帮”之时的那些带有浓烈批判意味的“伤痕诗”相比，更多的是表现出了诗人们对现实问题的关注和深沉的思索。

归来诗人 对历史的回顾和对现实的深思在“归来诗人”的诗作中尤为突出。归来诗人是指文革结束后，由于政治或其他原因被迫停止写作的一批诗人重返诗坛而形成的诗歌创作群体。其中有因受胡风事件牵连的“七月派”诗人曾卓、绿原、牛汉、邹荻帆等，有“九叶派”诗人辛笛、陈敬容等，有30年代蜚声诗坛的诗人艾青，有50年代崭露头角的公刘、白桦、邵燕祥、流沙河等。这些归来诗人写下了一首首“归来的歌”，如艾青的《归来的歌》、流沙河的《归来》、绿原的《燕归来》等。

曾以《大堰河——我的保姆》轰动30年代诗坛在1957年反右后被划为“右派”而长期停止歌唱的**艾青**在新时期终于又展开了喉咙。《光的赞歌》是艾青“归来”后写的较有影响的诗作：

每个人的一生
不论聪明还是愚蠢
不论幸福还是不幸
只要他一离开母体
就睁着眼睛追求光明……

世界要是没有光，
也就没有扬花飞絮的春天
也就没有百花争艳的夏天
也就没有金果满园的秋天
也就没有大雪纷飞的冬天……

光给我们以智慧
光给我们以想像
光给我们以热情
光帮助我们创造出不朽的形象……

但是有人害怕光
有人对光满怀仇恨
因为光所发出的针芒
刺痛了他们自私的眼睛……

然而我们的信念

象光一样坚强——
经过了多少浩劫之后
穿过了漫长的黑夜
人类的前途无限光明、永远光明……

让我们从地球出发
飞向太阳……

《光的赞歌》是艾青对“光”的礼赞。诗人笔下的“光”，既是自然之光，更是科学、民主、真理之光。而其他一些诗人则直接地发出这样的声音：

真理是人民的共同财富，
就象太阳，谁也不能垄断

（白桦《阳光，谁也不能垄断》）

既然历史在这里沉思
我为何不能沉思这段历史？

（公刘《沉思》）

归来诗人的诗作，有对人生经历和时代沧桑的概叹，有对历史经验的反思，有失落和惆怅，更有希望和奋进，具有强烈的个人色彩。

新边塞诗派 80 年代诗坛上还有一个流派，就是新边塞诗派。代表诗人有杨牧（《我是青年》《复活的海》）、周涛（《神山》《大西北》）、章德益（诗集《绿色的塔里木》）、昌耀（《慈航》《山旅》）等。且看这首《我应该是一角大西北的土地》（章德益）：

大西北，雄伟辽远的大西北

奔驰着：风、云、烟沙、马蹄
列祖列宗开发的地方
悍野的自然，强者的领地
红柳丛点亮风沙中的辉煌
地平线展开梦幻般的神秘
遥远的沙柱摇摆着地球的旗语

这些诗人的诗多以大西北、西藏等边疆地区的自然和社会生活为背景，吟咏漠天瀚海、戈壁冰川、红柳胡杨、马蹄驼铃，在歌咏大自然中寄托拓荒者的情感、意志和精神，形成了一种苍凉、雄劲、粗犷、豪放、壮美的风格，在新时期诗歌中独树一帜。

70 年代末和 80 年代初，中国诗坛除了传统的现实主义诗歌创作外，一些青年诗人还进行着艰苦的诗歌探索。“朦胧诗”就是这一时期出现的主要诗潮。

朦胧诗派 朦胧诗出现于 70 年代末和 80 年代初。这种诗歌创作潮流，是在当时社会的思想解放运动和西方现代主义以及人性、人道主义等文艺思潮的影响下形成的。在一定程度上可以说，朦胧诗是诗歌中的中国现代派。

朦胧诗从表现内容到表现手段，都向传统的现实主义诗歌创作提出了挑战。因而它刚刚崛起，就引起了广泛的争议。由于当时尚处于社会转型期，许多人还接受不了这种新的诗歌形式，因而朦胧诗及其作者受到的批评和非议较多。但仍有一些比较严肃的论文，从诗歌创作的美学原则等方面对朦胧诗等文艺思潮进行了较为客观的分析和评价，如谢冕的《在新的崛起面前》、孙绍振的《新的美学原则在崛起》和徐敬亚的《崛起的诗群》等。这三篇“崛起”之文，在当时也产生了激烈的争鸣。随着社会的发展，特别是思想解放运动的深入，人们越来越认同这种新兴的诗歌创作潮流。

朦胧诗的作者多为青年诗人，在当时形成了一个很大的创作群体。他们是文革中成长起来的一代，都有着痛苦的经历，对历史悲剧、民族苦难有着深刻的印象，都有着强烈的批判精神和忧患意识，因而创作出了许多具有特色的诗篇。

北岛是朦胧诗的重要诗人之一。他的诗着重表现了对“人”的充分关注：

也许最后的时刻到了
我没有留下遗嘱
只留下笔，给我的母亲
我并不是英雄
在没有英雄的年代里
我只想做一个人

宁静的地平线
分开了生者和死者的行列
我只能选择天空
决不跪在地上
以显示出刽子手们的高大
好阻挡自由的风

从星星的弹孔中
将流出血红的黎明

（《宣告》）

这是一首献给文革中因反对“血统论”而牺牲的中学生遇罗克的诗，诗中发出了“我只想做一个人”的呼喊。在另一首献给遇罗克的诗（《结局或开始》）中诗人更直接写道“我是人,我需要爱”,而“这普普通通的愿望,如今成了做人的全部代价”。在人的尊严和价值被剥夺、人性遭到压抑、甚至人的基本生存权都不能得到保障的年代,诗人的诗中更表现出了对世事的迷茫和怀疑:

我曾正步走过广场
剃光脑袋
为了更好地寻找太阳
却在疯狂的季节
转了向,隔着栅栏
会见那些表情冷漠的山羊
直到从盐碱地似的
白纸上看见理想
我弓起了脊背
自以为找到表达真理的
唯一方式,如同
烘烤着的鱼梦见海洋
万岁!我只他妈喊了一声
胡子就长出来

(《履历》)

卑鄙是卑鄙者的通行证,
高尚是高尚者的墓志铭。
看吧,在那镀金的天空中,
飘满了死者弯曲的倒影。

冰川纪过去了,
为什么到处都是冰凌?
好望角发现了,
为什么死海里千帆相竞?

我来到这个世界上，
只带着纸、绳索和身影，
为了在审判之前，
宣读那些被判决的声音：

告诉你吧，世界
我——不——相——信！
纵使你脚下有一千名挑战者
那就把我算做第一千零一名。

我不相信天是蓝的；
我不相信雷的回声；
我不相信梦是假的；
我不相信死无报应……

（《回答》）

诗中“卑鄙是卑鄙者的通行证，高尚是高尚者的墓志铭”成为充满哲理的名句。

肯定人的价值，张扬人的个性，在朦胧诗的另一著名诗人**舒婷**的作品中也有表现：

我如果爱你——
绝不象攀缘的凌霄花，
借你的高枝炫耀自己；
我如果爱你——
绝不学痴情的鸟儿，
为绿荫重复单调的歌曲；
也不止象泉源，
长年送来清凉的慰藉；
也不止象险峰，

增加你的高度，衬托你的威仪。
甚至日光。
甚至春雨。
不，这些都还不够！
我必须是你近旁的一株木棉，
作为树的形象和你站在一起……

（《致橡树》）

诗中在表达一种爱情观念的同时，也传达了一种对人格独立与尊严的肯定。舒婷的另一首诗《双桅船》通过“船”与“岸”两个意象，表达自己的主观感受和某种哲理性的思考：

雾打湿了我的双翼
可风却不容我再迟疑
岸啊，心爱的岸
昨天刚刚和你告别
今天你又在这里
明天我们将在
另一个纬度相遇

是一场风暴，一盏灯
把我们连系在一起
是一场风暴，另一盏灯
使我们再分东西
不怕天涯海角
岂在朝朝夕夕
你在我的航程上
我在你的视线里

这里的“船”与“岸”两个意象是多义的，“船”与“岸”的离合关系使我们联想到了人生、社会和历史中的许多类似的情境。而这种意象,这种类似的情境和情感体验,看起来似乎是明确的,但却又是朦胧的,只可意会不可言传的。

类似这种朦胧的诗句,在顾城的作品中更为常见。《远和近》:

你
一会看我
一会看云

我觉得
你看我时很远
你看云时很近

诗人对“远”和“近”的这种感觉,实际上表达的是一种个体的生命体验,是对社会、对人生、对人与人之间关系的一种感受和评价。顾城的诗也充满着某种对现实的思考:

刚进城的小树
不安地在街头停立

市场在轮镜中
旋转得无声无息

小树刚想问路
便招来一阵唾弃

真理刚贴出广告
叫做:不许怀疑

这首作于1972年的《小树》已表现出对“真理”的“怀疑”。而他的只有两句的诗篇《一代人》则充分表达了整整一代人的感受、体验、思索和追求：

黑夜给了我黑色的眼睛
我却用它寻找光明

其他著名的诗人及诗作有梁小斌《雪白的墙》《中国，我的钥匙丢了》，江河《纪念碑》，杨炼《大雁塔》《诺日朗》等。

朦胧诗派是新时期形成的一个较为完整的诗歌流派。朦胧诗的大致特点是，侧重于表现“自我”和内心，关注人的尊严、人的价值和人的权利，着意表现人性和人道主义，有强烈的批判精神和忧患意识。在艺术手法上，一反传统的再现形象的直白显露，多借鉴西方现代派艺术的象征、通感、幻觉、变形等手法，以跳跃的思维、整合的意象、多义的象征、新奇的联想、怪异的变形、错落的语句来酿造诗意。其诗歌形象具有情绪性和哲理性、多义性和浮动性、扩展性和朦胧性。朦胧诗派使中国传统诗歌产生了巨大震荡，创造出了与传统新诗迥异的新颖独特的诗歌美学风格，对中国当代诗歌的发展产生了重要影响。

80年代中期，继朦胧诗派之后，当代诗坛又出现了另一重要文学现象——“先锋诗派”。

先锋诗派　中国自改革开放以来，国外特别是西方的各种文艺思潮也陆续被介绍过来。80年代前后，西方现代派文艺思潮再次传入中国，对当代文坛产生了重要影响。朦胧诗就主要是受西方现代主义思潮影响的产物。80年代中期以后，西方后现代主义思潮传入中国，又一次在中国文坛产生冲击，这种冲击一直持续到90年代末。表现在诗坛，则出现了先锋诗，可以说，先锋诗主要是受西方后现代主义思潮影响的产物。

先锋诗又被称为“后朦胧派”“后崛起派”“新实验派”“第三代诗”等等。第三代诗创作队伍比较庞杂，诗派林立，多集中在高校校园。这些诗派名称多为自称，有的以社团命名，有的以创作倾向命名，有的以创作风格命名，名目极其繁多，大约有六七十个①。这些林林总总的诗派，形成一个庞大而又有些混杂的“诗群”。其中较有成绩和影响的诗派有“非非主义”（四川）、“莽汉主义”（四川）、“他们”（江浙）、“海上诗群”（上海）、“圆明园诗群”（北京）等。较为有名的诗人有海子（长诗《土地》、诗集《海子的诗》）、骆一禾（《海子、骆一禾作品集》）、欧阳江河（诗集《透过词语的玻璃》）、西川（诗集《隐秘的汇合》）、翟永明（诗集《黑夜里的素歌》）、周伦佑（《自由方块》《头像》）、于坚（《尚义街》《芸芸众生》《作品第……号》）、韩东（《有关大雁塔》《温柔的部分》）等。实际上，这些诗派和诗人各自的主张和创作并不一致，他们只是在以一种小集团的方式进行某种“实验”或“探索”。进行这种“实验”和“探索”的诗人，自八十年代中期以来，一直到90年代，不断地有新人加盟，也不断地有人离队，形成了一个动态的、多变的复杂群体。

先锋诗作品大多出自校园诗刊或其他未公开出版的刊物。公开结集出版的有《中国当代实验诗选》《第三代诗人探索诗选》《情绪与感觉——新生代诗选》《朦胧诗后——中国先锋诗选》《他们》《打开肉体之门——非非主义从理论到作品》等。徐敬亚等编的《中国现代主义诗群大观（1986—1988）》也是一部重要的诗集，内中收录了上述诗派的代表诗人及其诗作和诗歌理论主张。

---

① 详见于徐敬亚、孟浪、曹长青、吕贵品编的《中国现代主义诗群大观（1986—1988）》，同济大学出版社1988年出版。

就总体而言，这些先锋诗人，对“意识形态化写作”始终保持一种警觉，主张“个人化写作”和“私人性吟咏”。他们“反英雄”“反崇高”“反文化”，主张表现“平民意识”和个人体验。在艺术上，先锋诗人反对“贵族化”倾向，主张“口语化”。在写作方向和方式上，他们努力摆脱社会和政治的羁绊，使诗歌“向内转”，自觉进入个体的和个人化的写作状态。例如韩东的《有关大雁塔》：

有关大雁塔
我们又能知道些什么
有很多人从远方赶来
为了爬上去
做一次英雄
也有的还来做第二次
或者更多
那些不得意的人们
那些发福的人们
统统爬上去
做一做英雄
然后下来
走进这条大街
转眼不见了
也有有种的往下跳
在台阶上开一朵红花
那就真的成了英雄
当代英雄

有关大雁塔
我们又能知道些什么

我们爬上去
看看四周的风景
然后再下来

这首诗显然是反朦胧诗派诗人杨炼的《大雁塔》而作。杨炼的《大雁塔》是一部充满厚重历史感和强烈的现代意识的长诗。而韩东的这首《有关大雁塔》完全用平常话、口语化的句子写大雁塔，在这里大雁塔不再是一种历史和文化的积淀物，不再是历史和现实的连接体，大雁塔的历史意义、文化意义被彻底地消解了；而登大雁塔之人，也不再是什么"发思古之幽情"的贤人志士，而是那些想"做一做英雄"的"不得意的人们"和"那些发福的人们"，登大雁塔无非是爬上去然后再下来而已。

韩东的这首《有关大雁塔》代表了先锋诗派的某些创作特点。然而，更多的情况是，先锋诗的不同诗派、不同诗人、甚至同一诗人，在同一时期和不同时期（如 1989 年前和 1989 年后）的创作是不一样的，处在复杂多变的动态发展中，因此大多数诗派和诗人的创作目前还很难对之进行全面的评判。

先锋诗人是一群孤独的探索者，他们的诗句话语，较之一般诗作，隐含的意义更为复杂、深邃，也更耐人寻味，甚至令人难以琢磨——先锋诗人的先锋诗作似乎需要更先锋的读者来解读。但不管怎样，先锋诗人的这种实验和探索，丰富和活跃了当代诗坛，对于当代新诗的发展，对于即将到来的 21 世纪文学，将会提供更多的借鉴。因此，我们不能否定先锋诗派及其创作，而应当给它一个自由发展的空间，也给读者及评论者一段时间，经过一定的沉积，然后再回过头来重新审视这种文学现象。

第二节　散文创作

当代散文，随同当代中国社会一起，走过了一条曲折发展的道路。50 年代初，散文创作取得了新中国成立以来的首次辉煌。1957 年的反右和 1958 年的大跃进运动，散文创作受到了影响。60 年代初期的文艺政策调整，使散文创作再次勃兴。文革十年，散文创作处于最低潮。新时期以后，散文创作开始复苏，并在 70 年代末和 80 年代初再造辉煌。其后，散文创作进入了一个平稳发展和新探索阶段。80 年代中期至 20 世纪末，散文创作出现了多元化的局面。

散文是一个很宽泛的概念，一般包括抒情散文、报告文学①、杂文等体裁。这几种散文体裁在新中国成立以来的不同阶段，发展的情况并不是平衡的，有时抒情散文发达，有时报告文学“热”，但就总体而言，除了杂文以外②，各种体裁的散文在当代都得到了一定的发展。

一、抒情散文

新中国建立 50 年以来，抒情散文创作得到了一定的发展。

十七年时期的散文　十七年时期，抒情散文较其他体

---

① 为行文方便，本书将建国后的通讯、报告、特写、回忆录、人物传记等也并入报告文学。

② 由于强调文学的歌颂功用，具有讽刺、批判特性的杂文在当代并不发达。50 年代的“马铁丁”（郭小川等）的杂文、60 年代初期的“三家村”（吴晗、邓拓、廖沫沙）的杂文在当时曾有很大影响，但只是昙花一现。文革初，“三家村”被打倒，杂文创作被首先拿出来开刀，杂文创作陷入绝境。新时期后，杂文创作才有所恢复。

裁的散文成就更大。早在50年代初，一些在现代文学史上已经成名的老作家就已经开始或继续自己的散文创作，如巴金的《秋夜》、冰心的《小橘灯》等。到了60年代上半期，抒情散文创作达到了当代的一个高峰，抒情散文作品的数量、创作队伍的阵容空前壮大，出现了一批独具风格特色的优秀作家和作品。杨朔、刘白羽和秦牧被称为本时期散文的“三大家”。

杨朔散文的主要名篇有《香山红叶》《荔枝蜜》《茶花赋》《雪浪花》等。其主要内容是歌颂祖国的新貌，歌颂普通劳动者的辛勤劳动和崇高品质。在艺术上，杨朔散文努力寻求诗的意境，在平凡的事物中提炼诗意，借景生情，托物言志；同时注重篇章结构，精心布局，多采用先抑后扬、“卒章显志”的手法。如在《荔枝蜜》中，作者先写自己儿时被蜜蜂蜇咬而不大喜欢蜜蜂，接着写自己品尝荔枝蜜而去采访蜜蜂养殖场，通过对蜜蜂的观察和与养蜂人的谈话，改变了自己小时产生的对蜜蜂的看法，从不喜欢蜜蜂到赞美蜜蜂，一直到最后“梦见自己变成一只小蜜蜂”。在文中，作者赞道：

> 多可爱的小生灵啊，对人无所求，给人的却是极好的东西。蜜蜂是在酿蜜，又是在酿造生活；不是为自己，而是在为人类酿造最甜的生活。蜜蜂是渺小的；蜜蜂却又多么高尚啊！
>
> 透过荔枝树林，我沉吟地望着远远的田野，那儿正有农民立在水田里，辛辛勤勤地分秧插秧。他们正用劳力建设自己的生活，实际也是在酿蜜——为自己，为别人，也为后世子孙酿造着生活的蜜。

刘白羽的散文多从生活的激流中选取素材，表达鲜明而重大的政治内容。作者善于摄取生活和自然中的事物，将其赋予一定的象征意义，形象地表达某种哲理，融情寓理于景物之中。刘白羽的散文雄浑豪放，充满激情，形成了自己的风格。《日出》《长江三日》等名篇充分体现出了刘白羽散文创作特点。如在《日出》中作者写“登高山看日出，这是从幼小时起，就对我富有魅力的一件事”，接着写自己在印度、在黄山看日出而不得，但是却在从国外向祖国飞航的飞机上看到了一次“最雄伟、最瑰丽的日出景象”：

> 太阳出来了。它晶光耀眼，火一般鲜红，火一般强烈，不知不觉，所有暗影立刻都被它照明了。一眨眼工夫，我看见飞机的翅膀红了，窗玻璃红了，机舱座里每一个鼾睡者的面孔红了。这时一切一切都宁静极了，宁静极了。整个宇宙就象刚诞生过婴儿的母亲一样温柔、安静，充满清新、幸福之感。再往下看，云层象灰色急流，在滚滚流开，好让光线投到大地上去，使整个世界大放光明。我靠在软椅上睡熟了。醒来时我们的飞机正平平稳稳，自由自在，向我的亲爱的祖国、向太阳升起的地方航行。黎明时刻的种种红色、灰色、黛色、蓝色，都不见了，只有上下天空，一碧万顷，空中的一些云朵，闪着银光，象小孩子的笑脸。这时，我深切感到这个光彩夺目的黎明，正是新中国瑰丽的景象；我忘掉了为这一次看到日出奇景而高兴，而喜悦，我却进入一种庄严的思索，我在体会着“我们是早上六点钟的太阳”这一句诗那最优美、最深刻的含意。

秦牧的散文多采用“谈天说地”的方式，天上人间，古今中外，日月星辰，花鸟虫鱼，无所不谈，无所不写，题材极其广泛。他的散文特色一般被概括为思想性、知识性和趣味性，这“三性”在他的散文中特点突出，且达到有机的结合。在结构上，秦牧散文的最大特点就是虽“海阔天空”，但“形散而神不散”。代表作品有《社稷坛抒情》《土地》《花城》等。

杨朔、刘白羽和秦牧这三大家的散文，在当时深受广大读者喜爱，有许多篇章被选入语文教科书作为范文，对读者产生了相当大的影响。除了三大家以外，吴伯箫的回忆性散文，如《记一辆纺车》《歌声》等，也为读者所喜爱。

本时期，带有游记性的抒情散文也取得了重要成绩。著名的作品有菡子的《黄山小记》、宗璞的《西湖漫笔》、峻青的《秋色赋》等。老作家沈从文的《新湘行记》，李健吾的《雨中登泰山》，历史学家翦伯赞的《内蒙访古》等，也是这类散文中的有名作品。此外，带有国际性的抒情散文创作，在这一时期也很突出。这类作品，大多是写作家们出访国外期间的见闻和感受。冰心的《樱花赞》、杨朔的《樱花雨》等，在当时产生了很大影响。

文革十年，抒情散文创作陷入低谷。报刊上虽也发表一些散文作品，但大多为受极左思想影响的作品，有许多是假大空之作。只有谢璞的散文集《珍珠赋》，算得上是优秀作品。《珍珠赋》歌颂了洞庭湖畔人民为建设家园而勇敢劳动的精神，赞美了如珍珠般闪光的洞庭新貌，是一篇充满激情，富有诗意的优秀散文。

新时期的散文　进入新时期，抒情散文创作才有所复苏。其中的大量作品是这样的内容：缅怀革命领袖，控诉“四人帮”罪恶，怀念文革中的被害者，对过去的反思。如毛岸青、邵华的《我们爱韶山的红杜鹃》，何为的《临江楼记》，巴金的《望着总理的遗像》，陶斯亮的《一封终于发出的信》，菡子的《永远的纪念》，杨绛的《干校六记》等。最有影响、成就也较大的是巴金的《随想录》。

巴金在新时期的散文作品主要收集在**《随想录》**里。巴金新时期的散文创作主要分两类，即悼念性和感发性两类。悼念性散文主要是对老一辈革命家、文坛知交、身边故人和亲友的追忆和怀念，如《怀念老舍同志》《怀念胡风》《怀念萧珊》等。感发性散文包括随感、偶得、忆旧、抒怀、杂记等，如《再论说真话》《小人·大人·长官》《小狗包弟》等。《随想录》是巴金的“一生收入总帐”“留给后人的遗嘱”。巴金通过散文的形式，对文革进行了深刻的“总结”。这非但是对社会、更是对自己的深刻反思。讲真话、抒真情，深刻地反省自己，严厉地解剖自己，是《随想录》的显著特征。《随想录》在艺术上的特点是文体自由，笔墨自由。忆旧散文以情系文，笔由情遣；感发散文笔随心转，随想而录，达到了一种“无技巧”的境地。

与巴金“由小说而散文”类似，孙犁也在新时期出版了《晚华集》等诸多散文集，写下了许多忆旧散文。著名的作品有《亡人逸事》《童年漫忆》等。

新时期，带有国际性的散文和游记也有一定发展。如巴金的《访法散记》、萧乾的《美国之行》、袁鹰的《柏林烟尘录》等。

新时期的散文，还出现了许多重要的变化。这些变化，处处都体现了散文创作的探索与创新。

新时期散文的变革开始于80年代中期，至90年代出现繁盛，一直到20世纪末，这种变革还在进行。散文变革产生的背景是：思想解放与改革开放，西方现代主义和后现代主义思潮的冲击，新时期小说和诗歌已经率先变革，新中国成立以来散文创作和理论的反思，以及更高基点上的对五四散文传统的延续和承接。基于上述背景和原因，新时期的散文观念、散文文体、散文内容和形式，都发生了明显的变化。出现了“新散文”“大散文”“亚散文”“文化散文”“学者散文”“女性散文”“新生代散文”“后现代散文”等诸多新名词，这些名词本身就是散文发生诸多变化的明显标志。

“新散文”的主要作家有赵玫、刘烨园、周佩红、张立勤等。这些作家都有文学创作的经历，对文学和散文理论都有一定的理论思考，在创作中自觉地对散文进行了革新。他们的散文注重表现感觉和情绪，小说中的意识流方式，戏剧中的独白方法，以及诗歌中的朦胧语言，都被他们自如地运用。这是对传统散文的一种重要变革。

“大散文”是贾平凹提出的。他认为“散文是大而化之的，散文是大可随便的，散文就是一切的文章”。这种提法，反映了人们对传统散文理解过于褊狭的不满，更反映了人们对当代散文发展打开新范围、走上新道路的迫切要求。

“亚散文”，一般是指有关科学、文化和艺术的随笔。80年代末90年代初，文坛出现了“随笔热”。这些随笔主要是一些学者所写，所以人们多将其称为“**学者散文**”。主要作家有张中行、金克木、季羡林以及邵燕祥、李国文、韩少功、吴亮、朱大可等。这种随笔式的散文，是对五四以后林语堂、周作人散文传统的一种承续。

承续五四散文传统的重要作家还有**汪曾祺**。汪曾祺是优秀的小说家，散文创作也很有特色。他的散文，注重自我感受，主体意识强烈，如《自得其乐》《多年父子成兄弟》《文化的异国》等；描写民俗民风生动传神，如《水母》《胡同文化》《城隍·土地·灶王爷》等，具有浓厚的文化底蕴。汪曾祺的散文，文字自然而不刻意雕饰，不温不火，情趣雅致，带有浓厚的书卷气。而汪曾祺本人也被戏称为本世纪最后一个“士大夫”。

“文化散文”的代表作家主要有余秋雨、张承志（《忆汉家寨》《离别西海固》）、周涛（《游牧长城》《守望峡谷》）、赵丽宏（散文集《诗魂》）、贾平凹（《丑石》《秦腔》）、史铁生（《我与地坛》）等。他们散文中的“文化反思”主题，“主体人格重建”构想，以及对“理想主义”“家园意识”“终极关怀”“自我救赎”的热情执著，达到了时代文化精神的最前锋，远为传统散文所不能及。

余秋雨有散文集《文化苦旅》《文明的碎片》《山居笔记》《霜冷长河》等。余秋雨本是一名学者，他在从事研究的同时，还以散文创作来形象地演绎自己那种与众不同的文化感受，以自己独特的思维方式对人类文明进行重新审视。他的散文，不以记事、写景、抒情见长，而主要是倾吐一种文化的感受：

> 不错，它（天一阁）只是一个藏书楼，但它实际上已成为一种极端艰难、又极端悲怆的文化奇迹。
>
> 中华民族作为世界上最早进入文明的人种之一，让人惊叹地创造了独特而美丽的象形文字，创造了简帛，然后又顺理成章地创造了纸和印刷术。这一切，本该迅速地催发出一个书籍的海洋，把壮阔的华夏文明播扬翻腾。但是，野蛮的战火几乎不间断地在焚烧着脆薄的纸页，无边的愚昧更是在时时吞食着易碎的智慧。一个为写书、印书创造好了一切条件的民族竟不能堂而皇之地拥有和保存很多书，书籍在这块土地上始终是一种珍罕又陌生的怪物，于是，这个民族的精神天地长期处于散乱状态和自发状态，它常常不知自己从哪里来，到哪里去，自己究竟是谁，要干什么。
>
> （《风雨天一阁》）

“女性散文”在新时期散文变革中出现较早（1984 年）。主要作家有唐敏（《怀念黄昏》《女孩子的花》）、王英琦（《不该遗忘的废墟》《那有形的和无形的》）、李佩芝（《和谐》《岁月之雪》）、叶梦（《羞女山》《今夜，我是你的新娘》）、苏叶（《总是难忘》）、斯妤（《女儿梦》《心灵速写》）等。她们的散文，以女性特有的视角，展现女性心灵的世界，凸现女性意识觉醒，实为新中国成立以来散文所少有，在新时期散文中也独领风骚。

“新生代散文”也是从创作主体的角度说的，主要有王开林（《赔你千只眼》）、骆爽（《父亲的目光》）、老愚（《怀念青草》）等男性作者和胡晓梦（《这种感觉你不会懂》）、黄一鸾（《极地》《寄到何处》）、冯秋子（《婴儿诞生》）、曹明华（《更为富有的一刻》）等女性作者。老愚编的《上升》，内中收录了部分新生代作者的散文作品。新生代的散文更与传统散文不同，个性色彩极强，而且多喜欢用“青春独白体”。所谓“青春独白体”就是用“青春独白”的形式，来强化“个体情绪性”；以“发散式思维方式”，使结构随意自如，灵活开放。这些都对传统散文提出了激烈的挑战。

“后现代散文”的主要作者有洪垒（《老楼》）、苇岸、曹晓东等，他们借鉴了后现代主义小说的某些因素，以“现象学还原”的观感方式，“让大地上的事情”自我呈现，消除了创作主体强加于客体的种种臆想和象征的情感内涵，这对传统散文简直是彻底的反叛。

新时期散文出现的这些新变革，既是当代散文在新时期的新发展，在一定意义上说又是对新时期前当代散文创作及理论的某种否定。传统散文注重抒情，而新潮散文却要“放逐抒情”，主张应从“高强度的热抒情”过渡到不动声色的“冷抒情”甚至“零度抒情”；传统散文存在“事（人）——情——理”的模式，而新潮散文则向着以情绪为主调、以感觉为基础、叙事抒情浑然一体的复合型抒情方式转化；传统散文多用象征手法，托物言志，借景生情，而新潮散文则认为这种“象征式”思维模式在很多时候是主体主观武断地任意将自然对象纳入自己的象征体系、主体高高凌驾于万物之上的，因此应重建主客体关系，应当“还原”或“回到事物本身”，重建人与大自然的关系；传统散文中以“小我”

表现“大我”，主张“形散而神不散”，而新潮散文则“向内转”，注重表现个人的大面积的情绪喧哗、纷繁杂乱的感觉和无定型流动的意识；传统散文注重起承转合，叙述、抒情、议论相结合，而新潮散文在言语组织、结构和连贯方面显示出散漫性、非逻辑性，跳跃不定，行止自如，消解了传统散文的起承转合模式。新潮散文有别于传统散文的这些特点，丰富和发展了中国当代散文创作及其理论。

二、报告文学

报告文学是新闻与文学的综合。二三十年代的《饿乡纪程》和《赤都心史》（瞿秋白）、《包身工》（夏衍）等，是中国报告文学的发端之作。新中国成立后，报告文学创作继续发展。

报告文学具有新闻性的特点，所以往往能将社会生活中的一些重大事件或“热点”很快地反映出来。新中国成立后，中国的社会制度、人民的生产和生活等方面都发生了重大变化。这些变化，为作家创作提供了广泛的素材。而不久之后的抗美援朝运动，更成为作家们报告的热点。新中国建立后至文革前这一时期的报告文学创作，从内容来看，主要有两方面，一是写抗美援朝，一是写新中国的工农业生产建设及其中涌现出的风云人物。

写抗美援朝的著名作品有巴金的《生活在英雄们中间》，魏巍的《谁是最可爱的人》，刘白羽的《朝鲜在战火中前进》等；写工农业生产建设的较有影响的作品有华山的《童话的时代》，碧野的《新疆在呼唤》，柳青的《王家斌》，秦兆阳的《王永淮》等；写英雄模范人物的有《县委书记的好榜样焦裕禄》（穆青等），《大庆“王铁人”》（西虹），《毛主席的好战士——雷锋》（陈广生等），《为了六十一个阶级弟兄》（房树民等），《小丫扛大旗》（黄宗英），《红桃是怎么开的》（魏钢焰）等等。

这期间，也出现了一些“干预生活”的报告文学作品。如刘宾雁的《在桥梁工地上》《本报内部消息》等。这些作品，敢于揭露现实生活中的矛盾，大胆地批判了官僚主义和保守主义倾向，数量虽然很少，影响却相当大。但由于反右运动的冲击，这些作品及作家受到了批判。

与报告文学一样注重人物和事件的真实性的回忆录和人物传记，在此阶段也很兴盛。多为关于革命历史人物和事件的回忆，丛书《星火燎原》《红旗飘飘》中收录的都是这类作品，其他如《在烈火中永生》（罗广斌、杨益言）、《跟随毛主席长征》（陈昌奉）、《我的一家》（陶承）、《把一切献给党》（吴运铎）、《高玉宝》（高玉宝）等也曾引起广大读者的关注。

文革中，报告文学创作受到了严重冲击。但到了新时期，随着思想解放运动的发展和改革开放政策的深入贯彻，中国的社会发生了巨大的变化，报告文学创作重新恢复了生机和活力，题材、内容、形式都比以前有了更大的发展，甚至在有些时段还形成了“报告文学热”。

新时期之初，歌颂与“四人帮”斗争的英雄的报告文学，引起了人们的广泛关注。如写四五天安门运动的《命运》（杨匡满、郭宝臣）等，写敢于与“四人帮”集团做斗争的女英雄张志新的《正气歌》（张书绅）等。这些带有“伤痕”色彩的报告文学在当时引起了强烈的社会反响。

引起更强烈社会反响的是一批写优秀知识分子的报告文学作品，如写数学家陈景润的《哥德巴赫猜想》（徐迟），写地质学家李四光的《地质之光》（徐迟）和《亚洲大陆的新崛起》（黄钢），以及《为了周总理的嘱托》（穆青等）、《她有多少孩子》（理由）、《祖国高于一切》（陈祖芬）、《大雁情》和《小木屋》（黄宗英）等，这些为知识分子“树碑立传”的重要作品，在知识分子刚刚恢复一定的政治地位和经济地位的新时期之初及其后都产生了重要影响。

新时期的社会改革，也是作家们报告的重要内容。如写城市和工业改革的《艰难的起飞》（刘宾雁）、《挑战与机会》（陈祖芬），写农村改革的《三门李轶闻》（乔迈）、《沂蒙九章》（李存葆等）、《西部在移民》（麦天枢），写军队改革的《蓝军司令》（钱钢等）、《百万大裁军》（袁厚春）等。

新时期中国体育事业的蓬勃发展，使体育题材的报告文学得以兴盛。写击剑运动员栾菊杰的《扬眉剑出鞘》（理由）和写中国女排运动员的《中国姑娘》（鲁光），都曾引起很大的轰动。到90年代，则有《马家军调查》（赵瑜）等引起广泛争议的作品。

新时期报告文学作品中，还有许多是对历史题材进行“报告”的。对历史的报告，多以回忆录或人物传记的方式。新时期以来，随着一些革命领袖、将帅和国家领导人进入晚年或离开人世，关于他们的回忆录或传记越来越多，有《刘伯承回忆录》、《聂荣臻回忆录》、《在彭总身边》（景希珍）、《走下神坛的毛泽东》（权延赤）、《我的父亲——邓小平》（毛毛）等等。除了关于革命领袖的回忆录或传记外，还有写其他历史人物的，如《蒋介石生平》（宋平）、《李宗仁回忆录》等，甚至还有写“四人帮”传的（叶永烈）。关于知名文化人物、影视演员的回忆录和传记也不少，如写绘画大师徐悲鸿的《徐悲鸿一生》（廖静文），写著名电影演员赵丹的《赵丹传》（尼土），写著名评剧演员新凤霞的《新凤霞回忆录》，写围棋名人陈祖德的《超越自我》（陈祖德）等。此外，关于文革和反右时期的回忆录或传记近年也不少，像韦君宜的《思痛录》、季羡林的《牛棚杂忆》、从维熙的《走向混沌》、戴煌的《九死一生——我的“右派”经历》等。这些回忆录和人物传记，多为作者或与作者有密切关系的人的真实经历的写照，都注重人物和事件的真实性，注重用现代人的眼光对历史人物和事件的重新审视，因而也具有了较强的新闻时效性。特别是像《南京大屠杀》（徐志耕）、《志愿军战俘纪事》（大鹰）、《西路军女战士蒙难记》（董汉河）、《昨天——中英鸦片战争纪实》（麦天枢）等以历史事件为中心的作品，更是如此。

新时期报告文学中，问题型或思考型的报告文学更为引人注目。如：关于反腐败问题的有刘宾雁的《人妖之间》等；关于知识分子问题的有霍达的《国殇》等；关于环境问题的，有徐刚的《守望家园》《伐木者，醒来！》《中国风沙线》，邢军纪等的《北中国的太阳》（写治理沙漠的），沙青的《北京失去平衡》（写北京水资源短缺问题），岳非丘的《只有一条长江》（写长江污染问题），郭传火的《汪洋中的安徽》（写水灾问题），雷收麦的《红色的警告》和杨民青的《大兴安岭大火灾》（写森林火灾问题），马役军的《黄土地·黑土地》（关于土地资源问题）；关于教育问题的有《中国的"小皇帝"》（涵逸）、《中学生的情感世界》、《多思的年华》（孟晓云）、《神圣忧思录》（苏晓康）、《教育面临挑战》、《"希望工程"纪实》（黄传会）、《落泪是金——中国贫困大学生生活学习现状调查》、《中国高考报告》（何建明）；关于婚姻问题的有《阴阳大裂变》（苏晓康）、《婚姻大世界》（马役军）；对竞技体育问题的思考的有《强国梦》（赵瑜）等；对"出国热"的思考的有《世界大串联》（胡平等）；关于民主、法制及治安问题的报告及思考的有《以人民的名义》（卢跃刚）、《自由备忘录》（苏晓康）等；关于乞丐现象的有《中国的乞丐部落》（刘汉太）、《丐帮漂流记》（贾鲁生）等。其他如关于自然灾害的（如钱刚的《唐山大地震》），关于中国裁军问题的（如袁厚春的《百万大裁军》），关于下岗女工问题的（如于秀的《遭遇下岗》）报告文学作品等，都表现了新时期以来，作家对自然问题、社会问题和人生问题的深切关注和思索。这和新时期以前的报告文学（以英雄模范人物或重大事件为主）相比，要广泛和深刻得多。

与新时期以前的报告文学相比，新时期报告文学的对象选择上也发生了一些变化。除了英雄人物、风云人物外，新时期报告文学还把视角更多地对准了平民百姓。写普通平民，写平常人和平常事，讲述老百姓自己的故事，在新时期报告文学作品中有很多，像《中国农民大趋势》（李延国）、《癌症≠死亡》（柯岩）、《中国的小“皇帝”》、《万家忧乐》（霍达）、《信访组里发生的故事》等，都将焦点对准了各色平民和平民群体。即使是写领袖、英雄、模范、风云人物，也很少有人将其神圣化，更多的是将其世俗化、平民化。权延赤笔下的毛泽东走下了神坛（《走下神坛的毛泽东》），毛毛笔下的邓小平也可亲可敬（《我的父亲——邓小平》），像步鑫生、马胜利、禹作敏（《大沉浮——1987—1997中国改革风云人物追踪》）、马俊仁（《马家军调查》）这些当代社会涌现出的风云人物，作家们在写他们成功的同时，也写了他们的弱点、挫折、失误甚至犯罪，并没有拔高他们。

当然，重大事件和热点问题，在新时期报告文学中，仍然占有相当的比例。如新时期之初时写四五运动的作品，京九铁路建设时写的《大京九纪实》，香港回归时写的《百年沧桑——1997年香港回归纪实》，1998年中国南北方发生洪水后写的《世纪洪水》（钟青）、《九江狂澜》（徐志耕等）、《遏制江河》、《决胜三江》等。因为重大事件和热点问题不仅是作家关注的，更是读者和整个社会的关注对象。但这些重大事件和热点问题的报告方式已与新时期之前有所不同，出现了许多全景式的报告文学。

与传统的线性、单一、平面的报告方式不同，新时期报告文学更多的是采取集束的、立体的、全景的方式报告。如理由的“栾菊杰系列”(《扬眉剑出鞘》《续扬眉剑出鞘》《她今天称杰于世》),张嵩山的“傻子瓜子系列”(《一个“傻子”和一个瓜子市场的兴盛》《傻子瓜子衰微录》),李鸣生的“航天系列”等。这都是同一作家对同一题材或人物做的全景式报告。另一种情况就是不同的作者对同一题材进行报告,构成了某一题材创作系列,如“乞丐问题系列”等。前面举过的关于京九铁路建设、香港回归、1998 年抗洪的报告文学都有这个特点。其他一些作品,像《中国农民大趋势》《中国知识界大震荡》《百万大裁军》《大沉浮——1987—1997 中国改革风云人物追踪》《马家军调查》《落泪是金——中国贫困大学生生活学习现状调查》,这些题目冠以“大”“调查”等字样的作品,许多都是全景式的报告。这些作品以大跨度、大容量、大思索的史诗般气势,丰富发展了报告文学的内容和形式。

新时期报告文学在艺术手法上也发生了诸多变化。在尊重报告文学真实性的前提下,作家们并不满足于固有的创作模式,积极进行了许多探索。有的作家注重酿造诗意(如徐迟、黄钢),有的作家将小说的叙事方式引入了报告文学(如理由、黄传会),有的作家运用了戏剧、电影的手法(如陈祖芬、卢跃刚),有的作家还运用了“意识流”的手法(如王蒙《访苏心潮》、王作人《极光下的梦》和陈祖芬的部分作品),小说体、日记体、散文体、戏剧体、书信体、卡片体以及特写、长镜头、内心独白等各种样式都为报告文学作者所广为运用。这些探索,极大地丰富了报告文学的艺术表现手段。

第三节　话剧创作

一、新时期以前的话剧创作

话剧是一种外来艺术。早在新中国成立前，话剧就已经成为一种为广大中国观众所喜欢的艺术形式。新中国成立后的话剧，直接继承了五四以来的中国话剧传统，并在新的历史条件下有所发展。

从1949年到1966年，是当代中国话剧发展史的十七年时期。与前几十年相比，十七年时期的话剧有了很大的发展。从形式上看，这一时期的话剧表现形式更加多样化了，除多幕剧外，还有独幕剧、讽刺剧、独角戏等。从创作队伍上看，十七年时期话剧创作队伍更加壮大了，除了老话剧作家以外，还涌现出了许多新话剧作家和业余话剧作者。从话剧所表现的内容看，十七年时期话剧所反映的内容更加广阔了，题材更加丰富了，取得了一定的突破。

工业题材、军事题材和农村题材在十七年话剧中占有相当分量。新中国成立后第一部有影响的话剧《红旗歌》（刘沧浪等）就是反映工业建设、描写工人生活的作品。继《红旗歌》之后，则有《刘莲英》（崔德志）、《在新事物面前》（杜印等）、《六号门》（天津码头工人集体创作）、《考验》（夏衍）等在当时产生重要影响的作品。军事题材和反映部队生活的话剧作品在十七年时期数量也很多，比较有名的有《战斗里成长》（胡可）、《万水千山》（陈其通）、《霓虹灯下的哨兵》（沈西蒙等）等。这些作品，描写了军旅生活，表现了军人的成长经历，受到了广大观众的好评。反映农村生活的话剧有《春风吹到诺敏河》（安波）、《妇女代表》（孙芋)、《洞箫横吹》(海默)、《布谷鸟又叫了》(杨履方)、《枯木逢春》(王炼)、《槐树庄》(胡可)等,这些作品,反映了新中国成立以来农村的巨大变化,表现了广大农民对新生活的热爱和建设新农村的热情,不同程度地揭示了农村生活中的各种矛盾,在当时引起了较大反响。其中《洞箫横吹》和《布谷鸟又叫了》在当时引起了较大的争议。前者是写农业合作化运动的,因为剧中塑造了一个官僚主义者形象,在文革前就受到不公正的批判,文革中被彻底否定。后者本是一部描写妇女争取婚姻自主的轻喜剧,但也因为剧中讽刺了基层领导人物等原因,受到了批判。

除了上述题材外,还有写知识分子思想"改造"的《明朗的天》(曹禺),写爱情和家庭生活的《归来》(鲁彦周),批评官僚主义和庸俗作风的《新局长到来之前》(何求),以及许多著名话剧作家的以历史为题材的话剧作品,像郭沫若的《蔡文姬》《武则天》,曹禺的《胆剑篇》,田汉的《关汉卿》等,也在当时产生了重要影响。

《龙须沟》和《茶馆》 在十七年的话剧创作中,老舍的《龙须沟》和《茶馆》是最具艺术生命力的两部力作。《龙须沟》是老舍 1950 年创作的作品。作者通过解放前后北京龙须沟周围的变化,以新旧对比的方式,艺术地歌颂了新的社会制度,使该剧成为新中国建立初期剧坛上最有影响的剧作之一。《茶馆》发表于 1957 年,剧中以旧北京的一个茶馆为背景,高度概括地展示了从清末到民国初年再到解放前国民党统治时期这三个时代的社会现实,揭露和抨击了旧社会的黑暗,表现了中国走向新社会的必然。《茶馆》的艺术结构、人物塑造、语言运用等方面都取得了成功,成为中国当代最具世界影响的话剧名著。

十七年时期已经取得初步成绩的当代中国话剧,发展到文革时期,却出现了停滞和倒退。从 1966 年到 1976 年这十年文革期间，话剧或为林彪、江青集团所利用，成为其“阴谋文艺”的一部分，或受“四人帮”和极左文艺思想影响，带有浓厚的左的色彩，如《战船台》《风华正茂》《宣战》等，话剧舞台几乎没有真正的作品。这种情况直到新时期才有所改观。

二、新时期的话剧创作

1976年粉碎“四人帮”进入新时期后，话剧创作开始复苏，并曾经一度走向繁荣。但到了80年代中期以后，由于来自内外的各种因素的冲击，话剧显得不是很景气，出现了某种“危机”。尽管如此，一些严肃的话剧工作者仍在不停地努力，还是创造出了不少优秀的作品，直到20世纪末。

新时期的话剧大体上可分为两大类，一类是“现实剧”，一类是“探索剧”。

现实剧 新时期，话剧的现实主义传统得到了恢复。新时期之初的话剧，主要有两方面内容，一是揭露批判“四人帮”的罪恶，一是歌颂老一辈无产阶级革命家。前者有《枫叶红了的时候》（王景愚等）、《于无声处》（宗福先）、《九一三事件》（丁一三）等，后者有《曙光》（白桦）、《丹心谱》（苏叔阳）、《报童》（邵冲飞等）、《陈毅出山》（丁一三）等。还有一部分话剧作品，对当时社会出现的一些问题表示了极大的关注，如崔德志的《报春花》（批判左的僵化思想和“血统论”的）、赵梓雄的《未来在召唤》（批判左的僵化思想和官僚主义的）、邢益勋的《权与法》（反映以权谋私问题的）、沙叶新的《假如我是真的》、赵国庆的《救救她》（反映青少年失足问题的）等，这些作品在当时也引起了强烈的反响，被称为“社会问题剧”。

改革问题更引起了剧作家们的关注。新时期反映城市和工业改革问题的剧作有《血，总是热的》（宗福先等）、《谁是强者》(梁秉堃)、《特区人》(林骥)等,反映农村生活及农村改革的话剧有《高粱红了》(李杰)、《吉庆有余》(王志安)、《田野又是青纱帐》(李杰)、《张灯结彩》(宋凤仪等)、《红白喜事》(魏敏等)、《赵钱孙李》(粟粟)等。这些作品,反映了我国城市、农村存在的种种矛盾,揭示了改革的必然性,歌颂了改革带来的新变化。

现实剧中的北京剧作家群的创作成就较为突出,形成了“京派话剧”风格。京派话剧主要剧作家有苏叔阳(《左邻右舍》)、李龙云(《小井胡同》)、刘锦云(《狗儿爷涅槃》)、何冀平(《天下第一楼》)等。他们注重学习、继承和发扬了老舍的创作风格,精心塑造生动活泼的人物形象(剧中多以芸芸众生为主角),戏剧语言具有浓烈的京味特色。同时也注重新的艺术探索,如刘锦云的《狗儿爷涅槃》。

《狗儿爷涅槃》的剧情围绕农民与土地问题展开。剧中的狗儿爷经历了解放战争、土改、合作化一直到改革开放等几十年的风雨人生,在他身上充分体现了数十年来中国农村的世态变迁。同时,在狗儿爷身上,我们仍能看到封建意识、小农意识对中国农民的精神影响之深远。剧中在让狗儿爷充当叙述主体进行叙事的同时,还将狗儿爷的内心世界外化为独立的艺术形象,并出现了狗儿爷解放前的雇主的鬼魂形象,通过狗儿爷与鬼魂的冲突,表现了狗儿爷精神世界的复杂性。《狗儿爷涅槃》是一部成功的剧作,受到了广泛好评。

新时期的历史剧不是特别发达,历史剧作较少,其中曹禺的《王昭君》、陈白尘的《大风歌》、白桦的《吴王金戈越王剑》,颜海平的《秦王李世民》等,是较有影响的作品。

探索剧　随着思想解放和改革开放的深入发展以及西方现代主义思潮的引入,新时期话剧中,还出现了一些带有西方现代戏剧色彩的“探索剧”“实验剧”或“现代剧”。

高行健是较早、较多进行这种探索的剧作家，他的剧作《绝对信号》（与刘会远合作）、《车站》、《野人》、《彼岸》等，曾引起了广泛的争议①。其他一些探索剧，有马中骏等的《屋外有热流》《红房间·白房间·黑房间》《路》，刘树纲的《一个死者对生者的访问》《十五桩离婚案的调查剖析》，孙惠柱等的《挂在墙上的老 B》《中国梦》，王培公等的《WM（我们）》，陶骏的《魔方》、沙叶新的《耶苏·孔子·披头士列农》等。

《绝对信号》是一出无场次话剧。这出戏的剧情是一个叫黑子的青年因物质利益诱惑等多种原因而与车匪准备扒车、后又与车匪搏斗而牺牲。剧作在形式上打破了现实生活的逻辑，让剧中人的过去、现实与想像有机地交织在一起，现实时空与心理时空交错叠加，并通过布景、灯光等使之化为具体可感的舞台形象，将人物内心世界具象化，充分展示人物的内心冲突，从而使演员、角色与观众之间的交流更直接、更快捷，仿佛推翻了“第四堵墙”。

高行健等剧作家的探索剧，突破了传统的戏剧创作原则，大胆地借鉴和引用了西方现代戏剧观念和手法，如荒诞、象征、意识流、夸张、变形、幻化、舞台分割等，为开拓话剧艺术表现领域、丰富话剧艺术手法、变革话剧艺术观念进行了积极的探索，做出了难能可贵的贡献。

90 年代，在商品经济大潮和影视等艺术的冲击、挤压下，剧作家们仍在努力进行着话剧创作，有些作品，像《鸟人》《棋人》《冰糖葫芦》《我认识的鬼子兵》等，都取得了相

---

① 高行健，1940 年出生于中国江西省，1987 年到国外，后加入法国国籍。除了戏剧作品外，还著有《有只鸽子叫红唇儿》《灵山》《一个人的圣经》等小说，以及一些诗歌、散文、书画作品等。他的理论著作《现代小说技巧初探》对中国文学的现代主义流派的形成和发展起了重要作用。高行健的作品被翻译成多种语言上演或发行。2000 年 10 月，高行健获得 2000 年度诺贝尔文学奖。

当的成功。

思考题：

1. 新时期前后的诗歌创作有何不同面貌？
2. 新时期前的当代散文“三大家”是谁？有什么代表作品？新时期“文化散文”的代表作家有哪些？
3. 新时期报告文学创作与此前的报告文学创作有什么新变化？
4. 老舍在新中国建立后有哪些著名话剧创作？请阅读或观看《茶馆》并试分析之。
5. 新时期话剧创作大致可以分为哪两类？这两类创作有何不同？

主要参考书目

1.《中国现代文学史》唐弢主编,人民文学出版社 1979 年。

2.《中国现代文学发展史》黄修己,中国青年出版社 1988 年。

3.《中国现代文学三十年》(修订本)钱理群等,北京大学出版社 1998 年。

4.《中国新文学史》司马长风,九龙昭明出版社 1980 年。

5.《中国现代小说史》杨义,人民文学出版社 1986 年。

6.《新文学现实主义的流变》温儒敏,北京大学出版社 1988 年。

7.《中国现代文学思潮史》魏绍馨,浙江大学出版社 1988 年。

8.《中国的启蒙运动》微拉·施瓦支,山西人民出版社 1989 年。

9.《论二十世纪中国文学》谢冕,河北教育出版社 1998 年。

10.《新中国文学五十年》张炯主编,山东教育出版社 1999 年。

11.《中国当代文学史初稿》郭志刚等,人民文学出版社 1980 年。

12.《中国当代文学史》洪子诚,北京大学出版社 1999 年。

13.《中国当代文学史教程》陈思和主编,复旦大学出版社 1999 年。

后　　记

本书是为汉语言文化专业的外国留学生写的一部文学史教材，同时也可以作为以汉语为第二语言的一般读者了解现代中国文学的钥匙。其中前四编由黄悦执笔，第五编由宋长宏执笔。限于篇幅和能力，我们还未能将本属于现代中国文学之一部分的港、澳、台文学的情况反映进来，这不能不说是一种缺憾。

在写作过程中，我们一方面力求写得浅显，使具有中等以上汉语程度的外国人能独立阅读，另一方面，又不想仅把它当作一种文学常识的简单介绍，而试图写出一定的新意和深度来。因为在我们看来，假如只是想了解一点所谓文学常识，是不一定非看汉语写的文学史读本不可的。事实上，任何一种历史，一旦它成了历史，它都只能活在人们对它的认识之中，而这认识，在不同的文化和语言的背景中是不尽相同的，正是这不同，使不同语言和文化背景下的历史叙述在彼此对立之中获得各自的价值。从这个意义上说，所谓使外国人了解中国的文学，不仅仅意味着让他们知道一点文学的材料，而且意味着让他们感受到这材料是怎样活在作为汉语叙述人的中国人的心中，并通过这感受，进而使它们活在作为以汉语为第二语言的读者自己的心中。这样一种浅中求深的奢求，再加上事先已料到或尚未料到的种种麻烦，足以使我们的写作常常陷入困境之中。如今尽管总算挣扎着爬完了这段艰难的路，然而那动作的幼稚和笨拙，也就不难想见了。

在本书的编写过程中，我们参考了国内外一些相关资料和研究成果，谨在此表示衷心的感谢。

编　者